# L'ÉNIGME DE LA PIERRE ŒIL-DE-DRAGON

Collection *l'Aube poche*
dirigée par Marion Hennebert

Titre original : *Long yan shi zhi mi*
*Ren sheng wu qu*

www.aube.lu

ISBN 2-7526-0145-X

He Jiahong

# L'énigme de la pierre Œil-de-Dragon

roman traduit du chinois
par Marie-Claude Cantournet-Jacquet
et Xiaomin Giafferri-Huang

*éditions de l'aube*

Du même auteur, chez le même éditeur :

*Le Mystérieux Tableau ancien*, 2002 et 2003 pour l'édition de poche
*Crime de sang*, 2003 et 2005 pour l'édition de poche
*Crimes et Délits à la Bourse de Pékin*, 2005 et 2006 pour l'édition de poche

*L'ignorance et la cupidité sont deux des principaux errements reconnus de l'espèce humaine ; et c'est en conjuguant leurs effets que la plupart des gens parviennent à engendrer la spirale des tragédies qui jalonnent leur vie.*

## Liste des principaux personnages

HONG Jun : l'avocat et détective privé.
SONG Jia : son assistante-secrétaire et collaboratrice.
SHI Chenglong : le nouveau client de l'avocat Hong.
SHI Guangsheng : un parent de Shi Chenglong, dit « l'oncle Guangsheng ».
TANG Jianye : personnage énigmatique, soi-disant responsable d'une société touristique de Tianjin.
SHI Wengui : « oncle » de Shi Chenglong ; en réalité, cousin germain du père de ce dernier, Shi Wugui.
SHI Wugui : père de Shi Chenglong.
JIN Caifeng : mère de Shi Chenglong.
TANG Guixiang : cousine de Shi Chenglong par sa mère.
TANG Liangcai : père de Tang Guixiang.
JIN Zhenshan : père de Jin Honglian, parent de la mère de Shi Chenglong.
JIN Honglian : épouse de Tang Liangcai, mère de Tang Guixiang et cousine de Jin Caifeng.
XIAO Xue : demi-sœur de Song Jia.
SHI Chenghu : frère de Shi Chenglong.
SHI Yinhua : sœur de Shi Chenglong.
SHI Jinhua : fille de Shi Wengui, cousine de Shi Yinhua.
SUN Changsheng : policier à la section de police criminelle du bureau de la Sécurité publique ; fils de Sun-le-Barbu, le chef de la commune populaire sous la Révolution culturelle.

# Prologue

C'était une belle soirée. La lune ne s'était pas encore levée. Dans le ciel scintillait une multitude d'étoiles mais l'obscurité de cette vallée avait de quoi vous donner froid dans le dos. Les montagnes étaient noires, les arbres étaient noirs, les prairies étaient noires. Seules la cascade qui glissait le long de la falaise d'en face et l'eau limpide du lac au pied de la montagne émettaient des étincelles de lumière blanche, comme les yeux des démons qui les habitaient.

Hong Jun, Song Jia et Shi Chenglong s'étaient arrêtés sur le tertre devant l'entrée de la grotte Wanglong, la grotte du Dragon-Roi; ils s'efforçaient de reprendre leur souffle et de ralentir les battements de leurs cœurs après leur ascension. Le bruit ininterrompu de l'eau qui se précipitait de la cascade résonnait sourdement entre les parois de la vallée. Soudain, une brusque rafale de vent apporta jusqu'à eux l'écho lointain d'une mélodie mélancolique qui venait d'on ne sait où. La musique, tantôt forte, tantôt à peine audible, leur parvenait tantôt continue, tantôt par bribes et pouvait faire penser à un air de flûte ou au son d'une vielle. Hong Jun et Song Jia scrutèrent autour d'eux la campagne déserte et ces montagnes sauvages avec un même sentiment d'effroi.

Ils pénétrèrent dans la grotte; Shi Chenglong était passé devant, muni d'une torche, tandis que Hong Jun et Song Jia l'avaient suivi avec chacun une lampe de poche. Après avoir parcouru une dizaine de mètres ils arrivèrent dans une grande salle. Éclairés par les faisceaux lumineux de leurs lampes, les rochers aux formes étranges devenaient plus mystérieux et plus effrayants encore. La lumière projetait, sur les parois de la grotte, leurs ombres qui se déplaçaient sans bruit, comme des fantômes guettant le moment propice pour se ruer sur vous et vous assassiner.

Avec d'infinies précautions, ils traversèrent la grande salle puis firent quelques dizaines de mètres à l'intérieur d'une petite caverne attenante et débouchèrent dans une autre salle, pas très grande et plutôt basse de plafond. En pénétrant plus avant, ils arrivèrent à un embranchement tandis que la grotte s'abaissait encore, aussi s'arrêtèrent-ils pour observer et tendre l'oreille : aucun signe de vie par-là ; ils décidèrent donc de faire demi-tour et de rebrousser chemin.

Ils se dirigèrent vers la sortie, plus détendus qu'à l'aller et d'un pas plus vif aussi. Au moment où ils retraversaient la grande salle, un bruit de pas lents et lourds se fit soudain entendre : « Bang ! Bang ! Bang ! Bang ! » Tous trois s'arrêtèrent sur place et cherchèrent à voir d'où cela provenait. Les pas se rapprochèrent de plus en plus, accompagnés d'un halètement rauque. Ils avaient tous la gorge nouée et les poils hérissés de frayeur ; ils ne purent s'empêcher d'avoir un mouvement de recul. Devant eux, tout à coup, un éclair bleu : un monstre velu, crachant du feu par la gueule et par le nez, rayonnant d'une lumière bleue aveuglante, surgit de derrière un énorme rocher en poussant un hurlement long et guttural.

# 1
# La légende de la pierre Œil-de-Dragon

Un jour de juillet 1995, alors que l'avocat Hong Jun était absorbé dans la lecture du résumé de l'affaire de corruption et de pots-de-vin concernant un certain Lu Boping affiché sur l'écran de son ordinateur, Song Jia, sa secrétaire, frappa à sa porte et vint lui annoncer : « Avocat Hong, il est arrivé. »

Après avoir sauvegardé ses données, Hong Jun éteignit son ordinateur et se leva : « Fais-le entrer », dit-il.

Le visiteur avait un peu plus de vingt ans : pas très grand, le teint rougeaud, d'épais sourcils, de grands yeux et des cheveux coupés en brosse très courte. De la bouche de Song Jia, Hong Jun avait appris qu'il s'agissait d'un dénommé Shi Chenglong, Shi Qui-Deviendra-un-Dragon, qui, bien qu'encore étudiant en maîtrise, gagnait déjà pas mal d'argent en donnant des cours et en écrivant des livres. Après l'avoir invité à s'asseoir, Hong Jun lui demanda sans préambule : « On m'a dit qu'il vous était arrivé quelque chose de bizarre et que vous aviez besoin de mon aide à ce propos ; est-ce bien cela ?

— Tout à fait, répondit Shi Chenglong en baissant légèrement la tête, dans une attitude pleine de déférence. Mon père est mort, mais il est mort très brusquement et d'une façon vraiment étrange. J'ai toujours eu dans l'idée qu'on l'avait assassiné, mais le bureau de la Sécurité publique n'a pas ouvert d'enquête ; il y a rien eu à faire, alors je n'ai plus d'autre choix que de m'adresser à vous.

— Je vous prierai de bien vouloir me raconter tout cela plus en détail », demanda Hong Jun.

Shi Chenglong leva les yeux vers lui : « Bien sûr. » Puis il baissa à nouveau la tête et poursuivit : « Je suis du district de Wanglong. Mon père était dans les travaux publics. Il était contremaître et dirigeait une petite équipe. On peut dire qu'il faisait du bon boulot. Il y a un peu plus d'un mois, il m'a envoyé une lettre en me disant qu'il venait de démissionner et que je devais rentrer au plus vite car il avait des choses très importantes à me dire. Comme c'était l'époque des examens de fin d'année, je ne suis pas rentré immédiatement. Une dizaine de jours plus tard, j'ai reçu un télégramme de chez moi me disant : "Papa gravement malade. Reviens vite." Je suis rentré dans la nuit même mais, quand je suis arrivé à la maison, il était mort. »

Hong Jun écoutait sans l'interrompre ce jeune homme qui parlait avec un léger accent du Hebei [1] ; il attendait patiemment qu'il finisse de lui raconter son histoire.

Tout en plissant le front, Shi Chenglong poursuivit : « À la maison, on m'a dit que mon père était tombé malade tout de suite après être rentré au village : il a eu de la fièvre, la tête qui tournait, envie de vomir, tout à fait comme une grippe. Il a pris des médicaments et il s'est senti mieux mais, quelques jours plus tard, il a eu des vomissements et de la diarrhée, et ça allait de plus en plus mal ; des fois, il vomissait même du sang. Il est mort deux jours après avoir été admis à l'hôpital du district. Au début, les médecins ont pensé à un empoisonnement ; le médecin légiste du bureau de la Sécurité publique est donc venu mais il n'a rien décelé d'anormal et il a délivré le permis d'inhumer en indiquant que sa mort était due à une dysenterie.

— Pourquoi soupçonnez-vous qu'il ait été victime d'un assassinat ? demanda l'avocat.

— Voyez-vous… mon père était en pleine santé, il n'avait jamais été malade ! Et puis, cette fois-ci, à peine rentré au village, il est tombé malade à deux reprises ! Il y a aussi le fait

1. Hebei : province de l'est de la Chine du Nord, située au sud de Pékin et au nord du Fleuve jaune.

que… la dysenterie est une maladie contagieuse : alors, pourquoi a-t-il été le seul dans tout le village à l'avoir attrapée ? Pourquoi personne d'autre n'a-t-il été contaminé ? Ça, je n'y crois pas ! affirma-t-il en proie à l'émotion.

— Quelqu'un en particulier fait déjà l'objet de vos soupçons, n'est-ce pas ? demanda Hong Jun en regardant Shi Chenglong droit dans les yeux.

— C'est-à-dire que… oui ! Shi Chenglong baissa à nouveau la tête : Mon oncle !

— Et pourquoi donc ?

— Simple… supposition, aucune certitude. Mais l'important n'est pas là ! Ce qui compte, c'est qu'il y a quelque chose de louche dans la mort de mon père.

— Pourquoi votre père a-t-il quitté son équipe de façon aussi soudaine ?

— C'est justement ce qui est très bizarre. C'est tout simplement incompréhensible ! Un de mes parents éloignés – qui s'appelle Shi Guangsheng et qui avait été réquisitionné avec mon père pour les travaux publics et travaillait dans son équipe – m'a dit que c'était à cause de la pierre Œil-de-Dragon ! »

Très intéressé, Hong Jun demanda : « Qu'est-ce que c'est ?

— Par chez nous, il y a une légende qui raconte qu'il y a très, très longtemps, un dragon céleste avait eu les deux yeux arrachés parce qu'il avait regardé en cachette les ébats amoureux du grand Empereur de Jade et de l'Impératrice ; il avait été condamné à vivre dorénavant sur terre en tant que gardien d'une montagne. Cette montagne, c'est celle du "Dragon-Roi", du "Dragon qui n'y voit" : ça sonne pareil, voilà pourquoi on lui a donné ce nom-là. On dit que ses yeux ont été jetés dans les montagnes alentour et qu'ils se sont changés en pierres précieuses, qu'on appelle les pierres "Œil-de-Dragon". On dit que celui qui réussirait à s'emparer d'une de ces pierres ferait certes la fortune de toute sa famille qui prospérerait en richesses et en honneurs, mais qu'une personne de son entourage risquait d'être victime de quelque accident. De plus, celui qui regarderait la lumière bleue qu'elles émettent dans la nuit y perdrait la vue. On dit encore qu'à l'époque des Song du Nord, quelqu'un avait ramassé une de ces pierres : une femme de sa famille était morte peu après de mort violente mais ses deux fils, plus tard, avaient fait une très belle carrière. Chez nous, tout le monde connaît cette légende et il semblerait même que les annales du district en aient gardé une trace écrite.

— Où ce Guangsheng a-t-il vu cette pierre Œil-de-Dragon ?

— Il a dit que c'était sur le chantier au pied de la montagne. Un après-midi, ils étaient en train de travailler lorsqu'il a aperçu mon père ramasser par terre un objet brillant et le fourrer dans la poche de sa veste ouatée. À la fin de la journée, il lui a demandé quel trésor il avait découvert mais mon père lui a dit qu'il n'avait rien trouvé du tout. Lui n'y a pas cru. Au beau milieu de la nuit, il s'est levé en cachette et, à tâtons, il a fouillé dans la poche de la veste où il a découvert un objet dur de la grosseur d'une coquille de noix, enveloppé dans un paquet de cigarettes vide. Tout doucement, il l'a ouvert. L'objet émettait une pâle lumière bleue. Aussitôt, il a senti un picotement dans les yeux ; il a remballé l'objet et l'a remis à sa place. Après s'être recouché, ses yeux le faisaient encore souffrir. Le lendemain matin, il eut du mal à supporter la moindre lumière et non seulement il ressentait une douleur, mais il y voyait trouble. Affolé, il fit part à mon père des événements de la nuit. L'objet en question ne pouvait qu'être la pierre Œil-de-Dragon ! avait dit mon père, tout excité. Tous deux s'accordèrent pour décider de mettre en commun ce trésor mais seul mon père en aurait la garde. Puis ils demandèrent un congé afin de rentrer chez eux, sous prétexte de devoir soigner les yeux de Guangsheng qui, très vite pourtant, devint aveugle !

— Ce genre de chose peut-il vraiment se produire ?

— C'est vrai qu'on a du mal à y croire ! Mais pourquoi diable Gangsheng serait-il allé inventer cette histoire ? Je ne suis pas superstitieux. Cela dit, ce n'est pas parce que la science, de nos jours, n'arrive pas encore à expliquer certaines choses qu'il faut nier leur existence. Pas vrai, avocat Hong ? »

Sans prendre la peine de lui répondre, Hong Jun lui demanda : « Vous-même n'avez pas vu cette pierre Œil-de-

Dragon, n'est-ce pas ? Et actuellement, personne ne sait où elle se trouve, c'est bien cela ?

— C'est exact ! Comment avez-vous deviné ? répondit Shi Chenglong en le regardant, non sans un certain étonnement.

— Sinon vous ne seriez pas venu solliciter mon aide, expliqua brièvement Hong Jun. Mais pourquoi êtes-vous venu me trouver au juste : pour que je vous aide à élucider les raisons de la mort de votre père, ou bien pour rechercher cette pierre Œil-de-Dragon ?

— Pour trouver la raison de la mort de mon père, bien évidemment. Il est impossible que sa mort reste inexpliquée ! Et je veux savoir qui l'a assassiné ! Quant à cette pierre, je n'ai aucune envie de la posséder. Si elle venait à réapparaître, je préférerais en faire don à mon pays !

— J'accepte de me charger de votre affaire.

— Quel soulagement ! Je savais bien que je n'étais pas venu pour rien !

— Je vais m'organiser pour aller dans le district de Wanglong dès demain. Vous viendrez ? dit Hong Jun en se levant.

— Bien sûr ! Je suis en vacances actuellement. Demain, je passerai vous prendre en taxi, décida Shi Chenglong en se levant lui aussi.

— Ce n'est pas la peine. J'ai l'habitude de conduire moi-même. Nous partirons d'ici demain matin à neuf heures précises. »

Song Jia, qui s'attardait sur le pas de la porte après le départ de leur client, dit à Hong Jun : « Cette fois-ci, Patron, vous devriez m'emmener avec vous !

— Ce n'est pas un voyage d'agrément et il n'est pas dit que ce soit sans danger !

— Vous aurez donc besoin de moi ! De plus, j'aimerais bien voir à quoi ressemble cette pierre Œil-de-Dragon.

— Tu n'as pas peur que le dragon veuille te prendre les yeux ? lui demanda-t-il le plus sérieusement du monde.

— Si vraiment il s'agit d'un dragon, je lui en ferai volontiers cadeau. Admettons que ce serait là ma modeste contribution à la sauvegarde des espèces en péril. Qu'est-ce que je risque ? repartit Song Jia, digne et résignée.

— Mais personne ne sait si le dragon appartient bien à la faune sauvage ! Si tel n'est pas le cas, non seulement tu auras perdu la face pour rien, mais en plus il y aura deux grands trous dedans ! Je me souviens d'une réplique qu'aimait à répéter un acteur comique : "Plus on a d'estomac et plus énorme est la face que l'on perd." Il y a certaines personnes de ma connaissance auxquelles cela correspond à merveille ! » poursuivit Hong Jun qui, quand il était d'humeur joyeuse, plaisantait volontiers avec son assistante.

Song Jia avait un grand respect pour les profondes réflexions de Hong Jun qui dépassaient en sagesse celles du commun des mortels ; mais elle appréciait davantage encore ses traits d'humour qui, selon elle, ajoutaient tendresse et sympathie au personnage. Dans un battement de cils qui découvrit un regard vif dans ses grands yeux, elle sourit et deux petites fossettes se creusèrent dans la peau blanche à peine teintée de rouge de ses joues. Pour ne pas être en reste, elle aussi se moqua : « Ah ! C'est comme ça ! Eh bien, moi aussi je connais quelqu'un du même genre. Il a un estomac gros comme ça ; imaginez-vous qu'il a eu l'audace de passer une nuit dans la montagne, dans une grotte, une certaine "grotte de l'Ours noir" [2]. Résultat : il s'est évanoui de peur à la vue d'un homme déguisé en femme et là, il a perdu la face en beauté !

— D'accord, d'accord, mais j'ai aussi mes "moments de gloire" [3] : inutile de faire uniquement allusion aux fois où je "bats la campagne" ! » s'empressa-t-il de préciser.

Song Jia se mit à rire : « C'est vous-même qui vous êtes reconnu ! Moi, je n'aurais jamais osé dire qu'il s'agissait de vous ! Ah ! Ah ! Ah !

— Commence par arrêter de te moquer de moi ! Je n'ai aucune idée de ce qui nous attend cette fois-ci dans la grotte

---

2. Allusion au précédent roman paru en France sous le titre *Crime de sang*, l'Aube, janvier 2003.

3. *Guo wu guan zhan liu jiang* : la locution chinoise signifie exactement : « pourfendre à six reprises des généraux ennemis et réussir à se frayer cinq fois le passage », autrement dit, réussir à se jouer des obstacles cinq fois sur six.

Wanglong, la grotte du Dragon-Roi. Le moment venu, tu ne sais pas du tout la tête que tu feras !

— Merci patron ! dit-elle avec le plus grand sérieux.

— Et de quoi ? demanda-t-il sans comprendre.

— D'accepter de m'emmener là-bas avec vous !

— C'est-à-dire que… Il fut bien obligé de sourire tout en poursuivant : D'accord ! Tu es devenue redoutable !

— On devient rouge au contact du vermillon et noir au contact de l'encre de Chine ! » lança-t-elle tout en se dirigeant vers son propre bureau de sa démarche souple et gracieuse.

# 2
# Les dénommés Tang et Shi

À trois heures de l'après-midi du lendemain, Hong Jun, Song Jia et Shi Chenglong arrivèrent au chef-lieu du district de Wanglong. Les grandes avenues nouvellement construites, larges et rectilignes, étaient bordées de toutes sortes de boutiques installées les unes à côté des autres, en rangs serrés. Sur les indications de Shi Chenglong, Hong Jun se rendit à la maison de la Culture. Là, il céda le volant à Song Jia et lui confia le soin d'aller, avec leur client, s'occuper des chambres. Elle ne devait revenir le prendre qu'à cinq heures.

Dans la salle de lecture, seules quelques rares personnes, disséminées çà et là, consultaient des livres. Il s'approcha de l'employée à laquelle il s'adressa avec un large sourire : « Bonjour Grande-Sœur ! Je suis de Pékin et je m'intéresse aux annales des différents districts. Pourrais-je emprunter celles d'ici pour y jeter un coup d'œil ? »

La « Grande-Sœur » en question, une femme d'âge mûr, jaugea son interlocuteur et lui sourit :

« Pourquoi est-ce qu'aujourd'hui on ne s'intéresse qu'à ces annales ? Et, en plus, ce sont tous des gens qui viennent de la grand-ville !

— Vraiment ? demanda Hong Jun. Quelle coïncidence !

— Je vous jure ! Ce monsieur là-bas, il m'en a emprunté un volume à l'instant, et il est de Tianjin. »

Hong Jun regarda dans la direction que la femme lui indiquait du doigt et vit, assis à une table, un homme d'âge moyen, à la chevelure légèrement frisée, aux traits réguliers et à la peau claire. En entendant ces mots, l'homme releva la tête, regarda Hong Jun et lui adressa un sourire puis, sans avoir compris pourquoi il faisait l'objet d'une telle curiosité, se replongea dans sa lecture.

Une fois en possession du volume de la *Nouvelle édition des annales du district de Wanglong*, Hong Jun alla s'asseoir en face de l'homme et ouvrit l'ouvrage. Il n'eut aucun mal à trouver les rubriques consacrées à la montagne Wanglong, à la grotte Wanglong et à la légende de la pierre Œil-de-Dragon dans la table des matières. En espionnant son vis-à-vis du coin de l'œil, il s'aperçut que ce dernier lisait avec attention la partie du livre consacrée à la légende de la pierre Œil-de-Dragon.

L'avocat n'en éprouva que plus d'intérêt encore pour la lecture de ces annales. Il découvrit que le livre disait exactement la même chose que ce que Shi Chenglong lui avait raconté, mais avec davantage de détails; de plus, s'y trouvaient les noms des protagonistes. Il relut l'histoire deux fois et parcourut avec une attention accrue la description de la montagne Wanglong et de la grotte du même nom. À son insu, la salle de lecture s'était vidée de ses occupants. L'employée s'approcha de lui: « Vous reviendrez demain; maintenant, on ferme! »

Hong Jun leva les yeux et vit qu'il n'y avait plus que lui dans la salle. Il quitta son siège précipitamment et, un peu mal à l'aise, s'excusa: « Pardonnez-moi! Je vous ai retardée. Mais ce livre est vraiment très bien. Extrêmement intéressant! Surtout le passage qui parle de la légende de la pierre Œil-de-Dragon; il est absolument captivant!

— La légende de la pierre Œil-de-Dragon? Mais ce n'est pas une légende, c'est la réalité vraie! rétorqua l'employée, pas peu fière.

— La réalité? Je ne peux y croire, protesta Hong Jun.

— J'en étais sûre! Attendez un peu. L'employée pénétra dans la petite pièce qui jouxtait la salle de lecture et revint avec un journal qu'elle tendit à Hong Jun:

— Regardez un peu ce qui est écrit là-dedans! »

C'était un petit hebdomadaire local du nom de *Yan Nan*[4]. En page quatre, un article intitulé « Réapparition de la pierre Œil-de-Dragon » faisait état de ce qui était arrivé au père de Shi Chenglong. Hong Jun releva la tête et, avec son plus beau sourire, demanda :

« Grande-Sœur, me serait-il possible de vous emprunter ce journal ? Ou bien pourriez-vous m'en vendre un exemplaire ?

— Vous voulez rire ! Je vous le donne, répondit-elle sans la moindre hésitation.

— Merci beaucoup ! »

Ravi de cet épisode inopiné, Hong Jun quitta la maison de la Culture devant laquelle, peu de temps après, Song Jia vint le récupérer.

L'hôtel Lac du Dragon était situé à côté du réservoir de la ville. Il consistait en plusieurs rangées de maisons basses avec chacune sa galerie d'accès, construites à flanc de coteau, séparées par des treilles luxuriantes et des parterres multicolores : de quoi ravir celui qui arrivait du brouhaha de la ville ! Mais la saison touristique battant son plein, l'hôtel avait été pris d'assaut ; la plupart des chambres avaient été réservées par des groupes. Hong Jun et Song Jia durent donc partager chacun la sienne avec un autre client isolé.

Lorsqu'il regagna la chambre double dans laquelle il avait été logé, Hong Jun découvrit que son compagnon n'était autre que l'homme de Tianjin qu'il avait rencontré à la maison de la Culture.

Ce dernier, quoiqu'un peu surpris lui aussi, l'accueillit aussitôt très chaleureusement :

« Bonjour ! Posez donc vos affaires sur le canapé. M'est avis que nous deux, on était destinés à se rencontrer ! Tout à l'heure à la maison de la Culture, et maintenant voilà qu'on loge dans la même chambre ! Ça, c'est vraiment drôle !

— En vérité, ce n'est pas si étonnant que cela, plaisanta Hong Jun ; la ville n'est pas si grande et deux touristes comme

4. *Yan* : nom d'une montagne située aux environs de Pékin (une autre appellation possible de Pékin également) et *Nan* : le sud.

nous se retrouvent tout naturellement dans les mêmes endroits. Ce n'est pas votre avis ?

— Rien qu'à vous entendre, on voit bien que vous avez de l'instruction ! Vous devez être professeur d'université ou historien, c'est ça ?

— Ce que je peux dire, c'est que je m'intéresse à l'histoire.

— Vous autres de Pékin vous êtes bien réservés et bien modestes. Moi, je suis de la Société de promotion des voyages culturels de la ville de Tianjin, et je m'appelle Tang Jianye. C'est quoi votre nom ?

— Hong Jun [5].

— Alors moi je devrais m'appeler Bai Jun. S'il n'y avait eu que la "*hong jun*", l'Armée rouge, et pas de "*bai jun*", d'armée blanche, la guerre n'aurait pas pu éclater !

— Mon nom est Hong, comme quand on dit "*hong shui meng shou*" – "les pires catastrophes" – et Jun comme dans "*qian jun yi fa*" – "ça ne tient qu'à un cheveu [6]" précisa l'avocat en souriant à cet homme qui décidément ne manquait pas d'intérêt.

— J'avais donc mal compris ! Mais je parierais quand même que votre père était un ancien de l'Armée rouge, tout au moins un de ceux d'avant 38 [7]. Est-ce que je me trompe ? »

Sans répondre, ni par oui ni par non, il lui sourit et demanda :

« Vous êtes venu seul ici ?

— Je suis en congé et, en passant, j'ai voulu examiner un peu ce que la région pouvait offrir en matière de tourisme. Cet après-midi, à la maison de la Culture, j'ai feuilleté quelques bouquins. C'est pas pour me vanter mais si, un jour, j'étais nommé chef de ce district, je vous jure qu'en deux ans je ferais la fortune des gens d'ici. Vous croyez pas ? Et rien qu'avec les ressources touristiques du coin ! Pas vrai ? »

5. Phonétiquement, ce nom peut prêter à confusion car, pour un Chinois, la signification la plus courante des deux mots qui le composent est « l'Armée rouge » ( *hong* = rouge ; *jun* = armée) mais la graphie des caractères est différente.

6. Précision nécessaire en raison du grand nombre d'homophones que compte la langue chinoise mais cette façon « d'épeler » le chinois, très particulière au héros, est une sorte d'autodérision.

7. De ceux qui s'étaient joint à la révolution communiste avant 1938.

À peine s'était-il tu qu'on frappa à la porte. Hong Jun alla ouvrir : c'était Song Jia, qui venait le chercher pour dîner. L'avocat offrit alors à Tang Jianye de les accompagner. Après avoir salué la jeune femme, ce dernier accepta et tous trois se rendirent au restaurant.

L'endroit était très fréquenté et retentissait du brouhaha ininterrompu des rires et des conversations. Shi Chenglong, déjà attablé, avait passé la commande et les attendait. À l'hôte inconnu qui arrivait en compagnie de l'avocat et de son assistante il demanda : « À qui ai-je l'honneur ? »

Avant que Hong Jun ait pu faire les présentations, Tang Jianye répondit : « Mon nom n'a rien d'honorable ! Mais je ne peux pas vous le dire : c'est si bon à manger que vous risqueriez ensuite de trouver ce repas bien fade en comparaison ! »

Contrarié, Shi Chenglong demanda à nouveau : « Mais enfin, qui donc êtes-vous ?

— Mon méprisable nom est Tang [8] », répondit cérémonieusement l'intéressé.

Song Jia pouffa de rire, Hong Jun sourit aussi mais pas Shi Chenglong qui, regardant Song Jia, dit avec calme : « Vous pensez que maintenant c'est moi qui ne peux plus dire comment je m'appelle parce que, non seulement c'est quelque chose que vous aimez aussi, mais, de plus, vous en mangez tous les jours et à tous les repas et il n'est pas question pour vous d'y couper une seule fois ! »

Avant même d'avoir entendu la fin de la phrase, Song Jia riait déjà à gorge déployée.

« C'est quoi votre nom ? demanda Tang Jianye.

— Shi [9] » répondit Shi Chenglong en baissant les yeux.

L'autre éclata de rire et, pour mettre tout le monde à l'aise, enchaîna : « Quelle coïncidence ! Moi c'est Tang, et vous c'est Shi. Vous êtes vraiment très drôle ! Mais ça n'a rien d'étonnant.

---

8. *Tang* est l'un des « 100 noms de famille » chinois, celui d'une célèbre dynastie d'empereurs ; mais, en l'occurrence, c'est un homophone du terme qui signifie « sucre ».

9. *Shi* : ce nom de famille qui signifie « Histoire » est également homophone du terme qui désigne la nourriture (et des quelque 148 mots environ qui se prononcent « Shi » en chinois !)

Nous ne faisons que blaguer ! En réalité, moi je pense que c'est toute la vie qui n'est qu'une bonne blague. Je vous fais une blague, vous m'en faites une mais, si on n'y prend pas garde, ça tourne mal, on commence à se disputer et à se taper dessus. Ces guerres au Moyen-Orient, en Bosnie-Herzégovine, elles n'ont pas toutes commencé comme des jeux ? Vous ne pensez pas que j'ai raison, professeur Hong ? »

Comprenant pourquoi Hong Jun ne répondait pas, Song Jia prit la parole : « Notre hôte s'appelle vraiment Shi, et il est du village de la famille Shi.

— Quoi ? Du village des Shi ? Celui qui se trouve tout près de la grotte Wanglong ? demanda Tang Jianye en se tournant vers l'intéressé.

— Exactement, approuva ce dernier en opinant du chef.

— Ça tombe bien ! Je suis de la Société de promotion des voyages culturels de la ville de Tianjin et je m'appelle Tang Jianye. Le but de mon voyage est justement d'évaluer l'intérêt touristique de la grotte Wanglong. Voici ma carte. Et ce n'est pas une "carte truquée" [10] ! Si vous avez l'occasion de venir à Tianjin dans l'avenir, faites-moi signe, je serais ravi de pouvoir vous aider ! J'y ai des relations ! Pour commencer, je vous offre un verre. Je suis généreux quand c'est pas moi qui régale, affirma leur hôte en levant son verre de bière et en le vidant d'un trait ; après quoi il s'essuya la bouche d'un revers de la main et ajouta : Il y a une chanson qui circule ces temps-ci, une sorte de poème qui s'appelle "*Qigong*". Je sais pas si vous l'avez déjà entendu. Non ? Alors je vais le réciter pour vous. Il est très intéressant ! Si vous ne me croyez pas, regardez-y de plus près. Toutes les rimes sont en « *Qi* [11] ». Tang Jianye but alors une bonne gorgée

10. Jeu de mot en chinois : *pian zi*, phonétiquement, signifie aussi bien « carte de visite » que « escroc, imposteur, celui qui trompe les autres », la graphie étant cependant différente.

11. Rime que, malheureusement, il n'a pas été possible de reproduire dans la traduction française et qui, de toutes façons, n'aurait pas eu la même charge de signifiant qu'en chinois où il recouvre des notions concrètes comme celle de « souffle », d'énergie vitale, aussi bien que d'autres, abstraites, ayant trait à la sphère des sentiments, de l'esprit, du moral. La traduction n'étant pas possible dans les termes, elle a cependant respecté l'esprit.

de bière puis, d'une voix forte et en y mettant le ton, il se mit à déclamer :

*Si tu fais un cadeau, ne sois pas radin,*
*Si tu en reçois, prends sans faire de façons ;*
*Au moment de la retraite, n'aie pas de rancœur,*
*Mais dans ton métier ne fais pas l'important ;*
*Si tu profites des autres, ne va pas t'en vanter,*
*Si on te traite injustement, ne trouve pas ça écœurant ;*
*Tu es un haut fonctionnaire : surtout ne nuis à personne,*
*Tu fais partie du petit peuple : n'en fais pas tout un plat ;*
*Que ceux qui ont de l'argent ne le crient pas sur les toits,*
*Que ceux qui n'en ont pas n'en prennent pas ombrage ;*
*Inutile en tout cas de s'essouffler à suivre aveuglément les autres,*
*C'est notre société qui fonctionne ainsi !*
*Vite, viens avec moi t'entraîner au Qigong,*
*Et chaque jour contrôle ton souffle profond ;*
*Tu éviteras ainsi de te faire du mouron,*
*Et d'exploser quand tu n'en pourras mais ;*
*Peu importe si tu te rends odieux,*
*Même si on t'accuse d'empoisonner l'atmosphère,*
*Rien ne pourra désormais*
*Déchaîner ton courroux !* »

Incapable de se retenir plus longtemps, son auditoire éclata de rire.

« Je me demandais pourquoi les adeptes du Qigong étaient de plus en plus nombreux ; apparemment, ce n'est pas étonnant ! s'exclama Song Jia.

— Je ne sais pas qui a composé cela, mais c'est très bien vu ! dit Hong Jun.

— C'est la voix du peuple. C'est d'un peu tout le monde : chacun a rajouté son couplet et, phrase après phrase, le poème est né. À peu près comme notre légende de la grotte Wanglong, avança Shi Chenglong.

— C'est donc de la culture populaire ! Nous qui voulons promouvoir les voyages culturels, c'est ce genre de choses qu'on doit recueillir. C'est le patrimoine culturel de la mère-patrie. Qu'est-ce que vous en dites ? » Puis, comme si quelque chose lui venait soudain à l'esprit, Tang Jianye se tourna vers Hong Jun et lui demanda : « Qu'est-ce que vous avez comme projets pour demain ? J'irais bien faire un tour du côté de la grotte Wanglong. Vous n'auriez pas l'intention d'y aller vous aussi ?

— C'est exact. Chenglong nous a invités à venir ici ; il pensait nous montrer ce que les paysages ont d'étrange et de merveilleux et nous donner l'occasion de voir un peu comment vivent les gens des montagnes. Cela fait trop longtemps que nous vivons en ville ; notre désir de nature se fait cruellement sentir ! répondit Hong Jun d'une voix où perçait l'émotion.

— C'est épuisant de vivre en ville ! ajouta Song Jia.

— Cela dit, ça présente aussi de gros avantages ! rétorqua Tang Jianye tout en mastiquant un morceau de poulet ; la voiture, le téléphone, les magasins, toutes sortes de lieux de divertissement, autant de choses qu'on n'a pas quand on vit en montagne. Admettons que vous vouliez aller à la grotte Wanglong : ça fait plusieurs dizaines de *li* ! Sans voiture, c'est pas très commode. Moi-même, je me demande encore comment je vais bien pouvoir y aller demain !

— Nous sommes en voiture. Si vous voulez, vous n'aurez qu'à venir avec nous.

— Vraiment ? Mais c'est formidable ! Je paierai ma part ; je peux me faire rembourser mes frais de déplacement au retour ! applaudit Tang Jianye, tout content.

— Nous ne pouvons malheureusement pas vous émettre de note de frais ! lui dit Song Jia, impassible.

— Dans ce cas… c'est moi qui vous invite ce soir ! rétorqua-t-il.

— J'ai déjà tout réglé ! intervint Shi Chenglong.

— Alors, je me vois dans l'obligation d'avoir l'honneur d'être votre hôte. Il va sans dire que la prochaine fois que vous viendrez à Tianjin, c'est moi qui invite ! Parole d'homme de bien ! Cochon qui s'en dédit ! À quelle heure partons-nous demain matin, professeur Hong ?

— Nous n'avons qu'à partir juste après le petit déjeuner! » répondit Hong Jun en consultant Shi Chenglong du regard.

« De toute façon, l'avocat et vous-même logez dans la même chambre : il ne va pas vous oublier! » ajouta Song Jia.

À la fin du dîner, Song Jia leur proposa d'aller faire un tour du côté du réservoir mais Hong Jun, qui avait hâte de lire l'article de l'hebdomadaire *Yan Nan*, refusa sous prétexte qu'il était trop fatigué et dit qu'il allait rentrer à l'hôtel avec Tang Jianye. Devant la mine dépitée de Song Jia, Shi Chenglong s'offrit de l'accompagner dans sa promenade.

« Mais n'aviez-vous pas dit que vous deviez rendre visite à des amis à vous ce soir?

— Peu importe si je tarde un peu! Vous venez de loin et, de plus, vous vous occupez de mon affaire ; il est de mon devoir de vous servir de guide. Où aviez-vous l'intention d'aller?

— Je voulais aller au bord du lac de retenue faire une promenade. Il fait une chaleur étouffante, ici! »

Tous deux sortirent de l'enceinte du restaurant et, par une petite allée tortueuse, parvinrent à un kiosque hexagonal sur les bords du lac. Le soleil couchant était déjà à moitié caché derrière l'imposant barrage et la surface de l'eau reflétait une lumière blanche aveuglante. D'agréables bouffées d'air frais montaient de la surface de l'eau et le spectacle de la forêt, sur la rive d'en face, rassérénait la jeune fille.

« Que pensez-vous du dénommé Tang? demanda-t-elle à son compagnon.

— Pas grand-chose! J'en ai vu beaucoup comme lui. Tout ce qu'ils savent faire, c'est ouvrir leur grande gueule, manger à tous les râteliers et profiter de leur prochain! Vous n'êtes pas de mon avis?

— Moi non plus je n'aime pas ce genre d'énergumènes; ils sont trop sans-gêne.

— C'est tout à fait ça! Je trouve que l'avocat n'aurait pas dû accepter qu'il vienne avec nous en voiture.

— Ah! Pour ça, Hong Jun est quelqu'un de trop bon. S'il n'était pas si intelligent, il se serait fait avoir bien des fois!

— L'avocat Hong est-il marié?

— Pourquoi me posez-vous cette question ?

— J'ai demandé ça comme ça, sans aucune raison précise !

— Pas encore.

— Et vous, mademoiselle Song ? demanda-t-il d'une voix bizarre.

— Je suis célibataire ! lui dit-elle en le regardant.

— Votre petit ami est sans aucun doute l'avocat Hong, n'est-ce pas ?

— Ne dites pas de bêtises ! Il y a longtemps que le cœur de l'avocat est pris ! Mais dites-moi, monsieur Shi, comment se fait-il que vous vous intéressiez autant à la vie privée des gens ?

— J'essaie seulement de comprendre un peu la situation avant toute chose. » D'une voix qui avait repris son intonation habituelle, il poursuivit :

« Vous savez, ici, dans les montagnes, la vie est monotone et les gens sont des êtres simples. Quand ils rencontrent un étranger, soyez sûre qu'une des premières choses qu'ils lui demandent, c'est s'il est marié ou pas. Et puis, l'avocat et vous, on dirait tellement deux stars de cinéma !

— Allons ! Allons ! N'allez surtout pas prendre exemple sur le sieur Tang ! À propos, et votre famille à vous ? Combien êtes-vous ?

— Il y a ma mère, mon frère cadet et ma petite sœur ; lui a vingt-trois ans, et elle vingt. Ils travaillent tous les deux dans l'usine de transformation de fruits de mon oncle.

— Hier, vous avez dit que vous soupçonniez votre oncle ; pour quelles raisons ?

— Si je vous ai dit ça, mademoiselle Song, c'est parce que je pense que vous êtes quelqu'un à qui je peux faire entièrement confiance.

— Je vous en prie, trêve de compliments ! Je ne suis pas habituée à être l'objet de tant de faveurs ! Ça me monte facilement à la tête !

— Vous avez vraiment beaucoup d'esprit ! L'avocat Hong a une chance inouïe de vous avoir pour secrétaire.

— Parlez-moi plutôt de votre oncle.

— C'est le cousin germain de mon père[12], il s'appelle Shi Wengui[13]; mon père, lui, c'est Shi Wugui[14]. L'intention de leurs pères, en les appelant ainsi, avait été de les voir allier leurs dons pour faire honneur à leurs ancêtres aussi bien dans le monde des lettrés que dans le métier des armes. Mais, du plus loin que je me souvienne, ils n'ont jamais entretenu de très bonnes relations. Par contre, ils ont bien tenu l'un le pinceau, l'autre l'épée. Mon oncle a été comptable dans une équipe de production et mon père, chef de peloton dans la milice populaire. Après la dissolution des équipes de production, mon oncle a commencé par être voyageur de commerce et puis il a fait du transport et il a gagné pas mal d'argent. En plus, l'année dernière, il a monté une entreprise de transformation de fruits et il est considéré comme étant devenu l'homme le plus riche du village ! Apparemment, leurs pères avaient été très perspicaces dans le choix qu'ils avaient fait des prénoms des deux garçons: mon oncle avait le cerveau vif et du flair, mon père avait pour lui la force physique ! Ces dernières années, je m'étais aperçu que mon père contenait comme une sorte de colère rentrée. C'est parce qu'il ne pouvait pas voir mon oncle, ce richard mal dégrossi, qu'il est parti pour les travaux publics[15] ! Il avait été très heureux de me voir réussir l'examen d'entrée à l'université et devenir élève-chercheur en année de maîtrise. Pour tout dire, si ce n'avait pas été ma mère qui avait insisté, il n'aurait jamais laissé mon frère et ma sœur aller travailler dans l'entreprise de mon oncle. Lui qui avait l'habitude de dire : « On n'a qu'une vie : de la richesse et des honneurs faire fi, seul l'esprit moral mettre au défi ! », lorsqu'il

12. Le terme « oncle » ne doit pas être entendu dans le sens strict que nous lui donnons en français : il s'agit d'un parent proche de la génération des parents. De même, les cousins germains se considèrent entre eux comme de vrais « frères », d'où certaines appellations qui peuvent prêter à confusion.

13. *Wengui* pourrait se traduire par « qui a de la valeur dans le domaine littéraire ».

14. De la même façon, *Wugui* signifie : «qui a de la valeur dans le domaine des affaires militaires ».

15. Il s'agit d'une forme de travail dans l'intérêt de la communauté, et non d'une entreprise individuelle.

a trouvé la pierre Œil-de-Dragon, aurait-il pu s'empêcher d'aller tout raconter à mon oncle ? Et cet oncle, qui aurait fait n'importe quoi pour de l'argent, quand il a vu cet inestimable trésor, aurait-il pu ne pas être terriblement jaloux ? Voilà pourquoi je doute que mon père soit mort de maladie.

— Avez-vous des preuves ?

— Pour le moment, non, mais je cherche. Si je vous ai demandé de venir, c'est pour vous prier de m'aider à en trouver. Je crois savoir que l'avocat Hong a de l'expérience en la matière, n'est-ce pas ?

— C'est vrai, c'est là sa spécialité.

— Je crains toutefois de devoir aller personnellement me renseigner sur certaines choses, vous ne croyez pas ? »

Song Jia poursuivit son questionnaire : « Comment étaient les relations entre vos parents ?

— Quand j'étais petit, tout allait bien à la maison ; mais après mon entrée au lycée, mes parents se chamaillaient souvent et il arrivait que ma mère n'adresse plus la parole à mon père plusieurs jours de suite !

— Chez votre oncle, combien étaient-ils ?

— Ma tante est décédée prématurément ; ils avaient une fille. Elle a échoué trois fois à l'examen d'entrée à l'université ; depuis, elle traîne chez eux sans rien faire. Elle a un an de plus que ma sœur : ça lui fait vingt et un ans.

— Les gens de la montagne ne sont apparemment pas aussi simples que cela. Il doit y avoir pas mal d'histoires dans le coin !

— Bien sûr, les gens d'ici sont des hommes comme tout le monde et ils n'ont rien à envier aux habitants des villes. Simplement, ils ne sont pas nés dans un environnement aussi favorable. Mais je suis convaincu qu'ils valent bien ceux de la ville. Et si l'occasion leur en est offerte, ils sont encore plus capables qu'eux ! rétorqua Shi Chenglong que l'émotion rendait vindicatif.

— Mais je n'avais absolument pas l'intention d'être méprisante à l'égard des gens d'ici, monsieur Shi ! En réalité, je vous envie, vous qui vivez dans les montagnes.

— Mademoiselle Song, ne vous offusquez pas ! Ce n'est pas après vous que j'en avais ! Je voulais dire que…

— Il n'y a pas de mal, inutile de vous justifier, interrompit-elle tout en regardant la surface de l'eau qui devenait d'un bleu plus sombre ; alors, se tournant vers Shi Chenglong, elle suggéra : Il est déjà tard, je devrais rentrer ! »

Il la raccompagna jusqu'à l'hôtel Lac du Dragon et s'éclipsa sans tarder.

# 3
# Étrange testament

De retour dans sa chambre, Hong Jun s'était installé sur le canapé pour lire le fameux article. Tang Jianye alluma le poste de télévision puis, se tournant vers lui aussitôt, lui demanda : « La télé ne vous dérange pas, maître Hong ?

— Pas du tout ! Chez moi, je lis aussi avec la télévision ou la radio allumée ; aucune importance ! »

Tang Jianye baissa quand même le son et, remarquant que Hong Jun avait entre les mains un exemplaire du *Yan Nan*, lui demanda : « Vous vous intéressez aussi à ce genre de presse locale ?

— Quand je viens en villégiature dans une région, répondit Hong Jun en abandonnant sa lecture, je veux comprendre les conditions de vie des gens et les mœurs locales. Quant à ces publications régionales, elles sont parfois très intéressantes ! Il y a là un article à propos de cette pierre Œil-de-Dragon que vous, en tant que professionnel du tourisme, vous vous devez absolument de lire.

— Quoi ? Ce truc-là ? La pierre Œil-de-Dragon ? J'ai lu cet article. C'est de la pure invention d'un petit journaliste minable ! Le genre de chose qui, si on y croit, risque de semer la zizanie dans un couple au point de l'amener au divorce !

— Ah bon ? Je ne l'ai pas encore lu en entier, aussi il m'est difficile d'en juger. Cela dit, pour ce qui est des phénomènes étranges, je suis d'avis qu'il vaut mieux commencer par y croire avant de les mettre en question. Pour savoir si, en fin de compte, il y a quelque chose de vrai, on prend son temps et on vérifie !

— C'est pas étonnant, vous êtes historien ! Eh bien, vérifiez donc ; moi, je dois ranger un peu mes affaires pour préparer notre excursion à la grotte Wanglong. »

Hong Jun se replongea dans la lecture attentive de l'article du journal. À son avis, ce journaliste n'était nullement dépourvu de talent littéraire; le récit qu'il faisait de la façon dont Shi Guangsheng avait perdu la vue et des instants qui avaient précédé la mort de Shi Wugui était vraiment haut en couleurs:

*C'était une nuit sans lune et le silence était total. D'une main tremblante, Shi Guangsheng ouvrit délicatement le paquet vide de cigarettes et dans le bruissement du papier argenté qu'il défroissait en frémissant, il vit apparaître un objet sphérique de la grosseur d'un œil de bœuf, de couleur gris argenté et qui, de plus, émettait une faible lueur bleu pâle. Cette lumière lui donnait l'impression d'avoir sous les yeux un palais, d'où montaient des volutes de fumée d'encens, et d'y voir le lit du dragon d'une blancheur aussi pure que du jade. Il était comme subjugué par cet objet étrange et magique ! Soudain, il vit briller un éclair rouge et ressentit comme la piqûre d'une myriade de pointes d'acier qui s'enfonçaient dans ses yeux…*

*… Allongé sur son lit de douleur, Shi Wugui remue péniblement ce corps qui ne répond déjà plus à ses ordres. Sur son visage on peut lire la souffrance mais, au-delà de cette souffrance, c'est comme s'il y avait aussi une expression d'enthousiasme et de désir ardent. Un tremblement agite sa bouche desséchée et une suite de syllabes incohérentes en sort lentement : « La grotte Wanglong… Chenglong… la grotte Wanglong… Attrape le grillon… Chenglong… la pierre Œil-de-Dragon… Chenglong… la pierre Œil-de-Dragon… Chenglong… le grillon dans le pot… » Un ultime son sort de sa gorge puis les mouvements de son corps cessent, les muscles de son visage peu à peu se détendent et une expression sereine, voire heureuse, se dessine enfin…*

Hong Jun ferma les yeux pour essayer de se représenter la scène décrite dans l'article et de réfléchir à ce que pouvaient bien signifier les dernières paroles de Shi Wugui. Dans son papier, le journaliste précisait en outre que son récit était entièrement basé sur les témoignages des parties en cause et des gens présents sur les lieux, toutes choses ayant été vérifiées à maintes reprises et donc parfaitement fiables. L'avocat commença alors son habituel « massage de la boîte crânienne » en se passant la main droite dans les cheveux.

« Professeur Hong, vous n'êtes pas fatigué ? Moi je vous dis que ce genre de truc, c'est juste bon à lire pour s'amuser : on peut pas prendre ça au sérieux ! Si on le prend au sérieux, ça vous embrouille les idées et si vous avez pas les idées claires, vous allez sûrement y croire. Les superstitions, ça naît comme ça ; c'est juste des croyances qui viennent aux esprits confus ! Ah ! Ah ! Ah ! »

Hong Jun avait rouvert les yeux et il répondit aux propos de Tang Jianye en souriant : « En réalité, je n'ai rien d'un esprit crédule, et pourtant j'y crois. Tous les gens dont on parle dans l'article sont bel et bien réels ; comment serait-il possible d'affirmer que tout cela n'est que pure invention ?

— Il ne lui aurait pas été difficile d'inventer certains noms ! interrompit Tang Jianye.

— Ce que vous ne savez pas, c'est que Shi Chenglong, la personne qui nous accompagne, est précisément le fils de celui qui a trouvé la mort !

— Vraiment ? s'étonna Tang Jianye en ouvrant de grands yeux. Il mit un moment avant de pouvoir poursuivre : Alors, il se pourrait bien qu'il y ait quelque chose de vrai là-dedans !

— Le monde est tellement vaste qu'il ne faut s'étonner de rien ! » déclara Hong Jun en se levant puis, voyant que Tang Jianye mettait une combinaison de caoutchouc gris sombre munie d'une capuche dans le sac qu'il était en train de préparer, il lui demanda, très intéressé : « Comment se fait-il que vous emportiez ce genre de vêtement en voyage ?

— Ça, c'est du matériel de plongée. Vous trouvez que c'est très épais, n'est-ce pas ? C'est parce que ça sert à conserver la chaleur. Vous ne pouvez savoir que j'adore aller explorer, et en particulier les grottes creusées dans la montagne. On dit d'habitude que le ciel est difficile à atteindre. Selon moi, ce n'est pas si difficile que ça. C'est même un jeu d'enfant. Il vous suffit de monter dans un avion, et vous y voilà ! En réalité, il est bien plus difficile d'atteindre les profondeurs de la terre ! Mais, moi, j'aime la difficulté et c'est pourquoi je consacre mon temps libre à ma passion : l'exploration des grottes dans les montagnes. J'ai entendu dire que personne, jusqu'à présent, n'avait réussi à atteindre le fond de la grotte Wanglong ; c'est pourquoi je veux aller voir un peu à quoi ça ressemble. Et si par hasard, dans la grotte, il y avait une rivière souterraine, j'aurais ainsi mon matériel de plongée immédiatement à ma disposition.

— À quoi cela vous sert-il ? demanda encore Hong Jun en montrant du doigt un instrument de mesure avec une aiguille qui se trouvait à côté.

— Ah, ça ! Ça sert à s'orienter. Quand on explore une grotte, le plus grand danger consiste à perdre le sens de l'orientation, voilà pourquoi il faut se munir d'un instrument directionnel de précision. On ne plaisante pas avec ces choses-là : une simple boussole ne fait absolument pas l'affaire parce que, en montagne, ces machins, ça risque de se détraquer. Si vous vous perdez dans une grotte, je ne vous fais pas un dessin, vous savez ce que ça veut dire !

— Il est sûr qu'un bon ouvrier doit avoir les outils adaptés ! Pendant que vous rangez vos affaires, je vais faire un tour dehors. Il a vraiment fait très chaud aujourd'hui ! » déclara Hong Jun qui sortit aussitôt et alla profiter de la fraîcheur sous la treille. Il alla jusqu'à la chambre de Song Jia et la demanda ; lorsqu'on lui apprit qu'elle n'était pas encore rentrée, il commença à s'inquiéter et s'apprêta à aller l'attendre à la porte d'entrée. Chemin faisant, il la vit qui réintégrait les lieux.

« Où allez-vous donc… "professeur" Hong ? lui demanda Song Jia qui connaissait parfaitement la réponse.

— Je craignais que tu te sois perdue !

— Il vous arrive donc, très exceptionnellement, de penser à moi ?

— C'est moi qui t'ai amenée jusqu'ici : je suis responsable de toi ! Et qu'est donc devenu Shi Chenglong ?

— Il m'a tenu compagnie jusqu'à maintenant ; il vient tout juste de s'en aller, répondit-elle en appuyant sciemment sur les deux mots "tenu compagnie".

— Les abords du réservoir doivent, sans aucun doute, offrir de merveilleux paysages ; sinon, tu ne serais pas rentrée si tard, conclut Hong Jun ; après quoi ils rentrèrent dans la cour de l'hôtel en marchant côte à côte.

— Les paysages sont certes magnifiques, mais je n'ai pas fait qu'admirer la nature !

— Quoi d'autre alors ?

— Selon vous, qu'ai-je donc bien pu faire d'autre avec Shi Chenglong ? Puis, à dessein, elle marqua une pause avant de poursuivre avec un sourire malicieux : Je me suis renseignée sur les détails de l'affaire, bien sûr ! » Elle lui répéta ensuite à mi-voix tout ce que lui avait raconté Shi Chenglong. À son tour, Hong Jun lui parla du contenu de l'article du journal.

« À mon avis, ce que raconte ce petit journaliste n'est pas crédible. Les grands discours démagogiques, l'exploitation de simples ouï-dire, aller jusqu'à faire passer le faux pour le vrai, inventer des histoires à partir de rien, c'est la spécialité et le jeu préféré des journalistes de seconde classe ! On ne peut certainement pas croire à leurs affabulations. »

Hong Jun hocha la tête et, en prenant tout son temps, rétorqua : « Je crois que l'on ne peut ni accorder un total crédit à ce qu'ils disent, ni rejeter leurs propos en bloc. Prends par exemple cet article : bien qu'il soit difficile d'admettre sa conception des choses et que certains propos soient d'une parfaite absurdité, certains passages sont tout à fait crédibles ou, pour le moins, dignes d'un examen plus approfondi de notre part. Quant aux scènes qu'il décrit, montrant Shi Guangsheng en présence de la pierre et Shi Wugui prononçant ses dernières paroles, il est impossible qu'il les ait inventées de toutes pièces. À mon avis, ce Shi Guangsheng est un personnage clé puisque, Shi Wugui ayant disparu, il reste sans doute le seul à avoir vu de ses propres yeux la pierre Œil-de-Dragon. Il n'en reste pas moins que cela ne repose que sur ses dires et qu'il n'y a aucun autre témoin.

— Vous voulez dire que tout cela pourrait n'être que pure invention de la part de Shi Guangsheng ? Mais quelles auraient pu être ses motivations ? Et n'est-il pas réellement devenu aveugle ? poursuivit Song Jia en suivant le raisonnement de l'avocat.

— Ce n'est là qu'une simple hypothèse et bien sûr, il y en a de nombreuses autres. Il n'en reste pas moins que c'est l'homme sur lequel nous devons enquêter en premier.

— L'oncle de Shi Chenglong doit également être au centre de nos investigations. Bien que notre client ne nous ait pas donné beaucoup de précisions à ce sujet, je suis convaincue qu'il y avait toujours entre Wugui et Wengui quelque chose comme une vieille rancune. Si par hasard il s'agissait d'un meurtre, ce serait Shi Wengui, notre personnage-clé.

— Le problème, c'est que nous ne pouvons absolument pas affirmer pour l'instant qu'il s'agit d'un meurtre, puisque nous ne connaissons pas les causes de la mort de Shi Wugui ! Il semblerait que nous devions enquêter tous azimuts !

— Je sais bien que l'heure n'est pas aux conclusions, mais j'ai quand même bien l'impression que Shi Wugui a été assassiné. L'affaire doit être sacrément compliquée ; elle risque de nous donner du fil à retordre et nous aurons aussi affaire à pas mal de résistances !

— Certains disent que, bien que les femmes ne soient pas aussi douées que les hommes en matière de déduction logique, leurs capacités de perception sensitives et intuitives dépassent la plupart du temps celles des hommes. Aussi leurs impressions sont-elles souvent justes.

— N'êtes-vous pas là en train de me faire des compliments ?! » dit-elle en levant les yeux vers Hong Jun dont elle pensait surprendre l'expression à la faveur d'un peu de cette lumière d'un jaune blafard que répandaient les réverbères, mais en vain.

En souriant il répondit : « Ce n'était qu'une considération absolument neutre. Je ne le disais pas pour toi. Pourquoi es-tu si sensible à ce que je dis ?

— Vous êtes mon patron, raison pour laquelle je me dois de prêter une attention toute particulière à la façon dont vous me jugez ! Ou bien ne devrais-je pas ?

Il ne répondit pas à sa question mais précisa : « Ce à quoi tu dois prêter attention, c'est à la façon dont tu m'appelles, surtout une fois que nous serons dans le village des Shi. Il vaudrait mieux que dans cette enquête nous ne révélions pas tout de suite nos qualités respectives ; nous sommes censés être des touristes ; alors, appelle-moi plutôt professeur Hong.

— Je sais bien que c'est le titre que vous préférez ! Aucune objection de ma part !

— Il s'agit d'une nécessité d'ordre professionnel. Et d'ailleurs, ne suis-je pas largement qualifié pour être ton professeur ?

— Ça dépend de quelles études on parle !

— Pourquoi, "quelles études" ?

— Il y a bien une matière dans laquelle vous avez quelques lacunes !

— C'est évident ! L'élève n'est pas forcément inférieur au maître en tout ! »

Un croissant de lune s'élevait du faîte du toit côté est. Les clients de l'hôtel sortis prendre le frais regagnaient un à un leurs chambres. Après avoir reconduit Song Jia à sa porte, Hong Jun se décida lui aussi à rentrer. Mais, lorsqu'il voulut ouvrir la porte de sa chambre, il s'aperçut qu'elle était fermée de l'intérieur ; il frappa mais n'obtint aucune réponse. Il frappa alors plus fort tout en appelant : « Vieux Tang ! Venez m'ouvrir ! C'est moi, Hong Jun. »

Alors, de l'intérieur de la pièce, un bruit lui parvint suivi de la voix de Tang Jianye qui disait : « Professeur Hong, attendez un petit peu. Je suis aux cabinets ! » Un moment plus tard, on entendit le bruit de la chasse d'eau ; après quoi seulement Tang Jianye vint lui ouvrir, avec force excuses. Hong Jun lui trouva un air peu naturel mais ne dit rien. Comme si de rien n'était, il fit un tour d'horizon de la chambre mais ne découvrit aucun indice qui lui permette de soupçonner quoi que ce soit. Il ne lui restait qu'à garder pour lui la question qu'il se posait : que pouvait donc bien manigancer cet individu ?

## 4
## Gens des villes et gens des montagnes

Après avoir salué Song Jia, Shi Chenglong se rendit dans une cour [16] proche du centre-ville. Il s'agissait d'une vaste maison sans étage, dont l'intérieur était très joliment décoré et agencé de façon très moderne. Une petite mais ravissante jeune fille au visage ovale vint lui ouvrir. Elle répondait au doux nom de Tang Guixiang – Tang Osmanthe parfumée – et était employée au bureau de poste et télécommunications de la ville. Elle l'accueillit par un joyeux:

« Ah ! Mais c'est Grand-Frère Chenglong ! Quand donc es-tu arrivé ? et, sans attendre sa réponse, elle se précipita à l'intérieur en criant: Papa, maman, Grand-Frère Chenglong est là ! »

Son père avait pour nom Tang Liangcai – Tang-le-Bon-et-le-Talentueux – et exerçait les fonctions de directeur adjoint à la Chambre de commerce et d'industrie du district. Sa mère, qui s'appelait Jin Honglian – Jin [17] Lotus rouge –, travaillait à l'association des femmes du district. C'était une cousine de la mère de Chenglong et sa famille d'origine habitait le village des Jin, un bourg tout proche de celui des Shi. Tous deux étaient au salon en train de regarder la télévision; au cri de leur fille, ils s'extirpèrent immédiatement du canapé.

---

16. Il s'agit d'une maison traditionnelle chinoise dont les bâtiments sont construits autour d'une cour qui s'ouvre sur la ruelle, ou *hutong*. Le visiteur pénètre donc en premier dans cette cour qui fait partie intégrante de la demeure.
17. En Chine, les femmes mariées gardent leur nom de jeune fille.

Shi Chenglong les salua en entrant dans la pièce:

« Ma tante ! Mon oncle ! [18] »

Tang Liangcai s'enquit aussitôt: « Où en est l'affaire de ton père ? On est allés le voir quand il était à l'hôpital. Qui aurait dit ? Hélas ! De toute façon, puisque qu'il n'est plus là, il faut oublier. Les obsèques ont-elles eu lieu ?

— Oui, c'est terminé. Mais il y a quelque chose que je voudrais demander à ma tante répondit Chenglong.

— Très bien : allez discuter à côté. Ici il y a la télé, ça fait trop de bruit ! » dit l'oncle Tang Liangcai qui, profitant de l'aubaine, alla se rasseoir sur le canapé pour regarder la suite de son feuilleton préféré.

Jin Honglian conduisit Chenglong dans l'autre pièce. À Tang Guixiang qui les avait suivis, Chenlong suggéra:

« Tu ferais mieux de retourner à côté regarder la télévision, je dois parler à ta mère.

— Qu'est-ce que tu as à cacher ? demanda-t-elle en faisant la moue.

— Je n'ai rien à cacher ! Mais ça n'a rien à voir avec toi et tu ne ferais que perdre ton temps à m'écouter; ça ne vaut vraiment pas *Wu Zetian* [19] ! » expliqua Chenglong.

Bon gré mal gré, elle retourna au salon. Chenglong ferma la porte et prit place sur la chaise qui faisait face au bureau. Jin Honglian, qui s'était assise sur le bord du lit, regarda Chenglong et, un peu anxieuse, lui demanda:

« Qu'est-ce qui est donc arrivé ?

— Il n'est rien arrivé du tout, la rassura-t-il d'un sourire.

18. En chinois, les termes désignant les personnes qui sont liées par un lien de parenté sont d'une extrême précision. Ici, par exemple, les termes « oncle » et « tante » désignent très exactement des oncle et tante « maternels » À cela s'ajoute une codification des appellations selon l'âge, les liens d'amitié ou professionnels ; dans le cas présent, l'oncle et la tante sont gratifiés de l'adjectif « vieil(le) » en signe de respect.

19. Le feuilleton de la télévision raconte l'histoire de Wu Zetian (624-705), l'unique impératrice de toute l'histoire de la Chine et seul souverain de la dynastie des Zhou, qui régna de 690 à 705 (mais en réalité dès 683) dans la période qui précède immédiatement l'âge d'or de la dynastie des Tang.

— Alors, pourquoi cette mise en scène ? Tu m'as fait une de ces peurs ! J'ai le cœur qui bat à cent à l'heure ! dit-elle en lui jetant un regard réprobateur.

— Ma tante, je voulais te poser une question.

— Quelle question ?

— C'est à propos de mon père et de ma mère.

— Quoi donc ?

— C'est en ce qui concerne... leurs relations amoureuses, depuis le tout début.

— Quand tu étais plus jeune, aurais-tu eu vent d'un problème entre eux ? Pourquoi veux-tu connaître leurs histoires de cœur ?

— C'est que... » La scène a laquelle il avait assisté la dernière fois qu'il était rentré chez lui revenait hanter sa mémoire, mais il ne pouvait en parler ; aussi inventa-t-il un mensonge : « Depuis la mort de mon père, ma mère n'a pas le moral. J'ai essayé de l'exhorter, en vain. Je crois savoir que leur parcours n'a pas été des plus simples ; il me semble que ma mère a tout d'abord été amoureuse de mon oncle. Maintenant que mon père est parti, ma mère est terriblement triste. Si j'en savais un peu plus long sur leur histoire passée, il me serait plus facile de l'aider. Tu ne crois pas ?

— Hélas ! soupira Jin Honglian, qui poursuivit par ces mots : On peut dire que ta mère a eu son lot de souffrances ! Si ton père était encore en vie, je ne t'en dirais absolument rien. Mais maintenant qu'il est mort, ça n'a plus d'importance. Et puis tu es leur fils, tu dois savoir. Ta mère n'a pas eu la vie facile, ça non ! » Jin Honglian réfléchit un moment les yeux à demi clos puis, lentement, commença son récit : « C'était en 1967, en pleine Révolution culturelle. Mon père m'avait conduite chez le médecin à Pékin et, en passant, nous avions rendu visite à ton grand-père. On savait que c'était quelqu'un d'important en ville mais, une fois rendus chez lui, on a compris qu'on lui avait déjà collé l'étiquette de Responsable du Parti engagé dans la voie capitaliste ; la maison avait été fouillée. Ta grand-mère qui, auparavant, n'exerçait aucun emploi, n'avait plus rien pour vivre ; c'était vraiment la misère, crois-moi ! Tous les soirs, elle poussait sa bicyclette à petites roues jusqu'à des écoles ou des locaux abritant des bureaux pour y arracher les *dazibao* [20] et, le jour, elle allait vendre ces vieux papiers au marché. Ils n'avaient que ça pour vivre ! Ta mère avait mauvaise mine, elle était toute maigre et portait des vêtements rapiécés ; elle avait l'air encore plus pitoyable que nous autres dans les montagnes ! Dans ce temps-là, on disait qu'il fallait que les jeunes "regagnent les montagnes, retournent à la campagne" ; c'est pourquoi ta grand-mère a demandé à mon père s'il ne pouvait pas trouver le moyen de faire intégrer ta mère dans une équipe de production au village natal. Il a promis d'aller se renseigner au retour. Lorsque nous sommes revenus, il a effectivement trouvé un moyen et, pas très longtemps après, ta mère est devenue notre "jeune instruite de retour au pays". Elle habitait à la maison. Toutes les deux, on était vraiment comme deux sœurs.

« Cette année-là, la Révolution culturelle était arrivée jusque dans notre village. On convoquait des réunions de critique à la moindre occasion. À l'époque, le village des Jin, celui des Shi et celui des Sun formaient une seule et même brigade de production qui s'appelait la Troisième Brigade de production de la commune populaire de l'Est montant et dont le chef était Sun-le-Barbu, du village des Sun. J'ai complètement oublié son vrai nom. Il était très grand et avait le visage envahi par une énorme barbe dans ces années-là. À présent, son fils aîné est à la brigade pénale du bureau de la Sécurité publique : quelqu'un de pas bien beau, qui a plutôt l'allure d'un chenapan ! Sun-le-Barbu, lui, était quelqu'un de très particulier qui avait toujours pensé que, s'il faisait un peu de bruit, ça lui vaudrait d'être célèbre au sein de la commune populaire. Et si mon père, qui était secrétaire de la cellule du Parti, ne l'en avait pas empêché, il aurait certainement commis pas mal d'atrocités ! Ta mère avait beaucoup d'amour-propre. Elle n'était pas de constitution très robuste, et puis c'était une fille

20. *Dazibao* : textuellement : « affiches écrites en gros caractères », slogans révolutionnaires et annonces de propagande destinées au peuple pendant la Révolution culturelle et qui étaient collées sur les murs.

de la ville : elle n'était pas habituée à la vie de la campagne, mais ça ne l'empêchait pas de disputer aux autres le travail, quel qu'il soit; elle ne craignait pas la fatigue et n'avait pas peur de se salir. En plus, elle avait vraiment bon cœur et elle était très serviable. Jamais elle n'a refusé quand les gens de la brigade lui demandaient d'écrire des lettres pour eux. Tous étaient extrêmement gentils avec elle, bien sûr. Il faut dire qu'en ce temps-là, il faisait bon vivre. Les jeunes instruits travaillaient tous ensemble et dans la joie. On avait même organisé une petite équipe d'étude et de mise en application des écrits du président Mao, dont ta mère dirigeait le travail. Plus tard, on a fait aussi des cours du soir pour l'alphabétisation des masses et, là encore, c'était ta mère qui enseignait. Elle était devenue la personne instruite la plus célèbre de la région !

« Ta mère devenait de plus en plus jolie. Quoiqu'elle eût le visage hâlé et qu'elle fût en bien meilleure santé qu'avant, elle restait différente de nos jeunes filles d'ici : c'était visible du premier coup d'œil ! Je suis allée faire une réunion à la commune populaire et là, les autres jeunes instruits sont tous venus me demander des renseignements sur elle ; tout le monde savait qu'au village des Jin il y avait une très jolie jeune fille qui s'appelait Caifeng – Phénix chamarré. Tu auras certainement deviné qu'il y avait pas mal de garçons de la brigade qui l'admiraient et, parmi eux, ton oncle Wengui. Ton père, à ce moment-là, était encore dans l'armée.

« Wengui avait de la cervelle et était aussi très beau garçon ; il était même considéré à l'époque comme un des meilleurs au sein de la brigade. Ensuite… Eh bien, avec ta mère, ils sont tombés amoureux. Entre nous soit dit, je n'étais pas insensible à son charme, moi non plus. Mais je savais bien qu'il ne s'intéressait qu'à ta mère et se moquait éperdument de moi. Maintenant que j'ai les cheveux blancs, je peux bien te l'avouer sans avoir peur que tu te moques de moi. Mais, à l'époque, ça me faisait bien un peu mal au ventre ! Cela dit, j'ai toujours été une vraie sœur pour ta mère. Puisqu'ils avaient un faible l'un pour l'autre, je ne suis pas allée leur mettre des bâtons dans les roues !

— Alors, pourquoi ma mère ne s'est-elle pas mariée avec l'oncle? Et pourquoi a-t-elle épousé mon père à la place? demanda Chenglong avec quelque impatience.

— À dire vrai, c'est encore un mystère, même pour moi! Il faut dire qu'à l'époque, ils semblaient avoir déjà fait leur choix. Leurs relations étaient à peu près officielles au sein de la brigade. Des fois, je plaisantais à leur sujet mais ta mère ne s'est jamais vraiment fâchée. Ensuite, je ne sais pas ce qui est arrivé mais, eux deux, ça a été fini. Ils ne se sont pas chamaillés, pas disputés; je m'en souviens très, très bien, c'était quand ils sont allés ensemble au cinéma. Au district, une équipe de projection dans ce temps-là allait de commune populaire en commune populaire donner des représentations en plein air. Ils étaient nombreux au village à aller y assister, qui à bicyclette, qui à pied. Les gens de l'époque, il faut dire qu'ils en avaient vraiment envie. Maintenant, les gens sont même trop paresseux pour se rendre dans une salle de cinéma! Bien sûr, c'est aussi à cause de cette habitude de regarder la télévision! Pourquoi aller au cinéma voir ce qu'on peut regarder tranquillement installé dans son canapé à la maison?

— Alors, ils étaient allés au cinéma, et puis quoi? demanda Chenglong qui, devant les digressions de Jin Honglian, n'avait de cesse de la faire revenir au sujet en question.

— Quoi? Ah! Oui! Il ne pouvait pas arriver grand-chose au cinéma. Quand on avait un petit ami, on y allait ensemble. Ta mère, elle était toujours avec Wengui. Moi, je fréquentais déjà mon futur mari,qui travaillait déjà à la commune populaire; on y était allés tous les deux. Ce soir-là, après être rentrés, je me suis aperçue que ta mère faisait une drôle de tête, alors je lui ai demandé ce qui n'allait pas; elle m'a dit qu'elle ne se sentait pas très bien. Je n'y ai pas fait très attention et je suis allée me coucher. Le lendemain, alors qu'on travaillait aux champs, je me suis aperçue qu'elle restait tout le temps toute seule; pendant la pause, elle est allée se réfugier sous les arbres pour pleurer en douce. J'ai voulu savoir ce qu'elle avait mais elle m'a juré que ce n'était rien. Dans les jours qui ont suivi, je me suis aperçue qu'ils ne se parlaient plus avec Wengui et que lui ne venait plus la chercher. Pour commencer, j'ai cru qu'ils s'étaient simplement disputés mais le temps a passé et j'ai compris que tous les deux, c'était vraiment fini ! J'ai demandé plusieurs fois à ta mère ce qui s'était passé mais elle ne me l'a jamais raconté. Les autres de la brigade ont tous trouvé ça très bizarre et puis, petit à petit, tout le monde a oublié.

— Et avec mon père, quand se sont-ils connus ? demanda Chenglong.

— Ça faisait longtemps que ton père avait des vues sur ta mère ; mais comme elle était avec Wengui, il n'était pas question pour lui de se manifester. Après leur rupture, il a commencé à s'en rapprocher. En réalité, elle ne le trouvait pas mal du tout. Souvent, elle m'avait dit : "Wengui et Wugui sont très bien tous les deux, mais le mieux, ce serait d'avoir les qualités des deux réunies sur une seule et même tête !" Moi, je lui avais répondu : "Tu rêves ! Avoir le cerveau de Wengui et la force physique de Wugui par-dessus le marché ; être aussi minutieux et prévenant que l'un et ne pas s'en laisser compter et, en même temps, avoir le courage de l'autre et pouvoir tout oser ? Tu imagines qu'on ne cultive que la bonne graine, que tout doit être comme tu voudrais que ce soit !" Alors elle a affirmé : "Ici-bas, il n'y a personne de vraiment parfait !" "Allez ! Cesse de te plaindre et contente-toi de ce que tu trouves", j'ai répondu. C'est là que j'ai pensé qu'elle aimait bien Wugui aussi. Après sa séparation d'avec Wengui, elle a vu Wugui de plus en plus souvent. Mais ils ne sont vraiment tombés amoureux que l'hiver de cette année-là, sur le chantier de construction du réservoir.

« C'était l'époque où le gouvernement avait lancé le mouvement intitulé "Prendre l'exemple de Dazhai dans l'agriculture" : non seulement ils aménageaient des champs en terrasses, mais ils construisaient aussi le réservoir, de sorte que, même en hiver, ils travaillaient sans relâche et, des fois, même la nuit. Ils disaient : "Durant le jour, le drapeau rouge flotte haut ; la nuit, les lumières rouges éclairent nos travaux !" En réalité, ça n'a pas servi à grand-chose, ils se sont donné bien du mal pour rien ! Le réservoir de notre brigade a été construit au sud du village des Sun. On appelle ça un réservoir mais, en fait, c'est une digue en terre élevée dans le ravin. Ce qu'on voulait faire, c'était retenir la crue ; mais retenir nos crues d'ici en été, tu parles ! La digue a bien été construite durant l'hiver mais dès l'été suivant, la crue a tout submergé et le barrage s'est écroulé. Maintenant, on n'en voit même plus trace.

« À ce moment-là, ton père était chef de peloton dans la milice populaire ; moi, j'étais secrétaire de cellule de la Ligue. Ensemble, on avait organisé la brigade d'assaut des jeunes. À l'époque, on ne ménageait pas sa peine et on ne tenait aucun compte de la façon dont on serait récompensé. Ce n'est pas comme les gens de maintenant qui commencent par demander, quel que soit le travail, combien ça va leur rapporter. Vous autres, les jeunes, vous ne pouvez pas comprendre la façon dont on vivait alors ! » Jin Honglian ferma les yeux à demi et marqua une pause, comme si elle se replongeait dans ses souvenirs d'antan ou bien pour se reposer un peu ; puis elle reprit : « Tout ça, c'est du passé, et puis qu'est-ce que ça fait ? De toute façon, ta mère s'était mis en tête d'épouser un gars de la montagne ; c'est même pour ça qu'elle avait coupé les ponts avec ton grand-père !

— C'était donc pour ça ! Du plus loin que je me souvienne, j'ai toujours su qu'elle n'était pas en bons termes avec grand-père et grand-mère. Pendant je ne sais combien d'années, elle n'est jamais allée les voir. Je croyais qu'elle leur en voulait toujours de l'avoir envoyée à la campagne !

— Ah ! C'est qu'elle avait un sacré caractère, ta mère ! Elle ne disait pas un mot mais faut pas se fier aux apparences ; quand elle avait décidé quelque chose, c'était inutile d'essayer de la faire changer d'avis ! Je me rappelle que, cette année-là, elle était retournée une fois à Pékin, mais elle est revenue après même pas quelques jours. À son retour au village, elle m'a dit qu'elle avait décidé d'épouser Wugui. J'ai essayé de la convaincre de ne pas se presser. Le mot d'ordre du gouvernement chinois, c'était le mariage tardif ! Mais elle n'a rien voulu entendre et, peu de temps après, ils ont obtenu leur licence de mariage. Il faut dire que la fête a été particulièrement réussie. Comme c'était le premier couple, parmi les jeunes de notre âge, qui se mariait, tout le monde était terriblement excité et ils ont fait un barouf d'enfer.

— Mes grands-parents sont-ils jamais venus les visiter ?

— Ta grand-mère est venue une fois quand tu es né, mais elle n'est pas restée bien longtemps, à cause de la santé du grand-père à ce qu'il paraît ; il fallait qu'elle retourne s'occuper de lui mais, juste avant de partir, elle est venue chez moi et elle a pleuré comme une Madeleine. Je crois bien qu'elle n'avait pas la belle vie ! Quand ton grand-père a été réintégré, elle est revenue une autre fois; on a dit qu'elle voulait essayer de faire revenir ta mère à la ville. Elle faisait déjà l'institutrice à l'école du village à ce moment-là. Elle a été très gentille avec ta grand-mère mais elle a refusé de rentrer à Pékin. Il n'y a rien eu à faire : ta grand-mère a dû s'en retourner toute seule. Mais au fait, tu as dû aller les voir souvent quand tu faisais tes études à Pékin ?

— Moi ? Mais je n'avais pas le temps ! Je n'ai même pas pu y aller deux fois dans l'année.

— Ah ! Vous, les jeunes ! Vous ne tenez aucun compte des vieux ! Attends un peu d'avoir mon âge et alors là, tu comprendras !

— Peut-être devrais-je aller les voir pour parler un peu avec eux ! » dit Chenglong comme s'il réfléchissait tout haut.

Sur ces entrefaites Guixiang ouvrit la porte : « Qu'est-ce que vous avez encore à vous raconter ? dit-elle en entrant. Ça fait un siècle que vous êtes là ! Le feuilleton est terminé et vous n'avez toujours pas fini !

— Je parlais de Caifeng, dit Jin Honglian à sa fille avant de se retourner vers Chenglong pour lui demander : Tu restes coucher chez nous ce soir ?

— Je suis venu vous demander l'hospitalité pour la nuit.

— Alors, fais comme chez toi ! Guixiang ! Ouvre donc le canapé du salon et va chercher des serviettes et des draps propres pour ton Grand-Frère Chenglong, dit Jin Honglian tout en se levant.

— Ouais ! » répondit Guixiang toute joyeuse ; puis elle sortit et alla préparer le canapé sur le bord duquel elle s'assit alors en attendant Chenglong. Ce dernier, après s'être débarbouillé, arriva au salon pour se coucher.

— Raconte-moi comment c'est, ton école à Pékin ! Qu'est-ce qu'on fait de ses journées quand on est élève-chercheur en maîtrise ? demanda Guixiang.

— Qu'est-ce qu'on fait ? On dort toute la journée quand on ne reste pas là à bavasser ou à discuter de tout et de rien ! répondit-il en s'asseyant sur le lit tout en bâillant à s'en décrocher la mâchoire.

— Arrête de dire des bêtises ! Des élèves de maîtrise, il y en a pas un sur cent, même pas un sur dix mille, vous êtes l'élite ! Vous avez une vie certainement… Guixiang ne trouvait pas de mot pour qualifier ce qu'elle imaginait être le paradis.

— Une vie comment ?

— Je ne saurais pas dire mais je suis persuadée que ça doit être drôlement intéressant, pas comme notre vie de gens ordinaires !

— Ne parle pas sans savoir ! La vie des étudiants n'est pas aussi intéressante que la vôtre ici ! Guixiang, écoute, je dois vraiment me coucher. J'ai eu une journée assez éreintante comme ça ! déclara-t-il en bâillant de nouveau.

— Oh ! Tout à l'heure quand tu discutais avec maman à n'en plus finir, t'étais pas fatigué, et maintenant, à moi, tu m'as à peine dit deux mots que t'es épuisé ! Toi, alors ! » maugréa-t-elle, boudeuse, tout en s'éloignant.

Chenglong était allongé sur son lit, la lumière éteinte, mais il avait les yeux grands ouverts. Il réfléchissait : pourquoi ma mère a-t-elle soudainement rompu avec l'oncle ? Et il repensait aussi à la scène à laquelle il avait assisté ce fameux jour, près de l'école… Mais, très vite, c'est une autre silhouette qui vint s'imposer à son esprit : un corps élancé, un visage à la peau blanche à peine teintée de rouge, deux grands yeux pétillants d'intelligence, et surtout ces deux ravissantes petites fossettes. Un trouble certain agitait son esprit ! Il soupira tout doucement et ferma les yeux…

# 5
# L'écho qui venait de l'Œil-de-la-Mer

À l'aube, la boule de feu du soleil levant était apparue à l'orient, dardant la douceur de ses rayons à travers une mince couche de nuages argentés. Une légère brume matinale planait au-dessus du réservoir, estompant les contours du lac, au loin. Au milieu des roseaux qui envahissaient la rive, flottait une petite embarcation dans laquelle un pêcheur s'adonnait à son passe-temps favori.

Song Jia, debout à l'entrée de l'hôtel Lac du Dragon, admirait le spectacle comme si elle voyait la vie avec des yeux tout neufs, ravie par la poésie de cette scène digne d'une œuvre d'art. Elle aurait voulu habiter ici pour goûter à la paix d'une vie calme et tranquille. Mais elle aurait alors besoin d'un compagnon de cœur: elle ne put s'empêcher de penser à Hong Jun.

Elle ne le connaissait que depuis un an à peine mais déjà ses talents, ses qualités morales, son tempérament et son image s'étaient imprimés profondément en elle. Elle en était tombée amoureuse... C'était une réalité à la fois indéniable et irrecevable puisqu'elle savait pertinemment qu'un attachement définitif liait Hong Jun à Xiao Xue qui, de plus, était sa demi-sœur [21]. Elle se trouvait dans une situation des plus embarrassantes dont il lui était difficile de sortir mais à laquelle elle avait aussi beaucoup de mal à renoncer. Si Xiao Xue n'avait pas été cette sœur aînée qui avait déjà subi tant

21. Cf. du même auteur, *Crime de Sang*, l'Aube, 2003.

d'épreuves dans sa vie, elle n'aurait pas hésité le moins du monde à s'immiscer entre eux deux, ne reculant devant rien pour assurer son propre bonheur. Si Hong Jun n'avait pas été le genre de garçon capable de bouleverser et d'ébranler son âme, s'il n'avait été celui pour lequel elle avait réussi à s'oublier elle-même, elle se serait volontiers retirée de la scène et, discrètement, se serait éclipsée. Mais telle était la dure réalité des choses ! Il ne lui restait qu'à vivre d'un hypothétique espoir tout en se débattant dans les affres d'une pénible contradiction. Certes, elle aurait bien voulu gagner l'amour de Hong Jun, mais elle redoutait d'y parvenir ; elle s'évertuait à retenir enfoui au plus profond de son cœur l'amour qu'elle portait tout en jouant auprès de lui un rôle d'une tout autre espèce ! Voilà pourquoi, très souvent, elle ne savait quelle attitude adopter ; voilà pourquoi, très souvent, elle se sentait totalement impuissante.

Après le petit déjeuner, tous quatre quittèrent l'hôtel à bord de la Santana de Hong Jun. Lui-même était au volant et Shi Chenglong, assis à côté, lui indiquait le chemin ; Song Jia et Tang Jianye occupaient les places arrière. Dès la sortie de la ville, c'était déjà la montagne. La route serpentait tantôt en montées, tantôt en descentes, en formant des virages très serrés dont certains étaient même saisissants. Les voitures y étaient rares mais il y avait bon nombre de triporteurs. Aux abords des villages, quelques passants et cyclistes circulaient aussi.

Ils arrivèrent au village des Shi un peu après onze heures. Sur une pente douce exposée au sud, des maisons avaient été construites çà et là. Les versants alentour étaient couverts d'arbres de toutes espèces tandis que les champs de blé et de maïs occupaient les zones en contrebas. Sur les indications de Shi Chenglong, Hong Jun gara sa voiture devant la porte d'une cour dans laquelle tous trois pénétrèrent à la suite de leur hôte. Dès l'entrée, celui-ci cria pour avertir :

« Mère ! On a de la visite ! »

Le visage de Jin Caifeng était creusé d'innombrables rides et ses yeux au regard terne et mélancolique disaient combien la vie ne l'avait pas épargnée. Mais elle avait le teint plutôt clair et la mise relativement soignée pour quelqu'un de la montagne. En apercevant son fils, elle commença par lui manifester discrètement son mécontentement : « Quand tu amènes des gens à la maison, pourquoi est-ce que tu ne me préviens pas avant ? » Puis elle arbora un large sourire et invita les visiteurs à entrer. Tandis qu'ils s'installaient dans la chambre de Shi Chenglong, elle en profita pour retourner dans la sienne afin d'aller très vite enfiler un chemisier à fleurs quasiment neuf par-dessus son tricot à manches courtes.

Les nouveaux venus furent invités à partager sans façon le modeste repas de leurs hôtes. Tang Jianye ne cessa de s'informer sur la grotte Wanglong tout au long du déjeuner et, dès qu'il eut fini de manger, il reprit son sac à dos, impatient de s'en aller. Après en avoir discuté, Hong Jun et les autres décidèrent de l'accompagner pour visiter la grotte.

À la sortie du village, ils empruntèrent tout d'abord la route sinueuse qui serpentait à l'assaut de la montagne, puis un petit sentier qui s'enfonçait dans une gorge. Autour d'eux, tout n'était que sommets vertigineux, forêts clairsemées et amoncellements de rochers avec, tout en bas, un petit ruisseau qui coulait dans le canyon. Bien que l'on fût au beau milieu de l'après-midi d'un jour de plein été, un vent mordant soufflait dans ce goulet. Ils remontèrent le long d'un sentier accidenté, passèrent deux cols et entendirent soudain le grondement d'une chute d'eau. Ce n'est qu'après le tournant qu'ils purent apercevoir, accrochée à la paroi brune du précipice d'en face, une cascade blanche. Tous, inconsciemment, pressèrent le pas. La cascade tombait dans un bassin profond d'une eau couleur émeraude entouré de saules pleureurs. Regarder la chute d'eau réfléchir les rayons du soleil à travers les branches des saules qui retombaient tout autour en mouvements harmonieux était un spectacle d'une grâce ineffable qui ne manqua pas de rappeler à Hong Jun les chutes du Niagara qu'il avait eu l'occasion de visiter quand il étudiait aux États-Unis.

Ils étaient tous là à savourer la poésie de ce paysage magnifique et à s'extasier à qui mieux mieux.

« Vous voyez, dit enfin Shi Chenglong, c'est ça la grotte Wanglong ! » Ils regardèrent vers la droite dans la direction qu'il leur indiquait du doigt et virent une falaise au sommet de laquelle d'étranges sapins penchés et des rochers dressés aux formes bizarres dominaient un escarpement. À mi-chemin s'ouvrait l'entrée d'une grotte; la roche surplombant l'ouverture portait les stigmates d'une ancienne cascade.

Ils s'engagèrent sur l'étroit sentier qui grimpait vers le sommet à la suite de Shi Chenglong. Très souvent, ils devaient s'aider des mains pour se retenir aux troncs des arbres ou aux racines qui sortaient de terre pour suppléer au manque de force de leurs seuls mollets, ce qui leur donnait la nette impression d'être carrément en train de faire de l'alpinisme! Parfois aussi, il leur fallait écarter précautionneusement les branches épineuses des jujubiers sauvages. Leurs plaisanteries et leurs bavardages avaient peu à peu laissé place aux halètements qui scandaient le rythme de plus en plus rapide de leur respiration. Il y avait, devant la grotte Wanglong, un espace relativement plat, comme un belvédère construit là tout exprès afin de leur permettre d'admirer le paysage. Lorsqu'ils l'eurent atteint, ils s'étirèrent et, encore tout essoufflés, épongèrent leurs visages transpirants sur lesquels flottait comme un sourire victorieux, tout en regardant autour d'eux. Vue d'ici, la forêt qui recouvrait la montagne d'en face semblait plus étagée et variée, tandis que la cascade donnait l'impression d'être plus mince et plus étirée. Les rayons du soleil étaient venus suspendre un arc-en-ciel au-dessus de la brume humide que soulevait la chute d'eau.

L'entrée de la grotte n'avait absolument rien de spécial: elle n'était ni très haute, ni très large, ni même, comme on aurait pu s'y attendre, hérissée de quelques rochers; mais, en revanche, il suffisait de s'y enfoncer d'une dizaine de mètres à peine pour découvrir une immense salle largement ouverte, au faîte pratiquement lisse et dont les parois étaient bordées d'empilements désordonnés de gros blocs de pierre. Étant donné la relative obscurité du lieu, les formes biscornues de ces énormes rochers se prêtaient aisément à toutes sortes d'interprétations. Alors qu'à l'extérieur c'était le ciel bleu à perte de vue, ici, à l'intérieur de la grotte, l'eau suintait et s'égouttait en émettant un toc, toc qui résonnait bizarrement. À l'intérieur de la grande salle s'ouvrait une autre petite grotte dont le gros rocher qui masquait l'entrée ne permettait qu'à une seule personne d'y pénétrer en le contournant et dont l'intérieur était presque totalement obscur.

Debout au centre de la grande salle, Hong Jun et ses compagnons écoutaient Shi Chenglong qui, n'ayant pu se dérober à ses obligations, assumait son rôle de guide :

« Ici, ça s'appelle "le Temple où les cent Fauves viennent adorer le Dragon céleste". On dit que chaque année, le deuxième jour du deuxième mois du calendrier agricole, le Dragon céleste vient ici pour recevoir l'hommage des cent Fauves. Vous voyez, droit devant vous, ce socle de pierre ? Eh bien, c'est le trône du Dragon céleste. Regardez là, dans l'angle, au-dessus : ce rocher-là, vous ne trouvez pas qu'il ressemble à un lion ? Et regardez encore cet autre : vu d'ici, est-ce qu'on ne dirait pas un loup ? »

Sa voix résonnait si bizarrement que Song Jia ne put s'empêcher de rire ; et tous les autres éclatèrent de rire à leur tour en entendant le son qu'elle-même avait produit, si bien que l'intérieur de la grotte retentit alors de l'écho d'un tonnerre assourdi qui les effraya au point de les faire se taire sur-le-champ.

« Mon Dieu ! Je n'aurais jamais pensé que nos rires pouvaient être monstrueux à ce point ! s'exclama Song Jia, tenaillée par un restant de peur.

— On a étudié, en effet, les effets singuliers de l'écho de cette grotte mais il semblerait qu'on n'ait pas pu trouver d'explication scientifique particulière à ce phénomène. Si l'on en croit la *vox populi*, nous avons réveillé le Dragon céleste qui s'est mis dans une violente colère. Ce serait son courroux qui nous arrive de l'Œil-de-la-Mer.

— On dit que cette grotte-là est extrêmement profonde et qu'elle a "un œil sur la mer" ; c'est vrai ? demanda Tang Jianye en indiquant du doigt l'entrée de la petite grotte.

— C'est exact, répondit Shi Chenglong. Il paraît qu'elle débouche sur la mer d'Orient. C'est le chemin qu'emprunte le Dragon céleste pour rendre visite au Roi-Dragon de la mer d'Orient. Une autre légende raconte qu'il y a très longtemps, un marchand de galettes de sésame et un fabricant de chandelles qui étaient tous deux très courageux avaient décidé d'aller se rendre compte de combien cette grotte était profonde. Ils partirent de concert, chargés, l'un d'une corbeille remplie de galettes et l'autre, d'une corbeille pleine de bougies. En chemin, il déposèrent des galettes et des chandelles qui devaient leur servir sur le chemin du retour. Ils marchèrent sept longs jours et sept longues nuits sans pour autant parvenir à l'autre extrémité !

— Vraiment ? s'étonna Song Jia. Comment est-ce à l'intérieur ? Y êtes-vous déjà allé vous-même ?

— C'est tout noir et très étroit, répondit Shi Chenglong. On ne peut pas marcher aisément parce que c'est plein de rochers. Et, par-dessus le marché, il y a pas mal de bifurcations qui font que, si on se trompe, on risque de se perdre. Pour tout vous dire, j'y suis allé une fois avec mon père quand j'étais petit, pour attraper des grillons.

— Vous aussi, vous aviez des grillons étant enfant ? demanda Hong Jun, fort intéressé.

— Eh ! Oui ! Dans ce temps-là on n'avait pas rien d'autre pour s'amuser ! Une année – je ne sais pas qui en avait lancé l'idée –, tous les gamins du village se sont mis à aller à la chasse aux grillons, moi y compris. Tous ceux que j'attrapais ne valaient rien ; ils mordaient moins bien que ceux des autres. Mon père, qui m'adorait et me voyant en pleurs, a accepté de m'emmener dans la montagne pour y capturer des grillons. Il m'a dit que, dans la grotte Wanglong, il devait sûrement y en avoir des gros. Il a donc pris la lampe dont il se servait lorsqu'il était en service de nuit dans la milice populaire et m'a conduit jusqu'ici. Nous avons entendu les stridulations d'un grillon dans la petite grotte ; aussi nous y sommes allés. Mon père était très doué, il a réussi à attraper un gros "tête-noire" ! Par la suite, il a fabriqué, tout spécialement pour moi, un pot à grillon en argile avec un couvercle ; il était vraiment très fort, mon père ! Cette année-là, mon gros tête-noire est devenu le champion du village; il n'a pas perdu un seul match. Lorsqu'il s'est mis à faire froid, mon grillon est mort. Ça m'a fait beaucoup de peine, pendant un bon bout de temps! À partir de ce moment-là, je n'ai plus jamais joué aux combats de grillons.

— Nous pourrions nous aussi y aller jeter un coup d'œil! Qui sait, nous pourrions mettre la main sur un gros tête-noire », proposa Song Jia.

À son tour, Tang Jianye prit la parole: « Mais ce serait très dangereux! À mon avis, on ferait mieux de ne pas y aller! À quoi bon prendre des risques?

— Vous avez raison, approuva Shi Chenglong. On ne peut pas y aller sans lampe. S'il devait vous arriver quelque chose, je me sentirais responsable puisque c'est moi qui vous ai invité à venir! »

Ils sortirent donc de la grotte un peu à regret et entamèrent la descente en direction du bas de la montagne.

Song Jia, qui était tout particulièrement désappointée, n'arrêtait pas de dire: « Nous aurions vraiment dû aller voir à l'intérieur. »

Lorsqu'ils eurent atteint les rives du bassin de la cascade, Tang Jianye leur annonça: « Vous rentrez? Moi, je vais continuer un peu par là-bas. Je vous dis au revoir à tous!

— Vous ne rentrez pas coucher au village ce soir? lui demanda Shi Chenglong.

— Ne vous dérangez pas pour moi! J'ai l'habitude d'aller me balader dans la nature, et puis j'ai tout ce qu'il me faut dans mon sac, que ce soit pour manger ou pour dormir. Aucun problème! » répondit Tang Jianye tandis qu'il s'éloignait sur le petit chemin de montagne.

Plein de sollicitude, Hong Jun s'inquiéta: « Quand retournez-vous à Tianjin? Aurez-vous besoin que je vienne vous prendre en voiture?

— Je n'en ai aucune idée! Je vais aller un peu à l'aventure. Si ça me chante, je resterai quelques jours de plus; sinon, peut-être bien que je regagnerai mes pénates dès demain, répondit Tang Jianye.

— Comment rentrerez-vous dans ce cas ? se préoccupa Song Jia.

— En stop, pardi ! Je sais me faire des amis partout où je passe ; je suis de nature très sociable. Il n'est pas exclu non plus qu'en passant par l'Œil-de-la-Mer de la grotte Wanglong je puisse arriver jusqu'au nouveau port de Tianjin ! Ah ! Ah ! Ah ! plaisanta l'intéressé en tournant les talons.

— Méfiez-vous quand même que le Dragon céleste n'exige pas de vous un droit de péage ! » cria Song Jia en direction de la silhouette qui s'éloignait ; puis, se tournant vers Hong Jun, elle poursuivit à voix basse : « En fait de personne sociable, ça m'a tout l'air d'un mufle !

— Tu as le sentiment qu'il a honteusement profité de nous ? Nous lui rendrons la monnaie de sa pièce ! Ne t'a-t-il pas invitée à venir le voir à Tianjin ?

— Quoi ? Lui ? Mais je l'ai envoyé promener ! J'espère bien ne plus jamais avoir affaire à ce genre de personnage, plus jamais de la vie ! répliqua-t-elle avec une moue de dégoût tout en poursuivant son chemin.

— Moi non plus, je n'aime pas ce genre d'individu ! approuva Shi Chenglong. Tout à l'heure, chez moi, à la fin du déjeuner, devinez ce qu'il m'a demandé ! Il m'a proposé de m'acheter ma pierre Œil-de-Dragon à prix d'or. Je lui ai juré mes grands dieux que je n'avais jamais vu de pierre Œil-de-Dragon, mais il n'a pas voulu me croire parce qu'il disait que mon père devait forcément me l'avoir donnée. Je lui ai fait remarquer que mon père était déjà mort quand je suis revenu chez moi cette fois-là et que, moi aussi, j'aimerais bien savoir où elle est ! Il m'a alors assuré qu'il étudiait toutes les pierres auxquelles étaient liées des histoires ou des légendes et que cette pierre Œil-de-Dragon portait malheur. Elle ne pouvait que jeter un mauvais sort sur les gens. Je n'y ai pas cru car, si c'était le cas, pourquoi le dénommé Tang m'en aurait-il offert une telle somme ? Est-ce par hasard, lui qui ne craindrait pas les maléfices ? »

Hong Jun, songeur, émit une supposition : « Peut-être a-t-il raison ! »

Écarquillant les yeux, Song Jia le regarda avec étonnement: « Maître, que voulez-vous dire par là ? Auriez-vous déjà trouvé la solution de l'énigme ?

— Pas du tout ! Je ne fais qu'exprimer une impression personnelle. Tang Jianye est peut-être un peu hâbleur, mais il n'est pas aussi mauvais que vous vous l'imaginez, déclara Hong Jun.

— Je ne sais pas s'il est mauvais ou pas, mais ce que je sais c'est qu'il a voulu faire passer la pierre Œil-de-Dragon pour un porte-malheur afin d'obtenir de Shi Chenglong qu'il la lui vende. » Puis, se tournant vers Shi Chenglong, Song Jia demanda: « Vous en a-t-il offert un prix ?

— Il a dit qu'il pouvait m'en donner mille yuans, mais il a ajouté qu'on pouvait discuter, répondit-il.

— Voyez-vous cela ! Mille yuans seulement pour cette mystérieuse pierre ! Il n'a peur de rien ! dit Song Jia en jetant un regard à Hong Jun ; puis, s'adressant à Shi Chenglong: Vous ne pouviez absolument pas la lui vendre pour cette somme !

— C'est évident ! répondit-il. Ce à quoi il s'empressa d'ajouter: Mais, cette pierre, je ne l'ai pas ! »

Ni Hong Jun ni Song Jia ne répliquèrent. Ils pressèrent le pas en direction du village.

# 6
# Au clair de lune

Lorsqu'ils arrivèrent au village des Shi, le soleil venait de se coucher. La fumée qui s'élevait en volutes des cheminées de cuisine des petites maisons basses bien alignées se répandait, sans rencontrer d'obstacle, au-dessus de la forêt qui couvrait les versants de la montagne. Sur la route, devant le village, on entendait de temps en temps le bruit des moteurs de triporteur et des sonnettes de bicyclette auxquels se mêlaient les rires et les conversations des jeunes gens. Un groupe d'enfants vint faire cercle autour de la voiture de Hong Jun, avant de se disperser pour mieux observer les nouveaux arrivants depuis le mur d'enceinte ou de dessous les arbres.

En entrant dans la cour de la maison familiale, Shi Chenglong annonça d'une voix forte : « Mère, nous voilà ! »

Jin Caifeng apparut alors à la porte de la pièce centrale, tenant à la main une cuvette et une serviette toutes neuves. Elle accueillit joyeusement Hong Jun et Song Jia et demanda à Chenglong de verser de l'eau pour qu'ils puissent se débarbouiller. Sur ces entrefaites, Chenghu, Qui-Deviendra-un-Tigre, le frère cadet de Chenglong, et sa petite sœur Yinhua, Fleur d'Argent, rentrèrent eux aussi à la maison. Chenghu n'était pas quelqu'un de très bavard ; il resta planté là à leur sourire d'un air niais. Yinhua, d'un tempérament beaucoup plus vif, après avoir échangé quelques mots avec eux, entraînait déjà Song Jia dans sa chambre.

Après s'être lavé le visage avec l'eau que l'on venait de tirer du puits Hong Jun se sentit tout ragaillardi. Chenglong et

Chenghu suivirent leur mère à l'intérieur pour aller préparer le repas, laissant Hong Jun, seul dans la cour, s'abandonner à l'examen de cette petite maison d'un village de montagne. La cour, très vaste, était fermée côté nord par une bâtisse sans étage de cinq pièces aux murs de briques et au toit gris ; contre le mur, côté est, c'était la grange, le tas de bois et les meules de foin ; du côté ouest, la bergerie et le poulailler. Le mur d'enceinte de la cour, qui s'élevait à hauteur d'homme, était fait de pierres.

Le dîner fut servi dans la cour. Tous prirent place autour d'une petite table carrée en bois, qui sur un tabouret, qui sur une souche d'arbre. Un peu mal à l'aise au début, ils se laissèrent peu à peu aller à converser et à plaisanter.

C'est alors qu'un homme d'une cinquantaine d'années pénétra dans la cour. De la façon dont les enfants de la famille le saluèrent, Hong Jun en déduisit qu'il s'agissait de Shi Wengui, « l'oncle » de Chenglong.

« Oh ! Mais Chenglong est revenu ! Et puis, vous avez du monde ! Ne bougez pas, continuez ! Continuez donc à manger ! » dit-il tranquillement à l'adresse des convives en arrivant.

Jin Caifeng s'était déjà levée de table : « Asseyez-vous donc avec nous et venez boire un verre[22] !

— Non merci, Belle-Sœur ! J'ai déjà bu et mangé. Rassieds-toi donc ! répondit Shi Wengui qui vint ensuite se poster devant Chenglong : Alors, tu ne me présentes pas tes invités ? »

Se levant à moitié de son siège, Chenglong s'exécuta : « Tous deux sont des amis de l'université : voici le professeur Hong, et mademoiselle Song. »

Shi Wengui leur adressa un sourire : « Vous êtes des hôtes de marque ! leur dit-il. Nous autres, gens de la montagne, on ne s'y connaît pas très bien en ce qui concerne les bonnes manières ; nos hôtes ne sont peut-être pas traités avec tous les

22. En fait, il s'agit de boire plusieurs très petites tasses d'alcool de sorgho particulièrement fort. Le « verre » à boire n'existe pas dans la tradition chinoise.

égards qui leur sont dus et vous serez gentils de ne pas nous en tenir rigueur ! Maintenant que Wugui n'est plus de ce monde, vous n'aurez qu'à vous adresser à moi en cas de besoin, ça revient exactement au même. »

Hong Jun et Song Jia se levèrent pour le remercier. Shi Chenglong, dans son coin, n'avait pas l'air très content.

Après avoir remonté le vêtement qui lui glissait des épaules, Shi Wengui annonça le but de sa visite : « Chenglong, c'est à toi que je suis venu parler. Le Vieux Sun, du bureau de la Sécurité publique du district, est là : il est venu chez moi. Il voudrait que tu viennes le voir après dîner, ça te va ?

— Sun Changsheng ? Qu'est-ce qu'il me veut ? s'étonna Chenglong.

— Ça, je n'en sais fichtre rien ! De toute façon, c'est tes oignons. Si tu veux venir, tu viens, sinon, tu n'as qu'à laisser tomber » conclut Shi Wengui tout en s'en allant.

Les yeux rivés sur la silhouette qui s'éloignait, Shi Chenglong attendit que son oncle ait passé la porte de la cour pour envoyer à terre un violent crachat et avaler tout un gobelet d'alcool blanc.

Jin Caifeng lui décocha un regard furibond : « Dépêche-toi donc de manger ! Dès que tu auras fini, tu iras voir ! Il ne faut pas faire attendre les gens.

— Qu'est-ce qu'on risque à le faire attendre un peu ? interrogea Chenglong.

— Qu'est-ce qu'on risque ? Tu le demandes ? Déjà qu'au village on pense qu'avec les études que tu fais, tu vises un peu haut. Si, en plus, tu prends tes grands airs, tu vas te faire briser les reins ! Quand bien même tu aurais des dons remarquables, tu ne dois pas en faire étalage. Je n'ai pas raison, professeur Hong ? dit-elle en se retournant vers l'avocat.

— Vous avez entièrement raison ! confirma sentencieusement ce dernier.

— La modestie est un gage de perfectionnement ! » ajouta Song Jia.

Chenglong la regarda, ouvrit la bouche pour parler mais aucun son n'en sortit et il replongea son nez dans son bol pour continuer à manger. Yinhua éclata de rire.

« Qu'est-ce que tu as à rire ? lui demanda-t-il en lui jetant un regard furieux.

— C'est toi qui me fais rire ! Pourquoi n'es-tu plus aussi arrogant ? Tu as peur ? » répondit sa sœur qui, aussitôt, échangea un regard de connivence avec Song Jia.

Bien que celle-ci fît mine de ne pas comprendre, Chenglong était apparemment gêné. Il s'empressa de vider son bol, se leva de table, s'épousseta le postérieur et annonça à Hong Jun : « Je vais voir ce qu'on me veut : je reviens tout de suite. »

Après quoi, il sortit et prit la rue centrale du village en direction de l'est. Tout le long du chemin, les nombreux villageois qui mangeaient sur le pas de leur porte, bol de riz en main, le saluèrent chaleureusement ; aussi dut-il s'arrêter à plusieurs reprises pour échanger quelques mots avec certains d'entre eux. Une fois arrivé à destination, il se rendit directement dans la pièce principale de la maison de son oncle où Shi Wengui, attablé sur le *kang*[23] en compagnie d'un homme en uniforme de policier, était occupé à boire.

Ce policier était un homme d'un peu plus de trente ans. Teint sombre, petits yeux, il était trapu, robuste et avait laissé pousser sa moustache. C'était Sun Changsheng, de la section de la police criminelle du bureau de la Sécurité publique du district. Après l'avoir salué, Shi Chenglong prit place sur une chaise, contre le mur nord de la pièce. Shi Wengui lui proposa de prendre un verre avec eux mais Chenglong déclina poliment l'invitation.

Tout en continuant à boire, Sun Changsheng lui expliqua : « Je voulais déjà te voir la dernière fois que tu es revenu au village, mais je ne pensais pas que tu repartirais aussi vite. Tu as gagné pas mal d'argent ces deux dernières années à ce qu'il paraît, pas vrai ?

« Je m'étais toujours dit que tu avais de l'avenir. Et aujourd'hui, non seulement tu es célèbre mais, en plus, te voilà riche ! On peut dire que tu es devenu quelqu'un dans le district !

---

23. Le *kang* est un large lit de briques chauffé par un foyer qui se trouve en dessous. Il sert de lieu de vie à toute la famille, de jour comme de nuit.

— Pourquoi voulais-tu me voir ? demanda Chenglong en fronçant les sourcils.

— Pourquoi ? Tu me le demandes ? rétorqua Sun Changsheng en le fixant un moment du regard. Puis, en riant, il poursuivit : Pas la peine d'avoir peur, c'est pas pour t'emprunter de l'argent. C'est pour un problème administratif. Parlons peu mais parlons bien. Avant de mourir, ton vieux s'était approprié une pierre de valeur – je veux parler de la pierre Œil-de-Dragon. Tout le monde est au courant, y compris le chef du district. J'ai reçu l'ordre de la récupérer, et voilà pourquoi je suis là. Tu as de l'instruction, c'est pas à moi de te dicter ta conduite, pas vrai ? Cette pierre, elle revient à la nation ; alors, il vaudrait mieux que tu la rendes de ton propre chef.

— Mais comment pourrais-je la rendre alors que je ne l'ai même jamais *vue* ?

— Pourquoi tu t'énerves ? On parle ! J'avais eu tout d'abord l'intention d'aller chez toi ; mais quand j'ai su que vous aviez du monde, j'ai pas voulu te faire perdre la face devant tes invités, voilà pourquoi je t'ai fait venir ici pour discuter. Pure délicatesse de ma part…

— Je ne sais absolument pas où se trouve cette pierre.

— Chez vous, forcément ! Ton père l'a sûrement pas donnée à quelqu'un qui était pas de la famille. Je me trompe pas, non ? Bien sûr, je te demande pas de la rendre illico. Cela dit, en rentrant, réfléchis bien ou, plus exactement, "cherche" bien ! J'attends ta réponse dans un ou deux jours. Ça te va ? T'es pas bête, t'as pas besoin que je te mette les points sur les i, pas vrai ? Par contre, il y a certaines choses qu'il serait pas inutile de te rappeler : si vous vendez cette pierre Œil-de-Dragon pour votre profit personnel sans le dire à personne, ça, c'est pénal ; y a de quoi vous envoyer en prison pour un bon bout de temps et là, même si je voulais, j'ai bien peur de ne plus rien pouvoir faire pour toi. Bon, voilà qui est dit ! Tu as de la visite chez toi, alors je vais pas te retarder davantage. Prends le temps de bien réfléchir à tout ça en rentrant ! »

Lorsque Chenglong sortit de chez son oncle, il faisait désormais nuit noire. Tout était embrouillé et confus dans sa tête; assailli par toutes sortes de pensées, il courba l'échine et prit le chemin du retour. À un certain moment, réalisant qu'il se trouvait face aux bâtiments de l'école primaire, il s'arrêta, malgré lui. Ce n'était que silence et obscurité. À la faveur du décor dans lequel il se trouvait, une scène à laquelle il avait assisté quelques jours auparavant lui revint en mémoire.

Il s'apprêtait à rentrer à Pékin, après les funérailles. Malgré les doutes qu'il nourrissait à propos de la mort de son père et bien qu'il pensât savoir où devait se trouver cette pierre Œil-de-Dragon, il avait décidé de regagner la capitale où il devait préparer un stage d'été avec ses camarades, stage pour lequel il lui fallait faire, personnellement, de nombreuses démarches.

Ce soir-là, après dîner, alors qu'il était en train de faire ses bagages, il s'aperçut qu'il ne trouvait plus deux des vêtements qu'il voulait emporter. Il les chercha partout, en vain. Il voulut aller demander à sa mère, mais elle n'était pas à la maison ; aussi alla-t-il trouver sa sœur. Yinhua lui apprit que leur mère était sortie après dîner; peut-être était-elle allée jusqu'à l'école. Il retourna dans sa chambre ; comme elle ne revenait toujours pas, lassé d'attendre, il décida d'aller à l'école la chercher.

Il faisait déjà sombre et le village était plongé dans le plus profond silence. Il est bien tard, pensa-t-il, que peut-elle bien être allée faire à l'école? Il était presque arrivé lorsqu'il entendit des voix; il lui sembla même percevoir des pleurs. Instinctivement, ses pas se firent plus légers. Il contourna les murs extérieurs des cours des maisons qui longeaient la rue: aucune lumière ne brillait aux fenêtres de l'école et, devant, il n'y avait pas âme qui vive. Il s'arrêta et tendit l'oreille: le bruit venait de derrière le bâtiment des salles de classe. Il avança sur la pointe des pieds jusqu'au mur est; plaqué contre le mur, il se glissa à l'angle du bâtiment, tendit le cou pour aller voir derrière et, à la faveur du clair de lune, distingua deux ombres étroitement enlacées: la femme pleurait, l'homme l'abreuvait de paroles réconfortantes. Chenglong découvrit sans peine que cette femme était sa mère ; quant à l'homme, il s'agissait de Shi Wengui!

Chenglong eut l'impression de recevoir un coup sur la tête et, immédiatement, tout se mit à tourner autour de lui. D'un mouvement vif, il recula, alla s'accroupir dans l'angle du mur et, recroquevillé sur lui-même, il ferma les yeux. Il attendit que les battements de son cœur aient ralenti pour regarder à nouveau. Les deux personnes n'étaient plus enlacées mais elles se tenaient encore face à face, tout près l'une de l'autre. La femme pleurait encore, l'homme parlait toujours. Malgré les efforts de Chenglong pour écouter ce qu'il disait, il ne put, en fin de compte, rien comprendre. Puis, marchant côte à côte, le couple s'éloigna vers l'autre extrémité du bâtiment.

Chenglong resta assis par terre, incapable de réagir. Il mit un bon moment avant de pouvoir se relever et de s'en retourner chez lui.

Là, il alla directement se réfugier dans sa chambre où, sans même allumer la lumière, il s'allongea sur le *kang*. Sa mère ne tarda pas à rentrer; elle vint près du *kang* lui demander: « Comment se fait-il que tu sois allé te coucher si tôt? »

Chenglong ne lui répondit pas.

Jin Caifeng reprit: « Yinhua m'a dit que, tout à l'heure, tu cherchais des habits. J'avais oublié de t'en parler. Ces deux vêtements, ils plaisaient beaucoup à Chenghu. J'ai pensé que tu pourrais t'en racheter à Pékin, alors je lui ai donné ceux-là. Qu'est-ce qu'il y a? Tu es fâché? »

Chenglong garda le silence.

Jin Caifeng soupira: « Mais enfin, qu'est-ce que tu as? Tu es grand. Maintenant que ton père est mort, toute la famille doit pouvoir compter sur toi! Comme tu veux retourner à Pékin demain, si tu as quelque chose à dire, tu dois en parler à ta mère! À faire comme ça, tu me rends la vie plus impossible encore! »

Chenglong ne put rester sourd aux accents pathétiques de son discours. Cependant, il ne réussit qu'à murmurer ces quelques mots: « Je n'ai rien du tout, mère, juste fatigué. J'ai envie de dormir. »

Jin Caifeng resta encore un moment à côté du *kang*, poussa à nouveau un soupir, puis sortit discrètement.

Cette nuit-là, Chenglong ne put trouver le sommeil. Il ne cessa de réfléchir, et de réfléchir encore. Le lendemain matin, calmé et serein, il dit au revoir à sa mère. Arrivé au chef-lieu de district, il commença par se rendre au bureau de la Sécurité publique pour aller trouver Sun Changsheng. Sun était le seul qu'il connaisse en ces lieux.

« Je crois que mon père a été assassiné, lui dit-il ; pourrais-tu enquêter un peu là-dessus ?

— Tu as des preuves ? » demanda Sun Changsheng.

Après une hésitation, Chenglong répondit: « Je n'ai aucune preuve, juste des soupçons.

— Des soupçons ? Et tu voudrais que j'enquête à partir de simples soupçons ? Tu veux rigoler ! Tu crois qu'on est à la complète disposition de ta famille ? Que tu n'as qu'à nous donner des ordres pour qu'on les exécute ? Mais tu n'es encore qu'un étudiant ! Attends d'accéder au poste de chef de district et alors, tu pourras nous assigner les affaires qu'on doit traiter ! À ce moment-là, on verra. Et, en plus, on a déjà enquêté sur l'histoire de ton vieux : le médecin légiste a fait son rapport d'expertise. Y a plus rien sur quoi on puisse encore enquêter ! »

Impuissant, Chenglong ne put que repasser la porte du bureau de la Sécurité publique. Il se rendit au parquet consulter un ancien camarade de lycée mais, là encore, on lui opposa le même genre de réponse. Il ne lui restait plus qu'à retourner à Pékin. C'est là que, quelque temps après, sur les conseils d'un ami, il se mit en contact avec le cabinet de l'avocat Hong…

Tout en regardant les fenêtres toutes noires de l'école, Chenglong repensa à ce qui venait de se passer chez son oncle. Il avait la conviction que sous le sourire perfide de Shi Wengui se dissimulait un esprit malfaisant. À présent, il était bien décidé à tirer tout cela au clair afin d'apaiser les tourments que souffrait l'âme de son père, là-haut, au ciel.

# 7
# Le colis égaré

Lorsque la nuit descendit, le petit village de montagne devint silencieux. Hong Jun, qui était resté à la porte de la cour pendant un moment, rentra dans la chambre de Shi Chenglong pour réfléchir aux événements de la journée. Puis Shi Chenglong revint. « Ils sont fantastiques, au bureau de la Sécurité ! Mon père est mort, mais ils se refusent à enquêter. Et maintenant, ils exigent, en plus, que je leur rende la pierre Œil-de-Dragon ! Ils disent que ce sont les ordres des dirigeants du district. Ce n'est pas la peine de parader pour essayer de m'intimider ! M'est avis que c'est le dénommé Sun lui-même qui veut se l'approprier ! Il rêve ! De toute façon, moi, je n'en sais rien de rien et je ne l'ai jamais vue. On pourra toujours me demander, c'est tout ce que je répondrai ! s'indigna-t-il, encore sous le coup de la colère.

— Peut-être que si nous trouvions cette pierre, nous pourrions du même coup éclaircir la question de la cause de la mort de votre père, suggéra Hong Jun.

— Mais c'est que j'ignore vraiment où elle se trouve !

— Pensez-vous que Shi Guangsheng soit susceptible de le savoir ?

— Ce n'est pas certain. Pourtant, ce jour-là, quand nous en avons parlé, il n'arrêtait pas de bafouiller. Pourquoi est-ce qu'on ne retournerait pas lui poser la question ?

— Parfait ! »

Tous deux quittèrent la maison et se rendirent chez Shi Guangsheng en empruntant un petit chemin où, comme dans le reste du village, les réverbères étaient absents. Ils n'avaient donc d'autre éclairage pour guider leurs pas que celui qui provenait des fenêtres des maisons le long du sentier. En arrivant, lorsque Shi Chenglong voulut ouvrir la porte, il entendit des gens parler à l'intérieur; aussi se ravisa-t-il. Il écouta un moment à la porte puis, Chenglong tirant Hong Jun par la main, tous deux se glissèrent à pas de loup à l'arrière de la maison. « C'est mon oncle. On dirait qu'il a l'intention de nous couper l'herbe sous le pied ! »

Ils patientèrent une dizaine de minutes avant d'entendre un bruit de porte; Shi Wengui sortit. De l'intérieur leur parvint le rire bruyant de Shi Guangsheng. Ils attendirent que Shi Wengui se fût éloigné avant d'entrer dans l'humble demeure de Shi Guangsheng.

Ce dernier s'était déjà couché; au bruit de leurs voix, il se redressa. Shi Chenglong vint s'asseoir sur le bord du *kang*: « Oncle Guangsheng, dit-il, voici le professeur Hong de Pékin; c'est un spécialiste de légendes populaires. Tu ne voudrais pas raconter à nouveau comment tu as découvert la pierre Œil-de-Dragon ? »

Il accepta. Après avoir écouté jusqu'au bout le récit de cette expérience mystérieuse, Hong Jun lui demanda: « Avez-vous revu cette pierre depuis que vous êtes rentré au village ?

— Non. Cette pierre, c'est Wugui qui l'a toujours gardée. Et même en admettant qu'il m'ait autorisé à la regarder, je n'aurais pas pu la voir ! Chenglong, Wengui vient de me dire qu'on ne la trouve plus : c'est vrai, ça ?

— C'est vrai ! » confirma Shi Chenglong.

Shi Guangsheng se pencha en avant et leva le visage pour demander: « Dis-moi, Chenglong, ce serait pas toi qui l'aurais planquée ?

— Comment j'aurais fait ? répliqua ce dernier

— Je dois quand même te dire, Chenglong, que la moitié de cette pierre me revient ! Si, malgré tout, tu songeais à la garder toute pour toi, pour sûr que tu irais à la rencontre de gros ennuis !

— Oncle Guangsheng, qu'est-ce que tu dis là ?

— Ce que je dis? Je sais parfaitement qu'un freluquet comme toi, quand il lève son cul, c'est pour chier! Ne va pas croire que parce que je suis aveugle, je comprends plus rien; mon cerveau marche bien et je suis toujours alerte. S'il te venait à l'idée de jouer au plus malin avec moi, prends bien garde à toi : je te romprais le cou!

— Est-ce que mon oncle ne serait pas venu te raconter je ne sais quoi?

— Tout ça n'a rien à voir avec ton oncle. »

Hong Jun et Shi Chenglong quittèrent Shi Guangsheng et rentrèrent par le petit chemin qu'ils avaient emprunté à l'aller. Dans le village, toutes les lumières étaient éteintes et les gens couchés. Autour d'eux, l'obscurité était presque totale, à l'exception de la lueur des étoiles qui scintillaient dans le ciel. Soudain, Hong Jun entendit, derrière lui, le bruit d'une pierre qui roule. Il se retourna immédiatement et il lui sembla apercevoir une ombre noire contre un petit muret à une vingtaine de mètres de là. Il eut beau scruter la nuit, il n'arriva pas à la distinguer plus nettement. En entendant que Hong Jun s'était arrêté, Shi Chenglong, qui marchait devant, se retourna pour demander: « Professeur Hong, qu'est-ce qu'il se passe?

— Oh! Rien du tout! » répondit Hong Jun d'un ton léger en reprenant sa route derrière Chenglong. Deux croisées de sentiers plus loin, Hong Jun rebroussa soudainement chemin. Cette fois-ci, à la seule lueur des étoiles, il vit très clairement une silhouette se glisser derrière l'une des maisons qui bordaient le sentier. Shi Chenglong revint vers lui et demanda: « Qu'y a-t-il?

— On nous suit, répondit Hong Jun à voix basse.

— Vraiment? » Il fit un bout de route en sens inverse mais ne vit absolument rien. Il rejoignit alors Hong Jun auquel il demanda: « Peut-être avez-vous mal vu?

— Peut-être! » répondit l'avocat en riant. Puis tous deux regagnèrent la maison de Shi Chenglong. Aussitôt arrivés, ils grimpèrent sur le *kang* et allèrent se coucher. Pourtant, cette nuit-là, Hong Jun ne dormit presque pas.

Le lendemain matin, Hong Jun, Song Jia et Shi Chenglong commencèrent par rendre visite au « médecin aux pieds nus »[24] qui, le premier, avait examiné Shi Wugui. Après leur avoir parlé des symptômes que présentait le malade à l'époque, le médecin, mystérieux, leur avoua : « Je ne vous cacherai pas que je ne crois pas à cette légende de la pierre Œil-de-Dragon ! Je soupçonne Shi Wugui d'avoir été…

— Assassiné ? » Shi Chenglong, dans son impatience, avait terminé lui-même la phrase du médecin.

« Non, pas du tout ! Je soupçonne qu'il a été malade du sida.

— Allons ! Ne dites pas n'importe quoi ! Mon père n'était jamais allé à l'étranger ; où donc aurait-il bien pu attraper le sida ? rétorqua Shi Chenlong en fronçant les sourcils.

— Ah, bon ! On ne peut pas attraper le sida si on ne va pas à l'étranger ? Vous devriez demander à un spécialiste de faire une autopsie et de vous donner ses conclusions. Ce qu'il a eu, c'était peut-être plutôt une nouvelle forme de la maladie ! Qu'est-ce que vous venez me parler de pierre Œil-de-Dragon ? Il n'y en a jamais eu l'ombre d'une seule ! M'est avis que ton père n'a absolument jamais eu de pierre Œil-de-Dragon et que toute cette histoire, c'est Shi Changsheng qui l'a inventée de toutes pièces !

— Mais alors, pourquoi serait-il devenu aveugle ?

— Qui le sait ? Peut-être est-ce à cause de la soudure sur les chantiers ? Cette année-là, sur le chantier de construction du chef-lieu de district, moi-même j'ai été ébloui par la soudure d'une barre d'acier ; j'avais les yeux comme piqués par des aiguilles, ça m'a fait mal pendant plusieurs jours.

— Oui mais vous n'êtes pas aveugle !

— Je ne vais pas me disputer avec toi. Si tu veux absolument en avoir le cœur net, tu peux toujours aller voir à l'endroit où il travaillait, et les questionner. Au fait, juste avant de mourir,

24. On appelait ainsi les jeunes membres des communes populaires qui, après une formation sommaire de six mois, se chargeaient de donner des soins médicaux dans les campagnes. L'expression « aux pieds nus » fait allusion à leur statut de paysans car ils travaillaient également aux champs.

ton père ne t'a-t-il pas écrit, ne t'a-t-il pas dit dans sa lettre ce qui s'était produit ?

— Mon père m'aurait écrit une lettre avant de mourir ? Quand donc ?

— C'était quelques jours avant qu'on l'envoie à l'hôpital du district. Deux jours avant, aucun doute là-dessus !

— Comment se fait-il que vous le sachiez ?

— Ce jour-là, j'étais allé au bourg où j'avais à faire et c'est justement là que je suis tombé sur ton père. Comme je savais qu'il était malade, je lui ai demandé ce qu'il venait faire là. Il m'a répondu qu'il devait envoyer quelque chose par la poste. Je lui ai dit que, dans ce cas, il n'avait pas besoin de se déplacer : il pouvait très bien charger quelqu'un d'aller le remettre à l'employé de la poste et le tour était joué. C'était une lettre pour Chenglong, m'a-t-il expliqué, quelque chose de très important, il n'aurait pas été tranquille s'il l'avait confiée à quelqu'un d'autre. Je l'ai accusé d'être trop méfiant, de ne jamais faire confiance à personne et j'ai dit que, s'il était tombé malade, c'était à cause de ce trait de son caractère. Il a ri, il a dit qu'il n'était absolument pas malade. Moi, j'ai vu qu'il faisait beaucoup d'efforts pour marcher. Le lendemain, il allait mal et, le jour suivant, on l'a envoyé à l'hôpital du district. Ça, je m'en souviens parfaitement, impossible de me tromper !

— Vous avez vu la lettre qu'il me destinait ?

— Ça non, je ne l'ai pas vue. En y réfléchissant bien, il n'avait pas de lettre à la main, mais un petit paquet enveloppé dans du tissu. Peut-être t'a-t-il envoyé un colis postal avec une lettre à l'intérieur. Je n'en ai pas la certitude, mais ce dont je suis sûr en revanche c'est que, ce jour-là, il t'a bien expédié quelque chose. »

Après avoir consulté Hong Jun du regard, Chenglong demanda encore :

« Lorsque vous avez examiné mon père, avez-vous diagnostiqué un empoisonnement ?

— Un empoisonnement ? Qu'est-ce que tu veux dire ? Tu penses que ton père aurait pu être assassiné ? Il était bien vu de tout le monde, personne n'avait de griefs contre lui, qui aurait pu le tuer ? Ici, nous sommes tous du pays, alors je vais te donner un bon conseil : ne t'avise surtout pas d'accuser quelqu'un à la légère !

— Ce n'est pas ce que je voulais dire. Mon idée, c'est qu'il n'avait pas digéré quelque chose et que ça l'aurait intoxiqué. Je n'avais nullement l'intention d'accuser qui que ce soit de l'avoir empoisonné. En fin de compte, tout ce que je veux, c'est savoir le pourquoi de la mort de mon père.

— Je dois avouer que je suis bien incapable de dire si, oui ou non, il aurait été victime d'une intoxication alimentaire. Il en avait tous les symptômes : vomissements, diarrhée, étourdissements, nausées. Mais seul le médecin légiste serait en mesure de le déterminer avec certitude ; nous, nous ne pouvons que faire des suppositions. À ce que je sais, l'hôpital a conclu à une dysenterie et, la dysenterie, c'est aussi une sorte d'intoxication du système digestif. »

Chenglong, jetant de nouveau un coup d'œil en direction de Hong Jun, vit que ce dernier semblait vouloir prendre congé ; aussi se leva-t-il, prononça quelques mots de remerciement à l'adresse du médecin aux pieds nus et sortit en compagnie de l'avocat et de Song Jia.

Lorsqu'ils eurent rejoint la voiture, Hong Jun demanda :

« Avez-vous reçu ce colis que votre père vous a envoyé peu avant sa mort ?

— Non ! répondit Chenglong en fronçant les sourcils. Dès la fin de l'année scolaire, les employés du centre de redistribution du courrier du campus ne viennent plus travailler régulièrement. Il est fréquent de recevoir les colis ou bien le courrier avec dix ou quinze jours de retard ! »

Hong Jun réfléchit alors avant de suggérer :

« Je crois que vous devriez retourner à l'université ; il se pourrait bien que ce colis puisse nous aider à élucider les causes du décès de votre père. Je dois également faire un saut à Pékin. Commençons par aller nous renseigner à l'hôpital du district sur ses derniers instants ; après quoi nous n'aurons qu'à rentrer ensemble à Pékin. Si tout se passe bien, nous

pourrons être de retour ici demain après-midi pour poursuivre notre enquête. Qu'en dites-vous ? »

Chenglong opina du chef pour signifier son assentiment.

« Le père de Chenglong n'aurait-il pas, pressentant l'imminence de sa mort, envoyé à son fils la pierre Œil-de-Dragon ? Pourvu que le paquet arrive entier ! » s'exclama Song Jia.

Chenglong la considéra, l'air absent, comme si une autre idée venait de lui effleurer l'esprit. Hong Jun n'ajouta pas un mot et démarra en trombe en direction du chef-lieu de district.

# 8
# Au *Hard Rock Café*

Hong Jun les amena directement à l'entrée de l'hôpital de la ville. Guidés par Shi Chenglong, ils finirent, non sans mal, par trouver le médecin qui avait soigné Shi Wugui lors de son séjour en ces lieux : le docteur Lin.

« Dans l'article à propos de la pierre Œil-de-Dragon paru dans la revue *Yan Nan*, j'ai lu le récit des derniers instants de mon père, dit Chenglong au médecin. Vous qui étiez présent, docteur Lin, dites-moi ce qui s'est réellement passé. Croyez-vous que les faits relatés soient vrais ?

— Quel article ? Je ne l'ai pas lu, alors comment voulez-vous que je sache si c'est la vérité ? » répondit le docteur Lin.

Hong Jun s'empressa de sortir le journal qu'il s'était procuré à la maison de la Culture et le tendit au médecin. Ce dernier lut avec attention le paragraphe en question puis, hochant la tête, leur dit : « Je dois avouer que ce rapport est extrêmement objectif. Ce sont bien là les paroles incompréhensibles que Shi Wugui a prononcées avant de mourir. Je connais ce journaliste, il m'a interviewé, avec aussi d'autres personnes, bien sûr. Nous avons mis nos souvenirs en commun pour reconstituer ce que Shi Wugui avait dit juste avant sa mort. Le journaliste est ensuite allé trouver la femme de la victime ainsi que son frère pour effectuer une vérification. Eux aussi étaient présents sur les lieux lors du décès. Selon moi, on peut affirmer que cet article est, sans conteste, fondamentalement conforme à la réalité.

— Étiez-vous présent lors de l'autopsie ? » lui demanda Hong Jun.

Le docteur Lin fit un signe de dénégation tout en précisant : « C'est le médecin légiste du bureau de la Sécurité publique qui est venu l'effectuer et il ne nous a absolument pas permis d'y assister.

— Croyez-vous que les résultats de l'autopsie aient été conformes à votre diagnostic initial ? » demanda encore Hong Jun.

Après réflexion, le docteur Lin répondit : « On peut dire que, fondamentalement, cela correspondait. Dès le début j'ai pensé à une dysenterie aiguë et non pas à une intoxication d'origine alimentaire. Bien que les symptômes soient semblables dans les deux cas, il est quand même tout à fait possible de faire la distinction entre les deux maladies.

— Vos propos sont parfaitement clairs, apprécia Hong Jun en opinant du chef. Toutefois, d'après les symptômes que présentait le malade, y aurait-il une possibilité pour qu'il ait été atteint, ni par une dysenterie aiguë, ni même par une intoxication alimentaire, mais par une maladie rare ?

— Laquelle ?

— Le sida, par exemple.

— Le sida ? Vous ne parlez pas sérieusement ? Bien entendu, vous n'êtes pas médecin : vous avez le droit de parler librement, ça ne prête pas à conséquence. En revanche, nous, médecins, ne pouvons absolument pas délivrer à nos malades ce genre de diagnostic à la légère, ni même en parler comme d'une chose que l'on "suspecte", c'est impossible ! Nous nous devons de protéger la respectabilité de nos malades. Bien que Shi Wugui soit décédé, ce ne sont pas là des mots que nous pouvons prononcer sans les avoir bien pesés ! » Le docteur Lin, apparemment en proie à une certaine émotion, avait haussé le ton.

Après avoir quitté l'hôpital, Hong Jun et ses deux acolytes se mirent en quête d'un restaurant où ils déjeunèrent légèrement avant de prendre la route pour Pékin. L'avocat maintenait une vitesse élevée et doublait tout le monde, certains de ses dépassements pouvaient être qualifiés d'impressionnants, quoique effectués en toute sécurité.

Shi Chenglong, assis à l'arrière, s'était endormi. Song Jia, sur le siège passager à l'avant, ne cessait de tourner ses regards vers Hong Jun qui conduisait, les lèvres crispées. Pensant que cela lui était pénible, elle proposa: « Avocat Hong, je pourrais conduire pour que vous vous reposiez un peu.

— Le trafic est dense sur cette portion de route, il n'y a que des camions, il vaut mieux que ce soit moi qui tienne le volant, lui répondit-il.

— Vous ne seriez pas tranquille si c'était moi?

— C'est seulement que je me fais beaucoup moins de souci quand c'est moi ! En tant que passager, je serais infiniment plus fatigué!

— Vous pourriez fermer les yeux! lui suggéra-t-elle, pleine de bonne volonté.

— Il vaut mieux que ce soit toi qui fermes les yeux! » répondit-il avec la même prévenance.

Il ne lui resta plus qu'à suivre le conseil de ce dernier.

Il arrivèrent à Pékin à la nuit tombante. La circulation était encore dense sur le troisième périphérique est. Shi Chenglong voulut les inviter à dîner mais Hong Jun, qui devait aller voir quelqu'un, pensait qu'il serait plus convenable de ne pas y aller trop tard. Song Jia s'assura qu'il n'avait plus besoin d'elle et, de fait, il la libéra pour la soirée. Shi Chenglong, ravi, renouvela alors son invitation à Song Jia qui, après avoir consulté Hong Jun du regard, accepta avec joie.

Tous deux descendirent donc de voiture près de l'hôtel de la Grande Muraille et entrèrent au *Hard Rock Café* situé au rez-de-chaussée de la tour de la Rivière du Cheval flamboyant. Ils firent la queue un moment avant que la fille de salle ne les conduise au premier étage pour les installer à une petite table qui jouxtait la balustrade.

Ce café était réputé pour sa musique. Dans la grande salle du rez-de-chaussée, il y avait un grand bar en forme de guitare, dont certains disaient qu'il ressemblait plutôt à un *pipa*[25], face

25. *Pipa* : luth piriforme à quatre cordes. Instrument le plus populaire de la musique de cour des Tang (618-907).

à une scène de petite dimension sur laquelle un orchestre composé de quatre musiciens originaires d'Asie du Sud exécutaient des rock and roll. La diversité de forme des quelques dizaines de tables de différentes tailles, disposées au centre et sur le pourtour de la salle, témoignait de l'ingéniosité de celui qui les avait conçues pour occuper au mieux l'espace disponible. À droite du bar, un large escalier semi-circulaire menait au premier étage qui ne comportait, tout autour, qu'une galerie occupée par des tables d'où l'on avait vue sur la salle du bas. Les guitares de toute sorte accrochées aux murs de la galerie du premier ajoutaient à l'atmosphère musicale des lieux. L'un des côtés de la scène était par ailleurs muni d'un écran géant et plusieurs téléviseurs, répartis dans différentes parties du local, retransmettaient pour l'heure un dessin animé américain de Tom et Jerry. Parmi la nombreuse clientèle du bar, tous habillés à la dernière mode, il y avait profusion d'étrangers.

Shi Chenglong et Song Jia passèrent chacun commande d'un plat à l'occidentale et d'une bière belge.

« Vous avez l'habitude de venir ici ? » demanda Song Jia à son hôte après que la serveuse se fut éloignée.

La musique était si forte que le seul moyen d'entendre ce que disait l'autre était de se rapprocher.

« C'est la troisième fois. Les deux autres fois, c'était pour accompagner des clients. Mais l'endroit a beaucoup de classe et il me plaît bien !

— Je suis entièrement d'accord ! Mais les prix vont avec !

— Ah ! La société de consommation… C'est comme une espèce de troc : il suffit que vous jugiez que ça en vaut la peine pour que vous acceptiez de payer le prix.

— Il y a tout un monde entre ici et l'endroit d'où vous venez. Autant qu'entre le ciel et la terre, dit Song Jia en regardant le batteur qui, en bas, jouait et chantait tout à la fois.

— Je viens d'une région de montagnes, lui répondit Shi Chenglong, en proie à une certaine émotion et la regardant bien dans les yeux. Et nous, là-bas, nous n'avons ni les connaissances ni l'ouverture d'esprit de vous autres, gens des villes ; à bien des égards, nous sommes très en retard. Mais est-ce notre faute ? C'est simplement que la vie n'est pas équitable. À quel titre êtes-vous autorisés à jouir des commodités de la capitale dès votre naissance alors que nous, nous sommes condamnés à vivre au fin fond des montagnes ? Alors que nous sommes tous pareils, vous êtes, dès votre premier jour, inscrits sur les registres d'état civil de la ville où vous avez le droit de résider tandis que nous, même au prix d'efforts inimaginables et de tribulations innombrables, nous ne pouvons avoir la certitude d'être un jour en possession de ce fameux permis de séjour[26]. Vous trouvez que c'est juste et équitable ?

— Oh, doucement ! Vous avez un problème, Shi Chenglong ? Vous avez été traumatisé, ou quoi ? Pourquoi, dès que vous abordez le sujet habitants des villes/gens des campagnes, avez-vous le cou qui enfle et les joues qui deviennent toutes rouges ?

— Oui, j'ai subi des vexations. C'est pourquoi j'ai décidé, coûte que coûte, de changer radicalement de vie. Je veux prouver que je peux y arriver tout seul, que ceux des montagnes sont encore plus intelligents et plus capables que ceux des villes et qu'ils méritent d'avoir une vie bien meilleure encore que celle dont bénéficient la plupart des citadins.

— D'accord ! D'accord ! Comme vous voudrez ! Personne ne va vous en empêcher. Heureusement que j'ai les nerfs solides, sinon vous me rendriez malade avec vos protestations ! Il n'y a pas de quoi s'énerver !

— Mademoiselle Song, ne le prenez pas mal ! dit Shi Chenglong en s'efforçant de sourire à celle qui venait de le critiquer. Ce n'était pas dirigé contre vous. J'ai été profondément meurtri. Mais vous, je vous considère comme quelqu'un de très bien. Et, je ne sais pas pourquoi, j'ai très envie de vous parler en toute franchise.

26. Chaque Chinois, en guise de carte d'identité, est muni d'un *hukou*, sorte de permis de séjour dans une ville ou un village bien précis, lieu de sa naissance en général. Le permis de séjour dans l'une des grandes villes de Chine est extrêmement difficile à obtenir, même dans le cas où le citoyen est contraint d'y habiter, pour raisons professionnelles par exemple, et ceci en raison des risques de dépeuplement des campagnes et pour un meilleur contrôle des populations par les autorités.

— Vraiment ? Alors, je vais vous poser une question ; mais il faudra me répondre très honnêtement.

— Vous pouvez me demander n'importe quoi. Je n'irai certainement pas vous raconter de mensonges.

— Très bien. Alors ma question est la suivante : en définitive, êtes-vous oui ou non en possession de cette pierre Œil-de-Dragon ?

— Pourquoi ? Vous aussi, vous la voulez ?

— Je m'en moque éperdument ! Mais elle pourrait être d'un intérêt primordial pour déterminer les raisons de la mort de votre père. Bien sûr, j'aimerais bien aussi la voir de mes propres yeux, voir un peu à quoi ressemble cette pierre si mystérieuse. C'est le nom de cet endroit qui m'y fait penser.

— Je vous assure que je ne l'ai jamais vue. Je pourrais le jurer devant Dieu ! C'est la pure vérité, je ne saurais vous mentir…

— Si vous ne l'avez pas, tant pis, mais à quoi bon jurer ? Maintenant, je doute qu'elle ait jamais existé.

— Moi aussi, j'ai pensé la même chose. Mais, dans ce cas, comment l'oncle Guangsheng serait-il devenu aveugle ?

— Peut-être tout cela n'est-il qu'un vaste complot ? Cette affaire est vraiment très embrouillée !

— Quel genre de complot ?

— C'est bien ce que j'aimerais que vous me disiez !

Je ne vois pas du tout. »

On leur apporta la commande. Chacun mangea le contenu de sa propre assiette [27] tout en discutant de sujets plus légers. Les musiciens de l'orchestre étaient partis se reposer et les haut-parleurs diffusaient de la musique enregistrée – toujours ces airs au rythme endiablé.

Lorsqu'ils eurent terminé leur repas, ils s'aperçurent que des serveuses débarrassaient les tables du milieu de la salle du bas. Très rapidement, tables et chaises furent déplacées et le

27. Cette précision de l'auteur qui, en français peut paraître une lapalissade, n'est pas anodine : dans un repas chinois, les convives partagent les plats qui occupent le centre de la table et tout le monde mange un peu de chaque mets. Ici, il s'agit donc d'un lieu branché qui sert des repas à l'occidentale.

centre de la pièce se transforma en une petite piste de danse. Peu de temps après, l'orchestre revint prendre place sur la scène avec, cette fois, une chanteuse en minijupe. Elle chanta en anglais en effectuant quelques pas de danse et, à son invitation, de nombreux clients envahirent la piste et se mirent à bouger au son d'une musique disco.

Après avoir réglé la note, Shi Chenglong demanda à Song Jia si elle avait envie de danser un peu. D'un mouvement de la tête, elle lui fit signe que oui ; aussi descendirent-ils au rez-de-chaussée pour se joindre à la foule des danseurs qui comptait déjà une centaine de personnes. Bien que chacune d'elles n'occupât que peu d'espace, tous se lançaient à fond et dans toutes sortes de figures, avec frénésie ou élégance, légèreté ou impétuosité. Malgré l'air conditionné, beaucoup avaient le visage ruisselant de sueur à force de s'agiter.

Pendant plus d'une heure, Shi Chenglong et Song Jia s'en donnèrent à cœur joie avant de, finalement, quitter l'endroit à regret. La jeune fille était de joyeuse humeur et un franc sourire illuminait son visage en feu.

« C'était très amusant ! dit-elle. Même si vous avez des ennuis, ce genre de danse vous les fait oublier ! Je commence à bien aimer le nom de cet endroit : *Hard Rock* – Pierre dure –, un nom qui a du caractère ! Ça vous ressemble un peu à vous, les gens des montagnes ! À propos, comment vous sentez-vous ? Toujours à en découdre avec la vie ? »

Il ne lui répondit pas mais s'arrêta de marcher et, d'une voix qui avait quelque chose d'étrange, l'appela par son nom :

« Song Jia. »

Elle aussi s'arrêta et le considéra, surprise :

« Oui. Qu'y a-t-il ? »

Tout en la regardant, il lui demanda d'une voix tremblante :
« Song Jia, pourrions-nous sortir ensemble ?

— Sortir ensemble ? Qu'est-ce que vous entendez par là ?

— Je.. Dès la première fois où je vous ai vue, je me suis dit... que vous étiez la plus belle fille du monde ! Évidemment, moi, un gars des montagnes, je ne suis pas digne de vous. Mais j'espère que vous accepterez de me donner ma chance, que vous me laisserez l'occasion de vous prouver que je suis celui qui pourrait vous apporter le bonheur…

Song Jia leva la tête vers l'enseigne lumineuse au néon où l'appellation en anglais du Bar de la Pierre dure n'arrêtait pas de changer de couleur puis son regard se porta sur Shi Chenglong auquel, très lentement, elle dit :

« Je ne vous aurais jamais cru aussi courageux !

— Nous sommes comme ça, nous les habitants des montagnes : on ose ! On ose dire, on ose faire et, je dirais même plus, on va jusqu'au bout de ce qu'on dit, jusqu'au bout de ce qu'on fait !

— Mais… actuellement, vous êtes pour nous un client et je crains qu'il ne soit pas convenable que nous ayons ensemble ce genre de relation.

— Dans ce cas, aucun problème ! Il m'est tout à fait possible de résilier sur-le-champ le contrat que j'ai passé avec vous pour vous confier cette affaire. D'ailleurs, peu m'importe maintenant de la résoudre ou pas. Le plus important pour moi, c'est que cela m'a donné l'occasion de faire votre connaissance.

— Pour résilier le contrat, il faudrait que l'avocat Hong soit d'accord.

— Pour l'argent, je respecterai mes engagements ; je réglerai tout jusqu'au dernier sou.

— Je crains que, pour lui, ce ne soit pas seulement une question d'argent ! » Song Jia soupira : « Finissez-en avec ces obsessions ! Est-ce que par hasard vous ne penseriez plus à votre père ?

— Non… Ce n'est pas du tout ce que je voulais dire ! Je proposais cela simplement pour vous prouver mon…

— Restons-en là ! interrompit-elle. Il vaudrait mieux que vous commenciez par retourner à l'université pour aller chercher votre colis. Il n'est pas dit que votre père ne vous ait pas envoyé la pierre Œil-de-Dragon là-bas.

— Mais…

— Mais quoi ? Dépêchez-vous d'appeler un taxi ! De toute façon, nos routes se séparent ici.

Un instant interdit, Shi Chenglong ne s'avoua pas vaincu pour autant : « Je sais que je ne suis pas très réaliste, mais ça ne m'empêchera pas de faire des pieds et des mains pour obtenir ce que je veux ! Chez nous, dans les montagnes, on dit : “Il n'y a pas de sommet inaccessible !”

— Alors, prenez tout votre temps ! Et faites bien attention à ne pas dévaler la pente ! »

Song Jia arrêta un taxi et disparut.

## 9
## Tout plutôt que de perdre la face

Il était près de vingt-trois heures lorsque Shi Chenglong arriva en taxi à la résidence universitaire. Dans le couloir du bâtiment réservé aux étudiants chercheurs, c'était l'heure de la plus grande animation quotidienne. Les vacances avaient déjà commencé mais de nombreux étudiants n'étaient pas partis : ceux qui préparaient leur mémoire, ceux qui rédigeaient des travaux de recherche, ceux qui avaient trouvé un petit boulot pour gagner quelque argent, ceux enfin qui cherchaient le moyen d'en gagner davantage. N'ayant plus l'obligation d'aller en cours, ils vivaient de façon plus décontractée, ce qui n'excluait pas le respect d'une certaine discipline. La plupart du temps, ceux qui n'avaient pas l'obligation de sortir ou d'aller travailler de bonne heure faisaient la grasse matinée jusqu'à neuf ou dix heures ; après quoi ils avalaient un petit quelque chose puis allaient travailler à la bibliothèque ou étudiaient dans leur chambre. Une petite sieste était de rigueur après le déjeuner pour pouvoir encore affronter une ou deux heures de travail dans l'après-midi. Vers seize heures environ, ils enfilaient une tenue de sport pour se défouler un bon coup sur les terrains de foot, de basket ou de tennis puis allaient prendre une douche après avoir bien transpiré. Les heures d'après-dîner constituaient les moments d'étude privilégiés de la journée. Qui dans sa chambre, qui dans une des salles de bibliothèque, tous immobiles, penchés sur leurs livres, à la lumière des lampes, ils travaillaient d'arrache-pied. Le couloir des dortoirs, à cette heure, était calme et silencieux. Il ne commençait à s'animer qu'aux alentours de vingt-trois heures, lorsque ceux qui étaient sortis rentraient et ceux qui étaient restés sortaient un à un de leur retraite. Bol de nouilles instantanées fumant ou tasse de thé en main, debout dans le couloir, ils discutaient de choses et d'autres, sujets importants ou futilités. Lorsque ce « couloir-salon-du-soir », comme certains l'avaient baptisé, prenait fin, beaucoup allaient se coucher tandis que ceux qui avaient un travail urgent en train se remettaient à l'œuvre quelques heures encore, profitant du silence de la nuit.

Ce salon nocturne venait à peine de commencer lorsque Shi Chenglong regagna le dortoir. La journée avait été étouffante : aussi la dizaine de garçons qui se trouvaient là, dans le couloir de cette zone qui leur était exclusivement réservée, ne portaient-ils que leur short et leur maillot de corps. Shi Chenglong avait pour compagnon de chambre un étudiant en russe originaire du Sichuan, un dénommé Yuan Xiaoming, dit « Tawalitsi », traduction phonétique approchée du mot russe « tovaritch », qui signifie « camarade », car il affectionnait tout particulièrement ce mot. Il était justement en train de mettre au défi un autre étudiant, originaire de l'Anhui : « Écoute-moi, Camarade, qu'est-ce qu'il y a de si difficile ? Il s'agit seulement de frôler le lustre ! »

Celui à qui il s'adressait, un certain Pang Zhiwei, portait, lui, le surnom de « Bidouilleur » car il émaillait la plupart de ses propos du verbe « bidouiller ».

« Fais-nous voir ce que tu bidouilles au lieu de parler ! Moi, je tiens parole : si tu bidouilles jusqu'au lustre, je te paie deux bières ! C'est pas que je te sous-estime, mais t'es haut comme trois pommes, Tawalitsi ! Si, toi, t'arrives à bidouiller jusqu'au lustre, moi, c'est jusqu'au toit de la maison que je te bidouille ça !

— Tu vas regretter tes promesses, Bidouilleur !

— Je vais regretter ? Qu'est-ce que tu bidouilles dans ta tête ? Cela dit, on doit d'abord se mettre d'accord sur le truc : si tu n'arrives pas à bidouiller jusqu'au lustre, on fait quoi ?

— C'est moi qui te paie les deux bières ! »

Leurs camarades qui assistaient au spectacle se divisèrent en deux camps. Ceux qui étaient du côté de Bidouilleur suggérèrent de juger du résultat au son de l'impact, ce que les supporters de Tawalitsi contestèrent au motif qu'un impact n'est pas forcément sonore. Ils suggérèrent de juger au balancement du lustre. Les premiers s'insurgèrent, alléguant de la nature très contestable du balancement du lustre qui pouvait très bien avoir été provoqué par l'air soulevé dans un mouvement de bras. Au terme de multiples controverses, les deux camps se mirent d'accord pour désigner Shi Chenglong comme arbitre en raison de sa neutralité, ainsi qu'une commission d'arbitrage de trois membres. Les tenants de Tawalitsi lui suggérèrent d'ôter maillot de corps et short qui risquaient de le gêner pour ne garder que son slip mais ceux du camp adverse s'y opposèrent immédiatement arguant de l'atteinte aux bonnes mœurs et du caractère choquant de cette tenue incompatible avec les normes d'une compétition entre gens civilisés. Les premiers rétorquèrent en se référant aux tenues légères des boxeurs et des nageurs dans les compétitions internationales. De véritables joutes oratoires furent nécessaires pour, enfin, aboutir à un accord : on enlèverait le short mais pas le maillot de corps.

Tawalitsi se lança dans un échauffement des plus sérieux qu'il termina par deux bonds d'essai ; après quoi il se plaça au centre du couloir sous le regard attentif de ses camarades. Il respira profondément, prit son élan et sauta. Le lustre n'avait pas eu le moindre soubresaut. Le verdict de Shi Chenglong tomba : c'était raté ! Tout le monde se mit à rire.

« Et alors ? Je te les paierai, tes deux bières ! » dit Tawalitsi avant de rentrer dans sa chambre.

Ensuite, les participants à la réunion nocturne du couloir-salon-du-soir se dispersèrent. Shi Chenglong s'enquit des inscriptions au stage auprès de Tawalitsi auquel il demanda aussi s'il avait reçu du courrier ou un colis. Son camarade, qui était allé à l'accueil tous les jours, n'avait rien vu pour lui. Shi Chenglong lui demanda de continuer à surveiller son courrier et de le prévenir au plus vite au cas où il recevrait un colis en provenance de Wanglong.

Le lendemain matin, au saut du lit, Shi Chenglong se précipita chez ses grands-parents maternels. Ils habitaient un petit quartier résidentiel agrémenté de jardins – un environnement très agréable constitué d'espaces verts et d'immeubles entre lesquels on avait construit des kiosques reliés par des galeries couvertes. Au deuxième étage de l'un des immeubles, Shi Chenglong frappa à une porte et une vieille femme bien en chair, aux cheveux tout blancs mais au teint lumineux, vint lui ouvrir : c'était sa grand-mère maternelle, Qi Meiying, Qi Fleur-de-Prunier. À la vue de son petit-fils, le visage de l'aïeule exprima une grande joie. Vite, elle le fit entrer. Le grand-père était sorti promener les oiseaux et elle-même était en train de préparer à manger. Comme Chenglong lui avoua qu'il n'avait pas encore pris de petit déjeuner, elle sortit une boîte de gâteaux secs, des œufs durs et s'empressa de lui faire chauffer du lait. Elle s'installa face à lui tandis qu'il mangeait :

« Comment se fait-il que tu sois venu de si bonne heure ? Il t'est arrivé quelque chose ? s'inquiéta-t-elle avec un sourire qui allongeait la fente de ses yeux.

— Je rentre à Wanglong tout de suite après. Il y a eu un malheur chez nous, je suis venu tout exprès pour vous l'annoncer, répondit Chenglong.

— Quoi ? C'est ta maman… ?

— Ce n'est pas Mère, c'est mon père.

— Que lui est-il arrivé ? demanda la grand-mère avec un soupir de soulagement.

— Il a quitté ce monde !

— C'est… c'est vrai ? Tu ne serais pas en train d'essayer de me faire peur ?

— C'est la vérité ! C'était il y a un mois ; il est déjà enterré. Ces derniers temps, j'ai été très occupé avec tout cela, c'est pourquoi je ne suis pas venu vous le dire, à vous et à Grand-Père. Je craignais aussi de vous causer du chagrin !

— Ton père n'avait-il pas toujours été en parfaite santé ? Comment se fait-il qu'il soit mort aussi subitement ?

— Il a attrapé une maladie bizarre !

— On attrape n'importe quoi, de nos jours ; on voit toutes sortes de maladies bizarres, des maladies incurables en plus. Ta maman n'a vraiment pas eu de chance dans la vie ! Jeune, elle n'a connu que la souffrance. Non sans peine, elle a élevé ses enfants et, maintenant qu'ils sont grands, c'est son mari qui disparaît ! se lamenta la vieille femme en essuyant ses larmes.

— Grand-Mère, je n'ai jamais compris pourquoi Mère refusait de venir vous voir. Tant d'années ont passé, le temps efface tout ! Vous ne croyez pas ?

— Hélas ! Tout cela, c'est la faute de ton grand-père ! À l'époque, il était victime de la campagne de rectification et éprouvait du ressentiment dont il se déchargeait sur sa fille. Nous nous sommes disputés bien des fois à ce propos ! Cependant, pour être tout à fait juste, il faut dire que ta maman aussi était sacrément entêtée ! Elle ne voulait rien entendre de ce qu'on lui disait à la maison.

— Mais que s'est-il donc passé en définitive ? Ma mère n'a pas bon moral ces temps-ci, elle est toujours triste et elle pleure souvent. J'ai beau essayer de la consoler, rien n'y fait. Si vous me racontiez ce qui s'est passé autrefois, peut-être que cela pourrait m'aider.

— C'est cela, tu dois absolument la consoler ! Elle a trop souffert dans sa vie. Elle est venue au monde l'année du début de la guerre de Libération [28]. Peu après sa naissance, ton grand-père est parti pour le front. À l'époque, les gens ne mangeaient pas à leur faim et je manquais de lait pour la nourrir : elle a toujours été très petite et très maigre pour son âge. Après la libération, nous avons suivi ton grand-père dans la capitale provinciale puis nous sommes venus vivre à Pékin. Pendant quelques années, je dois dire que ta maman a connu un peu de bonheur mais, dès le début de la Révolution culturelle, ton grand-père a été relevé de ses fonctions puis enfermé dans un

28. Les Chinois appellent ainsi la guerre civile qui a opposé les communistes aux nationalistes de 1945 à 1949 et qui s'est conclue par la défaite des armées de Chiang Kai-shek et par la proclamation de la République populaire de Chine, le 1er octobre 1949.

petit réduit obscur. La maison a été pillée et ta maman et moi en étions réduites à vivre de la vente des vieux papiers que nous ramassions dans la rue. Par la suite, pour lui éviter de partager nos souffrances à Pékin et parce que c'était l'époque du retour à la campagne, nous avons envoyé ta maman dans notre région d'origine. Notre idée, c'était, avant tout, de la mettre en sécurité; qui aurait pu imaginer que cette séparation durerait plus de vingt ans! Presque trente, maintenant!

— Depuis qu'elle s'est installée là-bas, Mère n'est plus revenue chez vous?

— Si, une fois, pour la Fête du Printemps. Ton grand-père était à nouveau autorisé à habiter à la maison mais il était toujours soumis à un travail de rééducation sous surveillance. Quoi qu'il en soit, la famille était finalement réunie et je n'avais qu'une envie, c'était de passer cette fête dans la joie! Mais le soir du réveillon de fin d'année, ta maman nous a soudain annoncé son intention de se marier: elle voulait épouser un garçon de la campagne, ton père en l'occurrence. Ton grand-père et moi, nous sommes restés sans voix. Nous n'aurions jamais pu imaginer pareille chose! Ton grand-père s'emportait facilement et les vexations auxquelles il était soumis ne faisaient qu'aggraver les choses; suffoqué par la colère, il s'est fâché et a traité ta maman de tous les noms, disant que c'était une moins que rien. Elle s'est fâchée aussi; elle nous a énuméré l'accumulation de souffrances qu'elle avait dû endurer durant ces années, nous accusant de ne pas nous être intéressés à elle; pour finir, elle a dit que notre avis importait peu puisqu'elle avait d'ores et déjà pris sa décision. Ton grand-père, hors de lui, a juré que si elle avait l'audace d'épouser ce rustre, elle ne remettrait jamais plus les pieds dans cette maison. Ta maman a tenu bon, elle a dit qu'elle ne reviendrait plus et de fait, elle n'est jamais plus revenue.

— Et vous n'avez pas essayé de leur faire entendre raison?

— Et comment! J'ai tenté de calmer tantôt l'un, tantôt l'autre; mais à force, tous les deux s'en sont pris à moi. Alors, je me suis énervée. Ces années n'avaient-elles pas été difficiles pour moi aussi? À qui avais-je pu confier ce que j'endurais?

Finalement, j'ai capitulé, advienne que pourra ! Ta maman est repartie sans même attendre la fin des festivités de fin d'année. Dans un premier temps j'ai cru qu'elle boudait et qu'elle changerait d'avis sous peu ; j'étais à mille lieues de me douter qu'elle ferait vraiment les formalités de mariage à peine retournée là-bas et qu'elle ne remettrait plus jamais les pieds chez nous ! » La vieille femme, le cœur brisé, se mit à pleurer.

Chenglong attendit un moment avant de lui poser une autre question : « N'êtes-vous pas allée la voir par la suite ?

— J'y suis allée à deux reprises. Une première fois, lorsque ta maman t'a mis au monde. Après tout, c'est quand même ma fille, la chair de ma chair ! Aurais-je pu ne pas y aller pour la naissance de son enfant ? Mais elle s'est montrée si... Oh ! Et puis, à quoi bon revenir là-dessus ! Elle avait tant souffert : sur qui pouvait-elle déverser toute son amertume, sinon sur sa propre mère ? Mais ça m'a fait très mal ! La deuxième fois, c'était après la réhabilitation de ton grand-père : je voulais la convaincre de revenir à Pékin mais elle s'y est absolument refusée. En apparence, elle ne nourrissait plus de rancune envers moi mais elle n'était pas d'accord pour venir à Pékin, ne serait-ce que pour nous rendre visite. Ah ! Ta maman ! Elle préférait encore souffrir plutôt que de perdre la face !

— Et Grand-Père ? Sa fille ne lui manquait pas ?

— Lui ? Il est encore plus têtu que ta maman ! Pendant des années, il m'a interdit de faire la moindre allusion à elle, prétendant qu'elle n'existait plus pour lui. Mais ce n'est pas parce qu'il n'en parlait plus qu'il l'avait oubliée pour autant. Je m'étais aperçue que, dans la pochette de sa carte de travail, il cachait une photo d'elle quand elle était enfant mais j'ai toujours feint de l'ignorer. Sacré bonhomme, toujours ce fichu caractère ! Depuis qu'il est à la retraite, je le surprends très souvent les yeux dans le vague et, même s'il ne dit mot, je devine qu'il se sent coupable vis-à-vis de sa fille. C'est pour ça qu'il t'aime tellement ! En réalité, au fond de son cœur, il a toujours espéré que ta maman reviendrait un jour à la maison. C'est qu'il a eu son compte de souffrances, lui aussi : il a été blessé pendant la guerre puis persécuté pendant la Révolution culturelle, et maintenant ce sont ses reins et ses jambes qui le font souffrir dès que le temps est à la pluie. Mais il est comme ta maman : s'il perd une dent, il l'avalera plutôt que de se plaindre ! Ne va cependant pas croire qu'il nage dans le bonheur ; il souffre mille tourments et le problème de ta maman n'est pas l'un des moindres !

— Pourquoi alors ne va-t-il pas la voir ?

— J'ai essayé de le convaincre de ne pas s'acharner de la sorte, c'est sa fille quand même ! Mais ce vieil entêté ne s'est jamais décidé à renoncer à la dignité liée à son statut de père de famille. C'était la même chose avec son travail. Des années après avoir pris sa retraite, il se comportait toujours en secrétaire du Parti avec ses anciens collègues quand il allait les trouver au bureau. Une fois, deux fois, passe encore mais, à la longue, qui veux-tu qui continue à lui manifester le même respect qu'autrefois ? Alors, il fait la tête et il a tout bonnement décidé de ne plus retourner les voir. Il n'y a vraiment rien eu à faire !

— Il faut que je trouve le moyen de les faire se réconcilier ou, au moins, de les faire se rencontrer, réfléchit Chenglong.

— Si vraiment tu y arrives, ce serait merveilleux ! Ta maman ne t'aura pas élevé jusqu'à maintenant pour rien et ton grand-père ne t'aura pas chéri en vain !

— Je vais essayer ! Mais je dois d'abord tirer quelque chose au clair.

— Quoi donc ?

— Rien, ça concerne quelqu'un d'autre. »

Il venait de terminer sa phrase lorsqu'on entendit la porte s'ouvrir. Un vieil homme de taille moyenne entra. Le visage émacié, les sourcils épais, les cheveux blancs, le regard vif et brillant : c'était Jin Weidong, le grand-père de Shi Chenglong. Il commença par tendre la cage à oiseaux recouverte d'un tissu de coton bleu à sa femme puis apostropha son petit-fils : « Chenglong ! Comment se fait-il que tu viennes de si bonne heure ? Tu es en vacances, alors tu ne sais pas quoi faire ? »

Chenglong le salua d'un « Grand-Père ! » puis expliqua : « Je rentre à Wanglong. Mon père est mort, je suis venu vous l'annoncer.

— Quoi ? » Jin Weidong, qui s'apprêtait à aller se laver les mains dans la salle de bains, resta sur place. « Quand donc ? demanda-t-il.

— Ça fait un mois.

— De quoi est-il mort ?

— D'une maladie.

— De quelle maladie ?

— À l'hôpital, ils ont dit que c'était une dysenterie toxique, mais il n'y a pas eu de diagnostic officiel.

— Et… chez toi, tout le monde va bien ?

— Ça va. C'est-à-dire que, Mère… » À dessein, Chenglong marqua un temps d'arrêt afin d'observer la réaction de son grand-père. « Hélas ! Elle a tellement de chagrin qu'elle donne l'impression d'être malade, elle aussi ! »

Jin Weidong ne dit rien et s'en alla dans la salle de bains. Après s'être lavé les mains, il revint dans la salle de séjour et s'assit à table en attendant que sa femme lui serve son lait, tout en posant sur Chenglong un regard qui semblait lui demander d'en dire davantage. Ce dernier faisait exprès de se taire. Jin Weidong but deux gorgées du lait que sa femme venait de lui apporter puis demanda : « Tu comptes rester longtemps chez toi ?

— Je ne sais pas. Ça peut être aussi bien un ou deux jours qu'une semaine. Tout dépendra de l'état de Mère. »

Ce fut au tour du grand-père de se taire. Lentement, il buvait son lait. Puis Chenglong jeta un coup d'œil à sa montre et se leva : « Je dois y aller. Je reviendrai vous voir à mon retour. »

Jin Weidong ne bougea pas, se contentant de lui faire un signe de la tête. Qi Meiying accompagna son petit fils jusqu'à la porte.

# 10
# Une soudaine perte de mémoire

Au moment où Hong Jun arriva au bureau le lendemain matin, Song Jia avait déjà fini d'expédier les affaires courantes.

« Tu t'es bien amusée hier soir? lui demanda-t-il négligemment.

— Beaucoup ! Nous avons dansé sur du disco, un vrai régal ! lui avoua-t-elle en toute franchise.

— Tu n'as rien appris de neuf?

— À quel propos ?

— À propos de la pierre Œil-de-Dragon, pardi !

— Comment vous vient-il à l'esprit que j'aurais eu l'intention de discuter de l'affaire ? À cette heure-là, j'avais fini ma journée !

— Si ce n'avait pas été le cas, tu n'aurais pas accepté l'invitation de Shi Chenglong avec autant d'enthousiasme ! Cependant, je crois deviner que tu rentres bredouille.

— Ne soyez pas aussi sûr de vous ! Il y a des choses que, même vous, n'avez pas les moyens de prévoir !

— Tu crois ? Il doit s'agir de la cour que Shi Chenglong t'a faite !

— Vous... Comment avez-vous su ? lui demanda-t-elle en ouvrant de grands yeux.

— Premièrement, je m'étais aperçu depuis longtemps que tu ne le laissais pas indifférent; deuxièmement, hier soir, l'environnement, le moment étaient des plus propices; troisièmement, tu venais de me laisser entendre qu'il s'agissait d'un événement qui sortait de l'ordinaire ; or, le fait que Shi Chenglong vienne te déclarer sa flamme à peine deux jours après t'avoir connue est évidemment quelque chose d'inhabituel. Tu l'as repoussé ?

— Pourquoi l'aurais-je fait ? N'est-il pas très agréable de se laisser courtiser ? À votre avis, avocat Hong ?

— Mais quand ça arrive au point où l'on doit prendre ses jambes à son cou, ce n'est plus amusant du tout ! Et si ce n'est pas faisable, il faut recourir à une quelconque échappatoire. C'est pourquoi je te suggérais que le mieux serait encore de lui opposer un refus catégorique !

— Avocat Hong, depuis quand vous souciez-vous de ma vie privée ?

— Qui donc s'en soucie ? » rétorqua Hong Jun, légèrement mal à l'aise en se rappelant avoir fait le même reproche à Song Jia quelque temps auparavant.

Cette dernière se mit à rire lorsqu'elle comprit sa gêne. Hong Jun sourit pour se tirer d'affaire et changea de sujet :

« Tang Jianye est un personnage fort intéressant, mais nous ne savons pas où il se trouve actuellement. Que dirais-tu d'un coup de fil à Tianjin ?

— Pour quoi faire ? » demanda Song Jia qui, incapable de suivre les méandres de la pensée de Hong Jun, ne comprenait pas où il voulait en venir.

« Peut-être pourrions-nous découvrir quelque chose de surprenant ! » précisa Hong Jun qui, tout en cherchant la carte de visite de Tang Jianye, prenait en main le combiné pour composer le numéro. Une fois la communication établie, la conversation s'engagea :

« Allô ! Suis-je bien à la Société de promotion des voyages culturels de la ville de Tianjin ?

— Tout à fait. Qui demandez-vous ? dit une voix d'homme à l'autre bout du fil.

— Je vous demande pardon, monsieur Tang Jianye est-il là ?

— C'est moi-même. Qui me demande ?

— Bonjour, Vieux Tang ! C'est Hong Jun.

— Hong Jun ? C'est à quel sujet ?

— Vous ne vous souvenez pas de moi ? Le "Hong" de "*hong shui meng shou*" – les pires catastrophes –, et le "Jun" de "*qian jun yi fa*" – "ça ne tient qu'à un cheveu" [29]. Hier, à la grotte Wanglong, nous…

— Je vous demanderai de bien vouloir m'excuser, monsieur Hong, mais je suis en pleine réunion. Pourriez-vous me rappeler dans l'après-midi ? » Et l'interlocuteur raccrocha.

Lentement, Hong Jun reposa le combiné.

« Qu'a-t-il dit ? demanda Song Jia.

— Apparemment, jamais il n'a entendu prononcer mon nom ! »

Hong Hun fit deux allers et retours à côté de son bureau puis s'arrêta et, main droite en avant, poing levé, il fit deux tours sur lui-même dans le sens des aiguilles d'une montre : c'était son habitude lorsqu'il venait de se décider à agir.

« Nous partons pour Tianjin ! » annonça-t-il.

Il était dix heures du matin lorsque Shi Chenglong arriva, à l'heure dite, dans les bureaux de l'avocat. Après avoir été introduit auprès de Hong Jun, il le tint au courant de ses activités de la matinée : « Je suis allé vérifier auprès du service de réception du courrier de l'université mais l'envoi de mon père n'y était pas. Peut-être devrions-nous aller nous renseigner tout d'abord auprès du bureau de poste de Wanglong. J'ai quand même demandé à un camarade de bien vouloir aller voir pour moi et de m'avertir aussitôt s'il voyait arriver le colis de mon père. »

Hong Jun lui raconta sa conversation téléphonique avec Tang Jianye et lui dit son intention de passer par Tianjin sur le chemin du retour vers Wanglong.

Un peu après treize heures, ils finirent par trouver le siège de la Société de promotion des voyages culturels de la ville de Tianjin et y rencontrer Tang Jianye. Ce dernier les accueillit chaleureusement et les fit entrer dans son bureau mais, de son voyage à Wanglong, il semblait n'avoir gardé aucun souvenir.

« Qu'est-ce qui me vaut le plaisir de votre visite à Tianjin, monsieur Hong ? demanda-t-il. N'hésitez pas à nous dire si nous pouvons vous être utiles ! »

Tout en lui répondant, Hong Jun observait son attitude : « En vérité, il n'y a rien de spécial. Avant-hier après-midi, après

29. Voir note 5.

que nous nous étions séparés, je ne vous ai plus vu revenir au village. Comme j'étais un peu inquiet, je suis passé, voilà tout. Je dois ajouter que vous-même m'aviez invité à venir vous voir à Tianjin !

— Mais oui ! Mais oui ! Bienvenue à Tianjin ! dit-il avec un sourire qui n'avait rien de très naturel.

— Vous connaissez mes amis, n'est-ce pas ? » ajouta Hong Jun en désignant Song Jia et Shi Chenglong.

Tang Jianye les considéra avant de déclarer :

« De vue, très certainement, mais je ne me souviens pas de leurs noms. Je n'ai pas une bonne mémoire, j'oublie facilement. Je n'ai surtout pas la mémoire des noms. Que vos amis, surtout, ne se formalisent pas !

— Peu importe que vous ayez oublié mon nom, mais vous n'avez certainement pas oublié ce que vous nous aviez promis, intervint Song Jia en souriant.

— Qu'est-ce que j'avais promis ? questionna Tang Jianye qui semblait sincère.

— De nous inviter à aller manger au restaurant !

— Très amusant, ce que vient de dire cette jeune personne ! Toutefois, puisque vous êtes venus jusqu'ici, il est naturel que vous me demandiez de vous recevoir et il est de mon devoir de vous traiter comme mes hôtes. Sans quoi… » Il regarda sa montre.

« Nous avons déjà déjeuné, s'empressa de préciser Hong Jun.

— Alors, j'économiserai une invitation !

— Monsieur Tang, demanda Hong Jun, l'autre jour, quand vous nous avez quittés, êtes-vous retourné dans la grotte Wanglong ?

— Absolument pas ! Qu'est-ce que j'aurais été y faire ? C'est plutôt effrayant là-dedans, pas vrai ? déclara Tang Jianye en dirigeant son regard vers Shi Chenglong qui, jusqu'alors n'avait encore rien dit.

— Comment êtes-vous rentré à Tianjin ensuite ? s'enquit Hong Jun.

— Moi ? J'ai fait un tour dans la montagne mais, comme je n'ai rien trouvé d'intéressant, je suis monté à bord d'une voiture et je suis revenu ici, dit Tang Jianye qui, tout en regardant à nouveau sa montre, ajouta : J'ai encore une réunion dans quelques minutes ; alors, si vous n'avez rien d'urgent, vous pourriez aller faire un tour en m'attendant ?

— Nous aussi devons vous laisser. Nous rentrons à Wanglong. Vous ne venez pas avec nous ? proposa Hong Jun.

— J'irais y faire quoi ? J'ai suffisamment à faire ici ! Je ne vous accompagne pas plus loin, et je vous souhaite bon voyage ! » conclut Tang Jianye qui n'alla avec eux que jusqu'à la porte de son bureau.

Alors que la voiture quittait les limites administratives de la ville de Tianjin, Song Jia avança :

« Je ne sais pas pourquoi, mais on dirait que ce dénommé Tang n'est plus du tout le même ! Aurait-il rencontré quelque chose qui l'aurait effrayé dans la grotte Wanglong ou bien quelque chose de bizarre qui, tout à coup, lui aurait fait perdre la mémoire ? Il a changé jusque dans sa façon de parler !

— À mon avis, dit Shi Chenglong, ce n'est que pure simulation de sa part. Ce genre d'individu a plus d'un tour dans son sac ! Et il est en plus tout à fait capable de jouer la comédie. Je l'ai bien observé pendant qu'il parlait tout à l'heure. Son expression est tout à fait naturelle, il parle, il sourit, mais en fait, il est extrêmement tendu. Qu'en dites-vous, avocat Hong ?

— Moi aussi, j'ai eu cette impression, confirma Hong Jun.

— Se pourrait-il qu'il ait déjà trouvé la pierre Œil-de-Dragon, ce qui expliquerait qu'il fasse l'innocent avec nous ? suggéra Song Jia.

— C'est très possible également ! dit Shi Chenglong. Mon père a pu cacher la pierre dans la grotte avant de mourir. Dès qu'il l'a trouvée, le dénommé Tang s'est empressé de revenir à Tianjin et, comme il veut la garder pour lui, il fait semblant de ne pas nous connaître et d'avoir tout oublié. Pourquoi est-ce que je n'y ai pas pensé plus tôt ? Mademoiselle Song est apparemment beaucoup plus intelligente que moi ! »

Song Jia, sans prêter attention aux dernières paroles de Shi Chenglong, reprit le cours de sa réflexion :

« Après analyse de la situation, cette possibilité apparaît encore plus vraisemblable. Si l'intention de votre père, Chenglong, était de vous laisser cette précieuse pierre, il a dû la cacher dans un endroit connu de vous seul et vous seul connaissiez l'endroit où il vous avait emmené à la chasse au grillon. Or, avant de mourir, n'a-t-il pas répété sans cesse votre nom et n'a-t-il pas mentionné à plusieurs reprises la pierre Œil-de-Dragon et la chasse au grillon ?!

— C'est vrai ! admit Shi Chenglong. Pourquoi n'ai-je pas réfléchi à ça plus tôt ? J'étais obsédé par l'idée de savoir pourquoi mon père était mort mais je n'ai absolument pas pensé à aller à la recherche de cette pierre ! Maintenant, je crains que ce soit un peu tard, qu'en pensez-vous ?

— Je le crois ! dit Song Jia. Tang Jianye a lu l'article du journal. Avant-hier, dans la grotte Wanglong, quand nous vous avons entendu raconter l'histoire de la chasse au grillon, aucun de nous n'a pensé à faire le lien avec la pierre Œil-de-Dragon. Si Tang Jianye n'avait en tête qu'une idée, celle de s'emparer de cette pierre, il lui est certainement venu à l'esprit que votre père l'avait très probablement cachée dans la grotte. Pas étonnant alors qu'il ait insisté sur le fait qu'il était dangereux de s'y aventurer afin de nous dissuader d'y aller voir ! Il a dû retourner, seul, après notre départ. Sur le moment, j'ai trouvé bizarre que, sitôt entré dans la grotte, il batte en retraite alors qu'il avait tellement insisté pour aller la visiter ! De toute évidence, il avait d'autres projets en tête... » Puis, s'adressant à Hong Jun qui n'avait encore rien dit, elle lui demanda : « Que dites-vous de mon analyse, maître Hong ? »

Ce dernier regarda dans le rétroviseur pour jeter un bref coup d'œil à son assistante assise sur le siège arrière de la voiture et répondit : « Parfaite : "Trois simples cordonniers ont plus d'idées qu'un Zhuge Liang [30]", comme on dit ! Mais, en

---

30. On pourrait dire aussi : « Trois simples cordonniers valent un grand esprit » ou « Deux avis valent mieux qu'un ». *Zhuge Liang* était un grand stratège de l'époque des Trois Royaumes et avant tout un sage taoïste. L'expression signifie que la sagesse populaire est tout à fait à même d'égaler la plus grande intelligence et que trois hommes ordinaires peuvent échafauder les mêmes stratégies qu'un grand esprit.

définitive, où donc se trouve la pierre Œil-de-Dragon ? Et pourquoi Tang Jianye a-t-il soudainement perdu la mémoire ? Je crains qu'il ne soit un peu trop tôt encore pour tirer des conclusions, et qu'il nous faille envisager d'autres possibilités.

— Quelles autres possibilités ? » eut envie de demander Song Jia, mais sachant pertinemment que Hong Jun n'aimait rien dévoiler de son avis personnel avant d'avoir totalement élucidé tous les tenants et les aboutissants d'une affaire, surtout en présence d'étrangers, elle ravala les paroles qui lui brûlaient les lèvres.

Lorsque la voiture atteignit le village des Shi, le soleil était déjà bas sur l'horizon. Au village, une nouvelle stupéfiante les attendait : il y avait un monstre dans la grotte Wanglong !

# 11
# Une petite fleur qui n'était pas encore fanée

Assise dans sa classe, face à l'estrade, Caifeng corrigeait les devoirs de ses élèves. Tous étaient déjà rentrés chez eux et la pièce qui n'était pourtant pas très grande paraissait bien vide. Elle aimait beaucoup cet endroit, qu'il soit silencieux comme à présent ou bien rempli des cris de joie et des rires des enfants. Certes, il y faisait trop sombre et les pupitres et les chaises étaient en bien piteux état, mais c'était son univers, un condensé de sa jeunesse passée et de la somme de tous ses efforts.

Elle ne savait pas vraiment quand sa jeunesse s'en était allée. Au plus profond de son cœur, elle se sentait encore très jeune, surtout lorsqu'elle était avec les enfants; mais, devant son miroir, à la vue de ses cheveux blancs toujours plus nombreux et des rides qui, chaque jour, marquaient un peu plus son visage, force lui était de se rendre à l'évidence. Les subtiles modifications de son corps, bien qu'à peine perceptibles, étaient là aussi pour lui rappeler que désormais l'âge la guettait. Elle affrontait cette réalité avec un sentiment d'impuissance, de regret et de tristesse. Parfois, l'impression que la vie avait été injuste envers elle lui donnait envie d'éclater en sanglots contre une épaule amie. Mais une telle attitude eût été incompatible avec le rôle qu'il lui incombait de jouer au sein de la société et dans sa propre famille et elle ne pouvait que se permettre de laisser rouler quelques larmes silencieuses le long de ses joues dans le secret de la solitude.

Elle n'aimait pas ressasser son passé, mais certains épisodes s'obstinaient à lui revenir en mémoire. Elle avait connu une petite enfance baignée de lumière et des années de jeunesse aux couleurs vives des fleurs de montagne. L'été précédent, deux de ses anciennes amies de lycée qui avaient eu son adresse par ses parents étaient arrivées jusque dans ce village perdu de montagne. L'une d'elles était devenue sociologue spécialiste des questions féminines; l'autre, une célèbre journaliste qui signait de nombreux articles dans des journaux et des magazines. Les nouvelles qu'elles lui avaient données concernant les succès professionnels d'autres anciennes camarades de classe avaient fait jaillir en elle un mélange d'indicible regret agacé et de haine.

Lorsqu'elle s'était retrouvée seule dans sa classe après leur départ, elle avait beaucoup pleuré. Avec ses larmes, sa souffrance s'en était allée et elle avait recouvré sa sérénité. « Ta vie est ici, avait-elle pensé, dans ce petit village de montagne, depuis toujours. Tes parents t'ont donné l'occasion d'aller voir ailleurs, de connaître le monde et puis ils t'ont renvoyée à l'endroit où t'attendait ton destin. De quoi te plains-tu ? Tu as déjà eu beaucoup plus de chance que tous ces villageois qui ne sont jamais allés plus loin que le chef-lieu de leur district ! Tu devrais t'estimer heureuse et comblée ! » Cela dit, elle gardait au fond du cœur un peu de ce ressentiment qu'elle répugnait à admettre.

À l'automne de l'année dernière, elle avait reçu une lettre de ses camarades l'invitant aux festivités organisées pour célébrer l'anniversaire de son ancienne école et à la réunion des anciennes élèves qui se tiendrait à cette occasion; elle lui précisait en outre qu'elles se proposaient de prendre à leur charge son voyage ainsi que ses frais de séjour à Pékin. Après y avoir mûrement réfléchi, elle leur écrivit pour décliner l'invitation. Elle s'y reprit à trois fois pour tourner cette lettre :

*Votre invitation, chaleureuse et sincère, fut pour moi une joie et un réconfort sans pareil. Elle m'a apporté la preuve que notre amitié, nouée sous les fenêtres de notre salle de classe, n'a été ni effacée par le temps ni oubliée à cause de l'abîme qui maintenant sépare nos vies. Du fond du cœur, merci ! Vingt ans ont passé et chacune de nous, en suivant des parcours personnels différents, est entrée dans l'âge mûr. Je crains que la réalité n'ait été pour chacune cause de nombre de déceptions et de nombre de renoncements. Nous sommes allées par des chemins différents mais chacune de nous a connu, à des points de vue divers aussi, les meilleurs moments de sa vie ! Peut-être qu'avec le temps, il ne nous restera plus qu'un souvenir amer de tout ce temps passé mais chacun de nos chemins restera marqué de l'empreinte de nos pas à jamais ! Et, si nous avons la patience d'y regarder de plus près, qui dit que, dans l'herbe, au bord du chemin, nous ne découvrirons pas quelques petites fleurs loin d'être encore fanées…*

Un mois plus tard, elle recevait de ses anciennes amies un colis contenant une photo de groupe ainsi qu'un petit magnétophone et une cassette. Elle mit la cassette dans l'appareil, appuya sur le bouton et, à sa grande surprise, entendit sa propre lettre lue avec émotion, phrase par phrase, par chacune de ses camarades d'autrefois ! Elle en fut profondément émue et ne put s'empêcher de verser quelques larmes…

Elle ferma les yeux tandis qu'à ses oreilles retentissait encore la voix de cette amie qui prononçait la dernière phrase de sa lettre à la manière d'une speakerine à la radio : « *Et si nous avons la patience d'y regarder de plus près, qui dit que, dans l'herbe, au bord du chemin, nous ne découvrirons pas quelques petites fleurs loin d'être encore fanées…* » Ses « petites fleurs » à elle, où étaient-elles ? Ses souvenirs l'entraînèrent dans un très lointain passé…

Lorsqu'elle s'était installée à la campagne, Caifeng s'était juré de bien se faire rééduquer auprès des paysans pauvres et de prendre ses distances par rapport à son « réactionnaire » de père par une action concrète. Mais elle ne savait pas, en fait, ce que recouvrait l'expression « se faire rééduquer ».

Elle arriva au début du temps des moissons – selon elle, la plus belle des saisons : vagues ondulantes des blés dorés, drapeaux rouges flottant au vent, rires et cris de joie, la campagne entière résonnant des chants des filles et des voix des garçons... Le lendemain de son arrivée, au petit jour, Caifeng partit aux champs, pleine d'enthousiasme, en compagnie des autres membres de la commune populaire. En chemin, Honglian la mit en garde : « C'est la première fois que tu vas travailler aux champs, alors ne te presse pas trop, vas-y doucement, à ton rythme, ne fais que ce que tu peux faire. Et surtout, ne va pas te faire mal !

— Grande-Sœur, ne t'en fais pas pour moi. Je ne te ferai pas perdre la face ! Ce n'est pas parce que je suis maigre que je ne suis pas solide. J'ai été troisième à la course de fond à l'école !

— Le travail des champs et la course à pied, ce n'est pas pareil !

— Aucune importance. J'y arriverai ! »

Dans les montagnes, les champs de blé sont tous disséminés à flanc de coteaux ou sur le bord des étangs, au fond des ravins ; tous sont en pente et aucun n'est de forme bien régulière. Lorsqu'ils arrivèrent enfin, un individu barbu à la voix tonitruante leur distribua le travail.

« C'est le chef de l'équipe de production, du village des Sun. Tout le monde l'appelle Sun-le-Barbu », expliqua Honglian.

Un moment après, l'homme vint les trouver. « C'est donc toi, Caifeng ! » dit-il en dévisageant la jeune fille.

Caifeng sourit et lui répondit affirmativement d'un signe de la tête tout en le saluant : « Bonjour, Grand-Oncle !

— Qui te permet ? Vous devez m'appeler "chef" ! s'insurgea Sun-le-Barbu d'un air sévère.

— Bien, Chef ! approuva Caifeng, un peu désorientée.

— Tu as déjà coupé les blés ? lui demanda-t-il en fronçant les sourcils.

— Non. Mais j'apprendrai ! s'empressa-t-elle de répondre.

— Dans ce cas, reste avec Honglian. Je te préviens, ne t'avise pas d'aller gaspiller du grain ! C'est bien compris ? »

Caifeng dut faire un effort pour lui faire signe qu'elle avait compris.

« Pourquoi est-il aussi dur ? J'ai dit une bêtise ? demanda Caifeng à Honglian à voix basse, lorsque l'homme se fut éloigné.

— Ça ne lui a pas plu que tu l'appelles grand-oncle ! Il ne faut pas croire, mais il n'est pas si vieux que ça, il est à peine plus âgé que nous ! lui expliqua Honglian.

— C'est vrai ? » Caifeng tira la langue.

En bordure du champ, Honglian expliqua à la nouvelle venue comment on coupait le blé et comment on liait les bottes et, tout en joignant le geste à la parole, elle lui montra l'exemple. Toutes deux se mirent ensuite à l'ouvrage, côte à côte. Caifeng calquait ses gestes sur ceux de Honglian mais ni les épis de blé ni sa faucille ne semblaient vouloir lui obéir. Elle y mettait toute sa force mais il y avait toujours des épis qui lui échappaient, et d'autres qui venaient avec la racine. Quand elle eut réussi, non sans peine, à en couper suffisamment pour faire une botte, il lui fallut un temps fou pour la lier et encore, elle était si peu serrée que tout semblait devoir s'éparpiller d'un moment à l'autre. Elle était en nage. En se relevant pour s'essuyer le visage avec le bras, elle s'aperçut que Honglian avait déjà pris une bonne dizaine de mètres d'avance et que, derrière elle, s'alignaient des bottes nettes et bien faites.

Honglian se retourna et ne put s'empêcher de rire à la vue du visage transpirant et couvert de terre de Caifeng ; elle revint vers la jeune fille. « Alors, tu me crois maintenant ? Ça n'a rien à voir avec la course à pied, n'est-ce pas ? »

Caifeng ne put que l'admettre. Honglian refit les gestes encore une fois pour lui montrer comment s'y prendre : « Pour commencer, ne prends pas trop de blé à la fois ; tu en attrapes une petite poignée avec ta main gauche, tu le déplaces un peu vers l'avant et tu coupes de la main droite avec la faucille. Ensuite, tu ramènes le blé coupé vers l'avant avec ton pied gauche et, quand tu en as assez, tu fais une botte mais, avant de l'attacher, tu dois appuyer dessus avec ton genou gauche : comme ça, elle sera bien serrée et ne risquera pas de se défaire. Petit à petit, ça va venir. Prends ton temps ! »

En suivant attentivement ces instructions, Caifeng y arriva un peu mieux mais elle n'allait toujours pas très vite car, dès qu'elle voulait accélérer, elle s'embrouillait dans la coordination des mouvements de ses mains et de ses pieds. Elle fit même une entaille dans la jambe de son pantalon, sans se blesser, fort heureusement ! Elle se sentait déjà plus à l'aise dans ses mouvements lorsqu'elle entendit un grognement dans son dos. Aussitôt elle se redressa et tourna la tête : c'était Sun-le-Barbu.

« Eh ! Jin Caifeng ! Qu'est-ce que c'est que ce travail ? Qui t'a dit de laisser l'éteule aussi haute ? Tu veux qu'on se déchire les fonds de culotte, ou quoi ? » l'interpella-t-il, une main à la taille et l'autre qui montrait du doigt la portion de chaumes, derrière la jeune fille.

Caifeng rougit en entendant ces paroles quasiment insultantes mais fut incapable de répliquer. Ce fut Honglian qui intervint : « Eh ! Sun-le-Barbu ! Ce truc dont tu te sers pour nous engueuler, d'habitude, tu l'utilises pour bouffer ou pour chier ? Si elle a laissé l'éteule un peu haute, t'as qu'à le dire comme ça. Pourquoi est-ce que tu éprouves le besoin de le péter en l'air ?

— Comment ça, le péter en l'air ?

— Et comment ça, se déchirer les fonds de culotte ? Ta mère s'est déchiré la sienne sur l'éteule, par hasard ?

— D'accord ! D'accord ! Je veux pas me chamailler avec toi. Elle est trop haute cette éteule, non ? Si tout le monde travaille comme ça, combien de paille ça nous fera en moins !

— Ce que je dis, moi, c'est que, pour un premier jour, Caifeng ne se débrouille pas mal du tout ! Ce n'est pas un truc qu'on sait faire en sortant du ventre de sa mère !

— Le problème, c'est de savoir comment je vais lui compter ses points-travail [31].

31. Du temps des communes populaires, les paysans ne recevaient pas de salaire mais des compensations en nature, récompenses pour leur part de travail effectuée dans le cadre de ces communautés. Les « points-travail » servaient à comptabiliser le travail de chacun et à répartir les récompenses.

— Tu lui compteras comme dit le règlement ! De toute façon, à nous deux, on en fait absolument autant que les autres.

— C'est bon, on en reparlera quand vous aurez fini la journée ! »

Lorsqu'il fut parti, Honglian dit à Caifeng : « Avec des types comme ça, tu ne dois pas te gêner et leur répondre du tac au tac ! Plus tu montres ta faiblesse et plus il essayera de t'intimider ! Ne t'occupe pas de lui et fais ce que tu peux. »

Caifeng serra les dents, baissa la tête et se remit au travail. De grosses larmes roulèrent le long de ses joues, lui mouillèrent les mains et allèrent s'écraser par terre, dans le champ.

Le soleil montait au zénith et la chaleur se faisait de plus en plus insupportable. Caifeng avait l'impression de travailler à l'intérieur d'une étuve. La sueur lui entrait dans les yeux et l'empêchait d'y voir clair ; elle lui entrait dans la bouche et lui donnait un goût à la fois salé et âcre. Sa main et son bras gauche, piqués pas les épis, la démangeaient et devenaient douloureux tandis que sa main droite se couvrait d'ampoules. Elle sortit son mouchoir de sa poche pour en envelopper le manche de la faucille et, serrant les dents, elle continua avec l'énergie du désespoir, faisant fi des conseils de Honglian qui lui disait de prendre un moment de répit.

Enfin, le soleil déclina et alla se coucher derrière la montagne de l'Ouest. Avant de rentrer, Sun-le-Barbu vint inspecter le travail des deux jeunes filles puis repartit sans avoir fait la moindre remarque. Caifeng rentra à la maison, exténuée. Son bras gauche était couvert d'égratignures qui saignaient, les ampoules de sa main droite avaient éclaté, ses jambes semblaient de plomb ; mais c'étaient ses reins qui la faisaient souffrir le plus, comme s'ils étaient brisés ! Elle s'écroula sur le *kang* de sa chambre, à bout de forces, et n'eut plus qu'une envie : dormir, dormir tout le restant de sa vie. Au lieu de cela, Honglian arriva avec une cuvette d'eau pour qu'elle se nettoie le visage maculé de terre ainsi que le haut de la poitrine et du dos où étaient restés accrochés des restes de paille. La mère de Honglian leur avait préparé des petits pains de maïs à la vapeur et du brouet de millet. Le tout était encore bien chaud et fumant. Caifeng mangea avec grand appétit et dormit d'une seule traite jusqu'au lendemain matin où elle eut toutes les peines du monde à se lever.

Lorsque la saison des moissons fut terminée, Caifeng eut la très nette impression d'avoir « le corps remodelé et les os renouvelés »[32] ! En y repensant, elle s'étonne encore de la résistance physique dont elle a fait preuve ! Pourtant, ce n'était là que le début de sa rééducation.

Un soir, après le travail, Caifeng était dans sa chambre en train de raccommoder quelques vêtements lorsque Sun-le-Barbu débarqua précipitamment :

« Vieux Camarade-Secrétaire du Parti ! » appela-t-il.

Jin Zhenshan, Jin Celui-qui-Galvanise-les-Montagnes, apparut au seuil de la pièce principale :

« Qu'est-ce qu'il y a ? demanda-t-il.

— Vieux Camarade-Secrétaire du Parti, j'arrive de la réunion de la Commune, expliqua Sun-le-Barbu. Je dois vous parler de quelque chose d'important.

— Encore une directive qui arrive d'en haut ? » Le secrétaire du Parti, accroupi sur la dalle de pierre devant la maison, alluma sa pipe.

Sun-le-Barbu s'accroupit face à lui :

« Cette fois, la réunion avait pour but d'organiser la "Grande Critique". Le directeur adjoint Liu nous a informés du contenu de la circulaire qui demande à toutes les équipes de production de mener ce mouvement de critique en profondeur pendant la saison intermédiaire. Il faut surtout viser les éléments des "Cinq Catégories noires" au sein de chaque équipe. Alors, j'y ai réfléchi : ici, nous sommes dans une vallée pauvre, il n'y a pas le moindre propriétaire foncier, pas le moindre paysan riche. Lors de la fixation des statuts au moment de la réforme agraire,

32. Expression utilisée à l'époque maoïste pour parler de la rééducation profonde des intellectuels par le travail physique.

les plus riches d'ici ont été désignés comme "paysans moyens"[33].

— Ça, je le sais parfaitement !

— Il est vrai que c'est vous-même qui avez dirigé la réforme ! Il n'en reste pas moins qu'on ne peut pas se permettre de ne pas organiser la Grande Critique ! J'y ai bien réfléchi, et je ne vois que Caifeng qui soit un tant soit peu concernée !

— Quoi ? Tu veux organiser une réunion de critique contre Caifeng ? Qu'est-ce qu'elle a fait ? T'as pas vu comme elle a travaillé tous ces temps-ci ? Et ça me fait mal au cœur de voir dans quel état sont ses mains !

— Pourquoi est-ce qu'on ne parlerait pas de son père ?

— Qu'est-ce qu'il a fait, son père ? C'est mon cousin germain ; ils sont paysans pauvres depuis huit générations dans la famille. Il a même rejoint la Révolution dès la guerre de Libération et il est entré au Parti bien avant moi !

— Ça, c'est du passé ; maintenant, il est classé "élément noir" en tant que *zouzipai*[34]. Il ne peut plus se réclamer de son statut de paysan pauvre. Et, qu'il soit un ancien membre du Parti ou bien un nouveau, un révolutionnaire de la première date ou un d'après, ne fait plus aujourd'hui aucune différence. Liu Shaoqi[35], l'un des plus anciens révolutionnaires, n'est-il pas le numéro un des *zouzipai* ?

— C'est pas notre problème ! Tout ce que je peux dire, c'est que le travail de Caifeng est tout à fait satisfaisant.

— Je comprends que c'est votre nièce et qu'elle habite chez vous, raison pour laquelle aujourd'hui, à la réunion, je n'ai

33. La loi sur la réforme agraire a été adoptée en Chine le 28 juin 1950. Les cadres du PCC furent, entre autres, chargés de son application et les associations paysannes locales durent déterminer l'appartenance de classe de chacun dans les campagnes d'après leur statut économique : propriétaire foncier, paysan riche (qui furent tous expropriés) ou bien paysan moyen, paysan pauvre, fermier, ouvrier agricole. Ces critères de classification sociale ont servi durant toute la période maoïste, pour définir la tendance politique de chaque individu.

34. *Zouzipai* : « entré dans la lignée capitaliste ». Après la redistribution des terres, lors de la réforme agraire, la situation des paysans moyens et pauvres a en effet évolué et certains se sont retrouvés dans des catégories économiques plus aisées.

35. Ancien président de la République populaire de Chine, ennemi politique de Mao Zedong, limogé et emprisonné pendant la Révolution culturelle.

donné aucun nom quand le directeur Liu a demandé à chaque équipe de lui communiquer une liste de personnes concernées; j'ai dit que je devais venir vous en parler. Le directeur Liu a fait votre éloge: il a dit que vous avez un sens élevé de l'esprit révolutionnaire et que vous méritez bien d'être "le doyen des vigoureux sapins" de la montagne Wanglong!

— Je sais exactement à quoi m'en tenir sur mon propre compte.

— Vieux Camarade-Secrétaire du Parti, nous devons faire cette Grande Critique d'une façon ou d'une autre. Si le père de Caifeng est un *zouzipai*, elle est "une chienne de fille de la catégorie noire" ! Nous ne pouvons pas prendre en compte la peine qu'elle se donne car qui dit que ce n'est pas seulement un air qu'elle se donne pour s'infiltrer dans les rangs des révolutionnaires ?

— Tu dis des conneries ! » Furieux, le secrétaire du Parti se leva puis, aussitôt, il s'accroupit de nouveau pour asséner sa décision: « Si je te dis que ça ne va pas, c'est que ça ne va pas ! dit-il en détachant bien chaque mot. Si quelqu'un veut organiser la critique de Caifeng, qu'il sache que je serai là pour la soutenir; on verra bien s'il y en a qui oseront !

— Qu'est-ce qu'on fait alors ?

— On fait comme on doit faire ! Ici, on n'a personne; alors il faut chercher ailleurs. La Révolution n'a pas de frontières: on trouvera quelqu'un, où qu'il se trouve. »

Vexé, Sun-le-Barbu s'en alla.

Caifeng avait tout entendu. Elle se sentit tout à la fois injustement accusée et profondément émue. Après le départ de Sun-le-Barbu, elle sortit de sa chambre pour aller se jeter dans les bras de Jin Zhenshan. « Ne sois pas triste, Caifeng ! lui dit-il avec tendresse tout en lui caressant les cheveux. N'aie pas peur ! Tant que je serai là, personne ne pourra rien oser contre toi ! Tu n'as qu'à bien faire ton travail, sans t'occuper du reste. Ce n'est pas le cri des grillons qui va nous empêcher d'ensemencer la terre, comme on dit ! »

À quelque temps de là, un matin, lors de la distribution des tâches, Sun-le-Barbu chargea Caifeng d'aller ramasser le fond de la porcherie de la commune. Honglian s'insurgea : « Pourquoi est-ce que tu envoies Caifeng faire ça ? C'est le travail des hommes.

— Qui a fixé ce règlement ? Tu n'as qu'à demander aux femmes combien il y en a qui n'ont jamais nettoyé une porcherie ! rétorqua Sun-le-Barbu en riant.

— Mais il s'agit de celle de leur ferme. Celle de la commune est beaucoup plus grande, c'est toujours un homme qui s'en charge ! argumenta Honglian.

— On n'a pas assez d'hommes pour faire le travail. Est-ce que vous n'êtes pas toujours en train de dire que vous, les femmes, vous êtes "la moitié du ciel" ? Et alors ? La moitié du ciel ne pourrait pas se charger du nettoyage de la porcherie ?

— Dans ce cas, je le ferai avec elle !

— Je ne vais pas en envoyer deux quand une seule suffit !

— Alors, c'est moi qui y vais.

— Impossible ! Tu as autre chose à faire ! Pour tout te dire, je veux lui donner l'occasion de s'aguerrir, elle qui soutient toujours qu'elle ne veut "ni craindre la saleté ni avoir peur de se fatiguer" ! Et quoi ? On ne me reconnaîtrait pas ce pouvoir, à moi qui suis le chef de la commune ?! »

Voyant comment les choses tournaient, Caifeng s'empressa de rassurer Honglian : « Grande-Sœur, ne t'inquiète pas pour moi, j'y arriverai ! »

Et Honglian se tut.

La porcherie de la commune était située à l'extrémité est du village des Shi et comptait une dizaine de porcs. Ce que l'on appelait ramasser le fond consistait à sortir de là un mélange d'excréments et de paille, piétiné par les cochons et réduit en bouillie, qui devait servir de fumier, et à répandre sur le sol de la soue une nouvelle couche de paille bien propre et bien sèche. Sun-le-Barbu conduisit Caifeng jusqu'à la porcherie et donna ordre à la femme chargée de l'élevage de porcs d'expliquer à la jeune fille comment s'y prendre. Un petit sourire narquois au coin des lèvres, il s'en alla.

La femme, une paysanne corpulente, dit à Caifeng de commencer par entasser le fumier avec un râteau à deux dents puis de se servir de la fourche ou d'une pelle pour le sortir, sans chercher à en faire trop. Après quoi elle fit sortir les porcs de la soue et prévint qu'elle ne les ramènerait que dans l'après-midi.

Une odeur pestilentielle montait de la porcherie ; Caifeng ne se décida à y pénétrer, en se retenant de respirer et malgré une tenaillante envie de vomir, qu'après avoir hésité un bon moment sur le pas de la porte. Sur le sol, la paille mêlée au lisier lui donnait l'impression de marcher dans un étang fangeux et chacun de ses pas faisait remonter un liquide jaunâtre en surface. Ses baskets Libération furent immédiatement détrempés. S'efforçant, dans la mesure du possible, de ne pas penser à la nature de ce liquide qui lui enveloppait les pieds, Caifeng se mit à l'ouvrage en utilisant la méthode que la femme lui avait conseillée.

S'il était facile d'expliquer comment s'y prendre, il était beaucoup plus difficile de le faire ! Le sol n'était pas plat, ce qui compliquait encore la tâche, et Caifeng se retrouva bientôt en nage avec de terribles douleurs dans les bras et dans les jambes. Mais le pire, c'est que son travail n'avançait pas. À cette vitesse, il me faudra au minimum deux jours, se dit-elle en regardant la surface de la porcherie. Elle accéléra le mouvement. Au bout d'un moment, elle commença à découvrir le truc : il suffisait de réduire le plus possible l'angle que faisait son instrument avec la surface du sol. Cela l'obligeait à se baisser davantage mais l'efficacité de ses mouvements s'en trouvait décuplée. À midi, elle en était déjà presque à la moitié et elle prévoyait maintenant d'en avoir terminé avant la nuit, sans problème.

Le village des Shi se trouvait à deux ou trois *li* à peine du village des Jin. Sur le petit chemin qui conduisait de la porcherie à la maison, Caifeng respirait goulûment l'air pur et frais des montagnes et des forêts alentour. Honglian était déjà rentrée et l'attendait pour lui demander comment s'était passée sa matinée de travail. « Aucune difficulté », lui assura Caifeng.

Elle prit son repas, s'accorda un petit moment de repos et se munit de son masque de coton avant de s'en retourner au village des Shi. Arrivée à la porte de la porcherie, elle se protégea de l'odeur avec son masque et elle s'apprêtait à se remettre au travail lorsque ce qu'elle vit la cloua sur place : à midi, elle n'avait fait qu'une petite moitié du travail et voilà qu'à présent il ne restait plus qu'un tiers de la surface à nettoyer ! Elle alla aussitôt regarder dehors mais ne vit personne dans les parages. « Qui a donc bien pu faire ça ? » se demanda-t-elle tout en retournant à l'intérieur.

Comme il ne lui restait que peu de chose à faire et que, l'expérience aidant, elle travaillait de plus en plus vite, Caifeng termina juste un peu après quinze heures. Elle alla s'asseoir à l'extérieur pour se reposer tout en se demandant qui avait bien pu venir l'aider. Lorsque la gardienne de l'élevage de porcs revint avec ses animaux, elle ne cacha pas son étonnement :

« Tu en as abattu de la besogne ! Je pensais que tu n'aurais pas fini, alors je suis rentrée un peu plus tôt pour t'aider. J'aurais jamais cru que tu en serais déjà venue à bout ! Tu n'es donc pas rentrée pour déjeuner ? »

Quelque peu gênée, Caifeng avoua :

« Ce n'est pas moi qui ai fait tout ça. Quand je suis revenue, après déjeuner, je me suis aperçue que quelqu'un en avait nettoyé une bonne partie en mon absence. J'ai même pensé que c'était vous !

— J'en ai eu l'intention, en effet, mais je n'en ai pas eu le temps. Qui est-ce qui a bien pu faire ça ? Tu n'as vu personne ?

— Personne !

— Apparemment, c'est quelqu'un qui a voulu faire une bonne action à l'exemple de Lei Feng[36] ! Mais, tiens donc, ça ne serait pas Sun-le-Barbu ? C'est lui qui t'a attribué cette tâche et il savait très bien que tu ne pouvais pas y arriver toute seule !

— Il serait venu m'aider ?

— À mon avis, c'est lui ! Il est du genre à faire les choses les plus inattendues. »

---

36. *Lei Feng* : soldat modèle de l'armée de libération, censé porter aide et assistance à tous ceux qui en ont besoin. Mao Zedong a fait appel à toute la nation afin qu'elle suive son exemple.

Le soir même, Caifeng raconta à Honglian ce qui s'était passé et lui fit part de l'hypothèse soulevée par la femme qui élevait les porcs. Après y avoir longuement réfléchi, Honglian la mit en garde : « Méfie-toi de Sun-le-Barbu ! »

Cette nuit-là, Caifeng mit très longtemps avant de pouvoir s'endormir.

## 12
## Il jouait du *Erhu*[37]

Lorsqu'elle allait à l'école à Pékin, Jin Caifeng était une fille des plus ordinaires. Rien, dans sa physionomie ou dans sa façon de s'habiller, n'attirait sur elle les regards; ses résultats scolaires et ses activités périscolaires n'avaient rien non plus de très remarquable. Au lycée, après le premier semestre, certains de ses camarades masculins ne connaissaient même pas encore son nom ! Elle avait toujours envié, voire jalousé, certaines de ses camarades qui, non contentes d'être jolies, étaient aussi très douées et elle haïssait ses propres allures de « campagnarde », son manque d'intelligence et la façon très gauche qu'elle avait de s'exprimer. Mais, à son arrivée à la campagne, elle se découvrit soudain comme une personne digne d'attention. Elle pouvait aisément voir l'importance qu'elle avait prise aux yeux des garçons dans la façon qu'ils avaient de la regarder et de lui parler. Comparée aux filles des villages alentour, elle avait la peau nettement plus claire et elle était bien plus jolie. Toutes choses qui lui avaient procuré une espèce de satisfaction et qui, dans une certaine mesure, avaient contribué à lui garantir un bon équilibre psychologique entre joies et souffrances durant son séjour forcé à la campagne.

Puis vint le jour où elle avait dû nettoyer la porcherie. Sun-le-Barbu l'avait affectée à cette tâche une fois de plus. Ayant

---

37. *Erhu* : violon chinois à deux cordes. Instrument introduit en Chine au cours de la période des Cinq Dynasties (907-979) lorsque la musique de théâtre et celles des soirées privées chez les riches commerçants remplaça la musique de cour des Tang.

eu une précédente expérience en la matière, Caifeng ne s'inquiéta pas trop mais, la puanteur et la fatigue aidant, il lui fallut dépenser des trésors d'énergie pour aller de l'avant. Dès le matin, une seule question n'avait cessé de la préoccuper : y aurait-il quelqu'un pour l'aider aujourd'hui ? Et, si oui, qui cela pourrait-il bien être ?

À midi, elle rentra déjeuner à la maison comme d'habitude ; mais après avoir avalé son repas très rapidement elle retourna immédiatement au village des Shi et arriva à la porcherie par derrière. C'est alors qu'elle entendit du bruit à l'intérieur, comme si quelqu'un était en train de travailler. Elle se réjouissait déjà à l'idée de pouvoir surprendre celui qui venait l'aider en cachette mais une question vint aussitôt l'inquiéter : et s'il s'agissait de Sun-le-Barbu, que faire ? Elle hésita un moment puis préféra passer par devant.

Ce n'était pas Sun-le-Barbu ; celui qui s'affairait là était un jeune homme au teint clair et aux traits fins. Caifeng se souvint de l'avoir déjà vu au moment de la moisson. Elle avait alors pensé qu'il ne ressemblait pas tout à fait aux autres jeunes de la brigade. En dépit de ses vêtements usés, il paraissait propre et soigné de sa personne. Sa façon de ne rien dire et ses cheveux toujours parfaitement coiffés lui donnaient un air très distingué.

Lorsqu'il vit la jeune fille surgir devant lui, il se troubla, rougit et se mit à bégayer : « Co... comment se... se fait-il que... que tu sois déjà là ? »

Caifeng était elle-même quelqu'un de très timide, mais lorsqu'elle vit que ce jeune homme l'était encore plus qu'elle, c'est avec le plus grand naturel qu'elle lui demanda : « Pourquoi as-tu décidé de venir m'aider ? »

Le garçon rougit encore davantage mais il ne bégayait plus lorsqu'il lui répondit : « Ce travail est trop exténuant pour que tu le fasses seule ! Et puis je n'avais de toute façon rien d'autre à faire ce midi.

— Tu es du village des Shi ?

— Oui.

— Comment tu t'appelles ?

— Je m'appelle… Shi Wengui.

— Merci beaucoup pour ton aide !

— Ce… ce n'est rien du tout ! Mais je dois y aller ! » dit Wengui qui s'empressa de disparaître.

Cet après-midi-là, Caifeng travailla dans la joie et la bonne humeur, entonnant par moment quelque chant révolutionnaire. Le soir, Honglian lui demanda si quelqu'un était encore venu l'aider. Ce fut peut-être son instinct féminin qui la poussa à lui mentir.

À partir de ce jour, à chaque fois que Caifeng était affectée au nettoyage de la porcherie, Wengui venait lui donner un coup de main à l'heure du déjeuner. Chacune de leurs rencontres était très brève et ils n'échangeaient que peu de mots mais Caifeng éprouvait beaucoup de sympathie envers le jeune homme. Bien sûr, il n'y avait rien d'autre entre eux.

L'hiver arriva. La vie monotone du village de montagne devint plus monotone encore. Les températures trop basses et le sol gelé empêchant les villageois d'augmenter la production, chacun restait chez soi à se concentrer sur la Révolution [38] en suivant les mots d'ordre que tous avaient reçus : « Apprendre les œuvres choisies du président Mao », « Étudier les éditoriaux du *Quotidien du peuple* », « Lutter contre l'individualisme et critiquer le révisionnisme ». Pendant les séances d'instruction politique, la plupart des paysans de la commune, à l'exception de quelques éléments militants, dormaient ou somnolaient. Évidemment, ils étaient tous volontaires pour aller se concentrer sur la Révolution car c'était moins fatigant que d'aller gagner des points-travail aux champs. C'était peut-être ainsi que, partant de cette « conscience de classe la plus basique », ils comprenaient le lien entre le fait de se concentrer sur la Révolution et celui de travailler à augmenter la production !

Pour répondre au mot d'ordre venu d'en haut, Honglian avait mis sur pied un « petit groupe de travail pour l'étude et

38. « Se concentrer sur la Révolution, augmenter la production » : allusion au mot d'ordre du gouvernement de l'époque maoïste.

la mise en application des préceptes édictés par le président Mao dans ses œuvres », qui se réunissait chez elle. Tous ceux qui y participaient étaient des jeunes de l'équipe de production pleins d'ambition. « Les Trois Grands Textes de Mao » et *Le Petit Livre rouge* constituaient l'essentiel de cette étude. Lors de chaque séance, chacun lisait à haute voix après Caifeng et,ensuite seulement, cette dernière organisait un débat au cours duquel ils discutaient en faisant part de leurs réflexions à propos du texte en question. Lorsque ces réunions avaient commencé, les jeunes étaient pleins d'enthousiasme et c'était à qui prendrait la parole. Mais, bien vite, les discussions ne furent plus aussi passionnées et, bien souvent, Honglian dut désigner les orateurs; on ne put alors échapper aux discours stéréotypés. Comme ces réunions d'études étaient prises sur le temps de loisir des paysans, elles ne leur comptaient pas de points-travail ; aussi les absences se multiplièrent-elles.

Shi Wengui était un membre actif du groupe. Il était toujours à l'heure pour participer aux réunions, quel que fût le temps. Un jour qu'il neigeait très fort et que le vent du nord ravageait tout, il fut le seul parmi les jeunes des villages extérieurs à arriver à l'heure dite chez Honglian. Ceux du village des Jin en furent très touchés. Pendant les séances d'étude, il était toujours très attentif et en particulier lorsqu'il lisait les citations du président Mao dans *Le Petit Livre rouge* avec Caifeng: il ne quittait pas sa bouche des yeux, comme s'il craignait de perdre un seul des sons qui en sortaient! Mais il ne parlait pas beaucoup car, quand on le sollicitait pour intervenir, il était si tendu qu'il n'arrivait pas à s'exprimer.

Une fois, après la lecture de « En mémoire de Béthune[39] », comme personne ne se proposait pour commenter le texte, Honglian désigna Wengui. Très mal à l'aise, ce dernier finit par bredouiller: « Euh… Je pense que nous devrions adopter l'esprit internationaliste de Béthune! Bien qu'actuellement il

39. Médecin et membre du parti communiste canadien qui a travaillé dans l'armée chinoise aux côtés des communistes au cours de la Deuxième Guerre mondiale et y a laissé la vie.

nous soit impossible de quitter la Chine et qu'on ne puisse aller... euh... nulle part appuyer d'autres mouvements révolutionnaires, il ne nous est pas interdit de suivre son exemple, non ? Regardez... Caifeng, elle est venue de très loin pour s'installer dans nos montagnes et elle travaille avec nous sans jamais se plaindre que c'est trop dur ou trop fatigant et, en plus, elle nous aide à étudier : n'est-ce pas là un peu de l'esprit de Béthune ?! »

Honglian pouffa de rire et s'exclama : « Alors, comme ça, Caifeng viendrait d'un pays étranger ? » Tous s'esclaffèrent.

Wengui devint aussitôt rouge de confusion et il s'empressa de rectifier : « Ce n'est pas ça ! Ce que je voulais dire, euh... c'est qu'elle a un esprit...

— C'est bon, trêve d'explications ! interrompit Honglian. L'exemple que tu as cité ne convient pas. Adopter l'esprit internationaliste de Béthune, c'est garder constamment présent à l'esprit le fait que les deux tiers des peuples de la planète ne sont pas encore libérés et vivent toujours dans un abîme de souffrances ! Il nous faut tout d'abord mener à bien la Grande Révolution culturelle prolétarienne afin de servir de modèle aux classes laborieuses du monde entier et les amener à faire ce que nous avons fait. En même temps, nous devons aussi nous tenir prêts pour, le moment venu, aller soutenir d'autres mouvements révolutionnaires à travers le monde. Voilà l'esprit internationaliste que nous devons adopter ! »

Ce petit groupe s'adonnait aussi à des exercices de « travaux pratiques ». Par exemple, après avoir lu « Servir le Peuple »[40], ils s'organisaient pour aller couper du bois et tirer de l'eau pour les veufs du village et le texte de « Yu Gong déplace la montagne »[41] leur servait de prétexte pour aller transporter, chacun armé d'une palanche et de deux paniers,

40. *Wei renmin fuwu* : « Se mettre au service du peuple ». Titre d'un des trois textes de Mao, devenu slogan révolutionnaire de la Chine de l'époque.

41. Légende qui tend à illustrer que la volonté, le courage, la persévérance viennent à bout de n'importe quelle difficulté. Reprise par Mao Zedong dans une de ses œuvres de base pour l'éducation du peuple.

le tas d'excréments de la commune jusque dans les champs. Caifeng laissa une bonne partie de la peau de son épaule dans ses efforts pour « déplacer la montagne » !

À la Fête du Printemps [42], pour répondre à l'appel des instances supérieures selon lesquelles il fallait « faire table rase des anciennes habitudes » et « célébrer un nouvel an révolutionnaire », le district organisa un festival théâtral. Ce jour-là, l'équipe de production mit spécialement à la disposition des jeunes quelques-unes des charrettes à pneus pour les conduire au chef-lieu afin d'assister aux représentations. Caifeng et Honglian étaient du voyage. Tous s'étaient habillés du mieux possible, avec des vêtements relativement propres, et tout le long du trajet, ce ne furent que rires et bavardages. Cette atmosphère de fête réjouissait Caifeng qui avait un peu l'impression de partir en vacances pour la Fête du Printemps. Son bonheur aurait été parfait si elle n'avait pas ressenti, au fond d'elle-même, un petit, tout petit regret : il lui avait été impossible de trouver trace de Wengui parmi les jeunes du village des Shi. Sans qu'elle sache vraiment pourquoi, elle aimait bien qu'il soit dans les parages quand elle allait au travail ou qu'elle participait à une activité quelconque et, lorsque son regard croisait le sien, elle avait l'impression que son cœur se mettait à battre plus vite. Elle aurait bien voulu demander à Honglian mais elle ravala les mots qu'elle avait au bord des lèvres.

Le festival avait lieu au centre culturel de la ville. Les quelques centaines de places assises étaient toutes occupées et il y avait aussi de nombreux spectateurs debout de chaque côté. Un bruit assourdissant remplissait la salle des fêtes alors même que la représentation avait déjà commencé, les paroles des acteurs qui jouaient sur la scène se mêlant aux conversations des spectateurs du parterre. Seuls les meilleurs numéros parvenaient à ramener quelques instants de silence parmi l'auditoire. Et pourtant, les applaudissements chaleureux de la foule saluaient la fin de chacun des spectacles.

---

42. Il s'agit du printemps au sens chinois du terme, c'est-à-dire la saison qui commence avec le nouvel an chinois, fin janvier ou tout début février.

Caifeng, assise aux côtés de Honglian, était tout émue. C'était la première fois, depuis son arrivée à la campagne, qu'elle allait au chef-lieu et la première fois aussi qu'elle assistait à une représentation de variétés. Cette foule bruyante, cette atmosphère trépidante n'étaient pas sans lui rappeler Pékin et lui faisaient naturellement songer à ses parents. Elle avait beau haïr son père pour avoir été à l'origine de ses malheurs, rien n'aurait su briser en elle ce reste d'amour filial qu'elle conservait au fond de son cœur. Elle pensa à sa mère. Elle aurait eu tant de choses à lui dire et elle aurait tant voulu aller se blottir contre elle et pleurer toutes les larmes de son corps ! Ses yeux s'embrumèrent…

Soudain, le son mélodieux d'un *erhu* parvint à son oreille. À Pékin, elle avait étudié cet instrument pendant quelques années. Son sens de la musique l'avertit aussitôt des dons de ce joueur de violon. Instinctivement, elle leva la tête et s'essuya les yeux pour regarder la scène. C'était un jeune homme en tenue militaire, la tête légèrement baissée, totalement absorbé par le jeu de son instrument, comme s'il concentrait dans ses deux mains toute la force et toute l'énergie de son être. À la fin du morceau intitulé « La vallée de Nan Ni », dans la salle jusqu'alors silencieuse avait retenti un tonnerre d'applaudissements. Le jeune homme se redressa et, avec la plus grande dignité, adressa au public un salut militaire. À ce moment précis, Caifeng, qui était en train d'applaudir à tout rompre, s'arrêta net : ce joueur de violon ressemblait tellement à Shi Wengui !

Honglian donna un coup de coude à Caifeng : « Qu'est-ce que tu as ? Qu'est-ce que tu regardes avec cet air idiot ?

— C'est ce joueur de *erhu* : on dirait Wengui, du village des Shi ! répondit Caifeng.

— On dirait ? Mais c'est lui ! Il ne joue pas mal, hein ?

— Il joue même très bien !

— Sa tenue militaire lui donne belle allure ! Il n'a plus rien d'un paysan des montagnes ! Tu ne crois pas ? Il l'a empruntée à Wugui. Wugui, c'est son cousin, il est soldat. »

Caifeng, envahie par une sensation qu'elle n'avait encore jamais éprouvée et qui lui mettait le feu aux joues, ne répondit pas.

Shi Wengui se rassit et entama un autre morceau, intitulé « Un vieux couple à l'école de Mao ». L'allégresse facétieuse de la musique et l'aisance du musicien déclenchèrent les rires de l'assistance. À la fin de sa prestation, il se leva, remercia et voulut se retirer mais, sous les cris et les applaudissements de la salle, il dut se rasseoir et exécuter « Les eaux du fleuve », dont la mélodie douce et triste émut Caifeng aux larmes.

Wugui quitta la scène et Caifeng se laissa aller à une rêverie sans fin, au point de ne plus rien entendre du reste du spectacle…

# 13
# Pensées secrètes de jeune fille

Puis ce fut le printemps et la montagne tout entière offrit le spectacle de ravissants paysages. Caifeng était là depuis bientôt un an mais c'était la première fois qu'elle trouvait l'air aussi pur et la nature aussi belle ! Elle commençait à s'attacher à ces montagnes, à ces forêts, à cette terre et aussi, cela va de soi, aux gens qui vivaient là.

Cela faisait bien longtemps qu'on ne l'avait plus affectée au nettoyage de la porcherie. À présent, c'est elle qui aspirait à ce que Sun-le-Barbu l'envoie faire cette rude et salissante corvée qui lui aurait donné l'occasion de voir Wengui, seule à seul. Depuis qu'elle avait assisté à sa représentation au centre culturel du district, elle avait espéré pouvoir lui parler en privé mais jamais l'occasion ne s'était présentée. En présence d'autres personnes, elle éprouvait toujours une sorte de nervosité inexplicable qui l'empêchait de lui adresser la parole.

Après les semailles de printemps, la commune populaire de Dongsheng décida de mettre sur pied une Équipe artistique de propagande de la pensée de Mao Zedong. Shi Wengui, qui avait fait honneur à la commune lors du dernier festival, et Jin Caifeng, la seule jeune instruite en provenance de la capitale, furent naturellement tous deux choisis pour en faire partie. Ce matin-là, ils partirent ensemble pour se présenter au chef-lieu. Ils durent y aller à pied car aucun véhicule n'était prévu sur ce trajet. Pour les habitants de ces montagnes, parcourir ces vingt ou trente *li* à pied était monnaie courante ; quant à Caifeng qui avait fait de la course de fond à l'école, cette distance ne lui faisait pas peur.

Wengui portait à nouveau son uniforme vert de l'armée et, sur son dos, dans un sac de toile bleue, son *erhu*. Caifeng était vêtue d'un uniforme militaire couleur moutarde presque neuf ayant appartenu à son père. Comme il était un peu grand pour elle, elle y avait apporté quelques retouches et, avec la ceinture militaire qu'elle avait mise autour de sa taille, il lui allait plutôt bien tout en lui donnant une allure faite de grâce et de dynamisme. Elle portait aussi un sac à dos militaire couleur kaki.

Il marchait devant elle sur un sentier étroit, tout en montées et en descentes. Au début, elle n'était jamais à plus de sept ou huit mètres derrière mais, insensiblement, la distance entre eux deux se réduisit.

Il venait à peine de pleuvoir et le ciel, complètement débarrassé de tout nuage, semblait particulièrement limpide tandis que, de la forêt, se dégageait le frais parfum de la végétation humide ; de la vallée montait de temps à autre le chant clair et joyeux des oiseaux. Caifeng ralentit l'allure pour écouter, pour regarder, comme si elle voulait faire pénétrer en elle ce paysage enivrant sans en perdre une seule miette.

Wengui s'arrêta pour l'attendre et se retourna vers elle. Lorsqu'elle l'eut rejoint, il lui demanda, plein de sollicitude :

« Tu es fatiguée ? Tu veux qu'on souffle un peu ?

— Non, je ne suis pas fatiguée, répondit-elle. Je trouve simplement que c'est magnifique et j'aimerais regarder ce spectacle plus longtemps. Tu ne trouves pas ça superbe ?

— Je ne me rends pas bien compte ; nous sommes tellement habitués à ces paysages, nous qui vivons ici. Et puis, je dois dire aussi que nous n'avons pas le regard affiné de vous autres, gens de la ville !

— Qu'est-ce que tu veux dire par "Vous autres, gens de la ville" ? Je suis comme toi maintenant, quelqu'un de la montagne, moi aussi !

— Pour moi, tu seras toujours une fille de la ville et même une fille de Pékin, de la grande capitale ! » dit-il tout en se remettant en route, mais à une allure bien plus modérée qu'avant.

Caifeng pressa le pas pour arriver à sa hauteur: « Mais j'aime beaucoup ce pays, et ça me va très bien de devenir une paysanne de la montagne ! Bien sûr, si on y ajoutait des maisons de briques avec des toits en tuiles et des routes goudronnées, ça serait encore mieux !

« Même au chef-lieu de district, il n'y a pas encore une seule rue qui soit goudronnée !

— Tu es déjà allé à Pékin ?

— Je n'ai pas eu cette chance.

— Et tu as déjà pris le train ?

— Non plus !

— J'ai entendu dire qu'ils allaient construire un métro à Pékin. Tu sais ce que c'est qu'un métro ? C'est un train qui roule sous terre.

— Un train qui roule sous terre ?

— Je t'assure ! Tu n'y crois pas ? À l'étranger, ça existe déjà ! »

Wengui ne dit plus rien et tous deux marchèrent un moment, silencieux, avant que Caifeng ne relance la conversation: « Je t'ai vu sur scène, l'autre jour, au centre culturel de la ville. Tu as joué magnifiquement bien !

— Tu trouves ? »

Bien que Wengui ait dit cela d'une voix tout à fait normale, il paraissait ravi et même légèrement ému.

« Oui ! Vraiment ! Où as-tu appris à jouer ?

— C'était quand j'allais au collège du district. Le vieux gardien du collège qui s'appelait Wang avait fait partie de la troupe artistique de la province, on disait que c'était un droitier. En fait, c'était quelqu'un de très bien. Il savait très bien jouer du *erhu* et, tous les soirs, il en jouait quand il était tout seul dans sa petite loge de concierge ; c'était magnifique ! Depuis tout petit, j'ai toujours adoré la musique et on m'a même enseigné la trompette ! Mais j'ai dû abandonner, je n'avais pas assez de souffle. Après mon entrée au collège, j'allais souvent écouter grand-père Wang jouer du *erhu*. Comme il a vu que ça m'intéressait et qu'en plus j'avais quelques dons, il a commencé à me donner des leçons. C'était il y a déjà dix ans.

— J'ai appris, moi aussi ! » dit Caifeng.

Wengui s'arrêta, surpris, et la regarda avec de grands yeux:

« C'est vrai ?

— Qu'y a-t-il d'étonnant à cela ? » demanda-t-elle en jetant un coup d'œil vers lui tout en continuant à marcher.

Il la rejoignit aussitôt pour lui redemander:

« C'est vrai que tu sais jouer du *erhu* ?

— J'ai juste dit que j'avais appris. Dès le début de la Révolution culturelle, nous n'avons plus eu d'école et, quand j'ai voulu rentrer dans les Gardes rouges, ils n'ont pas voulu de moi à cause de mes origines douteuses. Je n'avais donc plus rien à faire; alors, j'ai appris le *erhu* à la maison. Mais je suis loin d'avoir ton niveau ! Dis-moi, tu m'apprendrais à en jouer, j'aime tellement ça !

— Et comment ! Tu as un *erhu* ?

— J'en ai un a la maison, mais je ne l'ai pas emporté avec moi.

— Ça ne fait rien, tu pourras t'entraîner sur le mien ! »

Caifeng regarda l'instrument que Wengui portait en bandoulière dans une housse en tissu bleu avec une étoile rouge brodée dessus qui lui sembla avoir été confectionnée avec grand soin et lui demanda:

« Qui t'a fait cette housse ?

— Je l'ai faite, moi !

— D'où sors-tu tous ces dons ? s'exclama-t-elle, tout étonnée.

— Ça, c'est peu de chose ! Ma mère est morte quand j'étais petit et il n'y avait pas de fille à la maison: alors j'ai dû très tôt apprendre à coudre et à repriser. Je me suis même déjà fait des vêtements ! Et je m'y connais aussi en menuiserie: les deux coffres en bois qui sont à la maison, c'est moi qui les ai faits, ajouta Wengui, comme s'il voulait révéler d'un coup à Caifeng tout ce dont il était capable.

— Tu as vraiment tous les dons ! confirma Caifeng, admirative et sincère.

— Ce n'est pas vrai ! Je suis très maladroit pour m'exprimer. Et puis… je manque d'esprit combatif révolutionnaire ! Tu t'en apercevras avec le temps, dit-il en rougissant.

— Pourquoi me dis-tu tout cela à moi ? Comme si... » Mais elle n'acheva pas sa phrase et se mit, elle aussi, à rougir tandis que le visage de Wengui virait au violet.

Ils poursuivirent leur route en silence et arrivèrent bientôt à l'un des vergers que l'équipe de production avait en charge. En entendant des voix, Caifeng ralentit afin de suivre Wengui à distance.

Sept ou huit femmes appartenant à l'équipe étaient occupées à tailler les arbres dans le verger. Lorsqu'elles virent arriver Wengui, l'une d'elles s'écria :

« Tiens ! Mais c'est Wengui ! Tu vas où ?

— À la commune ! répondit ce dernier sans s'arrêter.

— Qu'est-ce que tu vas y faire, si bien habillé ? » demanda la femme.

Mais il n'eut pas le temps de répondre que la voix forte d'une autre des ouvrières lança :

« Tu vas faire la demande pour ton certificat de mariage ? Et pourquoi tu nous présentes pas ta promise ? »

Ce qui fit rire toutes les autres.

Pour toute réponse, Wengui leur intima : « Arrêtez de dire des bêtises ! » et il pressa le pas. Tête baissée, Caifeng fit de même. De loin, ils pouvaient encore entendre les voix et les rires des femmes dans le verger.

Après la crête, le sentier longeait à nouveau la forêt et tout redevint silencieux. Wengui s'arrêta pour attendre la jeune fille :

« Excuse-moi, Caifeng ! lui dit-il, un peu gêné. Tu n'es pas fâchée contre moi ? »

Après cette marche forcée, les battements plus rapides de son cœur soulevaient sa poitrine et Caifeng dut prendre quelques grandes respirations avant de pouvoir répondre :

« Fâchée contre toi ? Et pourquoi donc ?

— À cause des bêtises qu'elles ont dites tout à l'heure ! Moi, je les connais bien, ces femmes de la montagne ; quand elles commencent à rire des gens, personne n'y coupe !

— Elles ne me connaissent même pas ! Et puis, tu n'y peux rien ! Pourquoi est-ce que je m'en prendrais à toi ?

— Je… j'ai pensé que tu avais été traitée comme ça à cause de moi et j'en suis désolé ! Je… j'avais peur que tu sois fâchée ! »

En le voyant là, inquiet et tellement sincère, elle lui dit d'une voix douce : « Toi qui sais si bien te mettre à la place des autres, comment peut-on savoir ce qui se passe vraiment dans ta tête ?

— Moi ? » Wengui, troublé par le regard de la jeune fille, balbutia de plus belle :

« Je… dans ma tête… non, rien que ce que je t'ai dit ! Tu ne me crois pas ?

— Si, je te crois ! » Caifeng sourit et dévala la pente d'un pas allègre.

Ils se présentèrent à la commune où le directeur Liu du Comité révolutionnaire de la commune populaire présida en personne la première réunion de l'équipe artistique de propagande de la pensée de Mao Zedong. Ses instructions furent de préparer leurs numéros dans les plus brefs délais pour, ensuite, aller les présenter en tournée dans chacune des équipes de production.

Ils étaient sept en tout avec, à leur tête, Tang Liangcai, délégué du Comité de propagande révolutionnaire de la commune populaire. Avec grand enthousiasme, les sept jeunes membres du groupe mirent sur pied plusieurs numéros : récits rythmés au son des claquettes de bambou, dialogues rimés, couplets à quatre voix, chants et danses de variété et, bien sûr, récital de *erhu* exécuté par Wengui, le rôle de présentatrice incombant tout naturellement à Caifeng dont le parfait accent de Pékin convenait à merveille. Elle devait en outre participer aux danses intitulées « Fidélité » et « À notre cher président Mao », à la chanson en duo « Sur la rivière Liuyang » et à un dialogue rimé, « La houe de la Révolution » [43], l'accompagnement musical étant assuré par Wengui et Tang Liangcai qui, lui, jouait de la flûte.

43. *Chu* : désigne la houe et l'action de biner, de sarcler mais signifie en outre « extirper », « éliminer » d'où l'expression qui fait allusion à la mission de la Révolution qui était de débarrasser la société de ses « mauvais » éléments.

Lorsque les numéros furent au point, la commune mit une charrette à la disposition de l'équipe et la tournée commença. Un après-midi ils arrivèrent dans la région de la troisième équipe de production. Des centaines de personnes se pressaient déjà sur l'aire de battage du village des Jin – qui debout, qui accroupi, qui assis. Les enfants s'étaient perchés en haut des grandes meules de blé. La représentation fut très réussie. Le niveau artistique des jeunes gens laissait bien un peu à désirer et il y eut aussi quelques petites erreurs mais les spectateurs furent tous captivés et les quelques lapsus des acteurs ne faisaient qu'ajouter à la bonne humeur ambiante et faire redoubler les rires de l'assistance.

Cette tournée donna à Caifeng et à Wengui l'occasion d'être encore plus proches l'un de l'autre, car non seulement ils préparaient et jouaient leurs numéros ensemble, mais Caifeng commença à apprendre à jouer du *erhu* avec Wengui. Ils discutaient souvent tous les deux. Ils parlaient aussi bien de l'idéal communiste que des goûts et passions de chacun, en passant par le travail des champs et la vie de tous les jours. Un sentiment délicieux qu'ils n'osaient encore s'avouer grandissait peu à peu dans leur cœur...

## 14
## Le phénix chamarré

Puis ce fut pour Caifeng le retour à la vie courante après l'épisode trop court de la tournée de propagande dont tous avaient la nostalgie ; elle n'arrivait pas à extirper de son cœur cette émotion d'une ardeur si particulière qui venait souvent la troubler quoiqu'elle n'en laissât rien paraître. Il lui fallait la retenir prisonnière au plus profond d'elle-même car elle savait bien que cette sorte de sentiment faisait partie des « tendances les plus abjectes de la gent des petits-bourgeois » et qu'il n'était en rien conforme aux directives du Grand Timonier envers « les dignes continuateurs de la Révolution prolétarienne ».

Vint ensuite le temps des moissons d'été, période d'activité intense au village. Non seulement ce dur labeur la fatiguait physiquement, mais il l'épuisait psychologiquement au point de ne plus lui laisser même le temps de s'attarder sur ce sentiment qui troublait son cœur. Il ne refaisait surface que lorsqu'elle apercevait Wengui sur les lieux de travail et surtout lorsque leurs regards se croisaient.

L'automne arriva. Partout, les champs de sorgho qui avaient été bien verts, les cultures de maïs et les vergers se coloraient d'une infinité de nuances de rouges, tous annonciateurs des joies de la récolte. Un matin, alors que les jeunes filles de l'équipe de production cueillaient des poires dans les vergers, les jeunes gens les chargeaient dans des charrettes et les transportaient jusqu'à l'entrepôt. Le travail n'était pas particulièrement pénible et les filles en profitaient pour faire résonner les vergers de leurs chants et de leurs rires.

Caifeng était en train de travailler lorsqu'elle vit Wengui s'approcher. « Caifeng ! appela-t-il.

— Qu'est-ce qu'il y a ? demanda-t-elle.

— Je voudrais t'emprunter un livre, annonça-t-il sur un ton très officiel.

— Lequel ?

— Les *Poésies du président Mao*. Je me souviens de t'avoir vue venir au cours avec. Il avait une couverture de matière plastique rouge. C'est bien ça ? »

Caifeng n'avait pas encore répondu que Honglian était intervenue : « Je te trouve bien informé sur ce que Caifeng a ou n'a pas ! Comment ça se fait ? Tu connais jusqu'à ses livres personnels !

— Je l'ai vu tout à fait par hasard, protesta Wengui ; mais sa réponse sonnait faux.

— Sais-tu au moins ce que c'est que le "hasard" ? Le président Mao nous a demandé à tous, ouvriers, paysans et soldats, de nous mettre à la philosophie et nous avons étudié son traité, *De la contradiction*. Alors, tu sais que, dans le hasard, il y a une part de fatalité. Dans ton "hasard", toi, Wengui, quelle est cette part ?

— Où est-ce que tu vois une fatalité ? Simplement, je... Déstabilisé, il n'arrivait pas à trouver le mot juste.

— Tu, quoi ? » continua-t-elle tandis qu'autour d'eux, les autres jeunes filles commençaient à se moquer.

Caifeng s'empressa de venir à son secours :

« Je t'apporte le livre cet après-midi, ça te va ? »

Wengui confirma d'un signe de la tête et s'éclipsa sans demander son reste.

L'après-midi, à l'heure de la reprise du travail, Caifeng donna les *Poésies du président Mao* à Wengui. Deux jours plus tard, il les lui rapporta. Elle lui avait trouvé un air bizarre lorsqu'il lui avait rendu le livre. Une fois rentrée, à la fin de la journée, elle l'ouvrit : dans le dos de la couverture de plastique, elle découvrit un petit papier qu'elle déplia. Dessus, il n'y avait que deux lignes de caractères d'une très belle écriture :

« Demain soir après dîner, je t'attendrai dans le bois de l'Ouest de ton village. Viens, je serai là ! »

Le cœur de Caifeng bondit dans sa poitrine et se mit à battre la chamade.

Le lendemain après dîner, elle profita de ce que Honglian était allée aux cabinets pour se glisser dehors. Elle sortit du village par l'est puis le contourna jusqu'à l'ouest. Lorsqu'elle arriva au petit bois, Wengui était déjà là. Elle pénétra sous les arbres et, là, elle s'aperçut qu'il tenait les mains derrière son dos.

« Pourquoi voulais-tu me voir ? lui demanda-t-elle.

— Je voulais t'offrir quelque chose.

— Quoi donc ?

— Devine !

— C'est quelque chose qui se mange, qui se porte sur soi ou bien quelque chose d'utile ?

— Rien de tout cela !

— C'est quoi alors ?

— Ce dont tu rêves le plus au monde…

— Un *erhu* ?

— Exactement ! »

Et il sortit de derrière son dos un *erhu* dans sa housse de toile rouge qu'il lui offrit en le tenant à deux mains. Elle le prit et, très attentivement, l'examina. La housse avait été faite avec grand soin et beaucoup de minutie ; sur le dessus, une broderie en jaune, vert et bleu représentait un phénix. Elle l'ouvrit et sortit l'instrument. C'était un *erhu* tout neuf qui sentait encore le vernis. Elle le contempla, ravie, et le regarda sous tous les angles. Incrédule, elle lui demanda :

« Tu ne l'as quand même pas acheté ?

— Non. Je l'ai fabriqué. Mais pas entièrement. La caisse et les cordes en peau de python, je les ai récupérées sur un vieil *erhu* cassé ; la seule chose, c'est que je l'ai entièrement reverni. » Il y avait, dans le son de sa voix, une joie qu'il n'arrivait pas à dissimuler.

« Merci, Wengui ! Tu es vraiment très doué, ne put-elle s'empêcher d'ajouter.

— Si il te plaît, c'est tout ce qui compte !

— Il me plaît vraiment beaucoup ! Je peux l'essayer ?

— Tu peux, je l'ai accordé. »

Ils s'assirent côte à côte sur le tronc d'un arbre abattu.

Elle le regarda puis se mit à jouer. Le timbre n'était pas éclatant, mais le son était mélodieux. Elle interpréta « L'Orient est rouge ».

« C'était comment ? demanda-t-elle en se tournant vers Wengui une fois le morceau terminé.

— Bien ! Mais tu ne pinces pas les cordes tout à fait comme il faut. Tu dois faire comme ça », dit-il en se levant pour aller s'accroupir devant elle afin de corriger la position de ses mains ; mais au moment où ses doigts rencontrèrent ceux de Caifeng, il retira les siens comme s'il avait reçu une décharge électrique et il rougit de honte.

Elle s'étouffa de rire en voyant sa mine embarrassée et lui dit, comme un reproche :

« De quoi as-tu peur ? Mes mains ne sont quand même pas couvertes de piquants !

— Ce n'est pas que j'aie peur, répondit Wengui, mal à l'aise. C'est que… je n'ai encore jamais pris la main de quelqu'un dans la mienne !

— Tu veux bien essayer encore ? » lui demanda-t-elle doucement en rougissant.

Il la regarda dans les yeux puis, brusquement, se saisit de sa main, la prit dans les siennes et la tint serrée contre sa poitrine. Leurs regards émus s'entremêlaient.

« Pourquoi serres-tu si fort ? Tu me fais mal ! » lui dit-elle comme un reproche après un moment.

Déconcerté, il lui lâcha aussitôt la main, se releva, recula d'un pas et la regarda comme pris en faute et ne sachant plus très bien quoi faire. Elle le trouva un peu pleutre mais jugea qu'au fond c'était quelqu'un de très gentil, quelqu'un sur qui elle pouvait compter. Elle aussi se mit debout et, l'enveloppant d'un regard brûlant, d'une voix tendre elle lui dit :

« Grand-Frère Wengui, tu ne m'as pas fait mal ! Et, quand bien même, ça n'aurait eu aucune importance. Je t'assure ! »

Wengui lut dans les yeux de Caifeng ce qu'elle voulait lui dire et il lui reprit la main. Tout son corps était agité d'un léger frémissement tant il était ému. « Tu as peur ? lui demanda-t-elle.

— Non, je n'ai pas peur !

— Alors pourquoi trembles-tu ?

— Je... je ne sais pas ! Je suis un peu... ému !

— Ému ? Mais pourquoi ? interrogea-t-elle encore à dessein bien qu'elle connût déjà la réponse.

— Je... je me demande si je ne suis pas en train de rêver !

— Le soleil ne s'est pas encore couché et toi tu serais en train de rêver ? Et, en plus, ce rêve, on serait en train de le faire à deux ?

— On doit être à deux pour faire certains rêves ! » Déjà il ne tremblait presque plus. « Il se pourrait bien que tu aies raison ! » Elle dit cela si bas qu'on aurait dit qu'elle se parlait à elle-même.

Sans qu'ils s'en aperçoivent, le soleil s'était couché derrière la montagne de l'Ouest. Un voile obscur descendit sur la forêt. Les deux jeunes gens sortirent à découvert et se mirent à marcher lentement le long du chemin qui reliait le village des Jin au village des Shi. À l'exception d'un très, très vague petit bruit qui provenait du village d'en face et dont il était très difficile de distinguer la nature, les alentours étaient parfaitement silencieux. En réalité, aucun des deux n'avait la moindre envie, pour l'heure, d'écouter les bruits du dehors ; chacun était absorbé par l'autre, à l'écoute de l'autre, attentif aux battements de cœur que faisait naître en chacun le léger contact de leurs corps.

La nuit tomba dans le silence et, d'est en ouest, se fit totale. Ils ne surent pas vraiment quand, mais chacune des maisons, devant eux, était devenue un point lumineux qu'on devinait confusément. Déjà ils avaient fait plusieurs allers et retours et déjà Caifeng avait dit plusieurs fois : « Je devrais rentrer », mais Wengui ne pouvait se résoudre à lui lâcher la main et elle ne la retirait pas non plus.

Ils arrivaient pour la énième fois à l'entrée du village des Jin lorsque Caifeng s'arrêta et se décida :

« Grand-frère Wengui, dit-elle doucement, je dois vraiment rentrer, sinon Honglian va s'inquiéter ! »

Il ne répondit pas mais il hésitait encore à lui lâcher la main.

« On se revoit au même endroit demain soir et tu m'apprendras à jouer du *erhu*, qu'en dis-tu ? proposa Caifeng.

— D'accord ! On s'entraînera ensemble. Et si on nous demande quelque chose, on dira que c'est pour l'équipe de propagande ! Le chef Tang ne nous a-t-il pas demandé de profiter de nos heures de loisirs pour nous entraîner ? suggéra Wengui, tout content.

— C'est exact ! De cette façon, ce sera légitime et pour la bonne cause ! » approuva-t-elle tout heureuse.

À contre-cœur, il lui lâcha la main et la laissa partir tout en suivant du regard sa silhouette qui s'évanouissait dans la nuit.

Caifeng rentra à pas de loup dans la cour de la maison et regagna sa chambre. Honglian était assise sur le *kang*, en train de lire les *Œuvres choisies du président Mao*.

« Qu'est-ce que tu es allée faire ? Pourquoi tu rentres seulement maintenant ? Je viens d'aller demander partout mais personne ne t'avait vue. J'étais morte d'inquiétude ! » dit Honglian en la voyant.

Avec un beau sourire, Caifeng lui expliqua : « Je suis allée au village des Shi. Quand nous avons quitté l'équipe de propagande, le chef Tang nous a dit qu'une fois rentrés, il fallait que nous mettions à profit notre temps libre pour préparer un nouveau programme. Wengui et moi avons pensé à un duo de *erhu*. Regarde, il m'en a fabriqué un. » En chemin, elle avait sorti l'instrument de sa housse et avait mis celle-ci dans sa poche : aussi ne montrait-elle à Honglian que le *erhu*. Elle le lui donna en main.

« Il est vraiment habile de ses mains, ce garçon ! » s'exclama Honglian après avoir regardé l'instrument en question sous toutes les coutures.

Caifeng le récupéra et le rangea sur l'armoire à la tête du *kang* puis elle changea de sujet de conversation :

« Grande-Sœur Honglian, tu lis quel texte ?

— “De la guerre à long terme”, répondit Honglian qui, aussitôt après, revint sur l’argument précédent : Qu’est-ce que vous avez fabriqué, avec Wengui ? Pourquoi es-tu restée si tard ?

— Qu’est-ce qu’on a fait ? Il m’a appris à jouer pendant un bon moment et il a commencé à faire nuit. C’est bientôt l’automne et les jours raccourcissent.

— Il t’a raccompagnée ?

— Il voulait, mais c’est moi qui n’ai pas voulu. Ce n’est pas si loin, pourquoi serait-il venu ?

— Tu dis que tu n’as pas voulu qu’il te raccompagne, mais lui, n’est-il pas quand même venu avec toi ? Il aurait dû être inquiet de te laisser t’en aller dans le noir. Ce Wengui, il prend toujours ce qu’on lui dit au pied de la lettre !

— Il n’y a pas de loups dans les parages, pourquoi aurait-il dû s’inquiéter ?

— Qu’est-ce que tu en sais s’il n’y a pas de loups ? L’année dernière, ils sont venus ; il y en a un qui s’est enfui avec un de nos agneaux. En plus, à cette heure-là et dans le noir, une jeune fille comme toi, tu pouvais tomber sur un type mal intentionné et tu n’aurais pas pu te défendre ! Demain, je vais lui passer un sacré savon, à Wengui !

— Surtout, ne lui dis rien ! C’est un garçon tellement sensible et timide, il ne faut pas lui en parler ! s’empressa de recommander Caifeng à sa grande-sœur Honglian.

— Voyez-moi ça comme elle s’inquiète pour lui ! Qu’est-ce que ça peut bien te faire si je le sermonne ? » répondit cette dernière en lui souriant. Aussitôt, le feu monta aux joues de Caifeng mais, fort heureusement, la lumière était trop faible pour que cela se voie.

Cette nuit-là, Caifeng fit de très beaux rêves…

# 15
# Marquée au fer rouge d'une origine « noire »

Le lendemain soir après dîner, Caifeng sortit en emportant son *erhu*. Tout comme la veille, elle n'osa pas emprunter la rue principale et fit un détour en passant par l'extérieur du village. Wengui l'attendait déjà lorsqu'elle atteignit le petit bois. Ils pénétrèrent sous les arbres et s'assirent sur le même tronc d'arbre couché.

« Ce matin, Honglian est venue me voir au travail, dit Wengui. Devine ce qu'elle m'a dit.

— Que t'a-t-elle dit?

— Elle m'a demandé pourquoi je ne t'avais pas raccompagnée jusqu'au village hier soir.

— Et qu'as-tu répondu?

— J'ai pensé que c'était ce que tu lui avais dit: alors j'ai prétendu que c'était toi qui n'avais pas voulu.

— Excellente réaction! Et qu'a-t-elle dit d'autre? »

— Que nous devrions être sur nos gardes et faire attention au qu'en-dira-t-on.

— Qu'as-tu répondu?

— Que nous répétions pour la bonne cause et que du moment que c'était en dehors de nos heures de travail, personne ne devait rien trouver à redire.

— Tu vois que tu commences à savoir quoi dire!

— Ça ne regarde que nous deux et il n'est pas question que ça retombe sur toi!

— Même si c'était le cas, ça ne me ferait pas peur! Cela dit, il faudrait s'y mettre pour ne pas rentrer trop tard. Allez, apprends-moi!

— Très bien ! Je vais d'abord faire en sorte que le son du *erhu* soit moins fort, ça évitera qu'on nous entende et que des gens viennent voir. »

Tous deux répétèrent avec application jusqu'au coucher du soleil puis Wengui raccompagna Caifeng jusqu'au village des Jin.

Désormais ils s'entraînèrent régulièrement ensemble et leurs rencontres ne furent plus qu'un secret de polichinelle. Afin de montrer à tous le résultat de leur travail, ils jouèrent en duo le morceau intitulé « Le Socialisme est la juste voie » lors de la fête des moissons.

Les récoltes d'automne achevées, l'équipe de production se lança dans le mouvement de Rectification du Parti et de la Ligue des Jeunesses communistes. Honglian, qui était devenue secrétaire de la Ligue, passait toutes ses soirées à organiser des réunions, des séances d'étude politique et des entretiens avec les jeunes des villages. Caifeng, elle aussi, remit sa demande d'adhésion à la Ligue mais Honglian eut quelques objections :

« Nous avons ordre de choisir les premiers membres parmi les jeunes issus de familles révolutionnaires sans "tache". Ta conduite est exemplaire à tout point de vue, mais ta famille ne correspond pas aux critères requis. Persévère et ne relâche pas tes efforts ! »

À vrai dire, Caifeng s'était préparée à ce refus. Après l'échec de sa tentative d'intégrer le corps des Gardes rouges, elle s'était résignée à voir toutes ses demandes du genre rejetées. Mais elle n'aurait jamais imaginé que ses origines familiales pourraient avoir un quelconque retentissement sur le sort de Wengui.

Un soir après dîner, elle prit son *erhu* et elle s'apprêtait à aller rejoindre Wengui lorsque Honglian l'arrêta à la porte de la cour et lui demanda de revenir :

« Où vas-tu ? Encore voir Wengui, n'est-ce pas ? Rentre, j'ai quelque chose à te dire. »

Intriguée par l'air sérieux avec lequel Honglian la regardait, Caifeng demanda :

« Qu'est-il arrivé ?

— Ça fait plusieurs jours que j'y réfléchis et je crois que je dois absolument t'en parler. Tu me connais, je suis franche et directe, je n'irai pas par quatre chemins. Ne prends pas mal ce que je vais te dire !

— Grande-Sœur Honglian, tu m'as toujours traitée comme ta petite sœur et tu as pris soin de moi. Où vas-tu chercher que ça pourrait me fâcher ?

— Bien ! Alors, je vais commencer par te poser une question : es-tu amoureuse de Wengui ?

— Non... absolument pas ! protesta Caifeng en devenant toute rouge.

— Tu ne me dis pas la vérité ! Regarde-moi ça comme tu as rougi ! Il y a longtemps que les cancans du village vont bon train à votre sujet ! Tu crois que je n'ai rien vu ?

— Mais c'est absolument faux ! C'est seulement...

— Seulement quoi ?

— C'est seulement que je... trouve que c'est un garçon bien.

— Et lui aussi te trouve bien, pas vrai ? »

Caifeng confirma.

« Et ce n'est pas être amoureux, ça ?! Tu le nies encore ?

— Mais nous n'avons jamais parlé de ça !

— C'est le genre de chose dont on n'a pas besoin de parler ! Laisse tomber, je ne veux pas savoir ce que vous vous êtes dit ou pas dit en fin de compte. Quoi qu'il en soit, il ne t'est pas indifférent, c'est ça ? »

Bien que Caifeng n'eût pas donné de réponse, elle continua : « Dans ce cas, je dois t'avertir d'une chose. Tu sais que Wengui a de l'ambition et qu'il est bien jugé, à tout point de vue. Dans le cadre du mouvement actuel de Rectification, nous sommes en train d'examiner sa demande d'adhésion à la Ligue des Jeunesses communistes et l'équipe envisage même de le nommer trésorier. Cependant, quelqu'un, à la réunion, a récemment émis des doutes sur sa "position de classe", disant qu'elle manquait de stabilité et lui reprochant ses relations avec la fille d'un *zouzipai*. Je n'ai pas le droit de te donner le nom de celui qui a dit ça, c'est le règlement, mais tu as certainement une idée de qui ça peut être. Et puis, peu importe qui c'est puisque ce qu'il a dit représente l'opinion de la masse, raison pour laquelle l'avenir de Wengui est remis en jeu. Je vous conseille donc à tous les deux d'y réfléchir à deux fois ! »

Stupéfaite par ce qu'elle venait d'entendre, Caifeng n'en faisait pas moins confiance à Honglian quant à la véracité de ses propos. Elle était bien une fille de *zouzipai*, une "fille de pute" ! Ceux qui étaient venus fouiller leur maison, à Pékin, ne l'avaient-ils pas appelée ainsi ? N'était-ce pas aussi la raison pour laquelle elle s'était vu refuser l'entrée de la Ligue ? Quels que soient les efforts qu'elle pourrait faire pour se rééduquer, lui serait-il un jour possible de se débarrasser de cette tache noire dont elle devait à sa famille d'être à jamais marquée ? Les gens des montagnes avaient beau ne pas être aussi fanatiques, politiquement parlant, que ceux des villes, il leur fallait bien respecter les frontières de classe et faire la Révolution ! Sa famille était une source de malheurs qui, non contente de gâcher son avenir à elle pouvait également ruiner les espoirs de Wengui ! Elle ne pouvait en aucun cas laisser faire les choses : elle ne conduirait pas celui qu'elle aimait à sa perte ! Mais comment faire ? Elle se mit à pleurer…

Plusieurs jours de suite, elle fit en sorte d'éviter Wengui au travail et elle n'alla plus à leur rendez-vous pour jouer du *erhu*. Quand il venait jusque chez elle la chercher, elle se cachait pour ne pas le voir. Elle faisait comme s'il était devenu pour elle un étranger !

Un après-midi, elle était allée garder les chèvres sur la colline aux environs du village. Assise au pied d'un grand arbre, elle surveillait les bêtes qui broutaient nonchalamment quand, soudain, elle entendit quelqu'un approcher. Elle se retourna et vit Wengui. Elle se leva et voulut faire rentrer le troupeau au village mais il était déjà tout près. Le sang lui était monté au visage :

« Ne t'en va pas ! lui dit-il. Juste une question et je te laisserai partir. »

Elle s'arrêta et, l'esprit tranquille, le regarda.

« Pourquoi m'évites-tu ? lui demanda-t-il. Tu me trouves trop rustre ou trop timide ? Ou bien je t'ai fait quelque chose et tu m'en veux ? Je sais que je ne t'arrive pas à la cheville et je ne me suis jamais permis d'avoir des vues sur toi ! Mais pourquoi est-ce que, tout à coup, tu ne me parles plus ? Vraiment, ça me fait... Caifeng, je veux seulement que tu m'expliques, je ne demande rien d'autre ! Après ça, même si je dois mourir demain, je ne partirai pas avec le sentiment d'avoir été injustement accusé de je ne sais quoi ! »

Caifeng se mordit les lèvres jusqu'au sang et les larmes lui montèrent aux yeux : devait-elle lui révéler les vraies raisons de sa conduite envers lui ? Bien sûr que non ! Par amour pour lui, elle ne pouvait que garder tout cela pour elle, bien caché au fond de son cœur. Elle baissa la tête, passa à côté de lui sans un mot et, levant le bâton de berger qu'elle tenait dans sa main, elle fit rentrer le troupeau.

Peu de temps après, Wengui devint membre de la Ligue et trésorier de l'équipe. Il ne chercha plus à la voir car il avait cru comprendre ce qu'elle avait voulu lui répondre. Lui aussi, en tant qu'homme, avait son amour-propre ! Quand il lui arrivait de la croiser, il détournait la tête et faisait semblant de ne pas la voir. Pourtant, ce sentiment tout neuf qui avait germé en lui n'avait en rien disparu.

Cet hiver-là, Caifeng tomba malade. La fatigue physique et la charge émotionnelle qui pesaient sur elle avaient eu raison de sa santé. Au début, elle avait encore essayé d'aller travailler, mais bientôt la fièvre et la toux l'obligèrent à s'aliter. Honglian souffrait de la voir dans cet état et, connaissant les tourments qui agitaient le cœur de Caifeng, elle était rongée de remords. Elle qui avait cru bien faire et avoir agi dans l'intérêt des Camarades révolutionnaires doutait maintenant et la mine chaque jour plus défaite de Caifeng l'inquiétait. Lorsqu'un jour elle l'entendit crier le nom de Wengui dans son sommeil comateux, elle ne put se retenir plus longtemps. Elle courut jusque chez lui et l'appela à la porte de derrière où personne ne pouvait les voir.

Tout étonné, Wengui regarda Honglian qui était encore tout essoufflée et lui demanda :

« Pourquoi viens-tu me voir ? Que se passe-t-il ?

— Tu sais que Caifeng est malade ?

— J'ai entendu dire qu'elle ne venait pas travailler depuis deux jours.

— Pourquoi est-ce que tu n'es pas venu la voir ?

— C'est que...

— C'est que quoi ? N'étiez-vous pas très, très amis ?

— Il y a eu un peu de ça. Mais ensuite, elle a tout fait pour m'éviter.

— Sais-tu pourquoi ?

— Elle n'a que faire d'un gars des montagnes comme moi !

— Ne dis pas de bêtises ! Caifeng avait peur de compromettre ton entrée au sein de la Ligue et c'est pour ça qu'elle ne t'a plus parlé !

— Quoi ? Comment tu sais ça ?

— Laisse-moi terminer ! Savais-tu qu'alors qu'on examinait ta candidature, certains ont prétendu que ta position de classe n'était pas suffisamment stable parce que tu fréquentais la fille d'un *zouzipai* ? Je craignais que ce soit un handicap pour ton avenir, alors j'en ai touché deux mots à Caifeng. En fait, je voulais vous amener à être plus prudents mais je n'aurais jamais pensé que, vous deux, ça en serait aussitôt terminé ! Et encore moins que Caifeng en souffrirait autant ! Je vais te dire, elle a tellement de fièvre qu'elle délire et elle vient d'appeler ton nom !

— Comment ? Qu'est-ce que tu racontes ? » s'exclama Wengui, abasourdi.

Honglian se calma un peu et reprit : « Que vous vous rabibochiez ou pas, ce n'est pas mon affaire. En tant que secrétaire de la Ligue, je ne saurais encourager mes membres à avoir des relations sentimentales avec d'autres jeunes. Cela étant clair, reste à toi de décider ce que tu veux faire. »

Wengui frappa le sol d'un pied rageur et courut vers la sortie du village.

« Wengui ! Pourquoi cours-tu comme ça ? Attends-moi ! » lui cria Honglian.

Mais, à cet instant précis, il était devenu sourd à tout ce qui l'entourait ; une seule voix résonnait à son oreille : celle de Caifeng ! Ces derniers jours, il avait échafaudé mille et une hypothèses pour expliquer l'éloignement de la jeune fille mais jamais, au grand jamais il n'aurait soupçonné qu'elle avait voulu par là ménager son avenir à lui ! En repensant à la façon dont il avait réagi, il ressentit une douleur, comme si un couteau s'enfonçait dans son cœur. Il s'en voulait atrocement ! Il se serait donné des coups tant il regrettait !

Comme un fou, il courut jusqu'au pied du *kang* de Caifeng. Un médecin aux pieds nus lui avait fait une piqûre et la fièvre commençait à baisser ; elle s'était endormie. Appuyé sur le bord du *kang*, il regardait le visage défait de la jeune fille ; de grosses larmes roulèrent sur ses joues et allèrent s'écraser sur la main de Caifeng.

Le contact des larmes avec sa peau provoqua la contraction de son bras et, lentement, elle ouvrit les yeux. Elle aperçut une vague silhouette et reconnut Wengui mais crut à un mirage. Elle cligna des yeux et, cette fois, distingua très clairement les traits de Wengui et vit aussi les larmes sur son visage.

Quand il s'aperçut qu'elle se réveillait, vite, il essuya ses larmes et demanda : « Comment vas-tu, Caifeng ? Tu te sens mieux ? »

Elle ouvrit péniblement la bouche et dit d'une voix faible : « Tu es là ? Pourquoi ? Je vais bientôt mourir, c'est ça ?

— Ne dis pas des choses comme ça, Caifeng ! Tout est de ma faute ! Je n'aurais jamais dû douter de toi ! Honglian vient de tout me dire ! Je sais que tout ce que tu as fait, c'était pour mon bien ! Et moi qui n'ai rien compris ! Je suis vraiment le roi des imbéciles et le plus idiot des idiots ! Pourras-tu un jour me pardonner ?

— Tu n'y es pour rien, qu'est-ce que je devrais te pardonner ? répondit-elle, un petit sourire amer au coin des lèvres.

— Si, si, c'est de ma faute ! Je jure sur la tête du président Mao qu'à l'avenir je ne me conduirai plus aussi bêtement ! Peux-tu encore avoir confiance en moi ?

— Mais j'ai toujours eu confiance en toi !

— Vrai ? Wengui saisit la main de Caifeng, ému, et demanda encore : Alors, tu me parleras à nouveau ? »

Elle ferma les yeux. Elle connaissait son cœur, mais comment prévoir ce que leur réservaient encore les événements ?!

Comme s'il avait deviné ses pensées, Wengui lui déclara solennellement, quoique sans élever la voix : « Je me moque du statut de ta famille, je me moque de tout ce qu'on raconte sur toi ! Tout ce que je sais, c'est qu'à mes yeux, tu es la fille la plus chouette du monde ! »

Caifeng guérit enfin, et enfin on vit le bout des rigueurs de l'hiver. Puis vint le printemps, la saison des fleurs nouvelles.

C'était le jour de repos de l'équipe. À la première heure, Wengui vint proposer à Caifeng de l'emmener à la grotte Wanglong. Elle fut ravie de la proposition, elle qui, depuis si longtemps, rêvait de visiter ce lieu de légende. Wengui avait pris son *erhu*. Ils pénétrèrent à l'intérieur de la grotte mais n'osèrent pas s'aventurer trop avant car Caifeng prit peur et lui n'était pas non plus très téméraire. Ils préférèrent les rives bordées de saules du lac Wanglong. Wengui prit son violon pour jouer pour elle un tout nouveau morceau qu'il venait d'apprendre : « Deux sources au clair de lune ». Longtemps, longtemps, l'émouvante mélodie résonna aux oreilles de Caifeng…

Un bruit soudain venait d'interrompre ses souvenirs ; elle écarquilla les yeux et vit Shi Wengui en chair et en os, à la porte de la classe, sa veste bleue sur l'épaule !

# 16
# Le monstre lumineux

Shi Wengui était là depuis un bon moment, debout à l'entrée de la classe. Il regardait la silhouette immobile de Caifeng et il hésita longuement avant de doucement prononcer son nom : « Caifeng ». Elle frémit, se retourna et, toute surprise, le regarda. Il ferma la porte et s'avança vers l'estrade. Il vit qu'elle avait pleuré : « Qu'est-ce qui t'arrive, Caifeng ? » lui demanda-t-il plein de sollicitude.

Elle frémit à nouveau : ce nom de Caifeng lui était désormais étranger. Pour les gens du village, elle était depuis longtemps devenue l'épouse de Wugui, la Belle-Sœur Wugui [44], la Mère de Chenglong et aussi le Professeur Jin. Wengui lui-même l'appelait « Belle-Sœur » [45]. Ça faisait des années qu'il lui semblait avoir oublié ce prénom qui était le sien : Caifeng ! Ces deux syllabes prononcées là, à nouveau, et de la bouche même de Wengui, l'ébranlèrent bien naturellement jusqu'au plus profond de son être. L'émoi pénétra jusqu'au moindre recoin de son cœur et provoqua en elle un trouble qu'elle n'avait plus ressenti depuis bien longtemps. Mais, bien vite, elle se ressaisit, essuya d'un revers de la main les dernières traces de ses larmes et s'efforça de sourire : « Ce n'est rien, juste un peu de fatigue à force de corriger les devoirs, je m'étais assoupie. »

44. *Sao* : belle-sœur. Appellation réservée à l'épouse du frère aîné.
45. *Dimei* : belle-sœur. Appellation désignant la femme d'un frère cadet.

Incrédule, il regarda ses yeux et lui dit:

« Tu es encore en train de me raconter des blagues! On voit très bien que tu viens de pleurer. Qu'est-ce qui t'arrive encore? Dis-moi la vérité!

— Rien, il ne m'est rien arrivé, je t'assure!

— Alors, c'est que tu devais certainement repenser à quelque chose. C'est cela? »

Caifeng avoua en opinant du chef:

« Je ne sais pas pourquoi, certains événements du passé me sont revenus à l'esprit. C'est peut-être parce que je vieillis.

— Moi, je ne suis pas encore vieux ; pourquoi le serais-tu?

— Qu'est-ce qu'il y aurait d'étonnant? Les femmes vieillissent plus vite!

— Pour moi, au contraire, il me semble que nous voilà revenus au temps de nos vingt ans et que nous pouvons tout recommencer à zéro!

— Tu as vraiment une âme d'enfant dans un corps d'adulte! Il n'en reste pas moins qu'on ne peut pas vivre deux fois. Ce qui est passé est passé!

— Il est évident que l'on ne peut pas remonter le cours du temps. Mais il nous est parfaitement possible de tout reprendre à zéro. Peu importe notre âge, il suffit que nous le voulions et nous pouvons très bien recommencer une nouvelle vie, tous les deux.

— Je crains que ce ne soit pas si facile! Il y a l'entourage, et puis les enfants, comment pourrions-nous faire?

— Notre vie, nous ne devons pas uniquement la vivre pour les autres, pas non plus uniquement pour les enfants, n'est-ce pas? Il faut penser au temps qu'il nous reste à vivre; c'est à nous-mêmes qu'il faut penser!

— C'est plus facile à dire qu'à faire!

— Ça ne dépend que de nous… »

Les lèvres de Caifeng remuèrent un peu, comme si elle avait été sur le point de dire quelque chose, mais elle ne fit en fin de compte que pousser un soupir. Changeant de sujet, Wengui lui demanda: « Tu ne m'as toujours pas dit à quoi tu repensais tout à l'heure.

— C'était… à cette fois-là, au bord du lac Wanglong, à toi en train de jouer du *erhu* pour moi. Comme nous étions jeunes en ce temps-là !

— Mais tu venais d'être malade et tu étais encore bien faible. Pour redescendre, je t'ai même portée sur mon dos un moment. Au début, tu avais peur qu'on nous voie et tu refusais absolument que je te porte ; tu t'es mise à courir et, bien sûr, tu es tombée ; alors tu t'es bien gentiment laissé porter.

— Tu nous avais comparés aux personnages de "Zhu Bajie porte son épouse" [46] ! Alors, je t'avais giflé.

— J'étais au contraire très fier ! Comme dit le proverbe : Qui aime bien, châtie bien !

— Moi, je pensais que j'avais beaucoup de chance et j'étais à mille lieues d'imaginer que… »

Elle ne termina pas sa phrase, car tous deux savaient très bien la suite. Ils restèrent un moment silencieux avant que Caifeng ne reprenne :

« Tu avais joué un air magnifique. Ça s'appelait "Deux sources au clair de lune", c'est bien ça ?

— Je m'étais exercé pendant un bon mois pour pouvoir te le jouer ! Mais le travail finit toujours par payer !

— Dommage que tu ne puisses plus jouer !

— Si tu en as envie, je pourrais jouer pour toi !

— Depuis le temps que tu ne t'es plus exercé, tes doigts ne doivent plus t'obéir ! Comment pourrais-tu jouer encore ?

— En réalité, je n'ai pas cessé de m'entraîner ces deux dernières années.

— Vraiment ? Comment se fait-il que les gens du village n'en aient rien su ?

— Je jouais tout seul chez moi et, en plus, j'ai utilisé un morceau de feutre pour atténuer le bruit de l'instrument.

— Pourquoi t'es-tu remis à jouer ?

---

46. Allusion à une pièce de théâtre tirée de l'histoire du « Pèlerinage vers l'Ouest » et qui raconte l'histoire de *Zhu Bajie*, le dernier disciple du moine Xuanzang qui avait accompagné celui-ci vers l'Ouest à la recherche des textes sacrés du bouddhisme.

— Premièrement, pour tromper l'ennui et, deuxièmement, parce que j'espérais bien avoir l'occasion de rejouer un jour pour toi ! »

Caifeng resta silencieuse.

Wengui s'avança lentement et, tout doucement, vint poser sa main droite sur celle de Caifeng qui eut un frémissement mais ne se déroba pas.

« J'ai encore le souvenir de la première fois où je t'ai pris la main, dit-il. Je ne sais pas pourquoi, mais j'étais paralysé par l'émotion et asphyxié tellement j'avais le souffle court.

— À l'époque, je n'avais pas la main aussi rêche, et la tienne n'était pas aussi pleine de cals.

— C'est vrai, il s'en est passé du temps depuis ! Mais mon affection pour toi est restée la même. Tu me crois ? Il est évident que je ne t'ai jamais gardé rancune de ce qui s'était passé. Je ne peux en vouloir qu'à moi-même ! Je regrette ! Pourquoi donc…

— Tais-toi ! Le passé n'est-il pas le passé ? l'interrompit-elle.

— Accepterais-tu, malgré tout, de me redonner ma chance ? »

Elle ne put soutenir le regard à la fois brûlant et suppliant de Wengui et baissa la tête. Il attendait sa réponse et lui serra la main très fort. Finalement, elle releva les yeux vers lui, se passa la pointe de la langue sur ses lèvres sèches qui avaient un goût amer et dit :

« Je dois rentrer à la maison préparer le déjeuner. Chenglong et les autres sont peut-être déjà revenus.

— Tu…

— Nous en reparlerons ! »

Elle retira sa main de la sienne, refit un tas avec les cahiers de ses élèves et ajouta :

« Je dois vraiment me dépêcher de rentrer. Cet après-midi, je conduis les enfants à la grotte Wanglong.

— Qu'est-ce que vous allez faire là-bas ? demanda-t-il en la regardant, mais comme s'il avait l'esprit ailleurs.

— J'emmène les élèves ramasser des spécimens.

— Des spécimens de quoi ?

— Des insectes, des plantes, des minerais, tout ce qu'on pourra trouver.

— Tu auras beaucoup d'enfants avec toi : fais en sorte qu'il n'arrive rien de fâcheux ! À mon avis, tu devrais plutôt juste les emmener à la montagne qui est derrière le village ; pourquoi te donner tant de peine en allant aussi loin ?

— Ce sont eux qui me l'ont demandé ; ils ont dit qu'il y avait de belles pierres là-bas. Il y a si longtemps que je n'y suis pas allée, j'ai bien envie d'aller y faire un tour.

— Alors sois très prudente, fais attention de ne pas les laisser se perdre dans la nature ! Surtout que dans la grotte, il fait très sombre. Vous feriez mieux de ne pas aller à l'intérieur. Promenez-vous devant l'entrée, ça suffira !

— Voyez-moi ça ! Ce n'est pas ton problème, qu'est-ce que tu vas encore inventer pour te faire du souci ?

— Ce qui te concerne me concerne aussi !

— Ça, c'est toi qui le dis !

— Au nouvel an, quand tu m'as souhaité la bonne année, ne m'as-tu pas dit "Que tes désirs s'accomplissent" ?

— Ce sont des choses que l'on dit comme ça !

— Mais moi, j'ai pris ça très au sérieux et je l'ai retenu !

— Il y a longtemps que tu avais de mauvaises intentions à mon égard, on dirait ! plaisanta-t-elle.

— Ça fait plus de vingt ans et c'est seulement aujourd'hui que tu t'en aperçois ? avoua-t-il en riant lui aussi.

— Trêve de bavardages ! Nous devons y aller. Tiens, tu n'as qu'à partir le premier, ça évitera qu'on nous voie ensemble !

— À vos ordres ! » Wengui ouvrit la porte et sortit.

Caifeng patienta un moment, le temps de retrouver son calme ; après quoi elle ferma à clé la porte de la classe derrière elle et rentra chez elle. Là, il n'y avait encore personne. Elle alla préparer le repas. Au moment où elle terminait, Yinhua rentra, mais ni Chenglong, ni Chenghu, ni les autres ne vinrent ; aussi, mère et fille partagèrent-elles tranquillement le déjeuner.

Ensuite, Caifeng alla donner à manger aux poulets et aux moutons avant de retourner à l'école. Les élèves étaient déjà tous là et faisaient un vacarme épouvantable. Elle les rassembla pour leur donner quelques instructions avant de prendre la tête de ce groupe d'une dizaine d'élèves de tous âges et de les conduire vers la sortie du village. Les garçons, s'entraînant les uns les autres, couraient en tête; les filles restaient dans les jupons de leur institutrice à bavarder et à s'amuser. Le spectacle de ces enfants faisait s'envoler en fumée tous les soucis et les rancœurs que Caifeng avait accumulés en elle, car c'étaient eux qui faisaient que sa vie avait une certaine valeur et qu'elle-même avait trouvé sa place dans la société.

Arrivés au bord du lac Wanglong, elle leur dit de se mettre en chasse de libellules, de papillons et de jolies fleurs sauvages puis de se reposer un peu avant d'affronter la montée. Ils s'égaillèrent dans la nature tandis qu'elle allait s'asseoir sur une grosse pierre au bord de l'eau. Elle se revit, assise à la même place, tandis que Wengui jouait pour elle l'air de « Deux sources au clair de lune ». Elle ne put s'empêcher de fredonner intérieurement cette douce mélodie car, bien qu'elle eût cassé son cher *erhu* sous le coup de la colère après ces événements, cet air était resté gravé dans sa mémoire. Elle ferma les yeux et le bruit ininterrompu de l'eau mêlé aux notes de ce refrain familier l'entraînèrent vers un lointain passé…

Après leur brouille et leur réconciliation, le sentiment qu'ils nourrissaient l'un pour l'autre devint très vite plus chaud et plus ardent. Presque chaque soir, après dîner, ils se voyaient dans le petit bois, derrière le village : comme les autres jeunes, ils se rencontraient en amoureux sous le prétexte de mettre en pratique le mouvement intitulé « S'entraider pour progresser à deux dans la Révolution ». Ils parlaient du passé, de l'avenir, de la vie, de leur travail et bien sûr aussi de leur mariage. Bref, ils étaient si amoureux qu'un seul jour sans se voir créait en eux un vide immense.

Wengui, qui venait d'être nommé comptable de l'équipe, n'était pas encore très familiarisé avec la comptabilité. Bien que n'ayant jamais fait ce genre de travail, Caifeng était quand même allée à l'école plus longtemps que Wengui, raison pour laquelle elle se rendait chez lui de temps en temps afin de l'aider à résoudre certains problèmes comptables ; elle en profitait pour lui inculquer quelques connaissances mathématiques.

Ce soir-là, elle était allée chez lui encore une fois. À peine passé le portillon, elle croisa un jeune homme en tenue militaire qui sortait. Il ressemblait à Wengui mais avait une bonne demi-tête de plus et était aussi plus carré de stature. Elle supposa qu'il s'agissait de Wugui, le cousin germain de Wengui, car ce dernier lui avait dit qu'il allait être démobilisé et qu'il devait revenir à la maison.

Le jeune homme s'arrêta, examina Caifeng de la tête aux pieds et lui demanda :

« Vous cherchez quelqu'un ?

— Wengui » répondit-elle.

À cet instant, Wengui apparut sur le pas de la porte :

« Te voilà ! dit-il à Caifeng. Je te présente Wugui.

— J'avais deviné ! annonça-t-elle avec un petit sourire.

— Elle est du village des Jin, elle s'appelle Caifeng », précisa Wengui.

De nouveau, Wugui la dévisagea :

« Du village des Jin ? demanda-t-il. Comment se fait-il que je ne l'aie jamais vue ?

— C'est une jeune instruite de retour au pays, elle vient de Pékin. Son père est l'oncle de Honglian, Jin Weidong, celui qui s'était engagé dans l'Armée rouge au moment de la guerre de Libération » lui expliqua Wengui.

Wugui partit d'un rire jovial :

« Ah ! Je me disais bien que ce n'était pas dans nos vallées qu'on voyait voler des Phénix dorés ! »

Un peu gênée, Caifeng précisa :

« En fait, je suis née ici, justement dans ces vallées que je n'ai quittées qu'à l'âge de cinq ans, avec ma mère.

— Mais ce n'est quand même pas pareil ! réagit Wugui. Moi, ça fait plusieurs années que je suis parti soldat, j'en ai vu du pays ! Eh bien, je ne suis plus du tout le même que quand je vivais enfermé dans cette vallée de montagne.

Au fait, notre régiment a été stationné en garnison à Pékin pendant un an.

— Vraiment ? À quel endroit ? demanda Caifeng toute joyeuse, comme si elle rencontrait un vieil ami du pays.

— Du côté de la colline aux Huit Trésors. On assurait la sécurité pendant les travaux de construction du métro.

— Ils en sont où, ces travaux ?

— C'est presque terminé. Vous êtes arrivée quand ici ?

— L'été de l'année d'avant.

— Et depuis, vous n'êtes pas retournée à Pékin ?

— Non. Initialement, j'avais eu l'intention d'y retourner pour le nouvel an, mais je suis tombée malade et je n'ai pas pu ! Cependant, je compte bien y aller faire un tour.

— Quand vous y retournerez, je crains bien que vous soyez incapable de reconnaître certains coins.

— À ce point ?

— C'est ce que m'ont dit des gens de là-bas. Vous savez, il est interdit de prendre en photo les sorties de métro et les bouches d'aération construites le long de la ligne. Mais beaucoup de Pékinois veulent se faire photographier à ces endroits-là. Quand nous étions de service pour monter la garde, nous devions précisément faire respecter cette interdiction. Une fois, alors que je montais la garde, une famille prenait des photos. Je leur ai dit que c'était interdit et qu'ils devaient me remettre leur pellicule. Ils m'ont imploré en arguant du fait qu'ils se rendaient à l'École du 7 mai [47] et qu'ils auraient aimé garder un souvenir. Comme ils m'ont donné l'impression d'être sincères et qu'ils n'avaient pas l'air d'être des espions du KGB, je les ai laissés partir !

— Vous avez bon cœur ! s'exclama-t-elle en repensant à la cruauté des soldats des sessions de contrôle militaire à l'usine de son père.

— Avec moi, douceur fait plus que violence ! Un mot gentil suffit à me faire fondre. Ces gens-là m'avaient remercié et nous

47. École pour la rééducation des cadres dans les régions de campagne, en province, créée le 7 mai 1969 par une instruction du président Mao.

avions même discuté ensemble un moment. Ce sont eux qui m'ont dit qu'en deux ans de temps, on ne reconnaissait plus certains endroits de Pékin.

— Dans quels autres quartiers de la ville êtes-vous allé ? demanda Caifeng dont l'intérêt ne semblait pas vouloir se tarir.

— Le règlement de l'armée est très sévère ; il n'était pas question de sortir à sa guise, je ne suis donc allé que dans très peu d'endroits. »

Néanmoins, en voyant la mine que faisait Wengui planté là, un peu gêné, à côté d'eux, Wugui s'empressa d'ajouter :

« Mais tu devais avoir quelque chose à dire à Wengui, Caifeng ? Alors, nous reparlerons de tout cela plus tard ; allez d'abord régler vos affaires. »

Après le départ de Wugui, Caifeng et Wengui rentrèrent dans la maison.

« Apparemment, les hommes sont faits pour aller découvrir le monde ! C'est excellent pour eux ! » s'exclama encore Caifeng. Sans dire un mot, Wengui avait sorti son livre de comptabilité et s'était mis à le feuilleter. Il demanda à Caifeng de lui donner des explications concernant certains points qu'il n'avait pas très bien compris. Puis il rangea le livre et dit :

« Je ne sais pas pourquoi mais, dès que je mets le nez là-dedans, je ne me sens bon à rien.

— Tu as à peine commencé ! Attends d'en savoir un peu plus et ça ira beaucoup mieux. En réalité, tu apprends très vite !

— Oui mais aujourd'hui le chef Sun m'a pratiquement traité de larbin ignorant ! Je suis persuadé qu'il fait exprès de mettre en évidence mes lacunes !

— Sun-le-Barbu ? Méfie-toi de lui ! »

Le soleil se coucha. Les deux jeunes gens quittèrent la maison et prirent ensemble le chemin qui conduisait à la sortie du village. Désormais, ils ne se cachaient plus et les voisins, qui avaient pris l'habitude de les voir ensemble, ne faisaient plus de commentaires. Quelques jeunes de l'équipe avaient même pris modèle sur eux et, deux par deux, le soir, au crépuscule, ils rejoignaient les rangs de ceux qui s'entraidaient pour progresser à deux dans la Révolution. C'est pourquoi le grand sujet de conversation entre les jeunes n'était plus « Qui est amoureux de qui? », mais « Quel sera le couple qui se mariera en premier? ». Caifeng et Wengui auraient bien pu être celui-là si un incident fortuit n'était pas venu par la suite perturber le cours des choses!

Un soir, après les moissons, l'équipe cinématographique du district était venue à la commune projeter *Guerre de mines* pour fêter l'abondante récolte. Les jeunes du village des Shi qui s'entraidaient pour progresser à deux dans la Révolution quittèrent le village les uns après les autres à bicyclette; les garçons pédalaient, les filles étaient assises à l'arrière, sur le porte-bagages et, tout en bavardant et en s'amusant, c'était à qui arriverait le premier. Ceux qui n'avaient pas encore intégré la bande des couples s'étaient regroupés en une formation à laquelle on avait donné le nom de « la guérilla au cœur de l'ennemi ». Profitant de ce que leurs bicyclettes n'étaient pas alourdies par une passagère assise à l'arrière, ils donnaient l'assaut à la bande des couples et arrachaient aux jeunes filles des cris aigus et des hurlements de frayeur en partie feinte. Les bruits de sonnettes, les cris, les rires, les invectives venaient redonner vie à cette paisible petite route de montagne, loin de tout.

Caifeng et Wengui trouvèrent à s'asseoir à même le sol, derrière l'écran, pour regarder la projection. Il y avait là quelques autres couples. Comme de cet endroit on voyait les images à l'envers, il y avait peu de monde et, non seulement il était possible de s'asseoir mais on pouvait aussi être assuré de rester à distance respectable de ses voisins – ce qui en faisait un lieu très prisé des couples de jeunes. Le film était excellent; rires et exclamations fusaient de toutes parts...

« Professeur Jin! Professeur Jin! »

Les appels des enfants résonnèrent soudain aux oreilles de Caifeng: ils étaient tous prêts pour l'ascension. Elle se frotta les yeux et se leva: « Bien! Allons-y! Nous grimpons jusqu'à la grotte Wanglong. »

Lorsqu'ils furent arrivés, elle les fit mettre en rang pour pénétrer à l'intérieur et leur recommanda de ne pas s'éloigner et de ne pas grimper partout. Dans la grande salle, les enfants commencèrent à jouer à ramasser des cailloux. Caifeng leur avait pourtant bien dit de ne pas aller plus loin, mais deux des garçons n'avaient pas obéi et s'étaient glissés à tâtons dans la petite grotte. Ils en ressortirent précipitamment presque tout de suite en criant, pris de panique.

« Qu'y a-t-il ? Qu'avez-vous vu ? » demanda Caifeng.

Les deux garçons, tremblants de tous leurs membres, ne cessaient de répéter : « Un fantôme ! Un fantôme ! »

Intriguée par la mine qu'ils faisaient, elle décida d'aller voir et choisit les deux garçons les plus âgés pour l'accompagner, demandant aux autres de les attendre dans la grande salle de la grotte. Après s'être glissés derrière le rocher qui bouchait partiellement l'entrée de la petite grotte, ils n'eurent pas à aller bien loin pour voir une chose étrange qui émettait de la lumière et qu'ils appelèrent « monstre », faute d'avoir pris le temps de bien voir à quoi ressemblait cette chose car ils avaient aussitôt pris leurs jambes à leur cou ! Derrière eux, ils avaient entendu une voix sourde émettre des « AH... ! AH... ! AH... ! »

Caifeng s'efforça de garder son calme pour conduire les enfants épouvantés hors de la grotte.

# 17
# Une mystérieuse musique

Arrivée au village, Jin Caifeng accompagna jusque chez eux les enfants qui avaient vu le monstre et expliqua aux parents ce qui s'était passé. Elle était à peine rentrée chez elle que déjà tout le village répétait la nouvelle : « Il y a un monstre dans la grotte Wanglong! » Nombreux furent les villageois qui vinrent chez elle l'assaillir de questions et elle dut raconter encore et encore leur aventure de l'après-midi. Certains furent persuadés que Caifeng et les enfants avaient dû mal voir et qu'en réalité il n'y avait pas le moindre monstre. D'autres étaient d'avis qu'il devait s'agir d'un animal inconnu, peut-être bien ce sauvage dont les journaux avaient parlé. D'autres encore penchaient pour une apparition du Dragon céleste qui voulait empêcher les humains de venir le déranger dans sa grotte. Un vieil homme affirma avoir entendu son grand-père parler d'une telle apparition du Dragon Céleste dans la grotte Wanglong et il proposa que tous les gens du village y aillent brûler de l'encens et porter des offrandes au Dragon-Roi. Mais la plupart se contentèrent d'écouter ce qu'on leur racontait, n'ayant nullement l'intention d'entreprendre quelque action que ce soit ; bientôt, les discussions cessèrent et, les uns après les autres, ils quittèrent la maison.

Lorsque Hong Jun et ses deux compagnons rentrèrent, Jin Caifeng leur fit encore une fois le récit des événements. À la fin, elle ajouta : « Je ne sais si c'est à force de répéter cette histoire ou bien à cause de ces discussions à n'en plus finir, mais j'ai comme l'impression de ne plus très bien savoir ce que j'ai vu au juste ! Peut-être n'était-ce en fin de compte qu'une hallucination ! »

Ces derniers mots décidèrent Hong Jun à y aller sur-le-champ pour en avoir le cœur net. Jin Caifeng essaya de l'en dissuader :

« Il vaudrait mieux que vous n'alliez pas vous exposer à quelque danger !

— Je suis du genre aventurier. Qui plus est, cela pourrait très probablement nous éclairer sur cette fameuse légende de la pierre Œil-de-Dragon ! rétorqua Hong Jun en souriant.

— Il va bientôt faire nuit, lui dit Shi Chenglong. Pourquoi n'irions-nous pas plutôt demain ?

— Je crains que demain nous ne puissions plus rien voir du tout. C'est une occasion que nous ne devons pas laisser passer ! Et puis, qu'il fasse jour ou qu'il fasse nuit, à l'intérieur de la grotte, on ne voit pas la différence. Si vous n'avez pas envie de venir, je peux tout aussi bien y aller seul. J'ai l'expérience de ce genre d'expédition ! »

Song Jia comprit que Hong Jun faisait allusion à la nuit qu'ils avaient passée dans la grotte de l'Ours noir lors de leur enquête dans le Heilongjiang, l'année passée [48].

« En ce qui me concerne, je ne veux, pour rien au monde, manquer l'occasion cette fois. Si on découvrait un sauvage ou quelque chose du même genre, je veux avoir ma part de gloire, moi aussi ! »

Shi Chenglong capitula :

« Puisque vous persistez à vouloir y aller, je ne peux pas, en tant que guide, m'y opposer. Mais il nous faut des lampes de poche.

— J'ai une lampe de secours dans ma voiture ; prenons-la ! dit Hong Jun.

— J'emporte mon fusil, au cas où » annonça Shi Chenglong.

Au moment où tous trois s'apprêtaient à sortir, Shi Wengui arriva. Il salua tout le monde et demanda à Chenglong :

48. Cf. du même auteur : *Crime de sang*, l'Aube, janvier 2003.

« Que diable allez-vous faire ?

— Grimper dans la montagne ! » répondit ce dernier.

Jin Caifeng implora Wengui : « Ils veulent aller à la grotte Wanglong. Vu l'heure, j'ai essayé de les en empêcher, mais en vain. Dis-leur, toi ! »

Shi Wengui jeta un coup d'œil à Hong Jun et Song Jia avant de s'adresser à son neveu :

« Dans la grotte, on a vu un monstre, tu es au courant ?

— C'est justement ce que nous voulons aller voir » répondit Shi Chenglong.

Shi Wengui éleva la voix :

« Qu'est-ce que vous voulez voir ? Tu crois que le monstre va se faire voir aussi facilement que ça ? Tu ne tiens donc plus à la vie ? »

Shi Chenglong redressa la tête et répliqua avec dédain :

« Ça me regarde, tu n'as pas à te mêler de ça ! »

Shi Wengui le regarda d'un œil sévère :

« Qu'est-ce que tu dis ? Que je n'ai pas à m'en mêler ? On dirait que tu oublies combien le ciel est haut et combien la terre est profonde [49], mon petit ! Quand ton père était là, je ne me mêlais pas de tes affaires, tu pouvais bien faire ce que tu voulais ; mais maintenant qu'il n'est plus là, c'est moi qui commande dans cette maison ! »

Shi Chenglong voulut répliquer, mais Hong Jun ne lui en laissa pas le temps :

« Oncle Shi, dit-il, l'idée vient de moi ; Chenglong n'y est pour rien. Je crois savoir que l'apparition du monstre dans la grotte Wanglong est un phénomène extrêmement rare. Pour nous qui venons de Pékin, il serait vraiment dommage de laisser échapper pareille occasion ! Vous ne croyez pas ? »

Shi Wengui voulut dire quelque chose mais aucun son ne sortit de sa bouche. Il émit un grognement, tapa rageusement le sol du pied et s'en alla.

---

49. Expression chinoise qui signifie que l'on se surestime, que l'on a une trop haute opinion de soi-même ; autrement dit, que l'on est bien peu de chose face à l'immensité de l'univers – ce qui résume bien un des principes de base de la pensée chinoise.

Ils allèrent prendre la lampe dans la voiture de Hong Jun et sortirent du village. Ils n'avaient fait qu'un petit bout de chemin lorsqu'ils entendirent le bruit d'une moto qui arrivait dans leur dos. Ils se retournèrent et virent un policier. La moto s'arrêta à leur hauteur :

« Chenglong, où vas-tu à cette heure ? Et armé, en plus ! demanda le policier.

— J'emmène des amis faire un tour dans la montagne » répondit l'intéressé.

Après avoir jeté un coup d'œil aux amis de Chenglong, le policier lui recommanda :

« Il va bientôt faire nuit. Évite de les conduire par les petits sentiers et faites attention de ne pas aller faire une chute ! »

Après quoi il mit les gaz et démarra en trombe.

En regardant l'individu disparaître au loin, Shi Chenglong marmonna, comme pour lui-même :

« Qu'est-ce que ce type est venu encore fabriquer par ici ?

— C'est le fameux Sun, n'est-ce pas ? demanda Hong Jun.

— Exact, c'est Sun Changsheng, Sun-le-Prospère. Il habite au village des Sun, à quelques *li* d'ici. »

Lorsqu'ils arrivèrent à l'entrée de la grotte, le bleu sombre du ciel était déjà parsemé d'une multitude d'étoiles scintillantes. Dans l'obscurité silencieuse de la forêt sur les montagnes alentour seules la cascade et le lac reflétaient quelques points lumineux et résonnaient du bruit ininterrompu de l'eau. Soudain, une brusque rafale de vent apporta jusqu'à eux l'écho lointain d'une mélodie mélancolique qui venait d'on ne sait où. La musique, tantôt forte, tantôt à peine audible, leur parvenait tantôt continue, tantôt par bribes et pouvait faire penser à un air de flûte et au son d'une vielle. Song Jia regarda autour d'elle pour voir l'endroit d'où elle venait. Instinctivement, elle saisit la main de Hong Jun et, tout agitée, elle lui demanda à voix basse :

« Vous avez entendu, Maître ? »

Hong Jun, qui continuait à tendre l'oreille, ne répondit que par un « oui » sans rien ajouter d'autre.

« Chenglong, qu'est-ce que c'est ? demanda Song Jia.

— C'est bien la première fois que je l'entends, moi aussi. C'est peut-être… la musique du Dragon dont parle la légende ? répondit-il.

— Quelle musique du Dragon ?

— Celle des dames de cour que le Dragon-Roi avait ramenées avec lui de la mer de l'Est, à ce qu'on dit. Certains prétendent par contre qu'il s'agit d'un air ancien que le Dragon-Roi aurait gravé dans un rocher grâce à ses pouvoirs magiques et qu'il écouterait quand il se sent heureux ! Tout cela n'étant bien sûr qu'une légende. »

Les sons de cette mystérieuse musique se dissipèrent dans la nuit. Tous trois se regardèrent en silence avant de se diriger vers l'entrée de la grotte, le cœur encore battant. Ils pénétrèrent à l'intérieur. Shi Chenglong, muni d'une torche, précédait Hong Jun et Song Jia qui avaient chacun à la main une lampe de poche. Ils arrivèrent dans la grande salle. Éclairés par les faisceaux lumineux de leurs lampes, les rochers aux formes étranges devenaient plus mystérieux et plus effrayants encore. La lumière projetait, sur les parois de la grotte, leurs ombres noires, comme autant de monstres qui pouvaient à tout moment se ruer sur vous et vous assassiner. Hong Jun et Song Jia sentirent le froid leur glacer les os, et la peau de leur crâne se tendre de frayeur. Shi Chenglong, lui, ne semblait pas effrayé du tout. Il pénétra le premier dans la petite caverne du côté.

Ils contournèrent le rocher qui en bouchait partiellement l'entrée ; devant eux s'ouvrait un couloir pas très haut mais bien droit dont le sol pierreux devenait plus égal et les parois plus lisses. Une vingtaine de mètres plus loin, le passage tournait sur la droite, légèrement en montée ; les côtés étaient hérissés de roches déchiquetées. Ils parcoururent encore une vingtaine de mètres et abordèrent avec précaution une pente assez raide avant d'arriver dans une autre salle d'environ dix mètres de long sur cinq ou six de large, assez basse et dont le sol n'était plus que de terre. Shi Chenglong s'arrêta :

« C'est ici que je suis venu avec mon père pour attraper des grillons » dit-il.

La grotte se prolongeait en descente et aboutissait très vite à une bifurcation.

« Je ne suis jamais allé au-delà. Est-ce que nous continuons ? » demanda le guide à ses deux compagnons de route.

Hong Jun se baissa pour éclairer le passage puis il colla son oreille à la paroi glacée pour écouter et se redressa. Dans le silence absolu qui les entourait, chacun pouvait entendre la respiration légèrement haletante des deux autres.

« Apparemment, nous n'aurons pas la chance de voir le monstre, dit Hong Jun. Tant pis, rentrons ! »

Tous trois firent demi-tour et rebroussèrent chemin. Tout à l'heure, à l'aller, aucun d'eux ne disait mot tant ils étaient tendus à l'idée de voir surgir le monstre d'un moment à l'autre ; mais maintenant qu'ils étaient sur le chemin du retour, ils étaient beaucoup plus tranquilles et s'étaient donc mis à parler et à plaisanter. Au moment où ils arrivaient en haut de la déclivité et s'apprêtaient à emprunter le passage en ligne droite, un bruit étrange, derrière eux, les surprit. Tous trois s'arrêtèrent pour se retourner…

C'était un pas lourd accompagné d'un souffle rauque qui s'approchait : Bang ! Bang ! Bang ! Bang ! Le cœur battant, la gorge nouée, les cheveux dressés sur la tête, instinctivement, ils reculèrent. Soudain, du bas du raidillon, un éclair bleu : un monstre velu, crachant du feu par la gueule et par le nez, rayonnant d'une lumière bleue aveuglante, surgit en poussant un hurlement long et sourd.

Ils se précipitèrent tous trois hors de la grotte. Il leur fallut de longues minutes pour reprendre leur souffle. Song Jia regarda tour à tour ses deux compagnons puis, tout à coup, elle éclata de rire.

« Qu'est-ce qui vous fait rire ? lui demanda Shi Chenglong.

— La tête que nous faisons tous les trois ! Et votre fusil, Chenglong, il vous sert à quoi ?

— Je l'avais complètement oublié tellement j'ai eu peur !

— C'est vrai, dit Hong Jun en riant. Tout s'est passé si vite ! Nous ne nous y attendions absolument pas ! »

Empoignant son arme, Shi Chenglong proposa :

« Et si nous retournions voir un peu de quoi il s'agissait ? Peut-être était-ce notre sauvage !

— Laissons tomber, inutile de prendre davantage de risques, rentrons ! » décida Hong Jun qui, le premier, se mit en route en direction de la vallée.

Arrivés au lac, ils le contournèrent et prirent le sentier qui continuait au milieu d'un ravin. Une fois passé le col, Hong Jun s'arrêta : « Et si nous l'attendions ici ? suggéra-t-il.

« Attendre qui ? » demanda Shi Chenglong qui ne comprenait pas.

Song Jia, elle, avait compris ce que voulait dire l'avocat. « C'est une excellente idée ! approuva-t-elle.

— Si le monstre décide de quitter sa grotte et de descendre, il nous sera plus facile de le surprendre ici ! expliqua Hong Jun en voyant que Shi Chenglong était toujours aussi perdu.

— Oh ! » s'exclama ce dernier qui venait d'avoir une illumination subite. Ils se cachèrent tous trois derrière un rocher pour surveiller le chemin qui arrivait de la montagne.

La lune n'était pas encore levée et le ciel était constellé d'étoiles aussi nombreuses que lumineuses. Une météorite traversa soudain le firmament, inscrivant dans la nuit une traînée blanche éphémère. S'ils ne pouvaient apercevoir les villages de la vallée, ils entendaient en revanche les aboiements des chiens qui parvenaient de temps à autre jusqu'à eux.

Dix minutes s'écoulèrent. Soudain, Hong Jun sursauta :

« Doit-on obligatoirement passer par ici pour aller de la grotte au village ? s'empressa-t-il de demander à Shi Chenglong.

— Non. Si on tourne à droite en sortant de la grotte, on peut aller au village par un autre sentier, en passant par le haut. Mais il est plus malcommode, raison pour laquelle les gens passent plutôt par ici la plupart du temps. »

Se relevant en hâte, Hong Jun conclut :

« Dans ce cas, dépêchons-nous de retourner au village ! »

Très vite, ils redescendirent.

# 18
# L'histoire du sauvage

Lorsque Hong Jun, Song Jia et Shi Chenglong arrivèrent au village, presque toutes les lumières étaient éteintes dans les chaumières et tout le monde dormait déjà. Mais, à l'orée du bourg, ils rencontrèrent Shi Guangsheng.

« Oncle Guangsheng, où vas-tu donc à cette heure ? lui demanda Shi Chenglong, tout étonné.

— Je m'ennuie tellement, toute la journée, tout seul à la maison, que je suis sorti faire un petit tour répondit l'oncle.

— Pourquoi ne sors-tu pas plutôt dans la journée ? C'est beaucoup moins pratique quand il fait nuit noire !

— Qu'est-ce qu'il y a de moins pratique ? Jour ou nuit, en ce qui me concerne, ça ne fait aucune différence ! Et je dirais même que c'est mieux la nuit. Il n'y a pas de voitures, il n'y a personne dans les rues ; pour moi, c'est beaucoup mieux, tu ne crois pas ?

— Alors je t'accompagne pour rentrer.

— C'est pas la peine ! Je ne dois pas toujours devoir compter sur toi, je dois apprendre à me débrouiller tout seul. Je viens de dire exactement la même chose à Wengui ! Je viens de le rencontrer.

— Mais où allait-il donc à cette heure avancée de la nuit ?

— Je n'en sais fichtre rien ! » répondit Shi Guangsheng en frappant le sol de sa canne de bambou tout en s'en retournant chez lui. Hong Jun resta sur le côté du chemin à l'observer jusqu'à ce qu'il soit rentré, clopin-clopant, dans sa cour.

Lorsqu'ils arrivèrent chez Shi Chenglong, Jin Caifeng et Shi Yinhua les attendaient, folles d'angoisse.

« Pourquoi avez-vous mis autant de temps ? Je me suis fait un sang d'encre ! reprocha Caifeng à son fils. Alors, c'était comment ? Vous l'avez vu ?

— Oui. C'est vraiment effrayant ! répondit Shi Chenglong.

— Alors, qu'est-ce que je t'avais dit ! Maintenant que tu l'as vu de tes propres yeux, tu me crois ! Mais, en fin de compte, de quoi s'agit-il exactement ? » Caifeng se tourna alors vers Hong Jun.

Celui-ci esquissa un sourire embarrassé pour avouer : « Jusqu'à présent je pouvais dire que je ne l'avais jamais vu ni entendu ; mais, même après qu'il m'a fait si peur, je serais bien incapable de dire quelle tête il a !

— Et toi, Grande-Sœur Song, tu as pu voir à quoi ça ressemblait ? » demanda Yinhua.

Song Jia hocha la tête : « Je n'ai même pas osé regarder ! Dès qu'il y a eu cet éclair dans la grotte, j'ai tourné les talons et je me suis enfuie ! S'ils n'avaient pas été là tous les deux pour me retenir, j'aurais bien été capable de retourner directement à Pékin ! »

Tout le monde se mit à rire.

« Si on parlait de ce qui vous est arrivé à quelque journaliste, je parie qu'il irait s'en vanter dans un article dithyrambique et que l'endroit deviendrait un lieu très fréquenté et très à la mode. Les rues seraient pleines de touristes, sans parler des autres ! Quelles perspectives de développement nous aurions ! imagina Yinhua.

— Arrête de rêver ! lui dit son frère. Sais-tu au moins ce qu'il y a exactement dans cette grotte ? Et si c'était quelqu'un qui s'était déguisé en fantôme ?

— Je n'arrête pas d'y repenser depuis que je suis rentrée, intervint Caifeng. Moi aussi, j'ai fait cette hypothèse : serait-il possible que quelqu'un joue au fantôme ? Puis je me suis dit : pourquoi l'aurait-il fait ? Pour me faire peur, à moi et à ma bande de gamins ? Qui donc s'ennuie au point d'aller inventer cela ? Donc, je crois qu'il est possible que ce soit une sorte de sauvage. Il ne serait pas curieux qu'à force de vivre à longueur d'année dans l'obscurité d'une grotte ses yeux lancent des éclairs bleus ! Je ne me souviens plus où, mais j'ai lu un article racontant qu'on avait retrouvé un homme à l'état sauvage dans une grotte très, très profonde. Au début, on l'avait pris pour un monstre et ce n'est qu'ensuite qu'on s'est aperçu qu'en réalité, il s'agissait d'un homme.

— Que lui était-il donc arrivé ? questionna Yinhua.

— Je vais te raconter. Il y a très, très longtemps, un couple de jeunes gens, un garçon et une fille, durent se réfugier dans cette grotte pour échapper à des gens malfaisants ; ils pénétrèrent toujours plus avant et finirent par trouver un endroit où s'installer. Là, il y avait une rivière et, dans cette rivière, il y avait des poissons. C'est ainsi qu'ils préférèrent vivre dans cet antre d'où l'on ne pouvait pas voir la couleur du ciel plutôt que dans un monde où les méchants étaient beaucoup trop nombreux ! Ils y mirent au monde leurs enfants et transmirent aux générations suivantes l'ordre de ne jamais plus sortir à la lumière du jour. Après on ne sait combien de générations, un membre du clan finit par transgresser la loi ancestrale et sortit de la grotte. Les humains les considérèrent alors comme des monstres, comme des sauvages.

— C'est une émouvante histoire d'amour, apprécia Song Jia. Je trouve à ce jeune couple une grandeur d'âme extraordinaire ! Vraiment ! J'ai bien peur qu'on ne puisse pas en trouver beaucoup comme eux dans ce monde. Imaginez un peu, s'enfoncer à deux dans une grotte où l'on ne voit même pas le bout de ses doigts quand on tend le bras et où, à chaque pas, on court un danger et, malgré tout, avoir le courage de continuer ! Quelle est cette foi qui les soutenait ? En d'autres termes, quel esprit leur donnait cette force ?

— Ce ne pouvait en aucun cas être l'esprit du communisme ! interrompit Hong Jun.

— Vous avez toujours le mot pour saper le moral des gens ! critiqua Song Jia, avec une moue désapprobatrice.

— Je me contente de dire ce qui est. S'ils avaient fait cela dans l'esprit du communisme, ils auraient dû sortir de leur grotte pour aller libérer le reste de l'humanité ! expliqua Hong

Jun avec le plus grand sérieux. Au lieu de ça, je suppose qu'ils ont dû emporter avec eux dans la grotte suffisamment de bougies ou de flambeaux ainsi que, bien sûr, de quoi manger.

— Ils allaient y faire du tourisme, d'après vous ? lui demanda Song Jia.

— Prévoyance est mère de sûreté ! assura Hong Jun.

— Je crois plutôt qu'ils n'avaient rien emporté du tout et qu'ils sont entrés dans les profondeurs de cette grotte avec, pour tout bagage, la force de leur amour ! Main dans la main, ils ont plongé dans ces ténèbres et ont affronté ce monde plein de dangers avec l'idée de remplir leur devoir coûte que coûte. Ce devait être quelque idéal sublime ! » Il y avait visiblement dans la voix de Song Jia, beaucoup d'émotion.

Avec un petit sourire, Hong Jun leur dit :

« Un philosophe a dit un jour : les hommes jugent de toute chose avec leur cerveau ; les femmes le font avec leur cœur. Et ces propos ne manquent pas de bon sens.

— Ce philosophe, demanda Song Jia, ne serait-ce pas vous par hasard ? ce qui les fit tous bien rire.

— C'est très amusant de vous entendre parler tous les deux. On croirait un vrai dialogue de film ! s'exclama Yinhua.

— Alors, c'est moi le personnage positif de l'histoire ! dit Song Jia.

— Au risque de vous déplaire, professeur Hong, je pense moi aussi que mademoiselle Song dit des choses tout à fait sensées, intervint Caifeng.

— Ce que dit le professeur Hong n'est pas absurde du tout non plus, ajouta Yinhua qui poursuivit : Alors, Mère, d'après toi, il y aurait toute une famille de sauvages comme ceux-là dans la grotte Wanglong ?

— Peut-être bien ! répondit Caifeng en appuyant sa réponse d'un signe de tête affirmatif. Cette grotte est extrêmement profonde elle aussi ; qui sait quels abris elle recèle ? Quoi qu'il en soit, ça vaudrait la peine d'aller voir ça de plus près.

— Au fait, dit Song Jia, à propos de cette musique du Dragon, j'aurais peut-être une autre explication : ne serait-ce pas un air que joueraient ces sauvages ?

— Quoi ? Vous avez entendu cette musique ? demanda Caifeng.

— Oui ! répondit Song Jia. C'était assez effrayant !

— Ça ne me dit rien de bon ! » murmura Caifeng, comme si elle se parlait à elle-même.

Song Jia essaya d'en savoir plus : « Pourquoi donc ? demanda-t-elle.

— Simple superstition, peux rien dire de précis » répondit laconiquement Caifeng qui repensait à la fois où elle-même avait entendu cette musique.

Chenglong, qui n'avait pas ouvert la bouche jusqu'à présent, se leva et dit : « J'ai l'impression qu'ici, ça va devenir un *shalong* de minuit ! Alors, comme disent les gens de Pékin, on devrait manger un morceau, histoire de faire un break !

— C'est quoi comme chat un *Chat long* demanda Yinhua qui n'avait pas compris.

— C'est un chat très long ! répondit Chenglong.

— Mais on n'a jamais parlé de chat ! répondit Yinhua.

— Ton frère s'est moqué de toi ! lui avoua Song Jia. *Shalong*, c'est la traduction d'un mot français qui veut dire... salon, l'endroit où l'on se réunit et où l'on s'assied pour discuter tous ensemble !

— C'est ce que, à Pékin, vous appelez "dire une montagne de paroles" ? demanda Yinhua qui venait soudain de tout comprendre.

— Exactement ! Ton interprétation est tout à fait exacte ! lui confirma Song Jia.

— Et faire un break, c'est quoi ? demanda encore Yinhua.

— Ça veut dire que tu dois aller te coucher ! lui dit son frère.

— Qu'est-ce que tu peux être pénible ! » se plaignit-elle tout en lui assénant un coup de poing qui eut pour conséquence de le faire fuir hors de la maison.

Hong Jun et Song Jia s'éclipsèrent, eux aussi, après avoir souhaité la bonne nuit à Caifeng ; Song Jia et Yinhua regagnèrent leur chambre tandis que Chenglong, après avoir accompagné Hong Jun jusqu'à la leur, se rendit à nouveau auprès de sa mère.

« Qu'y a-t-il ? lui demanda cette dernière qui voyait bien que son fils voulait lui parler.

— Ce matin, je suis allé chez mes grands-parents ! » lui annonça Chenglong.

Sous le coup de la surprise, Caifeng s'assit lentement sur le bord du *kang* avant de lui demander :

« Comment vont-ils ?

— Ils vont très bien mais ils sont un peu seuls », répondit-il tout en observant l'expression du visage de sa mère.

Elle hésita un peu avant de poser cette autre question à mi-voix, comme si elle craignait que d'autres l'entendent : « Comment sont-ils ? Ont-ils beaucoup vieilli ?

— Grand-mère a pris pas mal d'embonpoint mais elle arrive encore à s'occuper de la maison. Grand-père n'est pas gros et il est toujours très dynamique, il va promener les oiseaux tous les matins ; le seul problème, ce sont ses reins qui le font souffrir. Puis, après réflexion, Chenglong ajouta : Ils ont tous les deux les cheveux blancs. Tu leur manques beaucoup, ils n'ont pas arrêté de me demander de tes nouvelles. La prochaine fois, Mère, tu viendras avec moi à Pékin pour les voir ! »

Non qu'elle n'eût pas envie de revoir ses parents, mais elle les avait quittés pour la dernière fois il y avait plus de vingt ans, et dans de telles circonstances qu'il ne lui semblait pas si facile de retourner leur rendre visite à Pékin ! Dans la vie, il arrive que l'on prenne des chemins sur lesquels il est impossible de revenir en arrière, surtout pour les gens obstinés. Caifeng s'efforçait d'empêcher ses larmes de couler en clignant des paupières : « Nous en reparlerons, dit-elle. Il se fait tard, va donc te coucher aussi. »

Chenglong n'avait nulle envie d'en rester là : il avait une question encore plus importante à poser à sa mère. « Avant-hier, je suis aussi allé chez Honglian, lui dit-il.

— Y faire quoi ? s'étonna Caifeng en relevant la tête.

— Rien de particulier, je suis allé lui demander l'hospitalité. Mais elle a beaucoup bavardé avec moi !

— De quoi t'a-t-elle donc parlé ?

— De toi et de mon père. Et puis... de toi et de mon oncle ! »

Caifeng regarda son fils avec de grands yeux comme si elle avait voulu aller voir au fond de ses pensées mais elle n'arriva pas à deviner ce qu'il avait dans la tête et elle avait au contraire l'impression que son propre cerveau s'engourdissait. Elle ferma les yeux :

« Chenglong, va donc te coucher ! Ta mère est fatiguée !

— Mère... » commença Chenlong, comme s'il voulait encore lui dire quelque chose, mais elle l'interrompit :

« Mère est vraiment très fatiguée ; si tu as autre chose à me dire, tu m'en parleras demain ! »

Pas content du tout, Chenglong quitta la pièce et alla dans la cour réfléchir à la prochaine étape de son plan d'action. Mais il était en proie à des sentiments contradictoires : d'un côté, il estimait qu'en tant que fils aîné, il avait le devoir d'élucider la cause de la mort de son père ; il lui était impossible de laisser cette mort inexpliquée et, s'il s'agissait d'un assassinat, il lui fallait s'emparer du coupable et venger son père. D'un autre côté, il se refusait à croire que sa mère pouvait être mêlée en quoi que ce soit à cette mort. Du plus loin qu'il se souvienne, il avait toujours considéré sa mère comme quelqu'un de remarquable, comme la meilleure mère du monde. Elle s'était entièrement consacrée à sa famille, à ses trois enfants. Après avoir entendu ce que sa tante et sa grand-mère lui avaient dit d'elle, il avait en plus le sentiment qu'elle avait eu la vie bien rude et il avait pris nettement conscience des souffrances et des malheurs qui avaient jalonné son existence. Si sa mère avait été amenée par un quelconque motif à... Il n'osa pousser plus avant sa réflexion, il ne voulait pas y penser ! Il était absolument exclu qu'il puisse la faire souffrir à nouveau ! Cela n'aurait pu qu'ajouter à la haine qu'il vouait à celui qui aurait conduit sa mère à faire fausse route ! Cette seule pensée le fit grincer des dents malgré lui.

À cet instant, on entendit quelqu'un approcher précipitamment de l'entrée de la cour. Chenglong leva les yeux pour voir qui venait. C'était Chenghu qui rentrait en hâte.

« Grand-Frère, alors, vous êtes là ! Dès qu'on m'a dit que vous étiez allés à la grotte Wanglong, j'ai vraiment eu envie d'aller vous rechercher ! Il ne vous est rien arrivé ? demanda Chenghu.

— Rien du tout. Mais toi, pourquoi est-ce que tu rentres si tard ? Tu es allé où ?

— Chez l'oncle, pour un petit problème !

— Qu'est-ce qu'il avait comme problème pour te faire venir en pleine nuit ?

— Oh ! Rien de grave. C'était un problème à l'usine. Pourquoi n'es-tu pas encore couché à cette heure ?

— Je n'ai pas sommeil. À mon avis, tu devrais essayer de penser un peu par toi-même et ne pas toujours suivre l'oncle !

— Je sais ! » répondit Chenghu qui rentra aussitôt dans sa chambre. Chenglong hocha la tête tout en regardant le rideau de porte de plastique se balancer après le passage de son frère puis il se dirigea vers sa propre chambre. Hong Jun était déjà allongé sur le *kang*; il éteignit la lumière, monta lui aussi se coucher et, l'instant d'après, il ronflait déjà.

En fait, Hong Jun ne dormait pas. Il avait tout entendu de la conversation entre les deux frères. Pour l'heure, il était là, les yeux grand ouverts dans l'obscurité à réfléchir aux événements de ces derniers jours. Il fit un résumé des informations qu'il avait pu recueillir et analysa les liens, explicites ou non, qu'elles pouvaient avoir entre elles. Ses réflexions aboutirent à une remise en ordre qu'il jugea satisfaisante, à l'exception des quelques détails qui résistaient encore à toute sorte d'explication rationnelle. Avec acharnement, il continua à réfléchir à une possible solution mais l'atmosphère confinée de cette pièce ainsi que les ronflements tantôt forts, tantôt atténués de Chenglong empêchaient son cerveau de fonctionner de façon efficace. Il ressentit un léger mal de tête ; sans bruit, il se leva et sortit sur la pointe des pieds.

La nuit, les rues de ce village de montagne sont très calmes. Hong Jun resta un moment dans la cour puis, craignant de réveiller quelqu'un, il sortit dans la rue et, lentement, se mit à marcher droit devant lui. Il réfléchissait à ces quelques points qu'il n'arrivait pas à expliquer. Soudain, une idée jaillit dans son cerveau qui lui donna l'impression d'une subite éclaircie. Si c'était… Tout content, il fit demi-tour. Mais, au moment où il se retournait, il vit une forme sombre battre en retraite et pénétrer dans la cour des Shi. Il accéléra le pas et entra à son tour mais la cour était déserte et silencieuse. À la lueur de la lune, il regarda l'entrée des différentes pièces de la maison : seul le rideau de plastique accroché devant la porte de la chambre de Chenghu remuait légèrement. Il resta là, un moment déconcerté, puis regagna sa chambre à pas lents. Sur le *kang*, Chenglong émettait toujours ses ronflements réguliers.

## 19
## Des paroles en l'air...

Le lendemain matin, Hong Jun se leva de bonne heure. Après sa toilette, il alla dans la cour effectuer la séance de gymnastique qu'il avait lui-même mise au point. Puis, les uns après les autres, les habitants de la maison sortirent de leurs chambres. Lorsqu'il vit Chenghu aller chercher de l'eau pour se laver, Hong Jun, très prévenant, lui demanda :

« Vous avez les yeux bien rouges ! Vous avez mal dormi ? »

Tout en se frottant les yeux, Chenghu, apparemment pas très à l'aise, répondit :

« Ce n'est rien ! J'ai très, très bien dormi ! Je n'ai aucun problème de ce côté-là ; je ronfle dès que je pose ma tête sur l'oreiller !

— C'est vrai ? Je n'ai pas cette chance. Je dors mal, surtout quand je ne suis pas chez moi ; il me faut bien deux jours pour m'habituer ! » avoua Hong Jun.

Avec un sourire candide, Chenghu lui expliqua :

« Vous êtes quelqu'un d'instruit ; alors il y a trop de choses dans votre tête pour pouvoir trouver le sommeil. Regardez-moi, je ne me fatigue pas la cervelle, je mange et je dors comme un imbécile heureux, il suffit que je m'allonge pour m'endormir aussitôt ! »

Hong Jun sourit à son tour :

« Vous êtes trop modeste ! »

Chenghu prit de l'eau et retourna dans sa chambre sans répondre.

Après le petit déjeuner, Hong Jun discuta un peu du programme de la journée avec Chenglong et Song Jia.

Lui-même comptait aller voir du côté du chantier de construction où Shi Wugui avait travaillé; Shi Chenglong voulait, pour sa part, se rendre au bureau de poste pour se renseigner à propos du paquet que son père lui aurait envoyé; quant à Song Jia, c'était l'usine de transformation de fruits de Shi Wengui qui l'intéressait. Hong Jun fut un instant réticent à l'idée de laisser Song Jia seule au village mais il changea d'avis quand Yinhua proposa aimablement de rester avec elle et de l'accompagner.

L'usine en question consistait en fait en une rangée de bâtiments sans étage situés à côté de l'école du village. La récolte des fruits n'ayant pas encore commencé, l'endroit était désert et ressemblait plutôt à un entrepôt de marchandises hétéroclites. Song Jia aida Yinhua à vérifier les cartons d'emballage qui venaient d'être livrés ; après quoi elles s'assirent sur un banc, devant l'un des bâtiments, pour bavarder. Song Jia s'intéressa d'abord à la vie de la jeune fille, avant d'amener tout naturellement la conversation sur Shi Wengui:

« Ton frère m'a dit que ton père et ton oncle n'étaient pas en très bons termes ; c'est vrai ?

— Il t'a même parlé de ça! » s'exclama Yinhua avec un sourire malicieux.

Un peu gênée par la façon dont la jeune fille la regardait, Song Jia insista:

« Je t'ai posé une question, ne change donc pas de sujet!

— C'est un secret de famille. Si tu veux savoir, il faut d'abord que tu répondes à une question.

— Quelle question ?

— Mon frère et toi, est-ce que vous ne seriez pas en train de "parler en amis" ?

— Qu'est-ce que tu entends par là ?

— Parler d'amour, comme vous dites, vous autres, en ville!

— Arrête de dire n'importe quoi!

— Je ne dis pas n'importe quoi. Crois-tu que je sois aveugle ? Rien qu'à voir la façon dont mon frère te regarde, je sais bien que vous deux vous êtes bien en train de parler en amis! Je me trompe ? Pourquoi est-ce que tu ne dis rien ? Entre nous, je t'ai tout de suite bien aimée, dès la première fois où je t'ai vue et j'aimerais bien que tu deviennes ma belle-sœur !

— Si tu continues à raconter des bêtises, je vais me fâcher ! menaça Song Jia dont le visage avait viré au rouge pourpre.

— C'est bon ! C'est bon ! J'arrête. Tout le monde considère que, à la ville, vous avez une certaine ouverture d'esprit mais je vois que tu es encore plus pudique que moi ! Ah ! Ah ! Ah !... Pour te parler franchement, mon frère est quelqu'un de bien ! Il est bon et capable. Il y a pas mal de filles des villages de la région qui ont un faible pour lui. Et même des filles du chef-lieu ; certaines sont venues jusqu'ici pour le voir. Je t'assure ! Mais mon frère vise plus haut, il veut absolument trouver une fille de Pékin.

— Dis-moi, Yinhua, ne pourrions-nous pas parler d'autre chose que de ton frère ?

— Dans ce cas, parlons de ton professeur Hong !

— Pourquoi de lui ? Est-ce que, par hasard, tu aurais des vues sur lui ?

— Comment oserais-je, moi, une fille de la montagne ! Cela dit, entre nous, si j'épousais quelqu'un qui lui ressemble, ce serait la consécration de ma vie ! Hélas, le professeur Hong doit déjà avoir une fiancée !

— Et depuis longtemps, répondit Song Jia tout en pensant tout bas : Eh bien, en voilà encore une dont l'amour ne sera pas partagé !

— Comment est-elle ?

— Très belle !

— Plus belle que toi ?

— Oh, oui !

— Comme une vedette de cinéma, alors ! Il y a des fois où je me demande ce qu'elles ont fait pour être aussi belles alors qu'elles ne sont que des femmes comme toi et moi !

— C'est le destin !

— Je sais bien mais je me dis aussi que le destin est bien injuste ! » soupira Yinhua, résignée.

Un sentiment identique faisait soupirer Song Jia mais, par contre, elle n'avait pas le pessimisme de Yinhua : « Chacun de nous a un destin, dit-elle, mais il n'est pas donné à tous d'en être le maître. Le destin n'est pas quelque chose d'aussi simple qu'on imagine; il ne se réalise que grâce aux efforts de chacun de nous. Bon, assez parlé de ça. Tu n'as toujours pas répondu à ma question de tout à l'heure.

— Je n'ai bien sûr aucune raison de te cacher quoi que ce soit en ce qui concerne ma famille. Entre mon père et mon oncle, ça n'est jamais allé bien. Ce qui n'a rien d'exceptionnel: par ici, il est arrivé que des frères se battent pour le partage des biens de la famille!

— La dernière fois que ton père est revenu, s'est-il à nouveau disputé avec ton oncle?

— Oui. Le lendemain de son arrivée; mais, pourquoi, ça je n'en sais rien. Il semblerait que ce soit à propos de cette pierre Œil-de-Dragon.

— Tu l'as vue, cette pierre?

— Non, jamais. J'ai seulement entendu mon père en parler. Il disait que c'était quelque chose qui attirait trop l'attention, que trop de gens tournaient autour et que c'était pour ça qu'il l'avait cachée dès son arrivée.

— S'est-il rendu à la grotte Wanglong après son retour?

— Oui, dès le lendemain. Il a prétendu par la suite qu'il était allé faire un sacrifice au Dragon-Roi pour le remercier. C'est juste en rentrant de la grotte qu'il s'est disputé avec l'oncle.

— Ton père savait-il de quoi il était atteint?

— Non! Et, pour tout dire, il ne pensait même pas que ce soit une maladie. Il ne cessait de répéter que le ciel le punissait ainsi de s'être emparé de la pierre Œil-de-Dragon. Mais cette trouvaille était pour lui une bénédiction. Avant de mourir, plusieurs fois il nous a dit qu'il avait souvent été désolé de n'avoir pas été capable de nous offrir une vie meilleure mais que maintenant, bien qu'il soit sur le point de mourir, il était heureux de savoir que désormais nous pourrions bien vivre. Il a dit aussi que la plus belle chose pour lui était de pouvoir sacrifier sa vie à notre bonheur. À ce moment-là, personne n'a pris ça très au sérieux car on ne pensait vraiment pas qu'il allait mourir. Qui aurait pu croire… »

La gorge nouée par les sanglots, Yinhua ne put continuer.

« Il ne faut pas être triste, Yinhua » lui dit Song Jia qui n'avait pas trouvé les mots pour la consoler.

Une fois calmée, Yinhua reprit lentement :

« Entre nous, je t'avoue que j'ai souvent éprouvé quelque mépris pour mon père qui, à mon avis, ne savait pas se débrouiller et ne s'occupait pas de sa famille. Mais, depuis qu'il est mort, j'ai compris que c'était le meilleur des pères ! »

Song Jia s'apprêtait à dire quelque chose lorsqu'elle aperçut, plus loin, sur la route, un homme qui ressemblait terriblement à Tang Jianye. Trouvant cette présence étrange, elle dit un mot à Yinhua avant de se lever pour aller voir.

En contournant un des bâtiments qui la séparaient de la rue elle perdit l'homme de vue. Après avoir examiné les alentours, elle avisa, non loin de là, de l'autre côté, une petite échoppe vers laquelle elle dirigea ses pas. À la porte, elle tomba nez à nez avec Tang Jianye qui en sortait.

« Monsieur Tang ! Vous me reconnaissez ? » lui demanda-t-elle en souriant.

Tout d'abord un peu surpris, ce dernier arbora un large sourire pour lui répondre :

« Ah ! Mais c'est mademoiselle Song ! Comment pourrais-je ne pas vous reconnaître ? Et où est le professeur Hong ? Vous êtes encore dans le coin ?

— Nous n'avons pas encore fini de visiter ; il y a tellement de beaux endroits dans la région ! Comment se fait-il que vous soyez revenu par ici ?

— C'est que… moi non plus, je n'avais pas vu assez de choses la dernière fois. Je suis revenu pour compléter ma visite. Je ne m'attendais pas du tout à vous rencontrer à nouveau. Décidément, on dirait bien que nos deux destins sont liés !

— Mais alors, monsieur Tang, lorsque nous sommes allés à Tianjin vous rendre visite, la comédie du “Je ne vous connais pas !”, c'était une blague. Vous avez été très bon dans ce rôle !

— C'est que… Heu.. Mademoiselle Song a toujours le mot pour rire ! À dire vrai, c'est que nous étions dans mon unité de travail. Vous ne savez pas ce que c'est que de faire mon métier ! On a beaucoup de relations, c'est un fait, mais il y a des choses qu'il vaut mieux ne pas faire savoir aux collègues. Vous pouvez comprendre ça ?

— Bien sûr ! Bien sûr !

— C'est pourquoi je dois vous demander, à vous et au professeur Hong, de m'excuser mille fois ! Mais, au fait, pourquoi le professeur et Shi Chenglong ne sont-ils pas avec vous ?

— Ils ont eu à faire au chef-lieu ! expliqua Song Jia qui, voyant Yinhua arriver, la présenta aussitôt :

— Voici la sœur de Shi Chenglong : Shi Yinhua. »

Tang Jianye s'avança pour lui donner une chaleureuse poignée de main : « Je m'appelle Tang Jianye, de la Société pour le développement du tourisme culturel de la ville de Tianjin. Si vous avez l'occasion de venir à Tianjin, venez me trouver ou passez-moi un coup de fil, je serai à votre disposition ! »

D'un ton railleur, Song Jia commenta : « Vous connaissez vraiment votre discours par cœur, mais le problème, c'est que ce ne sont que des paroles en l'air !

— Vous... » commença Tang Jianye en changeant de couleur. Il resta ainsi un moment, la bouche ouverte, avant de pouvoir dire la suite : « Vous avez vraiment toujours le mot pour rire ! »

Song Jia n'avait pas imaginé que sa réflexion puisse le perturber à ce point ; aussi adoucit-elle le ton pour s'excuser :

« Je plaisantais, ne prenez surtout pas cela au pied de la lettre, monsieur Tang ! Où comptiez-vous aller maintenant ? »

Tang Jianye s'était repris.

« À la grotte Wanglong, bien sûr ! répondit-il. La dernière fois, nous n'étions même pas entrés et, une fois chez moi, j'ai beaucoup regretté. Aujourd'hui, je suis bien décidé à aller voir à l'intérieur !

— Mais un monstre est apparu dans la grotte. Certains disent que c'est une apparition du Dragon céleste. Vous n'avez pas peur ?

— Un monstre ? Vous l'avez vu, personnellement ?

— Bien sûr, je l'ai vu ! Je ne saurais vous le décrire, mais il est horrible à faire peur !

— Vous vous moquez encore de moi, mademoiselle Song ! C'est ça ? Je ne voudrais pas avoir l'air de me vanter mais, même si je n'ai qu'une qualité, c'est d'être courageux ! Un monstre ? Le Dragon céleste ? C'est justement le genre de curiosité que je recherche. Sinon, qu'est-ce que j'irais faire dans le développement du tourisme culturel ? ! Allez, je ne vais pas vous faire perdre davantage de temps, au revoir ! » conclut Tang Jianye qui, aussitôt, se dirigea vers la sortie du village.

Une foule de points d'interrogation se pressait dans le cerveau de Song Jia tandis qu'elle regardait la silhouette de l'homme s'éloigner…

# 20
## … Qui n'étaient pas tombées dans l'oreille d'un sourd

Arrivé au bourg à bord de la voiture de Hong Jun, Shi Chenglong se mit en quête du facteur du canton pour lui demander si son père ne lui avait pas envoyé un paquet ou une lettre avant de mourir. Celui-ci n'en avait aucun souvenir.

« Si c'était une lettre ordinaire, lui dit-il, il n'y a aucun moyen de le savoir ; mais s'il s'agissait d'un colis ou d'une lettre recommandée, on peut en retrouver trace. Cela dit, ça ne sera pas facile et, en plus, il vous faudra aller au bureau de poste du district. »

Shi Chenglong remonta en voiture et se rendit au chef-lieu. Au bureau de poste, il réitéra sa demande auprès d'une employée qui, apprenant qu'il n'avait pas de reçu, aussitôt lui annonça : « Je n'ai aucun moyen de vous retrouver ça ! » en faisant un signe de dénégation de la tête. Shi Chenglong eut beau se perdre en compliments, rien n'y fit. Il ne lui resta plus qu'à repartir bredouille. Passablement préoccupé, il resta sur le pas de la porte. Maintenant, lui aussi était convaincu que, ne le voyant pas revenir, son père avait très bien pu lui envoyer la pierre à Pékin avant de partir pour l'hôpital et il craignait qu'elle ne soit tombée entre d'autres mains. Plus les jours passaient et plus cette pierre hantait ses pensées !

Au moment précis où, tout bouillant d'impatience qu'il était, il ne savait plus comment s'y prendre, une voix féminine l'appela :

« Grand-Frère Chenglong ! »

Il tourna la tête et vit sa cousine Tang Guixiang, la fille de Jin Honglian, qui se précipitait vers lui :

« Je passais par là quand il m'a semblé te reconnaître ! Qu'est-ce que tu fais ici ? »

Une idée vint soudain à l'esprit de Shi Chenglong : Guixiang travaillait justement à la poste ! Transporté de joie il improvisa :

« J'étais précisément venu te voir !

— Me voir ? À quel sujet ?

— Je comptais solliciter ton aide !

— Voyez-vous ça, comme on est poli ! Tu veux quoi ? Dis un peu !

— Avant d'être hospitalisé, mon père m'a envoyé un colis mais je ne l'ai toujours pas reçu. J'espérais que tu pourrais m'aider à faire des recherches.

— Ce n'est que ça ? Je suis habituée à faire des choses autrement difficiles ! Je vais te rechercher ça tout de suite, donne-moi ton reçu.

— Le problème, c'est que je n'ai pas de reçu ; impossible de remettre la main dessus !

— Dans ce cas, on va avoir un peu plus de mal. Mais peu importe. Te souviens-tu de quel jour ça date ?

— Fin juin, peut-être, le vingt-sept ou le vingt-huit.

— À destination de Pékin ?

— Oui.

— Allons-y, je t'emmène consulter le registre. »

Chenglong suivit Guixiang derrière le comptoir. Elle apporta le registre et le feuilleta page par page mais, de la deuxième décade de juin à la première décade de juillet, elle ne trouva aucune trace d'enregistrement de ce colis.

« Est-ce que tu ne te serais pas trompé de date ? demanda-t-elle à Chenglong.

— Impossible !

— Alors, pourquoi est-ce que je ne le trouve pas ?

— C'était peut-être une lettre recommandé.

— Ah ! mais pourquoi est-ce que tu ne me l'as pas dit plus tôt ! Les lettres recommandées, elles sont sur un autre registre. »

Elle repartit chercher un autre cahier sur lequel elle trouva sans peine l'information.

« C'était bien une lettre recommandée ! annonça-t-elle toute contente. Cependant, elle a été expédiée il y a un mois seulement. Il est encore trop tôt pour essayer de savoir pourquoi elle n'a pas été distribuée. Tu devrais d'abord aller demander un peu à ton école ; commence par chercher par là. »

Chenglong savait maintenant qu'il s'agissait d'une simple lettre et non d'un colis et son enthousiasme était retombé d'un coup : il était évident que cette lettre ne pouvait pas contenir la pierre Œil-de-Dragon. Il n'en restait pas moins qu'il avait envie de connaître le contenu de cette lettre : c'était somme toute la dernière que son père lui avait écrite de son vivant et il l'avait envoyée en recommandé – c'est dire toute l'importance qu'il y attachait.

« Peut-on passer un coup de fil interurbain d'ici ? demanda-t-il à la jeune fille.

— Bien sûr. Va dans la cabine de droite, je vais avertir ceux du guichet. »

Chenglong entra dans la cabine, fit le numéro de l'étage du dortoir des étudiants en maîtrise et demanda à parler à Tawalitsi. Celui-ci l'informa qu'aucun colis ni aucune lettre n'étaient arrivés pour lui. Chenglong lui apprit alors qu'après enquête, il s'agissait d'une lettre recommandée et il lui demanda de retourner se renseigner à l'accueil. Tawalitsi promit d'y aller tout de suite et dit à Chenglong de le rappeler juste après déjeuner.

En sortant de la cabine téléphonique, Chenglong s'adressa au guichet pour régler sa communication mais Guixiang l'avait devancé et il ne lui resta plus qu'à se confondre en remerciements.

« Tu n'as pas à me remercier, lui dit-elle. Tu es sur mon domaine, c'est à moi de payer ! Alors, qu'est-ce qu'il en est ? Tu sais si la lettre est arrivée ?

— Pas encore. Un de mes camarades a bien voulu me rendre service et aller demander à l'accueil. Je dois le rappeler après déjeuner.

— Et maintenant, tu as autre chose à faire ?

— Non, plus rien.

— Dans ce cas, allons manger ensemble ! Je t'invite !
— C'est hors de question ! Tu plaisantes !
— Alors, c'est toi qui m'invites ! »

Guixiang se dirigea vers le guichet et demanda à pouvoir s'absenter. Ensemble, ils quittèrent le bureau de poste et allèrent dans un petit restaurant de rue relativement propre où ils cherchèrent une table dans un coin tranquille et commandèrent quelques plats ainsi qu'une bouteille de bière. Tout en mangeant, ils se mirent à discuter :

« Grand-Frère Chenglong, tu sais quoi ? Ma mère n'arrête pas de chanter tes louanges !

— Quelles louanges ?

— Elle dit que tu es plein d'avenir, intelligent, très capable et particulièrement sensé ! Et aussi que, si on les compare avec toi, il n'y a pas un seul jeune parmi tous ceux du district pris un par un qui t'arrive à la cheville !

— C'est qu'il n'y a personne qui veuille se comparer à moi !

— Ils savent bien qu'ils ne sont pas de taille ! D'ailleurs, il suffit de voir : dans tout le district, des étudiants en maîtrise, il n'y en a qu'un seul, et c'est toi !

— Un étudiant en maîtrise, ce n'est rien du tout ! Ça ne vaut pas tripette !

— Ce n'est pas mon avis. Je pense que tous ceux qui en sont là sont des gens hors du commun. Je t'assure, Grand-Frère Chenglong, j'ai t'ai toujours trouvé particulièrement admirable !

— Arrête avec tous ces compliments. Ça me monte facilement à la tête ! » dit Chenglong qui, tout à coup, sans savoir pourquoi, venait d'utiliser involontairement la même expression que Song Jia.

Guixiang, un moment interloquée, comprit très vite ce que cela voulait dire. Elle baissa la tête dans son bol et avala quelques bouchées avant de dire d'une petite voix :

« Tu me trouves comment, Grand-Frère Chenglong ? »

En voyant ses joues légèrement rougies il lui répondit avec sérieux :

« Très compétente ! Je suis sûr que tu deviendras la directrice de ce bureau.

— Qu'est-ce que tu me racontes là ? Ce n'est pas ce qu'on te demande !

— Si ce n'est pas ça, qu'est-ce que tu me demandais alors ?

— Je voulais savoir… si tu me trouvais bien ? » précisa-t-elle en baissant la tête et en rougissant encore davantage.

Chenglong but une gorgée de bière puis la regarda en riant : « Évidemment que je te trouve bien ! Sinon, comment est-ce que tu pourrais devenir directrice ?

— Laisse tomber ! s'exclama-t-elle en relevant les yeux. Je vois bien que je ne t'intéresse pas le moins du monde et que tu joues à faire semblant de ne pas comprendre ! Ne t'inquiète pas, je sais ce que je vaux, je n'avais nullement l'intention de fréquenter quelqu'un de ta pointure ! Je te mettais juste à l'épreuve pour voir si tu étais franc avec moi. Allez, l'étudiant ! Ne perds pas ton temps à parler avec moi, dépêche-toi de manger ! »

Chenglong resta silencieux : il pensait à Song Jia.

Ils retournèrent ensemble au bureau de poste pour téléphoner à Pékin. Tawalitsi avait récupéré la lettre recommandée : Shi Wugui n'ayant pas précisé le nom exact du département sur l'enveloppe, le bureau de réception du courrier avait communiqué la lettre aux autres départements avec la mention « Essayer ailleurs ». Aussitôt informé, Chenglong demanda au dit Tawalitsi d'ouvrir l'enveloppe et de regarder si elle contenait un quelconque objet. L'enveloppe ne contenait qu'une lettre, rien d'autre. Quoiqu'un peu déçu, Chenglong décida quand même de demander à son camarade de la lui lire. Tawalitsi lut :

*Chenglong,*

*Le mois dernier, je t'ai écrit pour te demander de rentrer au plus vite mais tu n'es pas encore revenu à l'heure qu'il est. Je comprends que tu sois très occupé et il n'est pas non plus dans mes intentions de perturber tes études, mais j'ai hâte de te voir ! Ces derniers jours, j'ai beaucoup repensé à la fois où je t'avais emmené attraper des grillons. Je t'avais même fabriqué une boîte à grillons ! Elle n'était pas bien jolie, mais je l'avais faite tout exprès pour toi. Il ne faut t'en séparer pour rien au monde ! De toute façon, elle est à la cave et ne prend pas beaucoup de place. Plus tard, elle te restera comme souvenir.*

*Tu es quelqu'un d'intelligent et de très capable. Je suis sûr que tu seras en mesure de réussir dans la vie. Moi, je n'ai pas réussi grand-chose mais je t'ai eu, toi, mon fils, et j'ai été heureux et comblé ! Mais tu es encore bien jeune et tu dois être particulièrement prudent. Tu ne dois t'en remettre à personne d'autre qu'à toi. Il y a des fois où l'on ne doit même pas faire confiance aux gens de la famille. Si je venais à mourir, je compte sur toi pour bien t'occuper de ta mère. Dans ma vie, je n'ai pas été digne d'elle mais je lui ai donné un garçon plein d'avenir, une famille bénie des dieux ! C'est ce qui me rassure. Mais toi, Chenglong, n'oublie surtout pas ce que je t'ai dit !…*

Lentement, Chenglong raccrocha et, ne sachant trop que faire ni que penser, sortit de la cabine. Il avait le cœur gros et les mots de son père avaient le poids d'un énorme rocher qui lui compressait le cerveau. Guixiang arriva à sa rencontre :

« Alors ? Que dit donc ton père dans sa lettre ? » s'inquiéta-t-elle.

Chenglong ébaucha un sourire pour lui répondre :

« Rien de spécial ! Je dois rentrer. Merci beaucoup pour tout ce que tu as fait pour moi aujourd'hui ! »

Elle soupira :

« Tu n'as pas besoin de me remercier. À l'avenir, essaie de ne pas me reléguer dans un coin de ta mémoire ! »

Chenglong quitta le bureau de poste et prit le bus pour retourner au village des Shi. Pendant tout le trajet, il ne cessa de réfléchir aux derniers mots de son père. Il savait que c'était un homme affectueux qui lui avait témoigné une préférence nettement marquée, ce qui venait renforcer l'idée qu'il était de son devoir d'élucider les causes de sa mort. La lettre de son père comportait un passage particulièrement obscur : « *Si je venais à mourir, je compte sur toi pour bien t'occuper de ta mère. Dans ma vie, je n'ai pas été digne d'elle…* » ce qui semblait vouloir dire qu'il se savait déjà condamné. Comment aurait-il pu le savoir s'il s'agissait d'un assassinat ? Aurait-il par hasard été consentant ? Et pourquoi dit-il n'avoir jamais été digne de ma mère ? Est-ce parce qu'il se considérait comme un incapable qui n'avait pas su lui donner une vie confortable ? Y aurait-il quelque autre raison ? Chenglong ressentait confusément que là était la clé du mystère mais quant à savoir précisément en quoi elle consistait…

Ces réflexions l'occupèrent tout le temps du trajet. Il avait hâte de savoir comment s'était passée la journée de Song Jia, aussi se précipita-t-il chez lui dès sa descente du car. Malgré ses recommandations réitérées le matin même à sa sœur pour qu'elle s'occupe bien de Song Jia, il n'était pas très tranquille car il craignait que les gens de sa famille n'aient pas fait bonne impression à la jeune fille.

Un peu après l'entrée du village, il tomba nez à nez avec Sun Changsheng qui sortait de chez Shi Guangsheng.

« Où es-tu donc allé, Chenglong ? l'apostropha Sun Changsheng, l'obligeant ainsi, bon gré mal gré, à s'arrêter.

« Au chef-lieu, régler une affaire, répondit Chenglong.

— Quelle affaire ?

— Une affaire d'ordre privé ; est-ce que je dois te rendre compte de tous mes faits et gestes ? » Dans le ton sur lequel Chenglong avait dit cela perçait une évidente mauvaise humeur.

« Oh là ! Quelle sale humeur ! Je te demandais ça comme ça ; c'était quand même pas au point de déclencher un tel raffut ! En réalité, c'était une gentillesse de ma part. Tu es encore jeune et je crains que te laisses prendre au piège par je ne sais qui !

— C'est-à-dire qu'en plus, je devrais te remercier ! ajouta Chenglong sur un ton glacial.

— Si tu dois me remercier ou pas, il est encore trop tôt pour le dire ! Au fait, ce matin, tu n'étais pas parti avec ce professeur Hong ? Comment se fait-il que tu rentres seul ?

— Tu es vraiment un fouineur-né ! Il faut que tu te mêles des affaires de tout le monde !

— Tout ce que je veux, c'est pouvoir punir tous ceux, quels qu'ils soient, qui commettent des délits sur le territoire que j'ai sous ma responsabilité ! Et puis, ça suffit, je ne vais pas continuer à discuter avec toi pour ne rien dire. N'oublie pas ce dont je t'ai parlé la dernière fois ! Je te rappelle que j'attends encore ta réponse ! » Puis Sun Changsheng se dirigea vers sa moto garée sur le bas-côté de la route et l'enfourcha mais, aussitôt, il se retourna vers Chenglong : « Tu laisses une fille bien jolie seule au village ! S'il lui arrivait quelque chose, il serait trop tard pour avoir des regrets ! » Puis il mis le moteur en route et s'en alla.

Tout en le regardant s'éloigner dans un nuage de fumée, Chenglong le maudit avant de se remettre en chemin. Il était maintenant encore mille fois plus inquiet pour Song Jia !

# 21
# Disparition

Après le départ de Tang Jianye, Yinhua vint demander tout bas à Song Jia : « Qu'est-ce qu'il fait ?

— Il te l'a dit, il est de la Société pour le développement du tourisme culturel de la ville de Tianjin !

— Je ne crois pas qu'il dise la vérité !

— Pourquoi ? » Song Jia la regarda, très intéressée.

Mais Yinhua ne répondit pas à sa question ; elle voulut en savoir plus : « Comment l'as-tu connu ?

— C'était à l'hôtel du Lac du Dragon, au chef-lieu ; entre touristes on échange un mot par-ci, un mot par-là, et on fait connaissance.

— Je me disais aussi ! Le professeur Hong et toi n'avez rien en commun avec ce genre d'individu : je me demandais vraiment ce que vous faisiez avec lui ! Ça n'empêche pas que je continue à le trouver bizarre !

— Mais où es-tu allée chercher qu'il mentait à propos de son métier ?

— Tu n'as pas vu comme il avait l'air gêné tout à l'heure ? Quand tu lui as dit qu'il avait appris son discours par cœur, il a changé de couleur et il n'arrivait même plus à sortir un mot. Comme si tu l'avais paniqué en perçant à jour son manège !

— Ah ! C'est une histoire que je ne t'ai pas racontée ! Cet homme n'est pas quelqu'un de sincère et il ne tient pas parole. Lors de notre première rencontre, il nous avait promis de nous inviter au restaurant quand nous irions à Tianjin ; mais quand nous sommes effectivement allés le voir là-bas, il a fait celui qui avait oublié ! Voilà pourquoi je lui ai dit que ce n'était que des paroles en l'air et c'est ce qui l'a mis si mal à l'aise ! Il avait honte !

— Moi, je pense qu'il y a autre chose.

— Quoi ?

— Je l'ai vu au village il y a deux jours.

— Quand, exactement ?

— Le lendemain de votre arrivée, vers midi. J'étais allée tirer de l'eau au puits quand je l'ai vu sortir de chez l'oncle Guangsheng. J'ai trouvé ça curieux. Que pouvait donc faire un étranger chez Guangsheng ? Alors, en revenant du puits, je me suis arrêtée chez l'oncle pour lui demander qui était l'homme qui venait de lui rendre visite. Il lui avait dit être du Ministère, du département de la géologie, affecté à la recherche et l'acquisition pour l'État de toutes sortes de pierre précieuses ; comme il avait entendu parler de la découverte d'une certaine pierre Œil-de-Dragon dans la région, il était venu pour l'expertiser et décider si l'État devait oui ou non en faire l'acquisition. L'oncle Guangsheng n'en a pas cru un mot ! Il a dit que ça devait être un trafiquant de pierres précieuses et il m'a même demandé de bien dire à mon frère de se méfier de ce type et de prendre garde à ne pas tomber dans ses filets ! Je l'ai tout de suite reconnu tout à l'heure quand je l'ai vu, mais lui a prétendu travailler dans une société liée au tourisme. Pour moi, il est clair qu'il est animé de mauvaises intentions ! Et, comme on dit chez nous, dans les montagnes : un singe, même habillé, est toujours un singe. Surtout, méfie-toi de cet homme ! »

Song Jia, songeuse, fit signe qu'elle avait compris et toutes deux revinrent ensuite vers l'usine.

À midi, elles rentrèrent déjeuner à la maison où Chenghu les attendait ; mais ni Hong Jun ni Chenglong n'étaient de retour. Les deux jeunes filles aidèrent Caifeng à faire la cuisine, puis tous quatre se mirent à table dans la grande pièce.

Au cours du repas, Caifeng demanda à Song Jia où elle était allée dans la matinée. Cette dernière répondit qu'elle s'était rendue à l'usine de transformation de fruits et qu'elle avait vu son école. Caifeng s'enquit aussi du programme de la jeune fille pour l'après-midi. Yinhua annonça qu'elle comptait l'emmener faire un tour du côté des vergers. Le projet enchanta Song Jia. Chenghu, qui n'avait pas dit un mot, reposa son bol dès qu'il eut fini de manger et quitta aussitôt la maison. Avant de partir aux vergers, les deux jeunes filles s'accordèrent un moment de repos.

Les vergers se trouvaient à flanc de coteau, sur les collines, juste derrière le village : des centaines de pommiers et de pêchers parfaitement alignés, déjà couverts de fruits encore verts. Des jeunes filles étaient en train de traiter méthodiquement les arbres à l'insecticide, un masque sur la bouche, un pulvérisateur à la main et un réservoir sur le dos. Une odeur irritante se répandait dans l'air. Tout ici était nouveau pour la fille de la ville qu'était Song Jia ; elle prit un masque et s'empara d'un pulvérisateur, regarda comment les autres s'y prenaient et se mit à traiter les arbres, elle aussi. Mais elle ne tint pas le coup très longtemps ; elle se retrouva en nage presque tout de suite ; aussi Yinhua l'aida-t-elle à se débarrasser de son équipement et l'emmena s'asseoir dans un pré un peu plus haut pour qu'elle récupère.

Song Jia était effectivement exténuée. Elle avait pourtant l'habitude de faire du sport mais le travail manuel n'avait décidément rien de commun avec les exercices sportifs. Elle était courbatue et ses bras lui faisaient mal. Elle s'allongea dans l'herbe, les yeux tournés vers le ciel d'azur mais, dans sa tête, elle ne cessait de remuer les divers éléments de leur enquête. D'une part, elle passait en revue les différentes solutions probables en fonction de son analyse personnelle ; d'autre part, elle s'efforçait de deviner la façon de voir de Hong Jun ou, en d'autres termes, d'imiter au mieux son processus de déduction. Son espoir était de parvenir enfin à la même solution que lui sans « concertation préalable ».

Selon elle, l'hypothèse de l'assassinat était tout à fait plausible et Shi Wengui, le coupable le plus probable. Le mobile du meurtre résidait évidemment dans sa volonté de s'emparer de la pierre Œil-de-Dragon mais il n'était pas sûr que le meurtrier soit encore parvenu à ses fins. Quant au monstre de la grotte Wanglong, il devait s'agir d'un déguisement destiné à effrayer quiconque chercherait à s'approprier la pierre, ce qui tendrait à prouver que cette pierre se trouvait bel et bien dans la grotte. La découverte de l'identité de celui qui s'était déguisé en monstre fournirait-elle donc la clé de l'énigme ? Dommage que leur idée d'attendre à mi-chemin le soir précédent n'ait rien donné ! Qui cela pouvait-il bien être ? Il était très possible qu'il s'agisse de Shi Wengui ; mais, évidemment, Sun, le policier, faisait aussi figure de suspect. Est-ce qu'il pourrait s'agir de quelqu'un d'autre ? Quel rôle jouait Tang Jianye dans tout cela ? Lui-même était-il un touriste qui se serait trouvé là par hasard, ou serait-il venu tout exprès pour la pierre ? Aurait-il flairé la bonne affaire ou manigancé un complot de grande envergure ? Quoi qu'il en soit, les raisons de sa seconde excursion à la grotte n'étaient pas claires du tout. Mais pourquoi Hong Jun était-il allé sur le chantier de travaux publics ? Soupçonnerait-il... soupçonnerait-il Shi Guangsheng ?

La voix de Yinhua interrompit le cours de ses réflexions :

« Voici ma cousine. Elle s'appelle Jinhua, Fleur d'Or. »

Song Jia se redressa et vit une jeune fille qui ressemblait à Yinhua comme une sœur; elle se leva pour la saluer. Jinhua semblait être plus mûre et plus réservée que sa cousine, qui parlait beaucoup et riait à tout propos. Elle observa attentivement Song Jia avant de s'enquérir :

« Que fait Grande-Sœur Song par chez nous ? Elle est venue voir comment nous vivons ? »

Amusée, l'interpellée répondit :

« Vous me prenez vraiment pour une actrice de cinéma ? ! Je suis tout simplement en vacances. J'habite une grande ville depuis trop longtemps et j'avais tellement envie de respirer l'air pur des montagnes ! Certains parlent d'un désir de "retour à la nature" !

— Qu'est-ce qu'elles ont de bien, nos montagnes ? Vivre en ville, c'est beaucoup plus intéressant ! s'exclama Yinhua.

— Tous les mêmes ! protesta Jinhua. Ils ne se contentent pas de manger ce qu'il y a dans leur bol, il faut qu'ils lorgnent dans la marmite; ils ne sont jamais satisfaits! Je crois que les gens des montagnes ne devraient pas être obsédés par l'idée d'aller vivre à la ville ; quant à ceux des villes, ils devraient arrêter de ne penser qu'à venir se promener à la campagne, ce serait mieux pour tout le monde!

— Alors, pourquoi t'acharner à passer et à repasser l'examen d'entrée à l'université? C'est bien pour aller vivre en ville, non? » rétorqua Yinhua à sa cousine en faisant la grimace.

Un peu agacée, Jinhua précisa: « C'est pour me prouver à moi-même ce dont je suis capable! »

Juste à cet instant, un triporteur arriva et s'arrêta au milieu du chemin de terre qui longeait le verger. C'était Chenghu. D'une voix forte, il appela:

« Yinhua! L'oncle veut te voir, il faut que tu viennes immédiatement!

— Je reviens tout de suite », assura Yinhua avant de se précipiter jusqu'au triporteur et de sauter à l'arrière. Shi Chenghu mit les gaz et son engin pétaradant alla contourner l'usine de transformation de fruits pour prendre la rue centrale du village avant d'atteindre la grand-route. Là, il déposa Yinhua et repartit.

À côté d'une camionnette arrêtée sur le bord de la route, Yinhua aperçut Wengui et l'appela.

« Tenez! dit Wengui au chauffeur, voilà la responsable du dépôt. Elle est au courant. » Puis, s'adressant à Yinhua: « C'est notre nouveau chauffeur, dis-lui combien de caisses il nous faut. »

Yinhua réfléchit puis décida: « Cinq mille dans un premier temps. Pour le reste, on verra le mois prochain.

— C'est bon! Faisons comme ça » approuva Wengui.

La camionnette démarra et Wengui s'informa auprès de Yinhua de certaines questions touchant aux travaux des vergers ; après quoi, ils retournèrent ensemble au village. Yinhua se précipita alors au verger pensant y retrouver Song Jia, mais il n'y avait plus personne. Elle doit être rentrée, se dit-elle. Elle prit donc le chemin de la maison après s'être arrêtée au magasin faire quelques courses.

« Grande-Sœur Song ! » appela-t-elle à peine franchi le portillon, mais elle n'obtint aucune réponse. Elle entra dans la grande pièce où sa mère était en train de préparer le repas. « Mère, Grande-Sœur Song est-elle rentrée ? demanda-t-elle.

— Je ne l'ai pas vue ! répondit Caifeng. Mais ton grand-frère est là. »

Chenglong arriva à cet instant :

« Pourquoi Song Jia n'est-elle pas avec toi ? » questionna-t-il.

Yinhua lui raconta comment les choses s'étaient passées.

« Serait-elle repartie avec Jinhua ? suggéra son frère. Vite, va voir chez elle ! »

Elle partit aussitôt mais n'eut pas à aller très loin avant de rencontrer sa cousine :

« Où est allée Grande-Sœur Song ? lui demanda-t-elle.

— Elle n'est pas chez toi ? s'étonna Jinhua. Tu étais à peine partie qu'un homme est venu la chercher. Elle le connaissait et est allée à sa rencontre. Ensuite, ils sont partis ensemble. J'ai pensé qu'ils allaient chez toi !

— Cet homme, à quoi ressemblait-il ?

— Je ne l'ai pas très bien vu, il était trop loin. Mais ce n'était sûrement pas quelqu'un d'ici. On aurait dit quelqu'un de la ville. Je crois que tu devrais aller voir de nouveau chez toi ; ils sont peut-être allés faire un tour et maintenant ils sont rentrés. »

Sa cousine avait peut-être raison, pensa-t-elle. Et cet homme devait être Hong Jun. Elle fit donc demi-tour mais, à la maison, elle ne trouva ni Song Jia ni Hong Jun. Elle ne put réfréner une certaine inquiétude, tout comme son frère d'ailleurs à qui elle venait de raconter les faits.

« Ça ne pouvait pas être maître Hong : il était en voiture et, s'il était revenu, la voiture serait là.

— Maître Hong » ? s'étonna Yinhua qui trouvait ce titre étrange.

« Ah ! Oui ! C'est que le professeur Hong travaille occasionnellement en tant qu'avocat, raison pour laquelle on l'appelle aussi comme ça », s'empressa d'expliquer Chenglong, réalisant qu'il venait de commettre un impair.

« Certes, une voiture, ça ne passe pas inaperçu ; si elle était là, on la verrait. Mais qui d'autre aurait pu venir chercher mademoiselle Song ? Lui, peut-être ?

— Lui qui ?

— Un type de Tianjin, un certain Tang si je me souviens bien. » Et elle raconta à son frère leur rencontre avec cet individu.

« Tang Jianye ? Qu'aurait-elle été faire avec lui ? » murmura Chenglong comme pour lui-même tandis que le pressentiment d'un malheur envahissait son cœur.

## 22
## Collision

Ce jour-là, les pérégrinations de Hong Jun furent fructueuses. Sur le chemin du retour, tout heureux, il conduisait en chantant son air favori : « Chicago, oh ! doux pays de mes jeunes années. » Aux abords du district de Wanglong, la circulation se fit plus dense et, à un carrefour, il se retrouva dans une longue queue de véhicules. L'impatience le gagna car il s'inquiétait pour Song Jia. Il se mit à doubler et se retrouva même en tête du flot de la circulation.

Alors qu'il arrivait au croisement de la porte nord du chef-lieu, en tête de file, il vit un camion arrêté juste devant. Il ne comprenait pas si le véhicule était en panne ou s'il y avait un embouteillage en amont. Il s'arrêta à trois ou quatre mètres de lui, baissa la fenêtre et passa la tête pour voir ce qui se passait. Juste à cet instant, le camion se mit à reculer lentement. Hong Jun se précipita sur son klaxon mais l'engin ne fit nullement mine de vouloir renoncer. En toute hâte, Hong Jun passa alors la marche arrière mais, derrière lui, la file de véhicules était arrêtée ! Il ne lui restait plus qu'à klaxonner, désespérément. Obstinément, le camion recula jusqu'à ce que le coin arrière de la benne vienne toucher l'angle inférieur droit du pare-brise de Hong Jun.

L'avocat descendit de voiture et se dirigea vers le camion dont le chauffeur, un homme d'une cinquantaine d'années environ, était sorti lui aussi. Furieux, il l'invectiva :

« Est-ce une façon de conduire ? Depuis quand est-ce qu'on recule en plein carrefour ? »

Le chauffeur, encore sous le coup de l'émotion, s'excusa avec un large sourire :

« Mille excuses ! C'est un camion tout neuf et je ne suis pas familiarisé avec le changement de vitesses. Je croyais avoir passé la seconde ; je ne m'étais pas rendu compte que c'était la marche arrière !

— Mais j'ai klaxonné de toutes mes forces, vous n'avez pas entendu ?

— Je… J'étais affolé ! Vous n'avez qu'à me dire comment vous voulez qu'on règle ça !

— Qu'est-ce que vous en pensez ? » demanda Hong Jun tout en retournant examiner son pare-brise cassé et son capot enfoncé. Puis, voyant qu'il n'y avait aucun agent dans les parages, il ajouta : « Nous n'avons qu'à attendre qu'un agent arrive et là, nous aviserons.

— Moi, je serais d'avis qu'on s'en passe si ça vous va, Vieux Grand-Frère. Dès que la police s'en mêle, ça fait toute une histoire ! suggéra le chauffeur du camion.

— Dans ce cas, quelle solution proposez-vous ?

— Vous voyez, ce n'est qu'un bout de verre cassé, une affaire de deux ou trois cents yuans ! Si je vous en donne trois cents, il y a même de quoi réparer le capot ; qu'en dites-vous ? Ça vous va ? Regardez mon feu arrière, il est fichu aussi ! »

Hong Jun, qui n'avait aucune idée du prix d'un pare-brise mais que cet arrangement ne satisfaisait pas, insista pour qu'un agent vienne convenir des suites à donner. Le chauffeur n'eut d'autre choix que de s'en retourner dans son camion. Les autres voitures de la file contournèrent alors les deux véhicules et les passants qui s'étaient attroupés reculèrent sur les bas-côtés de la route. Hong Jun se sentit terriblement découragé. Vingt minutes plus tard environ, un policier arriva à bicyclette. Hong Jun et le chauffeur s'approchèrent et l'avocat commença par lui relater les faits mais le chauffeur du camion revint sur sa déclaration : il assura que c'était Hong Jun qui lui était rentré dedans par l'arrière. De la foule des badauds s'avança alors un homme visiblement éméché qui, d'une voix forte, confirma avoir vu de ses propres yeux la Santana venir heurter l'arrière du camion.

La colère s'empara de Hong Jun lorsqu'il entendit ces affirmations mais, reprenant aussitôt son calme, il regarda le chauffeur droit dans les yeux et lui dit :

« Ne va pas croire que tu peux travestir la vérité à ton gré ! Il y a des traces pour prouver ce qui s'est passé. »

D'abord, lui-même observa les marques laissées au sol par le camion ; après quoi, il s'adressa au policier :

« Regardez, si c'était moi qui lui étais rentré dedans par l'arrière, vous auriez des traces de freinage ; or, derrière mes pneus, vous n'en avez aucune, ce qui montre bien que j'étais arrêté. Maintenant, regardez celles des pneus du camion : deux traces semblables et bien alignées, avec une légère superposition. Si, comme il l'affirme, il n'était pas en train de faire marche arrière, comment lui aurait-il été possible de laisser deux empreintes ? De toute évidence, celles qui sont bien droites ont été faites par le camion en marche avant. Mais, si vous allez voir à l'avant du camion, vous verrez clairement que ces traces ne continuent pas : ce qui veut dire que son véhicule s'est arrêté à cet endroit. Les traces légèrement arquées sont celles qu'il a laissées en faisant marche arrière. Ce sont même celles des pneus avant qui repassent sur celles des pneus arrière. Comment cela aurait-il pu se produire si le camion n'avait pas reculé ? Je n'ai naturellement pas besoin de faire remarquer cela à un spécialiste comme vous, vous avez certainement déjà compris. »

Le policier bomba le torse et prit un air sévère pour demander au chauffeur:

« Finalement, ça s'est passé comment ? Tu reculais, ou tu ne reculais pas ? »

Perdant sa belle assurance, l'interpellé préféra admettre qu'il s'était trompé en passant les vitesses.

L'agent les fit venir sur le bas-côté de la route :

« Les responsabilités étant établies, vous compter régler les choses en privé ou par la voie officielle ?

— Qu'entendez-vous par "en privé" ? demanda Hong Jun.

— Ça veut dire que vous discutez entre vous du montant du dédommagement, qu'il vous donne la somme convenue et que vous partez chacun de votre côté; ensuite, vous portez votre voiture à réparer comme si vous étiez rentré dans un arbre.

— Et “par la voie officielle” ?

— Ça, c’est nettement plus compliqué ! D’abord, vous me donnez vos papiers puis vous conduisez votre véhicule au garage. Demain matin à dix heures, vous venez au poste et vous attendez la décision.

— Je suis d’accord pour régler ça en privé ! s’empressa de confirmer le chauffeur du camion.

— Évidemment ! dit le policier. Vous êtes le responsable, alors, ça vous convient ; mais le problème est de savoir si l’autre partie est disposée ou non à procéder comme ça. Je dirais à ce monsieur que, puisque, de toute façon, sa voiture peut rouler, il n’a qu’à vous demander une certaine somme d’argent pour régler le problème, ce qui épargnerait un tas de tracas à tout le monde ! »

Le chauffeur se hâta d’approuver :

« Vieux Grand-Frère, il n’y a qu’à s’arranger en privé. Je vous donne cinq cents yuans, ça va ? Vous avez même de quoi vous payer une cartouche de cigarettes en plus !

— Quoi ? Cinq cents yuans ? intervint le policier. Rien que ce pare-brise, il coûte au moins mille yuans ! Si vraiment vous voulez régler les choses entre vous, laissez-lui mille cinq cents, au moins pour en finir ! »

Le chauffeur sortit mille yuans de sa poche et les tendit à Hong Jun : « Vieux Grand-Frère, lui dit-il d’un ton suppliant, je n’ai que mille yuans sur moi, je vous les donne ! Je vous prie de bien vouloir les prendre. Jamais de ma vie je n’oublierai l’immense faveur que vous m’avez faite ! »

Hong Jun hésita avant d’accepter puis il remercia le policier et remonta en voiture. Il commença par faire marche arrière pour ensuite contourner le camion et poursuivre sa route. Il n’aurait su définir ce qu’il ressentait exactement à la vue des mille petites étoiles blanches dans l’angle droit de son pare-brise éclaté.

Alors qu’il arrivait aux abords du village des Shi, il vit arriver, face à lui, Sun Changsheng sur sa moto. Juste après avoir croisé la voiture, ce dernier s’engagea immédiatement dans un demi-tour et fit signe à Hong Jun de s’arrêter. Hong Jun rangea sa voiture sur le côté de la route, descendit et salua chaleureusement ledit Sun :

« Bonjour, Vieux Sun ! Vous vouliez me voir ? »

Sun prit un air sévère pour exiger :

«Vos papiers ! »

C'est seulement à ce moment-là que Hong Jun comprit qu'il avait affaire à un policier. Après une brève hésitation, il lui présenta son permis de conduire.

Sun Changsheng l'examina puis il lui demanda, en regardant le pare-brise de la voiture :

« Vous êtes rentré dans quelqu'un ? Ça s'est passé où ? »

Hong Jun lui raconta l'incident. Sun Changsheng ricana :

« Pourquoi donc est-ce que vous étiez là juste au bon moment pour qu'il vous arrive ce putain d'accident ? Qu'est-ce que vous étiez allé faire ? Et, au fait, qu'est-ce que vous êtes venu faire par chez nous ?

— Shi Chenglong est un ami... commença Hong Jun.

— Ça, je suis au courant ! Moi, je vous demande ce que vous êtes venu faire.

— Du tourisme.

— J'ai bien peur que la réponse ne soit pas aussi simple que ça ! Allez raconter ça à d'autres, mais pas à moi. Qu'est-ce que vous croyez que je fais de mes journées ? Si vous n'avez pas envie de parler, peu importe, on peut toujours se comprendre sans les mots. Mais je dois vous signaler qu'un touriste, ça se comporte en touriste et ça ne se mêle pas d'autre chose ! Ici, on n'est pas à Pékin, la montagne est haute et l'empereur est loin ; s'il vous arrive quelque chose, personne ne viendra à votre secours ! Je vous rends votre permis : de toute façon, vous n'allez pas vous enfuir. Mais, je vous le répète, je vous aurai prévenu : si vous vous faites prendre, n'allez pas m'accuser ensuite de ne pas vous avoir prévenu ! Apparemment, vous avez l'habitude de conduire. La conduite exige que chacun reste sur sa voie, n'est-ce pas ? Si vous empiétez sur l'autre voie, c'est l'accident ! Vous êtes quelqu'un d'intelligent, vous n'avez pas besoin que j'en dise plus. Pour parler comme vous, les gens de la ville, je vous salue : bye, bye ! »

Sun Changsheng enfourcha sa moto et repartit. Tout en le regardant s'éloigner, Hong Jun hocha la tête et ne put s'empêcher de sourire. Il remonta en voiture et démarra.

Il se gara devant la cour de chez les Shi. Au moment où il descendait de voiture, il vit Chenglong et Yinhua sortir en courant.

« Professeur Hong ! lança Yinhua. Mademoiselle Song n'est pas avec vous ?

— Elle n'était pas avec vous ? s'étonna Hong Jun, surpris.

— Oui ! Mais je ne la trouve plus ! répondit-elle avec des sanglots dans la voix.

— Que s'est-il passé ? » demanda l'avocat en se tournant vers Chenglong.

L'inquiétude perçait dans la voix de Chenglong lorsqu'il expliqua :

« Cet après-midi, Yinhua a emmené Song Jia aux vergers. Ensuite ma sœur a été appelée et Song Jia est restée avec Jinhua. Après, Jinhua… non, Yinhua, n'a plus trouvé personne quand elle est revenue ; elle est allée interroger Jinhua qui lui a raconté qu'un homme était venu chercher Song Jia. On a tous cru que cet homme, c'était vous, mais… »

Hong Jun se sentit comme frappé par la foudre et tout se mit à tourner autour de lui. Voilà exactement ce qu'il avait redouté. C'était décidément une journée calamiteuse !

Il se dit qu'il devait s'efforcer de retrouver calme et sang-froid puis, lançant son poing droit en avant, il fit deux tours dans le sens des aiguilles d'une montre.

Caifeng sortit et leur dit de venir discuter dans la cour. Hong Jun demanda alors à Yinhua de lui faire une relation exhaustive et précise des événements.

« C'est certainement Tang Jianye qui lui a demandé d'aller avec lui ! suggéra Chenglong.

— Pourquoi donc ? » demanda Hong Jun.

Yinhua lui parla alors de leur rencontre avec Tang Jianye.

Hong Jun fit deux fois le tour de la cour à pas lents puis, s'immobilisant soudain, il décida : « Allons-y ! Conduisez-moi jusqu'aux vergers. »

# 23
# À la croisée des chemins

Ils étaient tous partis aux vergers à l'exception de Caifeng, restée pour préparer le dîner. Elle ne parvenait pas à retrouver sa sérénité. Les événements des derniers jours avaient eu raison de sa légendaire solidité psychique. La veille au soir, après la conversation qu'elle avait eue avec Chenglong, elle n'avait cessé de se tourner et de se retourner sur son lit sans parvenir à trouver le sommeil. Dans sa tête, tout avait défilé: Wengui, Wugui, ses parents, ses enfants. Elle avait eu l'impression de se retrouver, une fois de plus, à la croisée des chemins, face à une nouvelle épreuve que lui envoyait le destin. Mais aucune des voies qui s'offraient à elle n'était exempte de dangers. Quelque choix qu'elle fasse, il lui faudrait faire des sacrifices qui lui pèseraient. Le plus sûr serait peut-être de ne pas choisir, de rester là, à la croisée des chemins, à jamais... À peine cette idée l'avait-elle effleurée qu'elle se moqua de sa propre lâcheté. Durant ce presque demi-siècle que comptait sa vie, plusieurs fois elle s'était trouvé confrontée à des choix douloureux et, malgré tout, pas à pas, elle s'en était toujours sortie. Ses choix n'avaient peut-être pas été les bons mais elle les avait faits avec détermination et elle ne les avait jamais regrettés. Sûre d'elle, elle avait toujours su trancher ; cette fois, pesant le pour et le contre, elle hésitait. Peut-être, à cause de son âge, son inconscient lui disait-il qu'il s'agissait là de la grande et ultime décision de sa vie; peut-être, à cause de la présence d'une famille, son sens des responsabilités lui rappelait-il que son choix pouvait influer sur la propre vie de ses enfants! Elle pensait tout d'abord à Chenglong.

L'air affolé qu'elle lui avait vu prendre tout à l'heure à l'annonce de la disparition de Song Jia lui avait clairement révélé les sentiments qu'il éprouvait pour la jeune fille. Cependant, son intuition féminine lui disait que Song Jia ne répondait pas à l'amour de Chenglong par un sentiment identique. Elle craignait que son fils, à ce moment crucial de sa vie, se fourvoie et que sa vie entière s'en ressente ; mais elle ne savait ni comment faire ni même que faire pour l'en empêcher. À la lumière de cette expérience, elle voyait sous un angle nouveau ce qui était arrivé, vingt ans auparavant, entre elle et ses parents et maintenant elle comprenait.

Certes, l'époque n'était pas la même, les circonstances étaient différentes mais, quoi qu'il en soit, il s'agissait toujours du même problème d'incompréhension entre deux générations. Un proverbe dit : « Qui n'est pas chef de famille ne connaît pas le prix du bois de chauffage et du riz, qui n'a pas encore eu d'enfant ne sait pas ce qu'il doit à ses parents. » Après avoir élevé ses trois enfants dans la peine et la souffrance, et maintenant qu'ils avaient atteint l'âge adulte, elle comprenait enfin ce que ses parents avaient pu ressentir pour elle à l'époque. Les parents agissent toujours avec le souci de l'intérêt de l'enfant même si leur prévenance et leur sollicitude peuvent parfois sembler superflues, voire insupportables, à ses yeux. C'est certainement cela qu'on appelle le fossé entre les générations ! Elle soupira.

Elle avait eu envie d'aller revoir ses parents maintenant âgés pour remplir auprès d'eux son devoir filial. Toutes ces dernières années cependant, les lourdes charges que lui imposait sa propre vie ne lui avaient pas laissé le loisir de se soucier d'eux et ses préoccupations familiales avaient occulté la nostalgie qu'elle aurait pu avoir de la maison de son enfance. Mais, au fur et à mesure que ses enfants avaient grandi et qu'elle-même avançait en âge, elle en était venue à penser de plus en plus à eux et son envie de les revoir s'était faite de plus en plus pressante. Mais tant d'années avaient passé ! Pourrait-elle soutenir le regard qu'ils porteraient sur elle ? Le caractère obstiné de son père lui permettrait-il de lui accorder son pardon ? Elle en doutait. La force d'inertie qui régit nos vies rend extrêmement difficile tout changement de cap après que l'on a longtemps persévéré dans une certaine direction. De plus, elle ne pouvait effacer de sa mémoire le souvenir des rugissements furieux de son père ni le sentiment de solitude qu'elle avait ressenti un certain jour de nouvel an, assise toute seule dans un train…

En y repensant, sa main se mit à trembler et la puisette qu'elle tenait pour prendre de l'eau dans la jarre lui échappa. Le bruit qu'elle fit en tombant par terre la fit sursauter et la sortit de ses pensées. Elle poussa un soupir, essuya ses larmes d'un revers de la main et ramassa la puisette. À cet instant-là, Shi Wengui entra.

« Qu'est-ce que tu viens faire ? Tu as besoin de moi ? demanda-t-elle.

— Est-ce que je ne peux pas venir te voir, simplement pour te voir ? répliqua-t-il.

— Tu n'as pas eu peur que les enfants te voient ? Il faut que je te dise : hier soir, Chenglong s'est mis, tout d'un coup, à me poser des questions sur nous deux. Je ne sais pas où il voulait en venir, mais je pense que nous devrions prendre quelques précautions.

— Je le sais bien ! Crois-tu que je sois idiot ? Je viens d'apercevoir Chenglong avec sa sœur et puis aussi ce professeur Hong ; ils se dirigeaient de l'autre côté du village. Je me suis dit que tu devais être seule : voilà pourquoi je suis venu te voir. Je crois que nous devrions trouver un moment pour parler sérieusement de nous deux.

— À mon avis, il faudrait laisser passer un peu de temps…

— Mais moi, je n'en peux plus d'attendre ! Ce n'est pas une réponse immédiate que je te demande. Je ne te forcerai jamais à faire quoi que ce soit que tu ne veuilles faire. Seulement, j'ai tellement de choses à te dire, des choses que j'ai retenues dans mon cœur depuis si longtemps et que, maintenant, je veux t'exprimer.

— Nous avons déjà tellement attendu, tu peux bien encore patienter quelques jours ! » Caifeng prit de l'eau avec la puisette et, lentement, la versa sur la farine qu'elle avait mise dans un récipient.

« Je ne sais pas comment ça se fait, lui dit Wengui, mais, depuis ce que tu m'as dit l'autre soir, mon cœur bouillonne comme une marmite sur le feu ! Voilà si longtemps que je n'avais pas ressenti ce genre de chose !

— Quel genre de chose ?

— Je ne saurais dire quoi au juste mais c'est exquis, c'est comme si nous redevenions jeunes !

— Comme si nous faisions un rêve ?

— Tu ne crois pas si bien dire, il y a de ça ! Parfois je me demande si tout cela est vrai, si je ne suis pas en train de rêver !

— À propos de rêve, j'en ai fait un assez bizarre, il y a deux nuits : Wugui était venu me voir pour me dire qu'il n'était pas mort de maladie, mais qu'on l'avait assassiné.

— Arrête de te faire des idées ! Qui aurait pu faire ça ? Ça ne tient pas debout !

— Je sais bien et, d'ailleurs, l'hôpital comme le bureau de la Sécurité publique ont conclu à une mort naturelle causée par une maladie. Cela n'empêche pas ce rêve de m'embrouiller les idées.

— Un rêve n'est qu'un rêve ; une fois terminé, il est inutile d'essayer d'approfondir. Moi aussi j'ai fait un rêve la nuit dernière…

— Quel rêve ?

— Un très beau rêve ! J'ai rêvé que je me mariais avec toi.

— Tu te mets à épouser quelqu'un en rêve ? Alors, c'est toi, le jeune idiot de la chanson ? plaisanta-t-elle avec un pâle sourire.

— Ne te moque pas ! Si jamais j'ai la chance de t'épouser, qu'est-ce que ça peut bien me faire qu'on me traite d'idiot ? Je dirais même que ça fait des années que je suis un idiot !

— Et que tu dis des idioties !

— Comment ça, des idioties ? Ce sont des mots qui viennent tout droit du cœur ! Cela fait si longtemps que je m'en veux. Je m'en suis voulu de n'avoir su être à la hauteur, le moment venu ! Je me suis traité de bon à rien ! Je ne me suis jamais douté que nous avions été victimes d'un complot. Toute ma vie…

— Arrête, Wengui ! » interrompit Caifeng d'un ton suppliant.

Il poussa un énorme soupir avant de continuer : « Je ne t'en veux pas, Caifeng ! Je ne t'en ai jamais voulu. Même le soir de ton mariage avec Wugui, je ne t'en ai pas voulu. À qui pourrais-je en vouloir, sinon à moi-même ? Mais je n'ai jamais cessé de penser à toi. Les sentiments, l'amour, ce n'est pas tellement notre truc à nous, les gens des montagnes ; mais je sais que, de toute ma vie, il n'y a jamais eu que toi pour me plaire. Qu'on me pardonne mais je t'avoue que, la nuit de mon mariage avec Xiulan, je m'imaginais être avec toi !

— Qu'est-ce que tu dis là ?

— La vérité ! Ce que j'ai sur le cœur depuis plus de vingt ans ! cria-t-il.

— Ne parle pas si fort ! On va nous entendre, dit-elle tout en continuant à pétrir la pâte. Maintenant, il faut que tu partes ! Chenglong et ses amis ne vont pas tarder ; s'ils te voient ici, ils pourraient se douter de quelque chose !

— C'est bon, j'y vais ! Mais tu dois me promettre de venir me retrouver ce soir à l'endroit habituel.

— Je ne sais pas si je pourrai.

— De toute façon, je t'y attendrai !

— Ne fais pas l'idiot ! Et si je n'ai pas le temps de venir ?

— Ça ne me fait pas peur, j'attendrai le temps qu'il faudra. »

À peine avait-il dit cela que des voix s'élevèrent du côté est, comme une dispute ; il leur sembla entendre quelqu'un dire : « C'est chez Wengui que ça s'est passé ! »

Stupéfait, Wengui lança un bref : « Il faut que j'aille voir » et sortit en hâte.

# 24
# Combat entre tigre et dragon

Le soleil allait bientôt disparaître derrière la montagne. Un reste de lueur d'un rouge orangé donnait à la quiétude des vergers une paix à la fois rassurante et teintée de mystère. Accompagné de Yinhua et de Chenglong, Hong Jun arriva bientôt sur place. Il examina minutieusement l'endroit où Song Jia s'était allongée dans l'herbe ainsi que les traces de pneus et les empreintes de pas sur le petit chemin de terre à l'est du verger puis, se redressant, il demanda au frère et à la sœur de venir avec lui interroger Jinhua.

Ensemble, ils se rendirent donc chez Shi Wengui. La cour ressemblait fort à celle de chez Chenglong mais la maison était plus spacieuse. Shi Wengui n'était pas chez lui. Ils ne trouvèrent que Jinhua et une de ses cousines en train de préparer le dîner. En les voyant arriver, Jinhua se précipita pour les accueillir et leur demander :

« Vous avez retrouvé grande-sœur Song ? Je n'ai pas arrêté de me reprocher de l'avoir laissée s'en aller avec cet homme ! J'aurais mieux fait de l'empêcher de partir. Qu'est-ce que j'ai fait là ! » Puis, se tournant vers la jeune femme bien en chair qui était restée sur le pas de la porte, elle cria : « Deuxième Grande Sœur, ferme moi donc cette porte, les mouches vont entrer ! » La jeune fille alla vers la pièce de l'ouest dont la porte était entrebâillée et la referma à double tour.

Hong Jun s'avança vers Jinhua : « Je m'appelle Hong Jun. J'aimerais vous poser une question : comment était l'homme avec lequel Song Jia est partie ?

— Je n'ai pas très bien vu, répondit-elle.
— De quelle taille était-il ? demanda-t-il encore.
— Quelle taille… comment dire, à peu près la vôtre.
— Qu'est-ce qui vous fait dire que c'était quelqu'un de la ville ?
— Sa façon de s'habiller, et puis son accent aussi !
— Qu'a-t-il dit ?
— Il a dit… “On a des ennuis avec ce que tu sais, il faut y aller immédiatement”. Bien sûr, il l'a dit tout bas à Song Jia et il ne pouvait pas imaginer que je puisse l'entendre.
— À quelle distance étiez-vous d'eux à ce moment-là ?
— Pas très loin, à quelques arbres environ. C'est pour ça que j'ai pu entendre, même s'il n'a pas parlé fort.
— Mais puisque vous étiez si près, comment se fait-il que vous n'ayez pas pu distinguer les traits de cet homme ?
— C'est que… comment dire, j'avais le soleil en plein dans les yeux, je n'y voyais rien.
— À ce moment-là, ils étaient sur le chemin de terre qui longe le verger tandis que vous, vous étiez dans le verger. C'est bien cela ?
— C'est ça.
— Le petit chemin de terre se trouve bien à l'est du verger, je ne me trompe pas ?
— …
— Le soleil étant à l'ouest, comment aurait-il pu vous aveugler puisque eux deux étaient du côté est ? Shi Jinhua, arrêtez de raconter un tissu de mensonges ! Je vous préviens, je suis avocat à Pékin et c'est Shi Chenglong qui m'a engagé pour une enquête. Si vous ne libérez pas immédiatement Song Jia, il vous faudra endosser l'entière responsabilité de toutes les conséquences de votre acte. Ce que vous avez fait s'appelle un enlèvement, et c'est un crime. Le saviez-vous ? menaça fermement Hong Jun sans pour autant avoir élevé la voix.
— C'est que… » Au moment où Shi Jinhua ne savait plus que dire, Shi Chenghu arriva en trombe, furieux. À peine avait-il passé le portillon de la cour qu'il se mit à hurler :

« Qu'est-ce que vous voulez ? Qu'est-ce que vous voulez ? Je vais vous dire, c'est moi qui ai fait ça ! Et alors ?

— Toi ? » Shi Chenglong s'avança vers son frère en lui lançant un regard furieux.

« Oui, moi ! répliqua Shi Chenghu avec le même regard furibond. Maintenant, je veux que tu saches ! Je dois avoir ma part de cette pierre, faudrait pas que tu penses te la garder toute pour toi ! Écoute-moi : tu me donnes la pierre, et je te rends la fille ! »

En entendant cela, Shi Chenglong se mit en colère et gifla son jeune frère. Shi Chenghu s'emporta lui aussi et tous deux, fous de rage, en vinrent aux mains.

« Vite, séparez-les ! » cria Hong Jun aux trois jeunes filles qui étaient là et, tandis qu'elles allaient essayer de mettre fin à la bagarre, en deux temps trois mouvements, il se précipita sur la porte de l'ouest, l'ouvrit et fonça à l'intérieur.

Là, il y avait deux pièces. Derrière la deuxième porte, il découvrit Song Jia, attachée à un pilier et bâillonnée avec une serviette. Il défit ses liens et la libéra de la serviette avant de l'aider à se redresser.

« T'ont-ils fait mal ? » s'empressa-t-il de lui demander, inquiet.

Elle leva les yeux vers lui et, dans la lumière du crépuscule qui pénétrait par la fenêtre, elle vit son air angoissé qui la fit sourire :

« Quelle mine vous faites ! Je vais très bien ! Je suis quelqu'un de sage, moi. Quand j'ai compris ce qu'elles avaient manigancé, je n'ai pas voulu prendre de risque et j'ai préféré coopérer de mon plein gré. Le seul problème, c'est l'horrible odeur de cette serviette. Elles ont eu du mal à trouver quelque chose pour me bâillonner, alors j'ai choisi ça, faute de mieux ! »

Puis elle cracha par terre, ce qui ne manqua pas de faire rire l'avocat.

Chenglong et Yinhua arrivèrent dans la pièce. Chenglong s'inquiéta aussitôt de savoir si elle allait bien.

« Comment pouvez-vous penser que je puisse bien aller alors que j'étais à deux doigts d'étouffer ? ! » répliqua Song Jia.

Chenglong voulut dire quelque chose, mais il resta bouche bée. Furieux, il se rua hors de la pièce, saisit une bêche qui se trouvait dans un coin de la cour et hurla :

« Au péril de ma vie, je te jure que tu vas prendre une de ces corrections ! »

Et il se mit à frapper. Chenghu esquiva le coup, attrapa au vol une pioche qui traînait là et tous deux s'engagèrent dans une lutte à coups de pelle et à coups de pioche.

Shi Wengui arriva sur ces entrefaites :

« Vous n'avez vraiment aucun respect ! Vous savez chez qui vous êtes ? Allez, posez-moi ça tout de suite ! » vociféra-t-il.

Chenghu s'arrêta de frapper tandis que Hong Jun faisait lâcher prise à Chenglong.

Bon nombre de villageois s'étaient déjà attroupés à l'extérieur de la cour pour assister au spectacle. Shi Wengui se tourna vers eux et les apostropha :

« Qu'est-ce que vous regardez là ? Qu'est-ce qu'il y a d'intéressant à voir ? Vous ne savez pas ce que c'est quand deux frères se tapent dessus ? Allez, fichez-moi le camp ! »

La foule des badauds recula de quelques pas, sans pour autant se disperser.

Shi Wengui revint vers Hong Jun et Song Jia puis, s'adressant à Jinhua :

« Que s'est-il passé ? Qu'est-ce qui nous vaut tout ce tapage ?

— On a voulu faire une farce à grand-frère Chenglong et à grande-sœur Song, mais on n'aurait jamais pensé que ça les énerverait autant ! » expliqua-t-elle.

Avec un sourire glacial, Song Jia précisa :

« Me ligoter avec une corde et, en plus, me bâillonner, vous appelez ça une farce ? C'est un enlèvement ! Et c'est une transgression de la loi. Est-ce que vous savez cela ?

— Mais on ne vous a pas fait de mal ! plaida Jinhua.

— Tais-toi ! Vous avez osé faire ça ! C'est comme ça que vous vous amusez ? Vous êtes vraiment des inconscients ! » Après avoir semoncé sa fille, Shi Wengui arbora un large sourire pour s'adresser à Hong Jun et à Song Jia :

« Professeur Hong, il serait indigne de vous de vous abaisser à prendre ombrage de ce qu'ils ont fait. Ce sont des enfants de la montagne, ils ont toujours vécu ici et ne connaissent rien de la complexité des choses. En leurs noms, je vous présente des excuses ! »

Impassible, Hong Jun répondit :

« Ce n'est pas la peine. Oncle Shi, vous comprendrez, je pense, que la loi s'applique ici aussi dans vos montagnes. Vous en convenez ? Bien sûr, comme rien de fâcheux n'est arrivé, ça simplifie les choses. Mais, si leur geste avait eu des conséquences, ce n'était plus alors un problème d'excuses ! »

Mal à l'aise, Shi Wengui s'efforça de sourire :

« Tout à fait ! Tout à fait ! Cependant, et pour plaider en leur faveur, je dirais que votre présence ici est loin de passer inaperçue. Les gens d'ici ne sont pas aussi compliqués que ceux des villes mais, ici aussi, il y a un peu de tout. Si vous comptez rester plus longtemps, vous devriez faire attention qu'il ne vous arrive rien... Vous savez, je dis ça dans votre intérêt !

— Oncle Shi, je vous sais gré de votre bonne intention. Faisons donc une chose : demain nous rentrons à Pékin ! décida Hong Jun sans hésiter.

— Si vraiment vous faites comme ça, vous éviterez à tout le monde bien des tracas ! »

À ce moment-là, Jin Caifeng arriva en courant, les mains encore pleines de farine.

Shi Wengui l'avait laissée chez elle en train de pétrir de la pâte, mais l'esprit toujours agité et inquiet. Son œil droit avait tressauté : c'était, dans ces contrées, le signe d'un malheur imminent ! Alors, pour conjurer le mauvais sort, elle avait agi comme on fait dans ces cas-là : elle avait déchiré un morceau de papier et se l'était collé sur la paupière avec de la salive. Puis une voisine était accourue, hors d'haleine. Elle lui avait appris que la fille de la ville avait été kidnappée par quelqu'un de chez Wengui et que cela avait provoqué une bagarre entre Chenglong et Chenghu. Caifeng s'était aussitôt précipitée, abandonnant là son bol de pâte.

En arrivant, elle dévisagea chacun des protagonistes en terminant par Wengui qu'elle regarda, les lèvres frémissantes mais sans dire un seul mot.

Désemparé devant ce regard rempli de colère, il chercha à dire quelque chose :

« Caifeng, Belle-Sœur ! Écoute-moi... »

Froidement, elle répliqua :

« Écouter quoi ? Qu'est-ce que tu peux ajouter ?

— Belle-Sœur, ne te méprends surtout pas ! Je...

— Me méprendre ! Qu'as-tu fait pour que je puisse me méprendre ? »

Elle lui tourna brusquement le dos pour faire face à ses deux fils :

« Et vous, entre frères, que faites-vous donc ? Pourquoi vous battez-vous ? »

Tous deux haletaient ; ils ne dirent mot.

Caifeng retenait ses larmes.

« Pourquoi les garçons de la famille des Shi sont-ils si cruels ? Vous êtes frères, pourquoi n'êtes-vous pas d'accord ? Allez, filez à la maison ! Vous me faites honte ! » dit-elle encore avant de prendre la tête du petit groupe qu'elle ramena chez elle. Chenglong, Chenghu, Yinhua, Hong Jun et Song Jia la suivirent et rentrèrent.

Wengui tenta de les suivre en implorant :

« Belle-Sœur ! Belle-Sœur ! Écoute-moi... »

Mais Caifeng poursuivit son chemin sans se retourner. Le cortège de ces gens remontant cette rue d'un village de montagne avait quelque chose de majestueux. Par groupes de deux ou trois, les villageois continuaient à commenter l'événement ; cependant le village retrouva bientôt sa sérénité.

Une fois à la maison, Caifeng proposa à Hong Jun et à Song Jia d'aller se reposer dans la chambre de Yinhua tandis qu'elle emmenait ses trois enfants dans la sienne. Elle s'assit au bord du *kang* ; eux restèrent debout devant elle :

« Dites-moi : que s'est-il réellement passé ? »

— Demande à Chenghu ! » répondit Chenglong, suffoquant de colère, tout en désignant son frère du regard.

Chenghu tourna la tête :

« Si vous voulez que je parle, je vais parler ! Cette pierre Œil-de-Dragon, c'est notre père qui nous l'a laissée ; personne n'a le droit de se l'approprier ! »

Caifeng se fâcha : « Encore cette pierre ! Vous ne pensez donc qu'à l'argent ! Qui donc l'a vue, cette pierre ? Votre père en a parlé, comme ça, mais je ne l'ai absolument pas pris au sérieux ! Et vous, vous alliez vous entre-tuer pour un morceau de caillou dont on ne sait même pas s'il existe !

— Mais moi, ce n'était absolument pas à cause de cette pierre ! protesta Chenglong. Mademoiselle Song était mon hôte ; j'ai eu l'air de quoi quand ils l'ont enlevée ? !

— Alors, tu étais prêt à mettre en péril la vie de ton frère pour une femme ? Si tu avais vraiment tué ton frère à coups de bêche, aurais-tu été capable de vivre avec cette idée ? » demanda Caifeng.

Les deux garçons restèrent silencieux.

Caifeng posa son regard sur eux et adoucit le ton de sa voix :

« Vous ne connaissez vraiment rien à la vie, commença-t-elle. Ce qu'il y a de plus précieux entre deux frères, c'est le sentiment d'amour fraternel qui les unit… »

Soudain elle s'arrêta, comme si ces paroles venaient de faire remonter à la surface quelque émotion ancienne. Troublée, elle regarda l'un puis l'autre tandis qu'un étrange sourire plein d'amertume se dessinait au coin de ses lèvres.

Pendant tout ce temps, Yinhua était restée à se demander comment elle aurait pu apaiser leur mère. Caifeng ne disant plus rien à ce moment-là, elle fit une tentative en demandant :

« Mère, est-ce qu'il ne faudrait pas préparer à manger ? Il ne faut pas oublier que nous avons des convives. »

Caifeng se tourna vers sa fille, les yeux toujours un peu dans le vague :

« Va donc le faire toi, Yinhua. Je suis encore toute retournée, j'ai envie de me reposer un peu », dit-elle.

Yinhua ouvrit la porte et quitta la chambre.

Chenghu fit mine de s'agiter :

« Mère, j'ai laissé des choses dans la camionnette, il faudrait que j'aille les chercher.

— Vas-y, répondit sa mère, mais dépêche-toi de revenir pour dîner. Et réfléchis à ce que je viens de vous dire ! »

Chenghu sortit lui aussi.

« Mère, il ne faut plus être en colère, repose-toi un moment. Moi je vais aller voir le professeur Hong et mademoiselle Song » proposa Chenglong.

Il allait quitter la pièce lorsque Caifeng l'arrêta : « Ne t'en va pas si vite. Assieds-toi, ta mère doit te parler. »

Le ton de sa voix était devenu étrangement calme.

# 25
# Et le *Erhu* fut brisé

Chenglong, plutôt inquiet, prit place face à sa mère. En voyant les rides de son visage et ses yeux qui avaient perdu leur éclat d'antan, il eut honte soudain, et regretta de lui avoir fait tant de peine en en venant aux mains avec son frère, poussé par la colère. Les paroles de son père résonnaient à ses oreilles. Il resta silencieux et baissa la tête.

Caifeng n'était pas moins anxieuse en regardant son fils aîné. Elle se demandait si ce qu'elle venait de dire n'avait pas accentué encore davantage les soupçons qu'il avait déjà. Elle sentait qu'elle lui devait la vérité. Il lui était égal qu'il puisse ou non comprendre, elle voulait l'empêcher de laisser libre cours à son imagination débridée et de commettre d'autres actes encore plus imprévisibles. Il lui fallait avoir le courage de regarder en face le parcours de sa vie et les erreurs qu'elle avait pu commettre…

« J'ai beaucoup de choses à te dire, Chenglong, commença-t-elle, lentement.

— Parle, mère, je t'écoute, dit Chenglong.

— J'aurais tout d'abord une question à te poser.

— Pose-la-moi.

— Depuis que tu es revenu, je vois bien que tu as quelque chose sur le cœur et que tu détestes ton oncle. Peux-tu me dire pourquoi ?

— Ah ! C'est que je n'aime pas son attitude ! Il n'arrête pas de prendre parti dans nos affaires de famille et ne nourrit pas de bonnes intentions à notre égard.

— Tu ne dois pas ne voir que ses mauvais côtés. Même s'il est vrai qu'il attache un peu trop d'importance à l'argent, il n'a pas d'autre défaut. Quant à chercher à nuire à autrui, je t'assure qu'il n'en aurait pas même l'audace !

— Mais c'est envers toi qu'il a des intentions malhonnêtes !

— Que veux-tu dire par là ?

— Rien de particulier !

— L'autre jour, tu m'as posé des questions à propos de mes relations avec ton oncle. Aurais-tu entendu quelque rumeur ?

— Ce n'est pas que j'aie entendu quoi que ce soit, mais j'ai vu des choses, de mes propres yeux ! » répliqua Chenglong, bien décidé à mettre les choses au clair puisque le sujet venait d'être abordé.

« Qu'as-tu vu ? lui demanda sa mère en ouvrant de grands yeux.

— L'autre soir, je vous ai aperçus, mon oncle et toi, derrière l'école… » commença Chenglong.

Abasourdie, Caifeng ne sut que dire :

« Tu… » Ce n'était pas du tout ce à quoi elle s'était attendue. Elle se tut et essaya de se rappeler les événements de cette soirée-là dans les moindres détails.

« Tu dois m'en vouloir, finit-elle par dire. Tu dois juger ma conduite indigne. Mais dis-toi que ta mère porte en elle des souffrances sans nom ! »

Voyant ses yeux baignés de larmes, Chenglong baissa la tête :

— Ce n'est pas à toi que j'en veux, c'est à lui ; je le hais !

— Chenglong, dit-elle, je n'ai jamais eu l'intention de cacher quoi que ce soit à mon fils aîné, mais l'occasion de tout te dire ne s'était encore jamais présentée. Maintenant, et puisque tu nous as vus ensemble, je vais te raconter toute l'histoire, depuis le début. »

Caifeng ferma les yeux pour bien réfléchir avant de commencer, d'une voix posée :

« Peut-être ta tante t'a-t-elle déjà dit que mon premier amour n'était pas ton père, mais ton oncle. Nous sommes devenus amis au temps de l'équipe de propagande de la pensée de Mao. À cette époque-là, ton père était dans l'armée. Si un malencontreux événement ne s'était pas produit par la suite, j'aurais certainement épousé ton oncle.

« C'était un soir d'été. Nous étions allés au bourg voir un film. Le bourg était le siège de la commune populaire à ce moment-là et on y projetait un film sur la place, en plein air. Il y avait tous les jeunes des villages, et ton père était là aussi. Après la projection, ton oncle m'a fait monter sur le porte-bagages de sa bicyclette pour rentrer au village. Il pédalait très lentement pour laisser passer tous les autres et, quand nous nous sommes retrouvés derrière, nous nous sommes arrêtés pour aller dans le petit bois que longeait le chemin. Tous les amoureux en faisaient autant quand ils avaient envie d'être seuls pour se dire des mots doux sans fin.

« Nous n'étions pas dans le bois depuis très longtemps que deux individus surgirent, qui prétendaient être du bureau de la Sécurité publique. Il faisait sombre et je n'ai pas pu voir leurs visages mais, d'après leur accent, j'ai bien entendu qu'ils n'étaient pas d'ici. Ils nous ont dit être chargés de patrouiller dans la zone pour surveiller ceux qui s'adonnaient à des pratiques sexuelles illégales et ils nous ont questionnés. Tout de suite, j'ai eu des doutes et j'ai pressé ton oncle de s'en aller. C'est alors qu'ils ont révélé leurs véritables intentions. L'un d'eux a menacé ton oncle avec un couteau tandis que l'autre m'entraînait dans le sous-bois. J'ai résisté de toutes mes forces en lui donnant des coups de pied, mais je ne faisais pas le poids ! J'ai crié, j'ai appelé ton oncle à mon secours ! Mais, à la vue du couteau, il était resté cloué au sol, comme paralysé, incapable de prononcer un seul mot.

« C'est alors qu'une voix s'est fait entendre : Qui est là ?

« Désespérément, j'ai crié : Au secours ! Un homme est accouru en hurlant : "Quel est le criminel qui ose s'attaquer à des gens sans défense ?" J'ai reconnu la voix de ton père, alors j'ai appelé : "Wugui !"

« Celui qui tenait le couteau s'est rué sur ton père en lui disant de ne pas se mêler de ça, mais, d'un coup de pied, ton père l'a mis à terre. L'autre, celui qui me tenait, s'est également précipité sur lui mais Wugui l'a envoyé bouler à coups de poing. Voyant qu'ils avaient affaire à plus fort qu'eux, les deux types ont filé sans demander leur reste.

« Ton oncle s'est enfin relevé. Ton père m'a demandé si je n'avais rien.

« Rien du tout, lui ai-je répondu. Grâce à toi ! Heureusement que tu es arrivé à temps !

— Il vaut mieux rentrer quand même a-t-il dit et, ensemble, nous sommes sortis du bois.

« Au retour, je n'ai pas voulu aller avec Wengui ; je suis montée sur le porte-bagages de Wugui. J'en voulais terriblement à ton oncle ! On abusait de moi sous ses yeux et lui ne bougeait pas le petit doigt ! Comment pouvais-je épouser un tel garçon, me suis-je dit ? ! Nous sommes rentrés sans nous dire un mot.

« Arrivés au village, ton père s'est arrêté puis est reparti, laissant à Wengui le soin de m'accompagner jusqu'à la maison. Derrière moi, ton oncle ne cessait de dire: "Caifeng, je suis désolé, excuse-moi !"

— À quoi bon me dire ça maintenant ? » lui ai-je répliqué.

« Le lendemain, au travail, ton père est venu me trouver et m'a demandé si je comptais porter plainte.

"Ce serait inutile, puisqu'ils se sont enfuis ! De toute façon, ils ne m'ont rien fait ; et si je mets tout le monde au courant, je serai la risée du village. En colportant la nouvelle, les gens risquent, en plus, de déformer les faits et de me faire perdre la face."

« Ton père m'a dit alors que Wengui était du même avis.

"Pas étonnant ! lui ai-je répliqué, il a été tellement lâche que, si les gens l'apprennent, il n'osera plus jamais se montrer au village !

— Alors, n'en disons rien " a conclu ton père.

« Je lui ai demandé de garder notre secret et il a accepté tout en me prodiguant un peu de réconfort. Je lui en fus profondément reconnaissante et je me suis dit que c'était quelqu'un de vraiment loyal.

« Le soir, Wengui est venu me chercher. Après quelques hésitations, je l'ai suivi au verger. Il essaya de m'expliquer que tout cela avait été si inattendu et si soudain qu'il n'avait pas eu le temps de se remettre de ses émotions, mais qu'en vérité, il donnerait volontiers sa vie pour moi, sans le moindre regret. Il se traita d'imbécile et de lourdaud et versa des larmes d'amertume. Je dois dire que j'étais en proie à des sentiments contradictoires : je n'avais pas du tout l'intention de rompre avec lui, j'étais déçue et je lui en voulais, j'étais juste en colère contre lui, mais ses explications a posteriori me semblèrent malvenues et comiques ; il me faisait l'effet d'un clown ! Je ne lui ai pas répondu et il a fini par se taire. Nous n'avons plus dit un mot jusqu'au moment de nous quitter. Après ce soir-là, nous nous sommes encore revus deux fois mais il y avait entre nous comme un malaise à cause de cet incident qui restait gravé dans nos mémoires. Je lui ai finalement proposé de nous séparer et il a accepté, apparemment soulagé par cette décision.

« Cette séparation m'a fait beaucoup de peine. Nous étions ensemble depuis si longtemps déjà ! Alors, je me suis efforcée de me dire qu'il ne valait pas mes regrets. Tu dois sans doute savoir que ton oncle jouait très bien du *erhu* et qu'il m'avait appris à en jouer ; nous nous étions souvent exercés ensemble mais, à partir de ce jour-là, j'ai juré de ne plus jamais m'en servir et j'ai brisé la hampe de celui qu'il m'avait offert ! » Elle se leva alors pour aller jusqu'au coffre qui était à côté du *kang*, l'ouvrit et prit un sac de toile de forme allongée qui se trouvait à l'intérieur. Sur le *kang*, elle ouvrit la housse.

Dedans se trouvait un *erhu* d'aspect très ordinaire et tout usé. La couche de peinture dont il était recouvert était tout écaillée, il avait des taches de rouille et les cordes pendaient pêle-mêle sur la hampe brisée. Caifeng caressa doucement l'instrument disloqué en soupirant avant de poursuivre : « Je ne m'en suis jamais séparée car il fut le témoin d'un moment du parcours de ma vie, d'un moment qui ne fut pas facile, loin de là ! Par la suite, je me suis mise à fréquenter ton père. Puis il m'a épousée et a toujours été très bon pour moi ; je l'ai toujours considéré comme quelqu'un de bien. Qui aurait dit… » Caifeng poussa un long soupir mais se retint de prononcer les mots qu'elle avait sur les lèvres. Il valait mieux, pensa-t-elle, épargner à Chenglong certaines vérités. Il la regardait, attendant visiblement la suite du récit ; mais elle préféra détourner les yeux et, le regard fixé sur le *erhu* qu'elle tenait entre ses mains, elle reprit : « Ces temps-ci, j'ai l'esprit tourmenté et je n'arrête pas de pleurer. Le soir où tu nous as vus, ton oncle essayait de me consoler mais je n'arrivais pas à retenir mes larmes. Hélas ! On devient plus sensible avec l'âge ! »

Chenglong regardait sa mère. Il avait l'impression qu'elle ne lui avait pas tout dit mais il ne voulait pas lui causer davantage de chagrin en la harcelant de questions. Il se rappela les derniers mots de son père et la responsabilité dont il l'avait chargé. Il avait eu l'intention de montrer la lettre à sa mère mais il ne trouvait pas le moment bien choisi.

Caifeng leva les yeux vers son fils :

« Dans la vie, lui dit-elle, on ne peut emprunter qu'un seul chemin. Quel que puisse être le tien, il te faudra le suivre jusqu'au bout car, une fois engagé dans une voie, il est très difficile de changer de direction. Le moment venu, fais donc très attention à la voie que tu choisiras.

— As-tu des regrets maintenant ? demanda Chenlong à sa mère.

— À quoi cela servirait-il, sinon à se faire souffrir ?! Il est vrai que, depuis quelques années, j'éprouve parfois un sentiment d'injustice, je me dis que je n'avais pas mérité ça. En revanche, j'ai la famille que je méritais et je suis fière de mes enfants. Je suis donc largement récompensée de tous mes efforts ! Si je te dis tout cela, Chenglong, ce n'est pas seulement dans l'espoir que tu me pardonnes, mais c'est aussi pour que tu puisses tirer profit de ma propre expérience. Te voilà arrivé à la croisée des chemins, à un moment décisif de ta vie. Réfléchis bien avant de choisir de t'engager dans telle ou telle voie. Si tu fais le mauvais choix, il sera trop tard après pour en changer ! »

Apparemment, Chenglong n'avait pas entendu les dernières paroles de sa mère car une tout autre question occupait déjà son esprit : l'histoire que sa mère venait de lui raconter avait-elle un quelconque rapport avec la mort de son père ? Et comment le savoir ?

« Mère, le repas est prêt. Allons manger ! » proposa Yinhua qui venait d'apparaître à la porte.

Caifeng se leva : « Va dire au professeur Hong et à Song Jia de venir dîner, demanda-t-elle à son fils. Je vais me rafraîchir un peu. »

En proie à des sentiments contradictoires, Chenglong sortit de la chambre.

## 26
## Entre raison et passion

Après que Caifeng eut fait entrer ses enfants dans sa chambre, Hong Jun suivit Song Jia dans celle de Yinhua, tout heureux de pouvoir enfin avoir avec elle une conversation en privé. En effet, après cet incident assez peu ordinaire, tous deux avaient beaucoup de choses à se raconter qu'ils avaient jusqu'à présent gardées pour eux.

Une fois dans la chambre, Song Jia commença par prendre un peu d'eau pour se débarbouiller tandis que Hong Jun, assis sur une chaise, se mit à l'observer attentivement. Consciente du regard de Hong Jun posé sur elle et qui la mettait mal à l'aise, elle lui dit à mi-voix sur un ton de reproche :

« Qu'est-ce que vous regardez ? On dirait que vous ne m'avez jamais vue ! »

Tout en riant, Hong Jun lui avoua avec le plus grand sérieux :

« J'ai beau avoir l'impression de te connaître depuis toujours, je ne cesse de te découvrir sous un jour nouveau. C'est comme dans la chanson : "C'est toujours la première fois" !

— C'est un beau jour ou un mauvais jour ? Un jour avec ou un jour sans ? plaisanta-t-elle tout en s'essuyant énergiquement le visage avec la serviette de toilette.

— À mon avis, c'est un bon jour, un jour exceptionnel.

— Dieu soit loué ! Ça ne doit vraiment pas vous être facile, vous qui, d'habitude, trouvez toujours à redire à tout ce que je fais, de trouver encore quelque chose de bien en moi ! Pas facile du tout ! » conclut-elle en s'asseyant sur le bord du *kang*, en face de lui.

Insensible aux railleries de son assistante, Hong Jun voulut savoir :

« Comment s'y sont-ils pris avec toi cet après-midi ? »

Song Jia reprit son sérieux et raconta :

« Après que Yinhua fut partie, appelée par Chenghu, Jinhua m'a entraînée chez elle sous prétexte de me montrer quelque chose de très important. Quand je lui ai demandé ce que c'était, elle m'a dit que ça avait un rapport avec la pierre Œil-de-Dragon et que ça venait du père de Chenglong. Comme j'étais à mille lieues de me douter que, dans un tout petit village de montagne comme celui-ci, je risquais de me faire enlever, j'y suis allée. Arrivée chez elle, Jinhua m'a conduite dans sa chambre ; s'y trouvait déjà cette femme grande et forte. J'ai voulu savoir où se cachait la chose en question et c'est alors qu'elles ont profité de ce que je ne faisais pas trop attention : l'une des deux m'a mis un morceau de toile sur la tête, l'autre m'a attrapée par la taille et elles m'ont renversée de force sur le *kang*. J'ai commencé par résister avec l'énergie du désespoir mais je me suis très vite aperçue que ça ne servirait qu'à m'attirer des ennuis ; alors je leur ai demandé ce qu'elles comptaient faire de moi. Elles m'ont assuré qu'elles ne me feraient aucun mal, elles voulaient seulement se servir de moi comme monnaie d'échange pour passer un marché avec Chenglong. J'ai pensé qu'il valait mieux capituler, quitte à souffrir un peu. Elles m'ont alors attachée et bâillonnée. Chenghu est arrivé. Comme elles lui ont dit que tout se passait bien, il n'est même pas venu jusque dans la chambre. Je crois qu'ensuite Jinhua est partie et puis vous êtes arrivés. En fait, je n'ai pas du tout eu peur car je savais que vous ne tarderiez pas à venir me délivrer.

Pourquoi étais-tu si sûre de toi ?

— Ce n'était pas de moi que j'étais sûre mais de vous, le grand avocat Hong !

— Et si je n'avais pas trouvé l'endroit où elles te cachaient ? Yinhua et Chenglong croyaient que c'était le fameux Tang qui t'avait entraînée sous un faux prétexte !

— Pour votre intelligence hors normes, ce n'était là qu'une simple mise en bouche ! Il suffisait que vous ayez envie de me retrouver pour y arriver, tôt ou tard. Pourquoi est-ce que j'aurais dû avoir peur ?

— Si toi, tu n'as pas eu peur, moi, j'étais mort d'inquiétude ! Dès que j'ai appris que tu avais disparu, je me suis affolé. Je me suis reproché de t'avoir amenée avec moi et de t'avoir laissée seule au village ; je n'aurais pas dû. À dire vrai, j'étais tellement anxieux que je serais allé me jeter à l'eau de désespoir ! avoua Hong Jun, très sincèrement.

— Il faisait chaud et vous avez eu envie de prendre un bain !

— Oh ! Toi, quand tu ouvres la bouche !...

— Quoi ? Vous avez à vous plaindre de ma bouche ? Vous avez pourtant eu l'occasion d'en juger lors de mon entretien d'embauche, n'est-ce pas ? Je ne portais pas de masque ce jour-là, non ? Et pourtant, mon contrat ne fait nulle part mention du fait que la laideur de ma bouche pouvait justifier d'un licenciement, d'accord, patron ? » répliqua Song Jia avec un petit sourire malicieux.

Hong Jun ne put que confirmer le fait d'un hochement de tête tout en lui disant :

« Toi alors ! Tu es vraiment du genre imperturbable. Rien ne peut t'atteindre ! Tu prends à la légère même les graves événements qui ont eu lieu !

— Eh ! Avocat Hong, vous devriez surveiller vos propos. En quoi ai-je été légère ? Et vis-à-vis de qui ?

— Ce... ce n'est pas ce que je voulais dire !

— Que vouliez-vous dire, dans ce cas ?

— Que... tu devrais tirer sérieusement la leçon de ce qui s'est passé et, bien sûr, moi aussi, je dois faire en sorte d'empêcher qu'une telle chose se reproduise.

— Ce n'est quand même pas si grave, non ? Ce n'était qu'une scène héroïque du "Prince charmant sauve sa Belle", et ça manquait même encore d'un peu d'éclat !

— Arrête de toujours minimiser les choses ! La société d'aujourd'hui est devenue tellement complexe. Si vraiment il devait t'arriver quelque chose, il serait trop tard, après, pour pleurer !

— Au pire, ils auraient… éliminé leur otage. Et vous auriez déclaré que je m'étais sacrifiée pour la patrie, n'est-ce pas ? Il m'aurait suffi que vous veniez déposer une petite fleur sur ma tombe, chaque année, à la fête des morts, et je ne n'aurais eu aucun regret d'avoir quitté cette vie ! » Elle avait exprimé dans cette dernière phrase toute la sincérité de ses sentiments.

Hong Jun garda le silence. Il avait, bien entendu, saisi le sens caché des paroles de Song Jia. Ce n'était pas qu'il fût dépourvu de sympathie envers sa jeune assistante mais, au plus profond de son cœur, dans l'endroit le plus secret de ses pensées, il y avait déjà quelqu'un d'autre, une autre jeune femme : la propre sœur de Song Jia. Il pensa à Xiao Xue et au poème de Su Dong Po qu'elle avait recopié pour lui dans la lettre qu'il avait reçue quelques jours auparavant :

*Les nénuphars sont morts et les feuilles sur lesquelles tombait la pluie ne sont plus,*
*Les derniers chrysanthèmes s'accrochent courageusement aux tiges couvertes de givre ;*
*Souvenez-vous des bons moments que, toute une année, nous avons passés,*
*Et surtout en cette délicieuse saison des mandarines vertes et des oranges dorées.*

Après avoir lu cette lettre, Hong Jun n'avait cessé de se demander pourquoi elle avait choisi ce poème pour lui. Il eut beau le lire et le relire à haute voix, il ne put en saisir intégralement le sens. Il sentait bien que, de plus en plus, les sentiments que Xiao Xue éprouvait pour lui tendaient vers une forme toute spirituelle et sublimée d'amour platonique, portant aux nues ce Phénix déjà inaccessible à celui qui n'avait pourtant aucun doute quant à sa valeur personnelle ! Dans sa lettre, elle lui annonçait sa venue à Pékin pour le mois suivant. Elle devait assister à un congrès et elle espérait avoir le temps d'aller trouver cette mère qu'elle n'avait jamais revue. Il était impatient de la revoir, mais il éprouvait en même temps une espèce d'inquiétude indéfinissable.

Si Song Jia, elle aussi, pensait à Xiao Xue, c'était à l'image que les yeux de Hong Jun lui renvoyaient d'elle. Et, si elle venait d'asticoter Hong Jun de mille et une façons, c'était dans l'espoir de l'entendre se prononcer sur ce qu'il éprouvait pour elle. Il n'était nullement question qu'elle prenne la place de sa rivale de demi-sœur, mais elle ne pouvait s'empêcher d'avoir parfois envie de partager avec elle l'amour de Hong Jun, ce qui la plongeait dans les affres d'un abîme de sentiments contradictoires. Pour l'heure, elle aurait vraiment voulu que Hong Jun oublie Xiao Xue un court instant, qu'il la prenne dans ses bras et la serre contre lui sans arrière-pensée et qu'il lui donne même un tout petit baiser !

Mais sa raison lui disait qu'il ne pouvait en être ainsi, qu'un seul instant d'égarement pouvait leur valoir à tous deux des souffrances et des regrets sans fin. Alors, elle se prenait à souhaiter qu'ils puissent se retrouver tous deux, face à face, sur une scène de théâtre ou devant une caméra : ils pourraient « jouer à faire comme si » sans se préoccuper le moins du monde de ce que leur imposaient d'un côté les sentiments, et de l'autre, la raison !

Silencieux, ils étaient assis l'un en face de l'autre, sachant pertinemment ce à quoi l'autre pensait mais ne voulant pas en parler.

« Professeur Hong ! Mademoiselle Song ! Venez manger ! » annonça Chenglong en entrant dans la pièce. Il regarda Hong Jun puis, se tournant vers Song Jia, il lui exprima ses regrets les plus sincères :

« Je suis vraiment confus de ce qui vous est arrivé ici, chez nous, et, en plus, à cause de moi. Je ne sais vraiment pas quoi dire !

— Alors, ne dites rien ! » répliqua Song Jia en imitant à dessein l'intonation du parler local pour amuser les deux hommes.

« J'ai vraiment honte qu'une telle chose ait pu se produire, dit Chenglong en s'adressant alors à Hong Jun. Il est évident que si vous décidez de rentrer à Pékin, je ne saurais vous en dissuader. Quant à moi, je suis bien décidé à poursuivre ma propre enquête sur place. J'irai jusqu'au fond des choses ! »

En riant, l'avocat rétorqua :

« Et vous croyez que nous allons retourner à Pékin avant d'avoir achevé notre mission ? Ce n'est pas le style de la maison.

— Mais, ne venez-vous pas de dire à l'oncle que vous comptiez partir demain ? demanda Chenglong qui ne comprenait plus rien.

— C'est exact. Mais c'est parce que je compte bien être en mesure de faire éclater la vérité d'ici ce soir ! »

Dans les yeux de Chenglong, et dans ceux de Song Jia, on put lire à la fois de la surprise et de la perplexité ; mais ils ne purent poser aucune question car Hong Jun avait déjà quitté la pièce.

L'atmosphère du dîner fut anormalement morose. Assis autour de la table dans la cour, tous mangeaient sans dire un mot comme si chacun avait sur le cœur des choses que les autres ne pouvaient entendre.

Ils avaient presque terminé lorsque Shi Guangsheng pénétra dans la cour en frappant le sol de sa canne de bambou. Chenglong se précipita aussitôt pour aller lui offrir le soutien de son bras. Shi Guangsheng salua Caifeng puis, debout au centre de l'espace enclos, il apostropha Chenglong :

« J'ai entendu parler d'une bagarre entre ton frère et toi à propos de la pierre. Est-ce que c'est vrai ? Je te le demande, Chenglong : où est cette pierre, à l'heure qu'il est ?

— Je n'en sais absolument rien, Oncle Guangsheng, répondit Chenglong.

— Tu n'en sais rien ? Alors, pourquoi est-ce que vous vous êtes battus, avec ton frère ? Je te le répète, ce n'est pas parce que je suis aveugle que je n'y vois rien, inutile de chercher à me raconter des blagues ! C'est à cause du Dragon-Roi que je suis aveugle mais il n'est pas exclu qu'à un moment ou à un autre, il me permette de revoir la lumière du jour. Et, si toi, petit morveux, tu essaies de me gruger, méfie-toi, je te tordrai le cou ! »

Caifeng se leva et s'approcha de lui :

— Je t'assure, Oncle Guangsheng, Chenglong ignore où se trouve la pierre Œil-de-Dragon. Et j'ajouterai que, moi aussi, je l'ignore. Il ne faut surtout pas te mettre en colère, ça va te faire du mal, tu es encore convalescent. »

Guangsheng baissa le ton :

« Mère de Chenglong, j'ai toujours eu beaucoup d'estime pour toi. Je crois ce que tu me dis. Mais je veux qu'une chose soit claire : cette pierre, c'est Wugui et moi qui l'avons découverte ensemble et, de plus, c'est elle qui me vaut d'être aveugle aujourd'hui. À l'époque, on s'était juré de la partager : alors, peu importe quand, mais il faudra que j'en aie ma part !

— Aucun problème. Si on la trouve, j'irai aussitôt t'avertir. Je te promets que tu auras ta part ! lui assura Caifeng.

— Puisque j'ai ta parole, je suis rassuré ! déclara l'oncle Guangsheng.

— Viens t'asseoir un moment à l'intérieur ! lui proposa-t-elle alors. Il fait déjà nuit. Tout à l'heure, Chenglong te raccompagnera chez toi.

— Non, merci ! Qu'il fasse jour ou pas, pour moi, c'est du pareil au même. Je me suis pas mal entraîné ces derniers temps. Je n'en suis pas encore au point de devoir compter sur les autres ! » déclara-t-il avant de s'en aller, seul.

La nuit était tombée. Les jeunes gens avaient réintégré leurs chambres respectives. Restée seule, Caifeng avait remis de l'ordre dans la cour et était allée fermer la porte de la bergerie et celle du poulailler. Au moment où elle s'apprêtait à aller se coucher, le son lent et mélodieux d'un *erhu* parvint jusqu'à elle. Elle sentit son cœur vibrer lorsqu'elle reconnut l'air de « Deux sources au clair de lune ». Bien que la mélodie fût exécutée d'une main maladroite, le son profond du violon brisant le silence de la nuit avait quelque chose de tout spécialement émouvant.

Lentement, Caifeng s'assit sur le petit tabouret de bois, devant la porte. Cette musique pénétrait en elle jusqu'aux tympans, s'enfonçait dans les tréfonds de son cœur, faisant jaillir de sa mémoire comme un écho. Elle ferma les yeux – et les scènes du passé défilèrent devant elle comme autant d'épisodes d'un film de fiction…

# 27
# Une haine tenace

Les fleurs avaient éclos puis elles avaient fané, les oies sauvages étaient arrivées puis s'en étaient allées, l'hiver froid et glacé était de retour. Sur le chantier du réservoir, les jeunes travaillaient avec ardeur en dépit du manque d'envergure de l'entreprise. Un drapeau rouge claquait dans le vent du nord ; sur un tableau noir, les caractères bien alignés d'un slogan incitaient les paysans à suivre le modèle de Dazhai ; les appels, les cris, les rires se mêlaient au bruit des instruments de travail dans une cacophonie joyeuse.

C'était le tout début de l'hiver et le sol, sous sa croûte gelée, n'avait pas encore durci en profondeur. Dans les terres basses et dans l'étang asséché, les jeunes brisaient la couche glacée avec une pioche pour prendre de la terre dont ils chargeaient les paniers qu'ils transportaient ensuite jusqu'à la digue du barrage ; le tout était ensuite damé à la hie. Les jeunes filles, plus spécialement affectées au remplissage des paniers, babillaient et riaient en travaillant. Les garçons, qui transportaient les paniers pleins à l'aide de palanches, ne disaient pas un mot lorsqu'ils grimpaient en haut de la digue en courant mais, en redescendant, ils prenaient tout leur temps et discutaient tranquillement.

Sur la digue, Shi Wugui dirigeait le travail des quatre jeunes chargés du damage. Lui-même, manche d'outil en main, chantait à gorge déployée pour leur donner le rythme. Les quatre garçons lançaient en l'air de toutes leurs forces la masse en pierre de leur hie au rythme de la chanson. Le bruit de la massue retombant au sol mêlé au chœur des garçons donnait un ensemble bien coordonné et plein de vie.

*Regardez vers l'ouest, camarades, aïe-yé, bang !*
*Observez la scène, aïe-yé, bang !*
*Une fille, une palanche et ses paniers, aïe-yé, bang !*
*Elle court plus vite que les garçons, aïe-yé, bang !*
*Construisons-le ce réservoir, aïe-yé, bang !*
*Et faisons des champs comme ceux de Dazhai, aïe-yé, bang !*
*Redoublons d'efforts et de courage, aïe-yé, bang !*
*Prenons exemple sur « l'autre moitié du ciel », aïe-yé bang !*
*Comme à Dazhai, notre campagne sera encore plus belle ! aïe-yé, bang !*

Lorsque Caifeng entendit le chant de Wugui, elle venait juste de prendre la palanche d'un des garçons et elle gravissait la pente derrière Honglian avec ses paniers remplis de terre. Elle savait que ces paroles lui étaient adressées. Depuis un an, Wugui cherchait par tous les moyens à l'approcher. Elle s'en était rendu compte, bien qu'il ne l'ait jamais montré ouvertement ! Pour tout dire, elle aussi éprouvait de la sympathie pour lui, mais ce sentiment était né de la reconnaissance qu'elle lui devait.

Certes, l'image de Wengui ne s'était pas effacée de son cœur. Il lui arrivait encore parfois de sortir en cachette le *erhu* brisé, de le regarder en silence et de le caresser, car il portait en lui le souvenir d'un amour qu'elle était incapable d'oublier ! Il lui arrivait aussi de pleurer de tristesse en souhaitant que cet incident qui avait gâché leur relation ne se soit jamais produit.

Mais leur histoire était désormais bel et bien terminée. Elle avait laissé en elle un cœur blessé qui serait long à cicatriser, mais aussi comme un champ en jachère qui n'attendait qu'une nouvelle pluie pour reverdir. C'est pourquoi, de plus en plus souvent, l'image d'un autre garçon venait occuper la place laissée vide dans ses pensées. Sans vraiment le vouloir, elle faisait des comparaisons entre les deux garçons. Chacun d'eux avait ses qualités et ses défauts mais c'est l'image de Wugui qui, de jour en jour, s'imposait à elle.

Arrivée sur la digue à la suite de Honglian, Caifeng vida ses paniers par terre. Honglian s'était redressée et, tout en essuyant la sueur qui mouillait son front, elle avait crié en direction de Wugui :

« Arrête de regarder à droite et à gauche quand tu travailles. Méfie-toi, tu risques de te donner un coup de massue sur les pieds ! »

Après avoir jeté un coup d'œil aux deux jeunes filles, Wugui s'était remis à chanter :

*Honglian, ne t'en fais pas, aïe-yé, bang !*
*Ma massue n'est pas folle, aïe-yé, bang !*
*Elle ne retombe pas sur les gens bien, aïe-yé, bang !*
*Seuls les ennemis du peuple elle pourrait écraser, aïe-yé, bang !*

Honglian regarda Caifeng en riant :

« Ce n'est pas pour rien qu'il a fait l'armée. Il a de la réplique ! » Puis elle se retourna pour crier encore quelque chose à Wugui ; Caifeng la tira par la manche et toutes deux dévalèrent la digue. Pendant qu'elles attendaient que l'on remplisse leurs paniers, Honglian s'approcha de Caifeng et lui murmura à l'oreille :

« Tu as eu peur que je l'attaque ? Tu le protèges déjà ? »

Les joues de Caifeng, déjà rougies par le vent d'hiver, devinrent plus colorées encore.

Elles avaient encore fait plusieurs voyages quand Sun-le-Barbu arriva, une bêche à la main, pour aider au chargement des paniers. Lorsque vint le tour de Caifeng, il remplit ses deux paniers à ras bords en tassant bien avec sa bêche. Puis il l'observa du coin de l'œil avec un sourire mauvais.

Caifeng resta de marbre, se baissa pour accrocher les anses des paniers de chaque côté du balancier, serra les dents et les souleva. Ses épaules lui faisaient déjà terriblement mal quoique, jusqu'alors, on ait bien pris soin de ne pas trop la charger. Elle avait l'impression que le balancier s'enfonçait de tout son poids dans ses chairs et qu'il était sur le point de lui briser les os. Elle serra les dents encore davantage et, toute chancelante, continua à grimper. À mi-chemin, n'y tenant plus, elle posa sa charge pour reprendre son souffle. Au moment où elle se baissait pour remettre le tout sur son épaule afin de repartir, une main solide attrapa le balancier : c'était Wugui. Il lui murmura :

« Arrête de vouloir toujours être la meilleure ! »

Caifeng sentait une multitude de paires d'yeux braqués sur elle. Elle le fusilla du regard et, sèchement, lui dit :

« De quoi tu te mêles ?! »

Mais Wugui ne lâcha pas prise et répliqua :

« On ne plaisante pas avec sa santé ! »

Ces paroles firent aussitôt remonter à la surface tous les griefs et les contrariétés refoulés. D'un ton buté, elle s'écria :

« Ça te regarde ? Qu'est-ce que ça peut te faire si je m'abîme la santé ? »

Surpris par sa réaction, Wugui lâcha le balancier et resta bouche bée. Des rires moqueurs fusèrent de toutes parts.

Caifeng dut rassembler toutes ses forces pour soulever de terre les deux paniers et les monter en haut de la digue, en serrant toujours les dents. La douleur qu'elle ressentait aux épaules lui arrachait le cœur et c'est à peine si ses jambes lui obéissaient ; mais elle n'avait qu'une idée en tête : aller jusqu'au bout, coûte que coûte ! Lorsqu'elle parvint enfin tout en haut et qu'elle posa sa charge, ses jambes se dérobèrent sous elle et elle s'écroula.

Honglian la suivait de près. Elle posa ses paniers et se précipita vers Caifeng :

« Ça va ? lui demanda-t-elle.

— Ça va ! répondit Caifeng qui se relevait péniblement.

— Tu es formidable ! Tu fais honneur à notre "moitié du ciel" ! Cela dit, arrête de charrier la terre et va plutôt au remplissage des paniers ! »

Caifeng redescendit en suivant Honglian. En portant les paniers vidés de leur charge, elle avait maintenant l'impression de ne plus avoir le pas aussi sûr et de flotter plutôt que de marcher, comme si elle avait eu des ailes. Tout à coup, elle entendit la grosse voix de Sun-le-Barbu :

« Shi Wugui, tu veux faire quoi, hein ? »

En regardant dans sa direction, elle vit Wugui foncer droit sur Sun, un balancier en main.

Elle avait entendu dire qu'entre les villages des Shi et des Sun existait une haine ancestrale. Avant la Libération, les habitants des deux villages n'entretenaient aucune relation entre eux: lorsque ceux du village des Sun voulaient se rendre à la ville, ils préféraient faire un détour de plusieurs *li* par un sentier de montagne plutôt que de traverser le village des Shi. Les deux villages avaient été regroupés en une seule équipe de production lors de la collectivisation et leurs habitants semblaient, du moins en apparence, avoir enterré la hache de guerre ; mais, à la moindre peccadille, l'antique rancœur refoulée dans leur inconscient se manifestait à nouveau sous une forme ou sous une autre. Craignant que Wugui ne commette quelque acte inconsidéré, Caifeng ne put s'empêcher de presser le pas.

Mais Wugui, qui n'avait nullement eu l'intention de frapper Sun, s'approchait de lui avec un grand sourire:

« Chef Sun, inutile d'avoir peur ! Je suis simplement venu te proposer un défi sur le thème "développer l'émulation au travail". N'insiste-t-on pas, actuellement, sur la nécessité de "Comparer, Apprendre, Rattraper, Aider et Dépasser" ? De nous deux, voyons un peu qui charriera le plus de terre. Chacun charge les paniers de l'autre et le premier qui s'écroule sera un… » dit-il en traçant avec son doigt les deux caractères du mot *wangba* [50].

Sun-le-Barbu sembla soulagé et la tension des gens qui les entouraient retomba, elle aussi. Certains jeunes applaudirent même pour encourager les deux adversaires.

Sun-le-Barbu eut un petit rire mauvais:

« Tu te crois fort, mais pour le transport de la terre, tu ne fais pas le poids à côté de moi !

— C'est ce qu'on va voir, répondit Wugui. On ne peut pas distinguer la mule du cheval si on ne les sort pas faire un tour ! »

---

50. *Wangba* : Jeu de mots sur la double signification du terme qui veut dire « tortue » mais aussi et surtout « cocu » ou encore « bâtard », « salaud », « canaille ».

Sun-le-Barbu alla chercher un balancier et chacun remplit les paniers de l'autre en tassant la terre au maximum ; après quoi, ils grimpèrent jusqu'au barrage à grandes enjambées et, d'un seul mouvement de bras vers l'avant, vidèrent leurs paniers avant de revenir charger au trot. Après sept ou huit voyages, Sun-le-Barbu, fatigué, s'essouffla et ralentit l'allure tandis que Wugui, bien entraîné à ce genre de travail à l'armée, prenait une demi-longueur d'avance et le regardait d'un air moqueur. Arrivé à une quinzaine de voyages, Wugui ralentit lui aussi de façon notable mais Sun-le-Barbu n'arrivait pratiquement plus à marcher. Il insista encore pendant deux allers-retours ; après quoi il tomba, le derrière par terre, incapable de parler.

Le souffle court, Wugui lui dit:

« Comment? Déjà à plat? Alors, tu abandonnes? À toi donc de faire un tour à quatre pattes! »

Injonction que quelques garçons reprirent en chœur. Sun-le-Barbu le foudroya du regard sans prononcer un mot. Il lui fallut du temps avant de pouvoir se remettre debout. Méchamment, il lança:

« On verra bien qui rira le dernier! » tout en époussetant le derrière de son pantalon.

Il partit sous les huées.

Sur le chemin du retour, après la journée de travail, Caifeng fit exprès de marcher très lentement pour se retrouver seule derrière les autres. Wugui, qui l'avait remarqué, fit de même pour se retrouver auprès d'elle:

« Comment ça va? lui demanda-t-il avec sollicitude. Tes épaules? Elles te font très mal?

— Non, non! C'est supportable, lui répondit-elle.

— À d'autres! J'ai connu ça sur les chantiers de travaux publics de l'armée; j'avais les épaules en feu et, même pour un homme, c'était à la limite du supportable. »

Après s'être assurée que, devant, tout le monde était trop fatigué pour bavarder ou pour tourner la tête afin de les espionner, elle lui dit d'une petite voix:

«Tu n'es pas fâché contre moi? »

— Pourquoi le serais-je ?

— Ce que je t'ai dit au chantier, ça a dû te mettre mal à l'aise !

— Oh ! Ça n'a aucune importance ! C'est déjà oublié !

— Ce n'était pas dirigé contre toi, je t'assure ! Je ne sais même pas pourquoi j'ai dit ça ; il ne faut pas que ça te fâche !

— Je ne suis pas fâché le moins du monde !

— Et puis... Caifeng hésita puis se tut.

— Quoi donc ?

— Merci beaucoup ! » lança-t-elle avant de presser le pas pour rattraper les filles qui marchaient devant.

## 28
## Le héros

Toute la nuit, silencieusement, la neige était tombée en abondance. Lorsque Caifeng ouvrit la porte au petit matin, elle resta bouche bée devant le paysage qui s'offrait à ses yeux : le sol, la maison, tout était recouvert d'une épaisse couche moelleuse et vaporeuse d'une neige immaculée, encore intacte et scintillante. Sur la montagne d'en face, la forêt s'était, elle aussi, revêtue de ce même beau blanc sans mélange qui, dans les rayons du disque rouge du soleil levant et sur fond de ciel bleu à mille lieues à la ronde, étincelait d'une magnifique et radieuse clarté. Elle ne put s'empêcher de s'extasier :

« Voilà le Nord dans toute sa splendeur ! »

Après le petit déjeuner, elle rejoignit le chantier du barrage en compagnie des autres jeunes. Comme on était maintenant en plein cœur de l'hiver, il fallait utiliser les explosifs pour faire sauter la couche de terre durcie par le gel. C'est Wugui, en tant qu'ancien militaire et chef de peloton dans la milice populaire, qui avait été chargé de diriger les opérations de dynamitage. Il avait organisé sa main-d'œuvre en petits groupes dont certains devaient creuser le sol et les autres placer les pains de dynamite. Dans un premier temps, ils attaquaient la croûte gelée à l'aide de pics, après quoi ils aménageaient des cavités plus en profondeur avec de longs forets et y plaçaient les explosifs ; ils tiraient ensuite les mèches à l'extérieur avant de tout reboucher avec de la terre. Wugui alla inspecter un à un chacun des huit dispositifs ainsi réalisés puis il désigna ceux qui seraient chargés d'allumer les mèches. Caifeng insista pour faire partie de ceux-là et Wugui ne put qu'accepter qu'elle se joigne à lui et à deux autres jeunes plutôt dégourdis et méticuleux pour effectuer cette tâche. Wugui leur donna des instructions précises en insistant sur la façon dont ils devaient tout d'abord presser la mèche entre leurs doigts pour en faire sortir un peu de matière explosive et pouvoir ainsi l'allumer plus facilement, sur la nécessité de protéger la mèche et la boîte d'allumettes de l'humidité de la neige et enfin sur l'obligation qu'ils avaient de procéder à la mise à feu tous les quatre en même temps et ensuite, quoi qu'il arrive, d'aller se mettre à l'abri en lieu sûr – que les mèches aient pris ou pas.

Caifeng se mit en place auprès du premier dispositif, pressa la première mèche dont elle fit sortir un peu d'une matière noire et prépara son allumette en attendant l'ordre que devait donner Wugui. Dès qu'elle l'entendit dire « Feu ! », elle frotta l'allumette qui s'enflamma en crépitant et elle alluma la mèche. Aussitôt elle s'approcha de la seconde et craqua son allumette, mais celle-ci s'éteignit avant d'avoir pu enflammer la mèche qu'elle avait oublié de presser. C'est alors seulement qu'elle se souvint des recommandations de Wugui : elle pressa la mèche entre ses doigts mais, dans sa précipitation, la boîte d'allumettes lui échappa et tomba dans la neige. Elle la ramassa et en craqua deux, sans succès. Wugui, qui avait déjà donné l'ordre impératif de repli, cria son nom. En se retournant, elle vit qu'une fumée bleutée s'échappait du trou d'à-côté. Incapable de se résigner à l'échec, elle frotta encore une allumette qu'elle ne réussit pas non plus à allumer. C'est alors qu'une main puissante l'empoigna par le bras et la tira hors du trou dans lequel elle se trouvait, l'entraînant au plus vite vers la digue du barrage. Wugui l'avait à peine traînée sur quelques mètres qu'ils entendirent un grand « Boum ! » : la première explosion, qui fut suivie de près par toute une série d'autres déflagrations. Le sol semblait comme ébranlé par un tremblement de terre ! Tels des projectiles, des cailloux passaient au-dessus de leurs têtes en sifflant. Wugui renversa Caifeng dans la neige et se jeta sur elle, la protégeant de son corps massif. Elle ne voyait plus rien que cette poudre blanche mais elle pouvait entendre le bruit amorti que faisaient les débris qui retombaient tout autour d'elle. Soudain, elle sentit le corps qui appuyait sur le sien se convulser à deux reprises et la main qui tenait son bras lentement relâcher sa pression.

Lorsque les explosions cessèrent, un silence de mort s'abattit sur les alentours. Avec bien du mal, Caifeng réussit à s'extraire de dessous le corps de Wugui en rampant. C'est alors que, le voyant là, inerte et les yeux fermés, elle prit peur et se jeta contre sa poitrine en criant son nom, désespérément. Tous ceux qui étaient allés se réfugier derrière la digue accoururent auprès de Wugui. Lorsqu'ils lui soulevèrent la tête, ils purent voir, dans la neige, des traces d'un sang rouge vif…

Sans trop savoir comment, Caifeng se retrouva au dispensaire de la commune populaire, pétrie de remords et redoutant le pire. Wugui était allongé sur le *kang* d'argile de la petite salle de consultations étroite et très rudimentaire du dispensaire. Caifeng, au comble de l'inquiétude, regarda le médecin examiner le jeune homme et panser les plaies dont il était couvert. Il avait été atteint en maints endroits du corps, mais seules ses blessures à la tête et au bras présentaient un certain caractère de gravité. Finalement, Wugui revint à lui. Relevant légèrement la tête, fronçant les sourcils, il regarda les gens qui l'entouraient et, parlant avec difficulté, il demanda :

« Et Caifeng ? Comment va-t-elle ? »

Cette dernière se précipita et lui prit la main mais les larmes d'émotion qui lui montaient aux yeux l'empêchèrent de prononcer un mot.

Les dirigeants de la commune populaire vinrent tous rendre visite au blessé et déclarèrent qu'il était un héros, digne du modèle de Wangjie[51], sur lequel tous les jeunes de la commune devaient désormais prendre exemple. Un journaliste vint même du district poser un tas de question à Wugui et Caifeng. Ce

51. Jeune soldat de l'Armée populaire de Libération qui avait sacrifié sa vie sur un chantier. Sa mort lui valut d'être cité comme le modèle à suivre. Il fallait, comme lui, « Ne craindre ni les souffrances ni la mort ».

soir-là, la jeune fille insista pour rester au chevet de Wugui : c'était là le seul moyen pour elle de recouvrer une certaine tranquillité d'esprit. Comme le dispensaire était à court de personnel, elle fut autorisée à y passer la nuit.

Dans le silence de la salle de consultations, ils étaient restés seuls tous les deux. Elle rajouta une poignée de paille séchée dans le foyer du *kang* puis s'assit sur le petit tabouret en bois et resta, le regard vide, à fixer des yeux la lueur du feu. Soudain, elle entendit Wugui prononcer son nom. La lueur jaunâtre d'une petite ampoule éclairait le visage du blessé. Tout doucement, elle lui demanda :

« Comment ça va ? Ça te fait mal ? »

Faiblement, il secoua la tête :

« Non ! Arrête donc de t'occuper de moi, viens t'asseoir ici pour te reposer un peu ! »

Elle vint s'asseoir auprès du *kang* et tous deux se regardèrent sans rien dire comme si, l'un comme l'autre, ils avaient eu peur de rompre l'harmonie silencieuse de ce face à face. Longtemps après, elle soupira enfin en avouant :

« C'est de ma faute ! Au moment le plus critique, j'ai fait une grosse bêtise et c'est pour ça que tu as été blessé et que tu as failli…

— Qu'est-ce que tu racontes là ? » l'interrompit-il puis, après mûre réflexion, il ajouta :

« En réalité, je devrais plutôt te remercier !

— Me remercier de quoi ?

— Sans toi, comment aurais-je fait pour devenir un héros ?! Ah !… » À peine avait-il commencé à rire qu'une douleur à la tête lui fit faire la grimace.

« Regarde ! lui reprocha-t-elle. Blessé comme tu l'es, tu as encore le cœur à plaisanter ! Tu as eu mal ?

— Ce n'est rien ! C'est passé !

— Tu mens pour me rassurer : je sais bien que tu as peur que je me sente coupable et c'est pour ça que tu as dit que tu devais me remercier. S'il y en a un qui doit remercier l'autre, c'est bien moi : c'est la deuxième fois que tu me sauves la vie !

— Tu veux vraiment me remercier ?

— Crois-tu que je pourrais te mentir là-dessus ?

— Comment vas-tu donc me remercier ? demanda-t-il en la regardant droit dans les yeux.

— Dis-moi, toi, comment je devrais le faire, dit-elle en cherchant à éviter son regard.

— Pourrais-tu… me dire oui si je te demande quelque chose ?

— Quoi ?

— Dis-moi d'abord que tu diras oui ; sinon, je n'aurai pas le courage de te poser la question. »

Elle lui fit un petit signe affirmatif de la tête en le regardant.

Tout content, Wugui s'écria :

« Épouse-moi, Caifeng ! Tu veux bien, dis ?

— Heu… »

Elle se trouvait prise au dépourvu car, si elle avait, depuis longtemps, deviné ce qu'il avait l'intention de lui demander, elle ne s'attendait pas à quelque chose d'aussi direct. En proie à des sentiments contradictoires, elle ne savait que répondre. Cela faisait déjà plus d'un an qu'elle s'était séparée de Wengui, mais il n'en restait pas moins que les deux jeunes gens étaient cousins. Que penserait Wengui si elle épousait son cousin ? Et puis, que penseraient les gens ? Cependant, comment pourrait-elle avoir le cœur de refuser quoi que ce soit à celui qui l'avait sauvée au péril de sa vie ? Le médecin avait bien dit que, si sa fracture du bras gauche n'était pas si grave, sa blessure à la tête, au contraire, laisserait inévitablement des séquelles. Or si cela s'avérait, ne serait-il pas de son devoir de lui dédier sa vie ? D'autant plus qu'elle éprouvait déjà pour lui de tendres sentiments !

Tout ému, Wugui protesta :

« Comment ? Ne m'as-tu pas promis de dire oui ? Caifeng, tu me plais vraiment ! J'ai tellement attendu ce jour ! Je n'ai que faire d'être un héros ; si je t'ai sauvée, c'est parce que je t'aime ! Pour toi, je suis capable de tout, même de mourir ! Dis-moi oui, Caifeng ! Je t'en prie ! »

Sa blessure au crâne le fit souffrir à nouveau.

Caifeng n'avait plus le choix. Elle se baissa pour lui souffler à l'oreille :

« J'accepte !

— Vraiment ? »

Oubliant son corps endolori, Wugui se redressa d'un coup et sa main droite vint prendre celle de la jeune fille :

« Vraiment, tu acceptes de m'épouser ? Je ne rêve pas ?

— À te voir, on dirait un vrai gosse !

— C'est bien vrai, au moins ?

— Pourquoi est-ce que j'essaierais de te tromper ?

— Aurais-tu accepté simplement pour me permettre de me rétablir ?

— J'ai vraiment accepté ! Je t'estime digne de mon amour !

— Vrai ? Alors… je peux t'embrasser ? »

Il tendit alors sa main droite et l'étreignit. Tendrement, il déposa un baiser sur ses lèvres puis sur ses joues. Elle ferma les yeux.

Deux jours plus tard, la commune envoya une voiture chercher Wugui pour le reconduire au village des Shi où l'équipe de production avait organisé pour lui une cérémonie de bienvenue. Sa réputation de héros s'était répandue comme une traînée de poudre. Ses relations avec Caifeng furent officialisées et même exaltées sous le nom d'amitié révolutionnaire née sur le chantier du barrage. La blessure au crâne de Wugui lui valait encore une propension aux maux de tête à répétition, ce qui confortait Caifeng dans son idée qu'elle avait une dette envers lui.

Elle avait décidé de retourner à Pékin la veille du nouvel an, rendre visite à ses parents. Wugui l'accompagna quand elle alla prendre le train. Ils se tenaient par la main dans la froideur sinistre de ce quai de gare :

« Je n'ai vraiment pas envie de te laisser partir ! J'ai peur que tes parents n'approuvent pas nos projets et qu'ils ne te laissent pas revenir ! dit Wugui.

— Pourquoi ne me fais-tu pas confiance ? Combien de fois faudra-t-il que je te le répète : je te jure que je reviendrai ! lui assura Caifeng, avec amour.

— Ce n'est pas que je ne te fasse pas confiance. Ce sont tes parents qui m'inquiètent ! J'aurai beau dire, je n'en resterai pas moins un gars de la montagne !

— Mais le plus gentil de tous les gars de la montagne ! Et puis, ne suis-je pas une fille de la montagne, moi aussi ? Quoi qu'en disent mes parents, je t'épouserai, je te le promets ! Je ne changerai pas d'avis ! »

Dans un mouvement d'air, le train arriva le long du quai tandis que, des roues, montait le sifflement strident des freins. Quelques passagers en descendirent ; Wugui aida la jeune fille à monter sa valise à bord. Le wagon était bondé. Caifeng ne trouva de la place que debout près de la portière. Juste avant que l'employé ne la referme, Wugui sauta prestement du train. Lentement, le convoi s'ébranla. Caifeng s'approcha de la fenêtre pour regarder Wugui la suivre en courant sur le quai. Il lui cria quelque chose qu'elle ne put entendre mais elle savait qu'il lui avait dit : « Je t'attendrai ! »

Le train prit de la vitesse et l'arrière du wagon cacha bientôt la silhouette du garçon aux yeux de Caifeng.

# 29
# La rupture

Lorsque, de nouveau, elle foula aux pieds le sol de la capitale, Caifeng ne put contenir un certain émoi mais, devant la gare, dans cette avenue qu'elle ne reconnaissait plus, elle sut aussitôt que Pékin n'était plus « sa » ville et que, désormais, elle appartenait au monde des gens de la montagne ! Après être restée un bon moment sur la place à se morfondre, elle se dirigea enfin vers l'arrêt des autobus.

C'était l'heure de la sortie des usines et des bureaux. Debout dans un bus plein à craquer, elle imaginait déjà ses retrouvailles avec ses parents. Depuis le début de son séjour à la campagne, c'était la première fois qu'elle revenait chez elle et, déjà, son esprit impatient s'envolait vers eux. Elle descendit de l'autobus, et par la rue habituelle gagna l'immeuble à la façade si familière. Elle monta les marches quatre à quatre jusqu'au deuxième étage et frappa à la porte qu'elle connaissait si bien. Elle retint son souffle et attendit en épiant le moindre bruit provenant de l'intérieur.

Quelqu'un approchait à pas comptés. Doucement, la porte s'ouvrit, et telle fut sa surprise que Qi Meiying, dont les cheveux avaient blanchi, resta clouée sur place. Caifeng lâcha sa valise et se jeta dans ses bras en s'écriant : « Maman ! »

Comme sortant d'un rêve, Qi Meiying poussa un cri de joie :

« Ma petite Feng ! Ma petite Feng est revenue ! »

Et elle la serra très fort contre elle. Toutes les deux fondirent en larmes.

Tout en séchant ses pleurs, sa mère lui demanda :

« Pourquoi ne nous as-tu pas dit que tu revenais pour le nouvel an ? »

Avec un air malicieux, Caifeng répondit :

« Pour vous faire la surprise ! »

Puis elle déposa un baiser sur la joue de sa mère.

« Petite friponne ! Tu ne t'assagiras donc jamais ! »

Toutes deux rirent alors de bon cœur.

Caifeng rentra sa valise, referma la porte et suivit sa mère dans la grande pièce. Assises côte à côte sur le lit, la mère et la fille s'examinaient l'une l'autre.

« Tu es toute hâlée et tu parais aussi plus robuste ! dit la mère.

— Pourquoi avez-vous autant de cheveux blancs ? s'étonna la fille.

— C'est que tu m'as manqué ! dit encore la mère.

— Vous m'avez manqué aussi », rétorqua la fille.

Elles conversaient ainsi, heureuses de se revoir, lorsqu'on frappa à la porte.

« C'est ton père ! » dit Qi Meiying.

Caifeng bondit : « Je vais ouvrir ! »

Elle se précipita à la porte et l'ouvrit : Jin Weidong apparut dans son bleu de travail élimé, un antique couvre-chef en coton de l'armée sur la tête et des gants qui avaient autrefois été blancs aux mains. « Papa ! Je suis là ! » annonça Caifeng en sautillant de joie.

Le visage fatigué de l'homme s'illumina aussitôt. Il la dévora des yeux :

« Ma petite Feng est de retour ! Ma fille, enfin tu es là !

— Vieux Jin lui dit sa femme. Arrête de la regarder avec ce sourire idiot et va vite acheter un peu de viande hachée. Nous avons encore du chou et de la farine, nous ferons des raviolis.

— Magnifique ! J'ai tellement envie de raviolis ! s'exclama Caifeng, au comble de la joie.

— J'y vais ! décida Jin Weidong mais, à peine avait-il tourné les talons que sa femme le rappela pour ajouter :

— Je serais d'avis que tu en achètes un peu plus, disons, une demi-livre ! » Qi Weidong acquiesça et sortit sans tarder.

Ce soir-là, Caifeng mangea les meilleurs raviolis de sa vie, et cette nuit-là elle fit les plus beaux rêves qu'elle eût jamais faits.

La joie et l'émotion des retrouvailles retombèrent pourtant bien vite. Il fallut affronter de nouveau la triste réalité quotidienne. Qi Weidong portait toujours le chapeau de *zouzipai*, et affecté au nettoyage des toilettes de l'usine, il ne percevait chaque mois qu'une somme dérisoire sous forme d'un minimum vital. Pour subvenir à leurs besoins, Qi Meiying avait dû trouver du travail dans une boutique de quartier où elle confectionnait des boîtes en carton ; elle commençait tôt le matin et terminait tard le soir pour un salaire mensuel d'un peu plus de vingt yuans. Depuis qu'elle était là, Caifeng suppléait sa mère aux tâches ménagères : lessive, couture, ménage, comme si elle avait voulu, dans l'espace de ces quelques jours, venir à bout de toutes les corvées. Occasionnellement, d'anciens camarades de classe qui avaient appris son retour vinrent la voir, y compris celui dont elle avait partagé le banc pendant trois ans, Nie Wenbin ; mais elle découvrit qu'elle n'avait déjà plus gand-chose à leur dire.

Une atmosphère de fête régna de nouveau dans la maison le soir du réveillon. En dépit de la chère trop maigre, de la tristesse et des soucis de chacun, ô combien difficiles à occulter, tous s'évertuèrent à créer une ambiance de fête, joyeuse et détendue ; Jin Weidong lui-même arborait un large sourire. Caifeng avait toujours à l'esprit un sujet difficile à aborder mais dont il lui était impossible de ne pas parler à ses parents : son mariage avec Wugui. Elle supposait qu'ils n'allaient pas être d'accord, mais elle lui avait promis de leur en parler. Jugeant le moment propice, elle rassembla tout son courage et, après une longue hésitation, elle se lança :

« Père, Mère ! J'ai quelque chose à vous dire et j'aimerais savoir ce que vous en pensez.

— De quoi s'agit-il ? » Son père, curieux de ce qu'elle avait à leur annoncer, posa son verre et la regarda.

« J'ai un petit ami ! » Elle se sentit soudain extrêmement soulagée d'avoir lâché la nouvelle.

« Comment ? » Jin Weidong fut comme frappé de stupeur.

Qi Meiying prit alors la parole :

« Un petit ami ? Qui est-ce donc ? Ne serait-ce pas celui qui est venu te voir l'autre jour, ton camarade Nie ?

— Ce n'est pas lui. C'est un garçon du village des Shi, celui dont je vous ai déjà parlé, le chef de section de la milice populaire, celui qui m'a sauvé la vie.

— Ah ! ?... »

La mère se tourna vers le père dont l'expression du visage avait soudain viré du grand soleil au ciel d'orage ! Vite, la mère dit :

« Nous reparlerons de tout cela demain. Laisse-nous d'abord... »

Le père l'interrompit :

« N'essaie pas de détourner la conversation ! »

Puis, d'un ton grave et sévère, il s'adressa à sa fille :

« Qui t'a permis de lier une relation au pays ? Qui t'a permis d'avoir un ami à ton âge ? Le président Mao a appelé les jeunes de son peuple au retour à la terre pour qu'ils s'y fassent rééduquer par les paysans pauvres, et non pour aller s'y faire conter fleurette ! Comprends-tu ? Je t'ai envoyée dans mon village natal afin de ne pas compromettre ton avenir et pour ne pas te faire partager mon sort, comprends-tu ? J'espérais aussi qu'en étant obligée de subir quelques épreuves tu pourrais servir la cause du socialisme mieux encore et devenir un digne continuateur de la révolution prolétarienne. Comprends-tu ? Tu ruines tous les espoirs que j'avais mis en toi, Caifeng ! Tu déçois l'attente du président Mao vis-à-vis de la jeunesse de notre pays !

— Ton père te dit cela pour ton bien ! précisa la mère. Ces jours-ci, il n'arrête pas de s'inquiéter de toi, il craint qu'à la campagne on t'inflige trop de souffrances, il craint de gâcher ton avenir avec ses problèmes personnels... »

Caifeng baissa les yeux mais n'en répliqua pas moins fermement :

« C'est mon affaire, vous n'avez pas à vous en occuper !

— Tu dis des absurdités ! Tu es ma fille, depuis quand ne devrais-je pas m'occuper de ce qui te concerne ? »

Ces quelques mots de son père ravivèrent soudain toutes les douleurs, toutes les rancœurs qui pesaient sur son cœur depuis quelques années. Elle releva les yeux, les plongea dans ceux légèrement rougis de son père et, n'ayant cure des conséquences de ce qu'elle allait dire, s'écria :

« Tu dis que tu t'en occupes ? Durant toutes ces dernières années, tu t'en es occupé ? T'es-tu même soucié de ce que je devenais ? Tu crains que l'on m'inflige des souffrances ? C'est facile à dire, mais sais-tu au moins ce que j'ai dû endurer ? J'ai dû me tuer au travail, j'ai dû faire les plus basses besognes, celles que même les hommes ont du mal à supporter ! Regarde un peu mes mains. Sais-tu au moins ce qu'elles ont fait pour être dans cet état ? Pour tout vous dire, j'ai maintes fois souhaité mourir tellement j'étais à bout de forces ! Et pourtant, j'ai serré les dents et j'ai continué ! Pourquoi ? Pour, grâce à mon labeur, me laver des crimes dont on m'accusait à cause de vous ! Tu dis ne pas vouloir compromettre mon avenir ; n'est-il pas déjà suffisamment compromis comme ça ? Déjà, au lycée, je n'ai pas pu entrer dans les Gardes rouges. Ensuite, quand je suis arrivée à la campagne, je n'ai pas eu le droit d'adhérer à la Ligue des Jeunesses communistes. Crois-tu que mon travail était en cause ? Non ! J'en fais même plus que les autres et mieux ; mais je ne peux toujours pas entrer dans la Ligue ! Alors, pourquoi si ce n'est à cause de ce que toi tu as fait !

— Petite insolente ! Qu'est-ce que j'ai fait ? Dis un peu ! » Le père n'avait pas haussé la voix mais Caifeng pouvait l'entendre fulminer au plus profond de lui.

En voyant son mari trembler de rage de la tête aux pieds, la mère réprimanda sa fille :

« Tu n'as pas le droit de dire cela à ton père. Il a été accusé injustement ! Il a toujours été fidèle au parti et au président Mao ! Il n'a jamais rien fait dont il eût à rougir devant notre peuple ! »

Le père se leva, les yeux congestionnés et dilatés de colère :

« À genoux devant moi ! À genoux ! »

Caifeng détourna les yeux et murmura :

« Pourquoi ? !

— Pourquoi ? Parce que je suis ton père et que tu es ma fille ! Si je t'ordonne de te mettre à genoux, tu dois m'obéir ! »

La mère s'approcha et tira sa fille par la manche :

« Petite Feng, mets-toi à genoux et confesse tes torts ! Ce que tu viens de dire l'a profondément blessé ! »

Caifeng se mordit les lèvres. Des larmes d'humiliation et de rancœur roulèrent sur ses joues et lui tombèrent sur les genoux qu'elle avait mis à terre.

« Dis-moi si tu es encore ma fille, Caifeng, demanda le père.

— …

— Reconnais-tu faire encore partie de cette famille ?

— … »

La mère se mit à pleurer :

« Dis quelque chose, Caifeng ! Mon Dieu ! Qu'ai-je fait au ciel pour mériter cela ? J'ai trimé d'un bout de l'année à l'autre et je ne peux même pas, pour une fois, avoir un repas tranquille en famille ! »

Le silence se fit soudain dans la pièce. Seuls, les pleurs de la mère faisaient vibrer l'air froid. Des explosions de rubans de pétards leur parvenaient assourdies de la nuit noire, de l'autre côté de la fenêtre.

Jin Weidong s'assit et regarda sa fille d'un air sévère. Il donna un furieux coup de poing sur la table et rugit :

« Hors de ma vue ! Va-t'en ! Ne remets plus jamais les pieds dans cette maison ! »

Sans un mot, Caifeng se leva, et lentement se dirigea vers sa petite chambre. Cette nuit-là, elle ne dormit pas. Dans la pièce voisine, elle entendit sa mère sangloter et son père soupirer ; sans bruit, elle pleura, elle pleura toutes les larmes de son corps. Lorsqu'elle n'eut plus de larmes pour pleurer, le calme revint en elle. Elle sut qu'elle devait retourner dans les montagnes, reprendre là-bas le chemin de la vie sur lequel elle avait déjà engagé ses pas. Aussi difficile et tortueux que ce chemin puisse être et même s'il la conduisait vers l'inconnu, elle devait le suivre jusqu'au bout : sa vie était désormais liée à celle d'un autre auquel elle s'était promise !

Le lendemain matin, Qi Meiying essaya de la faire changer d'avis, mais Caifeng resta de marbre. Lorsque ses parents furent sortis pour aller, selon la coutume, présenter leurs vœux de bonne année à leurs vieux amis, Caifeng mit ses affaires dans sa valise ; après quoi elle rédigea un petit mot à l'intention de ses parents :

*Père, Mère,*

*Je vous prie de bien vouloir me permettre de vous appeler encore ainsi. Je vous suis très reconnaissante de m'avoir mise au monde et de m'avoir élevée. Cependant, je me dis que vous n'auriez pas dû me faire quitter les montagnes où je suis née, ou que vous n'auriez pas dû m'y faire retourner. Quoi qu'il en soit, je suis désormais redevenue une « fille de la montagne » ! Je pars, je dois regagner le monde auquel j'appartiens maintenant. Je vous prie de chasser de vos mémoires votre fille indigne.*

*Caifeng*

Elle relut sa missive à travers ses larmes puis alla la poser sur la table de la grande pièce. Elle sortit de sa poche la clé de la maison et les cinquante yuans qu'elle avait mis de côté à la campagne et déposa le tout par-dessus. Une dernière fois, elle s'imprégna de chaque chose de cette maison, puis elle s'essuya les yeux, prit son bagage et sortit.

Les rares flocons de neige qui n'avaient pas la force de tomber voltigeaient sur fond de ciel sombre. La rue était déserte ; par-ci par-là, un pétard éclatait. Caifeng, la tête haute, avait pris le chemin de la gare.

# 30
# Nuit de noces

Caifeng avait revêtu un ensemble en dacron kaki et portait des chaussures plates de cuir noir aux pieds ; Wugui portait un uniforme neuf et avait mis des chaussures de coton à élastique en velours noir avec des semelles de matière plastique blanche. Sur la poitrine, tous deux arboraient une fleur rouge en papier. Ils attendaient, dans la cour, les villageois qui se succédaient pour venir les féliciter.

Un petit orchestre composé d'une flûte, d'un *suona* et d'un *erhu* jouait des airs révolutionnaires : « Le Timonier nous guide pour naviguer en haute mer », « La baie de Nan'ni », « La rivière Liuyang ». Le brouhaha des voix, les appels et les rires mêlés aux notes de musique donnaient à la cour, couverte de banderoles où s'inscrivaient des vœux de bonheur, un chaleureux air de fête.

Soudain, la flûte et le *suona* se turent ; le *erhu* resta seul à jouer le doux air de « Deux sources au clair de lune ». Inconsciemment, les convives cessèrent leurs bavardages et vinrent faire cercle autour du musicien. Caifeng et Wugui regardèrent, eux aussi, le joueur de *erhu*.

Wengui, assis sur un banc, la tête légèrement penchée, le visage luisant de sueur sous les rayons du soleil, faisait savamment glisser les doigts agiles de sa main gauche sur les cordes de l'instrument tandis que le haut de son corps se balançait de gauche à droite au rythme des mouvements de son bras droit qui jouait. Il avait les yeux mi-clos, comme s'il s'était investi corps et âme dans l'exécution de ce morceau.

Quand le *erhu* se tut, la cour retentit d'un tonnerre d'applaudissements et d'acclamations. Caifeng avait les yeux humides. Elle savait qu'elle seule, dans toute cette assemblée, était à même de comprendre le véritable message de cette mélodie ! Un peu ému, Wengui leva les yeux vers l'assistance, mais au moment où son regard allait croiser celui de Caifeng, il se déroba, comme gêné.

Certains entraînèrent alors Caifeng devant l'orchestre et suggérèrent que la mariée allume une cigarette à chacun des musiciens. Wugui lui donna une boîte d'allumettes et un paquet de cigarettes d'Albanie. Ces cigarettes étaient bien moins bonnes et beaucoup moins chères que les Porte-de-Devant mais, chose rare aux yeux des gens d'ici, elles avaient un bout filtre, raison pour laquelle elles étaient considérées par les villageois comme de premier choix. Caifeng s'approcha d'abord du joueur de flûte, lui offrit une cigarette et frotta une allumette mais, plusieurs fois de suite, le musicien éteignit l'allumette en soufflant dessus par les narines. Imperturbable, Caifeng en gratta une autre, remit la boîte dans sa poche avec sa main gauche et se prépara à un autre essai. Tandis que le joueur de flûte cherchait à lui jouer de nouveau le même tour, Caifeng tendit soudain son bras gauche et vint lui pincer le nez ; il fut contraint d'aspirer par la bouche en tirant sur la cigarette. Autour d'eux, les convives éclatèrent de rire.

Le second musicien, lui, ne souffla pas par le nez mais n'inspira pas par la bouche, si bien que l'allumette se consuma jusqu'à aller brûler les doigts de Caifeng sans pour autant réussir à allumer la cigarette. La mariée craqua une seconde allumette mais cette fois, au lieu de l'approcher de la cigarette, elle fit mine de vouloir mettre le feu à la barbe du joueur de *suona*. Effrayé, celui-ci préféra allumer bien sagement sa cigarette. Encore une fois, ce fut l'hilarité générale.

Pour finir, vint le tour de Wengui.

« Grand-Frère, veux-tu une cigarette ? » lui demanda Caifeng qui savait que, d'ordinaire, il ne fumait pas.

« Donne-m'en une ! » répliqua Wengui.

Elle lui en mit une dans la bouche, qu'il prit aussitôt entre le pouce et l'index en attendant qu'elle la lui allume. La main de Caifeng tremblait ; à deux reprises, elle cassa l'allumette en la frottant. Elle réussit enfin à allumer la troisième et chercha à l'approcher de Wengui d'une main ferme ; mais cette fois ce fut la cigarette que le garçon tenait entre ses doigts qui tremblotait au point de venir heurter l'allumette. Le petit morceau de bois qui brûlait encore vint se loger dans le soulier de la mariée qui, ressentant une vive douleur, se mit à trépigner, instinctivement. Elle eut envie d'aller masser l'endroit douloureux mais se retint. Comme si de rien n'était, elle frotta la quatrième allumette. Wengui, navré d'avoir été à l'origine de cet incident, baissa la tête et approcha en faisant bien attention et en aspirant avec force. Ensemble, les deux jeunes gens poussèrent un soupir de soulagement.

Les festivités, qui avaient commencé à midi, se poursuivirent sans discontinuer jusqu'au soir. Comme il n'était pas permis de jouer à la mourre ou à d'autres jeux à boire, les convives cherchaient tous les prétextes possibles pour vider quelques verres d'alcool dans leurs gosiers. Certains proposèrent un toast « À la santé de la Révolution ! », d'autres « À la Révolution en avant ! » ; il y en eut qui levèrent leur verre « Aux jeunes couples du village des Shi qui font progresser la Révolution à deux » et d'autres « Au bonheur des nouveaux couples du village des Shi » ; ils burent aussi « À la grande intelligence du jeune marié » et « À la belle paysanne qu'est la mariée ». Bref, tout le monde était venu pour boire, à tout et à n'importe quoi.

Comme, du côté des jeunes gens, chacun voulait être plus fort que son voisin, le banquet fut évidemment le théâtre de nombreux duels. Défaits, plusieurs quittèrent un à un le champ de bataille : certains durent être assistés pour s'éloigner du « théâtre des opérations », d'autres furent carrément portés hors du « lieu des combats ». « Reportant de graves blessures », d'autres encore insistaient pour ne pas quitter « le front » et il fallut qu'on les emmène de force « sur les lignes arrière ».

Accompagnée de Wugui, Caifeng allait de table en table échanger quelques paroles de courtoisie avec les convives qui, parfois, lui demandaient de trinquer avec eux. Elle s'aperçut que Wengui ne s'était pas joint aux « combats » entre gens du pays et qu'il était resté tout seul à boire dans son coin. Il ne lui fallut pas longtemps pour aller rouler sous la table, le visage en feu. Deux jeunes gars de la table d'à côté le tirèrent de là à grand-peine et l'emmenèrent s'allonger dans une des pièces de la maison. Caifeng fut troublée par l'expression délirante de son regard. Lorsqu'elle avait brisé son *erhu* dans un coup de colère, elle l'avait haï et méprisé ; mais aujourd'hui, avec sa fleur rouge de mariée sur la poitrine, un sentiment de pitié et de compassion l'accablait car elle ne pouvait oublier l'amour qui les avait unis...

Au coucher du soleil la fête prit fin et les invités se retirèrent. Quelques jeunes qui n'avaient aucune envie d'en rester là investirent la chambre des jeunes mariés. Ils leur firent manger ensemble un bonbon, boire ensemble un verre d'alcool, mordre ensemble dans une pomme et chanter ensemble une chanson. L'alcool aidant, certains firent quelques plaisanteries gaillardes à l'adresse de la mariée. Wugui, lui aussi, avait un peu trop bu. Il ne contrôlait plus très bien ni ses paroles, ni ses mouvements, ce qui ajoutait au plaisir de ces jeunes venus faire le chahut traditionnel dans la chambre nuptiale. Caifeng était exténuée et elle n'appréciait pas du tout ces facéties de mauvais goût qui ponctuaient d'ordinaire les prémices de la nuit de noces. Elle s'évertuait cependant à faire bonne figure en satisfaisant, l'une après l'autre, les exigences de chacun ; elle comprenait que c'était la coutume des lieux et que ces jeunes n'étaient animés d'aucune mauvaise intention.

Tirée, poussée, injuriée, la horde des chahuteurs fut finalement chassée de la chambre par quelques vieilles femmes, et la porte se referma sur un silence inaccoutumé. Wugui s'affala sur le *kang* en marmonnant quelques paroles inaudibles avant de sombrer très vite dans un profond sommeil, un léger sourire de volupté flottant au coin des lèvres. Caifeng s'assit et regarda ce corps imposant tout en réalisant qu'à partir de ce jour elle avait acquis le statut de belle-fille de la famille Shi – une belle-fille désormais sans famille d'origine qui plus est – et qu'il lui fallait dire adieu à la jeune fille qu'elle avait été jusqu'alors ! Une immense tristesse l'envahit à cette pensée et des larmes d'amertume roulèrent le long de ses joues en feu.

À ce moment précis, elle regretta même le vacarme de l'instant d'avant, tant ce silence lui semblait annoncer la fin irrémédiable d'une étape de sa vie. Elle se sentit abandonnée. Après quelques mouvements pour faire bouger un peu ce corps rompu, elle s'allongea aux côtés de Wugui et ferma les yeux. Mais le sommeil ne vint pas, et ne pouvant se résigner à passer une nuit de noces aussi désespérante, elle secoua Wugui ; mais celui-ci se retourna, poussa quelques grognements et se rendormit.

Elle soupira et se glissa sur le bord du *kang* d'où elle se mit à regarder sa nouvelle demeure. Les murs, badigeonnés de frais à la chaux, étaient bien blancs ; un énorme portrait du président Mao trônait, accroché au centre d'une des parois. Le mobilier, d'une extrême simplicité, consistait en deux chaises et une paire de coffres. Son regard s'attarda sur ceux-ci, qui exhalaient une odeur de peinture fraîche. Ils avaient été fabriqués avec grand soin : les tenons des quatre angles mordaient parfaitement, de sorte que l'ensemble joignait sans faille, et la façade était décorée de deux phénix chamarrés. Elle s'émut à la pensée que Wengui s'était dépêché de les façonner de ses propres mains ; elle savait qu'il y avait mis tout l'amour qu'il avait pour elle.

Soudain, quelqu'un frappa discrètement au carreau. Elle se retourna et tendit l'oreille mais elle ne put déceler aucun signe de vie venant de l'extérieur. Elle crut s'être trompée et reporta son regard sur les deux coffres de bois. Dans son dos, on frappa à nouveau au carreau. Elle descendit du *kang* et enfila ses souliers pour aller jusqu'à la porte. En soulevant le rideau, elle aperçut Wengui dans le clair de lune.

Hésitante, et après s'être assurée que Wugui dormait toujours à poings fermés, elle ouvrit tout doucement la porte. Elle sentit immédiatement à l'odeur que Wengui venait de vomir. Perplexe, elle fronça les sourcils et demanda à voix basse :

« Grand-Frère, que se passe-t-il ?

— Oh !... Rien ! réussit-il à prononcer, la bouche encore pâteuse. Et... Wugui ?

— Il dort. Si tu as quelque chose à lui dire, attends demain !

— En fait, ce n'est pas... à lui que je voulais parler. C'est... à toi ! »

La voix de Caifeng se fit suppliante :

« Il est trop tard ce soir, Grand-Frère, nous en parlerons demain !

— N'aie pas... peur Caifeng, je ne suis pas... soûl ! C'est simplement que ma langue ne... m'obéit pas très bien ! Oh ! là, là !

— Tu n'aurais pas dû boire autant, Grand-Frère !

— Je n'ai pas trop bu, je t'assure ! Ne fais pas attention à... la façon dont je m'exprime, c'est très clair dans ma tête ! C'est vrai, tu as raison, Caifeng, j'ai... un peu trop bu ! Mais ça ne m'empêche pas d'avoir les idées claires !

— Si tu as quelque chose à me dire, dis-le-moi très vite ! dit-elle en allant refermer la porte tout en jetant un coup d'œil à Wugui qui dormait sur le *kang*.

— C'était aujourd'hui... le... plus beau jour de ta vie, Caifeng, et je m'en réjouis ! Mais... je ne sais pas pourquoi, ça m'a donné envie de pleurer ! Je t'assure ! Je ne peux pas me faire à cette idée ! J'ai comme un poids sur le cœur ! Je sais... que je ne me suis pas bien comporté envers toi ! Mais... je suis à toi... corps et âme ! Oui, corps et... âme !

— Tout cela, Grand-Frère, c'est du passé. Je suis désormais la femme de Wugui. Le passé appartient désormais au passé !

— C'est vrai ! C'est du passé ! Je sais... que je dois désormais t'appeler... Belle-Sœur ! Sois tranquille ! Je ne t'en... parlerai plus ! J'... oublierai ! Je ne veux pas qu'on... se moque ! Ne... t'inquiète pas ! Je ne t'appellerai plus Caifeng ! Tu es ma... Belle-Sœur ! Ah ! Ah ! Ah !

— Il y a sûrement des filles mieux que moi sur terre. Je te souhaite de trouver celle qui conviendra à ton cœur ! lui dit Caifeng en toute sincérité.

— Qui conviendra... à mon cœur ? Je n'aurai certainement pas cette... chance ! Cai.. heu, Belle-Sœur, je te souhaite à mon tour… beaucoup de bonheur ! Sincèrement ! Si tu es… heureuse, je serai… heureux, moi aussi ! Heureux ? Ah ! Ah ! Ah ! »

Et Wengui s'en fut, un peu chancelant.

Caifeng resta longtemps sur le pas de la porte, à le suivre des yeux…

# 31
# Évasion de nuit

Très vite, l'épisode romantique des noces laissa place à la fadeur des occupations quotidiennes et au train-train de la vie de tous les jours. Pour Caifeng, le travail aux champs avait soudain perdu tout son attrait d'antan. Autrefois, tous les jeunes gens faisaient montre de mille attentions pour lui être agréables, et tous lui adressaient des propos pleins de délicatesse. À présent, elle n'était plus pour eux « celle qu'il importait de séduire » et ils n'avaient cure de ce qu'ils pouvaient bien dire devant elle. Ce changement était intervenu au moment où elle avait perdu son statut de jeune fille, ce dont elle était parfaitement consciente et qui la rendait un peu triste.

Un an plus tard, Chenglong était venu au monde et la vie du couple était devenue chaque jour plus monotone. Malgré la gentillesse de son mari, Caifeng avait l'impression qu'il manquait à sa vie un petit quelque chose dont elle n'eût su dire ce que c'était si on lui avait posé la question. Ce devait être là le lot commun à toutes les femmes, pensait-elle, même si parfois, elle était tentée de croire qu'il existait d'autres façons de vivre. Avec le temps, elle s'y habitua ou, plus exactement, elle laissa s'engourdir sa fibre affective.

Wengui s'était marié, lui aussi, avec une fille du village des Sun qui s'appelait Sun Xiulan, Sun Orchidée délicate. Depuis son mariage, il ne jouait presque plus du *erhu*. Il n'était plus aussi bien coiffé qu'avant et sa tenue n'était plus aussi soignée. Il n'en restait pas moins toujours aussi adroit de ses mains, et vif d'esprit. Si la maison de deux pièces qu'il habitait était vieille et délabrée, une vaste cour lui permettait pourtant d'élever des cochons et des poules et de faire pousser, devant la maison et derrière, du tabac et de l'ail qu'il allait échanger au marché contre un peu d'argent. En ces années de misère, ce petit apport extérieur suffisait à le placer en tête des nantis du village mais il fut aussi à l'origine des persécutions qui s'abattirent ensuite sur lui sans raison.

Une année, venant des hautes sphères, un vent de rectification se déchaîna soudain, appelant les paysans à « couper la queue aux tendances capitalistes ». Au terme d'une enquête, les dirigeants réunis au sein du Comité révolutionnaire de la commune populaire décrétèrent que Shi Wengui, du village des Shi, était justement une de ces queues des tendances capitalistes. Ils envoyèrent Sun-le-Barbu l'arrêter et l'enfermer dans l'entrepôt à grains en attendant de l'emmener, le lendemain, faire le tour de la commune pour subir l'humiliation publique et être soumis à la séance de critique.

Ce soir-là, après dîner, Caifeng et Wugui évoquèrent l'affaire :

« Il est vrai que Grand-Frère a eu pas mal d'à-côtés ces dernières années, mais cet argent est le fruit de son labeur quotidien. Il a toujours travaillé de l'aube à la nuit tombée. Il n'a pas pris un pouce de terre à la commune et n'a exploité personne : sur quoi se base-t-on pour l'accuser d'être un capitaliste ? protesta Caifeng.

— Un capitaliste ? Il était tout bonnement trop en vue : la poutre qui dépasse pourrit en premier, comme on dit ! Je lui avais pourtant dit qu'il ferait mieux d'aller jouer aux cartes, s'il ne savait pas quoi faire de son temps ! Mais il ne m'a pas écouté. Il voulait à tout prix améliorer son train de vie. Eh bien, cette fois, c'est en taule qu'il va la passer, sa vie ! répondit Wugui, l'air buté.

— À quoi ça sert de te moquer ? On devrait plutôt essayer de trouver le moyen de le sortir de là. Sun-le-Barbu a toujours eu une dent contre notre famille et il n'a cessé de nous chercher des noises. Maintenant que Grand-Frère est tombé dans ses griffes, il est à craindre qu'il ne s'en sorte pas indemne ! De plus, timide comme il est, on peut être sûrs qu'il ne supportera pas l'humiliation publique !

— Que proposes-tu, alors ?

— Puisque tu es membre de la cellule du Parti, tu devrais aller dire quelques mots en sa faveur, ça pourrait peut-être l'aider.

— Tu penses bien que c'est déjà fait ! Dès qu'ils sont venus l'arrêter, cet après-midi, j'ai plaidé sa cause ; mais Sun-le-Barbu m'a remis à ma place en me rappelant qu'il fallait rester dans la ligne politique et respecter les directives. Si le vieux secrétaire du Parti n'avait pas été là pour l'en empêcher, il m'aurait volontiers envoyé tenir compagnie à Wengui ! Tu ne peux pas ignorer qu'il s'agit là d'une décision au niveau de la commune en vertu de cette circulaire en gros caractères rouges [52] qui est venue de plus haut encore. Contre cela, ma parole de misérable petit membre d'une cellule de base ne vaut pas un pet de lapin !

— On ne peut tout de même pas les regarder traîner Grand-Frère dans les rues sans rien faire !

— Oui! mais le problème est de savoir quoi faire ! On ne peut tout de même pas le faire évader !

— Et pourquoi pas ? » Ce que Wugui venait de suggérer donna une idée à Caifeng qui réfléchit un instant et décida : « Faisons-le évader !

— Quoi ? Le faire évader ? Tu es devenue folle ? s'exclama Wugui en la regardant avec de grands yeux.

— Ça n'a rien de bien difficile ! Il n'est pas enfermé dans une vraie prison, ce n'est qu'un entrepôt à grains. Et la nuit, il n'y a personne pour le garder, n'est-ce pas ?

— Non, je ne pense pas ! Si on avait chargé quelqu'un de le faire, j'aurais dû en être averti en tant que chef de section de la milice populaire.

---

52. Autrement dit, dont le gouvernement signalait l'importance par ces gros caractères écrits en rouge.

— Alors, rien de plus facile ! Allons en toucher deux mots à Belle-Sœur Xiulan. Elle est originaire du village des Sun, elle connaît bien l'endroit.

— Ce qui me préoccupe, ce n'est pas de le tirer de là, mais c'est de savoir quoi faire ensuite !

— Quoi de plus facile ? Nous n'avons qu'à le cacher pendant quelque temps dans la montagne. Que pourront-ils faire s'ils n'ont plus de prisonnier ? Ils ne vont quand même pas traîner sa femme dans les rues à sa place ! Tout cela ne durera pas bien longtemps ; nous attendrons que les choses se calment pour le faire réapparaître. Il suffit que le vent qui vient d'en haut perde de sa vigueur ; ceux d'en bas sont des gens du pays, des gens de la même famille très souvent ; comment leur serait-il possible de s'acharner sur lui ? ! »

Dans l'esprit de Wugui, sa femme avait toujours été une personne douce aux propos mesurés qui, même lorsqu'il lui arrivait de rire, le faisait avec discrétion. Mais, sans que l'on sache vraiment quand cela avait commencé, elle s'était peu à peu transformée : elle riait fort, parlait haut et il lui arrivait même souvent de dire des gros mots. Pour employer une expression des gens d'ici, elle était maintenant de celles qui « ne choisissaient plus le moment opportun pour lâcher un pet » ! Cette métamorphose enchantait Wugui qui pensait que sa femme se réalisait enfin.

« Je ne t'aurais jamais crue capable de tant d'audace ! D'où te vient cette témérité ? dit-il en riant.

— Arrête de parler pour ne rien dire ! Que dis-tu de mon idée ?

— Pourquoi pas ? Ça pourrait marcher !

— Dans ce cas, allons immédiatement en parler avec Belle-Sœur Xiulan. »

Ils enfilèrent une veste et se rendirent chez Wengui où Xiulan, une petite bonne femme toute menue, était seule. Assise sur le bord du *kang*, elle pleurait. Lorsqu'elle les vit arriver, elle se précipita et les invita à s'asseoir. Caifeng lui fit immédiatement part de l'idée qu'elle avait eue et, malgré quelques réticences initiales, Xiulan se laissa bientôt convaincre par la belle assurance de sa belle-sœur. Ils discutèrent ensuite des détails pratiques du plan d'évasion et décidèrent d'attendre que la nuit soit bien avancée pour le mettre en action.

C'était une nuit de pleine lune que de gros nuages noirs venaient parfois cacher, faisant lentement défiler leurs formes étranges dans sa lumière et à la lueur des étoiles sur fond de nuit profonde, comme une armée céleste déployant silencieusement sur le monde ses filets. Ils partirent à bicyclette, Wugui portant Caifeng sur le porte-bagages de la sienne, pour rejoindre le village des Sun par le sentier de montagne. Juste avant l'entrée du village, ils cachèrent leurs bicyclettes dans les fourrés du bas-côté avant de poursuivre leur chemin à pas de loup.

Dans le village, pas le moindre bruit ni la moindre lueur. Xiulan était passée devant. Tournant à droite, contournant par la gauche, elle les guida jusqu'à la porte de derrière de l'entrepôt. Avant de s'en approcher, Wugui s'assura que personne n'était de garde en lançant une poignée de terre : rien ne bougea. Alors, seulement, ils s'avancèrent.

L'entrée était fermée par un gros cadenas. Wugui colla son oreille contre la porte : à l'intérieur, aucun bruit. Tout doucement, il frappa et entendit alors quelqu'un se déplacer ; mais personne ne répondit. De nouveau, il frappa tout en appelant tout bas :

« Wengui ! Wengui ! »

À l'intérieur, quelqu'un s'approcha à pas feutrés et demanda :

« Qui est là ? par l'embrasure de la porte.

— Wengui, c'est moi, Wugui !

— Que viens-tu faire ici ?

— Je viens t'aider à t'échapper ! Je suis avec Caifeng et Xiulan.

— M'échapper ? Non ! Surtout pas ! Si on me reprend, ça ne fera qu'aggraver mon cas ! Je ne marche pas !

— Pourquoi ? demanda à voix basse Caifeng au comble de l'impatience. Dis-moi un peu si tu es ravi de devoir être montré du doigt par tout le monde demain ?

— Bien sûr que non ! Sun-le-Barbu m'a dit ça tout à l'heure ; je préférerais mourir !

— Alors, qu'est-ce que tu attends pour t'enfuir ?

— Une fois dehors, qu'est-ce que je ferai ? Le bonze peut s'enfuir, le temple ne bougera pas, comme on dit ! se lamenta-t-il, des sanglots dans la voix.

— Quel mollasson tu peux faire ! s'indigna Caifeng. Tu peux commencer par aller te cacher dans la montagne pendant quelque temps et attendre que la tempête soit passée pour réapparaître ! Tu as peur de quoi ?

— De compromettre Xiulan !

— Que peuvent-ils contre elle ? C'est toi qui t'es évadé, tout seul ; Belle-Sœur sera même en droit de leur demander des comptes ! répliqua Caifeng.

— Wengui, sauve-toi ! Ne t'en fais pas pour moi ! Ils n'oseront rien me faire ! argua Xiulan.

— Mais comment je fais pour sortir ? Vous pouvez forcer le cadenas ?

— On ne doit surtout pas toucher au cadenas ! dit Wugui. Caifeng a raison, on doit leur faire croire que tu t'es enfui sans l'aide de personne. Si nous forçons le cadenas, ils sauront que tu avais des complices à l'extérieur et ce serait ennuyeux. Tout à l'heure, j'ai remarqué un vasistas, de l'autre côté. Il est un peu haut, regarde si tu trouves quelque chose sur quoi monter pour l'ouvrir et te glisser à l'extérieur ; nous allons t'attendre là-bas.

— Bonne idée ! s'exclama Caifeng. Comme ça, ils penseront que tu t'es débrouillé tout seul pour sortir !

— J'ai des sacs de grains ici, je peux essayer de les empiler sous le vasistas ; je vais voir ce que ça donne », dit Wengui.

Il traîna deux des sacs contre le mur, les mit l'un sur l'autre, monta dessus et ouvrit la petite fenêtre. Pendant ce temps, les trois autres avaient fait le tour de l'entrepôt. Wengui passa par l'embrasure de la fenêtre, les pieds en premier, glissa face au mur et atterrit sur les épaules de Wugui qui le déposa à terre.

À peine avait-il touché le sol que tous quatre s'éclipsèrent et s'empressèrent de sortir du village. Ils dégagèrent leurs bicyclettes, et portant les deux femmes sur leurs porte-bagages, Wugui et Wengui s'en retournèrent au village des Shi. Après une rapide discussion, il fut décidé que Wengui commencerait par se cacher dans la grotte Wanglong en attendant de voir de quel côté tournerait le vent. Ensuite, ils aviseraient. Les deux hommes attendirent à l'entrée du village que les deux femmes reviennent avec des vêtements de rechange et quelques provisions. Après le départ de Wengui, les trois autres se mirent d'accord sur la conduite à tenir le lendemain puis chacun rentra chez soi se coucher.

# 32
# Une ombre noire dans la montagne

Le lendemain matin, avant même le lever du soleil, le chef de la brigade de production, Sun-le-Barbu, se présenta au domicile de Shi Wengui accompagné de ses acolytes. Sun Xiulan se leva pour aller lui ouvrir.

« Wengui est rentré chez vous hier soir ? demanda-t-il à peine le seuil franchi.

— Deuxième Oncle, répondit Xiulan, c'est toi-même qui es venu l'arrêter hier après-midi ! Pourquoi viens-tu maintenant me demander s'il est rentré chez nous ? »

Sans prendre la peine de répondre, Sun-le-Barbu alla inspecter l'intérieur de l'habitation, mais n'ayant trouvé personne, il entraîna sa bande à l'extérieur. Xiulan le suivit pour demander :

« Qu'est-il donc arrivé ? Où est Wengui ? »

Lorsque, Sun-le-Barbu en tête, le groupe se présenta chez Wugui, ce dernier et sa femme venaient à peine de se lever. « Où est Wengui ? », demanda le chef.

Wugui, feignant la plus grande surprise, lui demanda à son tour : « Qu'est-ce que tu dis ? C'est toi qui l'as arrêté hier et qui l'as mené sous escorte jusque dans ton village ! Alors, qu'est-ce que tu viens me demander à moi ?

— Inutile de faire l'innocent ! Hier, quand je l'ai arrêté, tu n'avais pas l'air très content. Je parie que c'est toi qui l'as aidé à se faire la belle ! Dis-moi où il se cache ! lui intima Sun-le-Barbu.

— Comment ? Wengui s'est enfui ? » s'étonna Wugui ; puis il continua, en élevant la voix :

« Ne viens pas me raconter de blagues ! C'est toi-même qui l'as arrêté hier. Ce serait plutôt à moi de te demander ce que tu en as fait ? »

À cet instant, Xiulan arriva en courant ; elle se jeta sur Sun-le-Barbu en criant :

« Deuxième Oncle ! Où est Wengui ? Qu'avez-vous fait de lui ? Je te préviens, si jamais il lui est arrivé quelque chose, tu vas avoir affaire à moi ! »

Et elle s'assit par terre en se mettant à pleurer très fort. Caifeng s'empressa auprès d'elle pour la réconforter. Sun-le-Barbu, complètement déstabilisé, ne savait plus que penser.

Lorsqu'ils avaient entendu ces cris, quelques voisins s'étaient attroupés pour observer la scène, qui à l'intérieur, qui à l'extérieur de la cour, tout en commentant l'événement.

« Je vais te dire une bonne chose, rugit Wugui en pointant un doigt menaçant sur Sun-le-Barbu. Ceux de la famille des Shi ne sont pas du genre à se laisser faire comme ça ! Si Wengui a fait quelque chose de mal, c'est à la commune de décider ce qu'on doit lui faire, et ce n'est en aucun cas à toi de le punir ! Maintenant, tu vas nous expliquer ! Où avez-vous emmené Wengui ? Il faut nous prouver qu'il est encore en vie, ou bien nous livrer son cadavre ! »

À cette évocation, Xiulan se remit à pleurer de plus belle. Les uns après les autres, les villageois prirent son parti. Le visage de Sun-le-Barbu se couvrit de sueur. Il prit un profil bas pour expliquer :

« Tu ne dois pas dire ça, Wugui ! Wengui s'est vraiment fait la belle cette nuit. Il y a même encore des traces sur le vasistas par lequel il est passé ! Si tu ne me crois pas, vas-y voir toi-même. Camarades, mes amis, c'est le Comité révolutionnaire de la Commune qui a décidé d'arrêter Wengui ; nous autres de l'équipe de production, on n'a rien à voir avec ça. Puisqu'il n'est pas rentré dans son village, je vais envoyer des gens chercher ailleurs. Que personne ne s'inquiète, je vais commencer par le ramener et ensuite on essaiera d'arranger tout ça ! » Après quoi il précipita le départ de la petite troupe du village des Sun.

Il était presque midi lorsque le président du Comité révolutionnaire de la Commune, un certain Liu, arriva au village des Shi en compagnie de ses gens. Ils étaient déjà passés par le village des Sun pour aller se rendre compte sur place. Sun-le-Barbu et les autres dirigeants de l'équipe de production les accompagnaient. Le président Liu convoqua l'assemblée des membres de la commune populaire devant laquelle il déclara que la fuite de Wengui portait atteinte à la dictature du prolétariat et qu'elle était une nouvelle forme de lutte des classes. Il appela les membres de la commune révolutionnaire qui étaient venus nombreux à s'en tenir fermement à la position du prolétariat pour œuvrer au succès de la Grande Révolution culturelle et prolétarienne. Puis il recommanda à tous de venir rapporter toute information relative à la découverte de Wengui, sous peine de se voir accuser de complicité avec un malfaiteur.

Dans l'après-midi, Sun-le-Barbu et ses hommes allèrent ratisser le massif montagneux. Wugui faisait bien entendu partie de la battue. Wengui resta introuvable, mais ils tuèrent un loup à la grande joie de tous, exception faite de Sun-le-Barbu, insatisfait et chagrin. Le soir venu, il posta deux sentinelles à l'entrée du village : selon lui, Shi Wengui n'avait pas pu aller très loin et ne pourrait rester indéfiniment dans la montagne ; tôt ou tard, il lui faudrait revenir se réapprovisionner au village. Cette nuit-là, chez Wugui, personne n'osa entreprendre quelque action que ce soit. De toute façon, ils n'étaient pas inquiets car Wengui avait de quoi manger pour deux ou trois jours.

Le lendemain matin, les responsables de la commune remirent à Wugui une convocation pour aller suivre un stage d'étude et de mise en pratique des principes contenus dans les œuvres du président Mao. Wugui, qui soupçonnait Sun-le-Barbu d'être à l'origine de cette initiative, ne pouvait cependant pas s'y dérober. Il confia donc la maison et l'exploitation à Caifeng. Elle lui assura qu'il pouvait partir en paix : elle s'entendrait avec Xiulan pour ce qu'il conviendrait de faire pour Wengui.

Ce jour-là, dans les champs, les gens ne cessèrent de parler de l'affaire. Certains disaient que Wengui n'avait eu que ce qu'il méritait ; d'autres, qu'il n'aurait pas dû s'enfuir. On pensait par ici qu'il devait déjà être très loin, on soutenait par là qu'il se cachait encore dans la grotte Wanglong. Quoi qu'il en soit, le soir venu et la journée de travail une fois terminée, ils ne manifestèrent plus le même intérêt passionné pour cette question, occupés qu'ils étaient alors par le souci de ce qu'ils allaient manger au repas du soir.

Après dîner, Caifeng, son fils dans les bras, alla rendre visite à Xiulan. Là, elle eut la surprise de trouver une cousine de la famille des Sun qui prétexta être venue tenir compagnie à Xiulan pour ne pas la laisser toute seule. Caifeng eut plutôt l'impression qu'elle avait été envoyée par Sun-le-Barbu en mission d'espionnage. Après s'être attardée un moment et avoir prodigué quelques paroles de réconfort à Xiulan, elle rentra chez elle.

Cette nuit-là, après que son fils se fut endormi, Caifeng s'allongea mais, ne pouvant trouver le sommeil, elle ne cessa de se tourner et de se retourner; elle pensait à Wengui. Depuis les propos d'après-boire qu'il lui avait tenus le soir de ses noces, elle avait pitié de lui et éprouvait même quelques remords ; aussi pensait-elle qu'en ces circonstances, elle se devait d'aller le trouver pour le mettre au courant de la tournure que prenaient les événements et le convaincre de s'en aller se cacher ailleurs. Jamais elle n'aurait pensé que les choses puissent s'envenimer de la sorte ! Mais jamais non plus elle ne s'était rendue seule à la grotte et, qui plus est, en pleine nuit ! L'idée de traverser la forêt dans cette nuit d'encre, là même où on avait tué un loup la veille, lui donnait la chair de poule !

Quoi qu'il en soit, elle jugeait qu'il était de son devoir d'aller au secours de Wengui, car si elle n'avait eu l'idée de le faire évader, il n'en serait pas là, réduit à l'état de fugitif ! Peut-être aurait-il mieux valu pour lui s'être livré à la honte publique et à la séance de critique que de se retrouver dans cette situation désastreuse dont elle se sentait responsable. Cette pensée la décida à partir seule dans la montagne pour le retrouver.

Elle commença par aller faire un tour du côté de la sortie du village où elle s'aperçut que les sentinelles de la milice n'étaient plus là ; elles devaient être allées se coucher depuis longtemps. Elle retourna chez elle et écrivit une lettre, prit quelques provisions, alla attraper un petit objet enveloppé dans du papier au fond d'un des coffres et s'habilla pour sortir. Après s'être assurée que son fils dormait à poings fermés, elle quitta la maison sans bruit. Dans la cour, elle chercha un bout de bois, et munie de ce bâton, elle rassembla tout son courage puis s'en alla.

La nuit n'était ni aussi noire ni aussi effrayante qu'elle se l'était imaginée : une lune pleine, toute ronde dans un ciel d'un bleu profond, éclairait le silence de la forêt et du vallon d'une lumière argentée. Par-ci, par-là, des étoiles lointaines animaient de leur scintillement la majesté nocturne de la voûte céleste. Le léger manteau de brume qui s'élevait lentement de la vallée en s'unissant au bruit du torrent offrait un spectacle d'un lyrisme infini.

Longeant le torrent, Caifeng pressait le pas en direction de la montagne. Elle était presque arrivée au col lorsque, soudain, devant elle, une forme noire apparut. Elle s'arrêta, le cœur battant, s'accroupit et observa avec soin sans pour autant voir quoi que ce soit. Elle pensa s'être trompée et se remit en marche, en serrant plus fort dans sa main le bâton dont elle s'était munie.

Lorsqu'elle atteignit le col, elle grimpa sur un rocher pour observer la forêt alentour et pour s'assurer de l'absence de tout bruit suspect. Elle reprit son souffle et, plus calmement, continua son ascension par un petit sentier bordé de rochers.

Désormais, les montagnes cachaient la lune et la nuit était d'encre. Caifeng allait d'un pas hésitant. Elle contourna le lac et grimpa à la grotte Wanglong par le petit chemin qui passait à travers les broussailles. Derrière elle, tout à coup, un bruit d'éboulis la fit se retourner. Elle tendit l'oreille et entendit de nouveau du bruit comme si, effectivement, il y avait bien quelque chose, là, dans son dos. Cette seule pensée lui donna le frisson.

Tout en pensant à une possible riposte, elle poursuivit sa route. À l'entrée de la grotte, elle se dissimula derrière un rocher et regarda si rien ni personne n'arrivait d'en bas. S'il s'agit d'un animal, pensa-t-elle, j'appellerai Wengui à mon secours; si par contre, il s'agit d'un humain, je lui ferai face en hurlant de manière à prévenir Wengui pour qu'il reste caché au fond de sa grotte et j'affirmerai que je suis venue cueillir des noisettes. Si je suis venue de nuit, c'est que je n'ai pas le temps dans la journée et que je ne veux pas que les gens le sachent. Elle savait bien que son excuse était peu plausible mais, les choses étant ce qu'elles étaient, il lui fallait prendre son courage à deux mains et s'en tenir à cette solution. Ce point étant réglé, elle posa le sac qu'elle portait sur le dos et le dissimula entre deux rochers, derrière elle. Un souffle de vent fit soudain parvenir à ses oreilles comme l'écho lointain d'une musique. Elle pensa tout d'abord que son imagination lui jouait des tours mais elle se rendit compte bien vite qu'il s'agissait vraiment d'un air de musique, dans le lointain, comme sortant des profondeurs des ténèbres. C'est alors qu'elle se souvint de la légende du Dragon-Roi et de sa musique : cela ne fit que renforcer ses craintes.

À cet instant, on entendit des pas sur le sentier. Caifeng scruta l'obscurité et vit une forme noire qui lui fit tout d'abord penser à un animal ; mais l'ombre s'approcha de plus en plus et elle se rendit compte qu'il s'agissait d'un homme qui avançait en courbant le dos. Arrivé sur le terre-plein devant l'entrée de la grotte, l'homme se redressa, hésita un instant et pénétra à l'intérieur. À sa façon de marcher, Caifeng avait reconnu Wengui ! Son cœur, qui avait été comme suspendu dans le vide durant toute cette attente angoissée, reprit sa place habituelle : tout rentrait dans l'ordre.

Elle sortit de sa cachette et appela : « Grand-Frère ! »

Surpris, Wengui sursauta :

« Qui est là ? demanda-t-il d'une voix peu assurée.

— C'est moi, Caifeng ! » dit-elle en faisant un pas dans sa direction. Elle ne pouvait pas encore distinguer son visage mais elle pouvait très bien imaginer la tête qu'il faisait.

Rassuré, Wengui s'exclama :

« Belle-Sœur ! Tu m'as fait une de ces frayeurs !

— Tu peux parler ! Quand tu grimpais derrière moi tout à l'heure, j'étais morte de peur ! Pourquoi étais-tu donc descendu ?

— Je n'avais pas bougé de la journée, j'ai eu envie d'aller voir comment les choses se passaient au village, mais à peine arrivé au col, j'ai aperçu quelqu'un monter et je me suis caché. J'ai pensé que c'était peut-être Wugui, ou bien Xiulan, mais il faisait trop sombre pour que je voie de qui il s'agissait ; je craignais aussi que ce soit quelqu'un d'autre, alors je n'ai pas osé faire du bruit et je me suis contenté de suivre discrètement. J'ai pensé que si c'étaient les autres qui venaient me chercher, ils m'appelleraient sûrement en arrivant à la grotte et là, je saurais à quoi m'en tenir. Je n'arrive toujours pas à croire que tu sois venue jusqu'ici, Belle-Sœur ! Wugui et Xiulan, comment vont-ils ?

— Hélas, mieux vaudrait ne pas en parler. L'affaire s'est nettement compliquée ! Hier, le directeur Liu est venu ; il a déclaré que c'était une question de lutte de classes ! À mon avis, c'est Sun-le-Barbu qui a tout manigancé. Ils sont même venus en nombre fouiller la montagne. Tu t'en es aperçu, ou pas ?

— Comment aurais-je fait pour ne pas m'en apercevoir ? Ils sont même entrés dans la grotte, ils m'ont appelé et ont essayé de me convaincre de me montrer en me promettant un traitement de clémence. Je ne les ai pas écoutés ; j'ai continué à me cacher. Pour tout t'avouer, c'était la première fois que je pénétrais aussi loin dans cette grotte ; c'était vraiment angoissant !

— Ce matin de bonne heure, on est venu annoncer à Wugui que la commune l'envoyait au chef-lieu en stage de recyclage. Il est très inquiet pour toi mais il ne pouvait pas se permettre de ne pas s'y rendre ! Quant à Xiulan, elle est en compagnie d'une cousine Sun qui est soi-disant venue pour ne pas la laisser seule mais qui, en réalité, a été envoyée par Sun-le-Barbu au cas où tu rentrerais. Voilà pourquoi il lui était également impossible de s'absenter. Il fallait bien que ce soit moi qui vienne te trouver.

— Belle-Sœur, je suis désolé de t'avoir obligée à monter jusqu'ici en pleine nuit, vraiment… »

Caifeng l'interrompit :

« Qu'est-ce que tu racontes là ? Ce n'est pas vraiment le moment ! À présent, nous devons discuter un peu de la façon de te sortir de là. À mon avis, Sun-le-Barbu ne laissera pas facilement tomber. C'est quelqu'un de cruel qui ne pense qu'à persécuter les gens et qui hait ceux de notre famille. Il vaut mieux que tu continues à te cacher.

— Me cacher comment ? Je ne peux pas rester indéfiniment dans cette grotte en comptant sur vous pour m'apporter à boire et à manger.

— J'ai déjà réfléchi au problème. Il serait préférable, dans un premier temps, que tu quittes la région et que tu te réfugies ailleurs ; plus tard, nous en reparlerons. Actuellement, personne ne sait si tu es toujours vivant et Sun-le-Barbu n'en mène pas large, sa situation est des plus inconfortables ! S'il réussit à mettre la main sur toi, il va reprendre du poil de la bête ! Plus tu seras loin et mieux cela vaudra. J'ai un ancien camarade de lycée, Nie Wenbin, Nie le Lettré courtois. Il soutient toujours les justes causes. Tu vas aller le trouver, chez lui, à Pékin ! »

Caifeng tira le sac de sa cachette et en sortit une lettre :

« Je lui ai écrit un mot et dessus je t'ai mis son adresse. Je suis absolument persuadée qu'il va t'aider. »

Un peu désorienté, Wengui accepta : « Au point où j'en suis, je suppose que c'est tout ce qu'il me reste à faire. »

Caifeng tira alors de contre sa poitrine un tout petit paquet enveloppé dans du papier :

« Voici quatre-vingts yuans que Wugui et moi avions mis de côté quand nous nous sommes mariés ; prends-les, tu en auras besoin ! Et puis, je t'ai mis quelques provisions pour le voyage. »

Wengui ne sut que dire tant il était ému.

« Prends tout cela et dépêche-toi de partir, Grand-Frère ! Il ne faut pas que tu passes par le village car, si on te voyait, tout serait perdu ! Tu dois contourner la montagne. Quand tu seras à Pékin, dis à mon camarade Nie de me donner de tes nouvelles. De mon côté, je lui écrirai pour te tenir au courant de ce qui se passe ici. Pour Belle-Sœur, tu n'as pas à t'inquiéter, Wengui et moi nous prendrons soin d'elle. »

Aveuglé par les larmes, suffoqué par les sanglots, Wengui prit tout ce que Caifeng lui avait apporté et tous deux redescendirent vers la vallée en se suivant. Là ils se dirent adieu. Au comble de l'émotion, Wengui prit la main de Caifeng et lui dit: « Jamais de ma vie je n'oublierai ce que tu as fait pour moi, Caifeng ! Je souhaite seulement pouvoir, un jour, te payer en retour ! »

Les yeux humides, elle retira sa main, doucement mais fermement:

« Grand-Frère, lui dit-elle, il ne faut pas ! Ne m'avais-tu pas promis de ne plus m'appeler Caifeng, mais seulement Belle-Sœur ? »

Wengui se raidit et lui tendit la main en la saluant d'un:

« Belle-Sœur... »

Caifeng tourna les talons et pressa le pas.

# 33
# Le secret

Un peu plus d'an an après, une fois passé le temps où il n'avait été question que de « couper la queue aux tendances capitalistes » et la tempête s'étant enfin calmée, Sun-le-Barbu fut limogé. Avisé du fait par une lettre de Caifeng, Shi Wengui revint au village. Durant son séjour forcé à Pékin et grâce à l'aide de Nie Wenbin, il avait gagné sa vie comme artisan-menuisier en fabriquant des armoires et des sièges pour des particuliers. Comme il était intelligent, adroit de ses mains et qu'il ne rechignait pas à la besogne, sa clientèle était devenue chaque jour plus nombreuse. Il avait gagné pas mal d'argent et s'était aguerri.

Dès son retour, Caifeng nota ce changement : il y avait plus d'assurance dans son regard, plus d'aisance dans ses gestes, plus de fermeté et d'audace dans sa façon de parler. En un mot, il se comportait maintenant comme quelqu'un qui avait vu du pays. Caifeng ne put réprimer un sentiment de surprise.

Non content de lui rembourser les quatre-vingts yuans qu'elle lui avait prêtés, Wengui y ajouta encore cinquante yuans, une somme considérable pour l'époque ! Il ne resta que très peu de temps au village et repartit pour Pékin en emmenant Shi Guangsheng pour travailler avec lui comme menuisier.

Sun Xiulan en voulut bien un peu à son mari de n'être pas resté plus longtemps mais elle était de ces épouses soumises et obéissantes qui respectent la volonté de leur mari en toutes circonstances. Elle ne comprenait d'ailleurs pas que certaines femmes puissent régenter leur foyer ou que d'autres se plaisent à se faire remarquer en allant se pavaner dans les rues. Elle croyait au vieux proverbe qui disait: « L'âne au timon, le cheval au palonnier; femme qui porte jupon ne doit pas gouverner. »

Xiulan était aussi une personne très facile à satisfaire: quelques compliments de la part de son homme et les quelques billets de la monnaie du peuple qu'il ramenait à la maison lui suffisaient pour avoir l'impression d'être heureuse. C'est ainsi que, chaque année, Wengui s'en allait aussitôt après les semences de printemps pour ne revenir qu'aux moissons d'automne, comptant sur Xiulan pour s'occuper seule de la maison et de l'exploitation le reste du temps.

Caifeng menait une vie de plus en plus monotone. Avec la naissance de Chenghu puis celle de Yinhua, ses occupations ne lui laissaient guère de répit car, en plus de ses tâches ménagères, elle devait aller aussi travailler aux champs. Au début, Wugui l'aidait un peu à la maison ; mais depuis qu'il était entré comme ouvrier à la fabrique de machines agricoles du district, elle seule avait dû faire face à tout.

Son unique réconfort était venu de la création de l'école du village où elle était devenue enseignante de campagne [53], ce dont elle avait rêvé depuis sa plus tendre enfance. Après avoir travaillé aux champs depuis tant d'années, c'était là, sans aucun doute, ce qu'elle pouvait espérer de mieux de la vie. À la veille de son premier jour de classe, elle n'avait pas pu dormir de la nuit. Le contenu de son cours, qu'elle avait d'ailleurs appris par cœur, était pourtant très simple et les élèves devant lesquels elle devait parler n'étaient qu'une dizaine d'enfants qu'elle connaissait bien ; cependant, elle se sentait submergée par une angoisse persistante qu'elle n'arrivait pas à contrôler. Elle craignait qu'à peine montée en chaire, tout le beau discours auquel elle s'était si bien préparée s'évanouisse de sa mémoire.

Son premier cours se déroula sans problème, si ce n'est que son chemisier neuf fut trempé de sueur ! Avec le temps et à

---

53. C'est-à-dire, non salariée. Elle était payée en nature comme les autres paysans effectuant des travaux agricoles ou autres au village.

force d'expérience, elle enseignait avec de plus en plus d'aisance et de mieux en mieux. Elle adorait ce métier et s'y consacrait corps et âme. Quoique, aux yeux des gens, et notamment de la plupart des paysans, ce travail ne revête aucun caractère prestigieux, elle voyait en lui le moyen de réaliser son destin.

La vie s'écoulait ainsi, morne et paisible, jusqu'au jour où survint un événement assez important pour venir rompre cette tranquillité :

C'était à la veille de la Fête du Printemps. L'après-midi, Wugui rentra du chef-lieu en toute hâte ; à peine avait-il franchi le seuil de la maison qu'il dit à sa femme de préparer quelques plats et la bouteille d'alcool car il voulait inviter Wengui à boire un coup. Caifeng trouva la chose étrange : en dehors des repas de fête en famille, les deux cousins ne buvaient jamais ensemble. Elle se mit néanmoins immédiatement aux fourneaux.

Wugui revint avec son cousin et tous deux trinquèrent, assis en tailleur sur le *kang* de la pièce principale tandis que Caifeng allait manger avec les enfants dans la pièce d'à côté. Les deux hommes commencèrent par discuter joyeusement – Wengui, de son affaire de menuiserie de Pékin, Wugui, de son travail à la fabrique de machines agricoles. Soudain, ils baissèrent la voix et Caifeng n'entendit plus distinctement leurs propos mais elle avait l'impression que c'était Wugui qui parlait la plupart du temps. Un moment après, tous deux se turent. Craignant qu'ils ne se soient disputés, Caifeng vint voir et, les trouvant là, en train de boire et faisant grise mine, elle demanda :

« Qu'avez-vous donc tous les deux ? Quelque chose ne va pas ? »

Ce fut Wugui qui lui répondit :

« Non, rien ! Retourne t'occuper des enfants ! » Ce qu'elle fit, à contrecœur.

Assise auprès du fourneau, elle surveillait ses enfants tout en tendant l'oreille pour savoir ce qui se passait à côté où, au bout d'un moment, la conversation avait repris. Elle n'entendait toujours pas ce dont s'entretenaient les deux hommes mais, d'après le ton de la voix de Wugui, elle devina qu'il suppliait Wengui de lui venir en aide. À la fin du dîner, Wengui s'en alla, l'air fort préoccupé, au point de ne même pas entendre que Caifeng lui avait parlé. Cette dernière demanda donc à son mari pourquoi il avait voulu voir Wengui, mais Wugui éluda la question. Caifeng insista, mais voyant qu'il était bien décidé à ne rien dire, elle finit par renoncer. Peut-être avait-il voulu lui emprunter de l'argent, pensa-t-elle.

Peu de temps après la Fête du Printemps, Caifeng apprit l'arrestation de Wengui par les agents de la Sécurité publique pour avoir blessé quelqu'un au cours d'une bagarre, ce qui lui sembla fort bizarre. Renseignements pris, il s'avéra que Wengui s'était rendu au bourg limitrophe du chef-lieu de district le soir d'avant et qu'il avait cassé la jambe d'un homme à coups de bâton ; après quoi, il s'était rendu aux autorités de son plein gré.

Cela ressemblait si peu à Wengui qu'il devait à coup sûr avoir eu une bonne raison pour agir ainsi, elle en était persuadée. Elle fit le rapprochement avec la fameuse soirée qu'il avait passée à boire avec Wugui et alla trouver Xiulan. Au début, celle-ci ne voulut rien dire mais, pressée de questions par Caifeng, elle finit par lui apprendre toute la vérité.

C'était Wugui qui avait cassé la jambe de l'individu. Tout d'abord, il avait cru avoir pris toutes les précautions pour que personne ne découvre qu'il était l'auteur du méfait, mais il ne s'était pas aperçu que sa carte de travail était tombée au cours de la bagarre et qu'elle était restée sur les lieux. Peu avant la Fête du Printemps, la police était venue lui demander des explications. Pris de panique lorsqu'on lui apprit qu'on avait trouvé sa carte de travail, il inventa un mensonge et dit que c'était Grand-Frère Wengui qui la lui avait empruntée. D'un côté, son statut d'adjoint à la sécurité de son usine faisait qu'il entretenait de bonnes relations avec les collègues de la Sécurité du district ; d'un autre côté, l'affaire n'étant pas, à leurs yeux, d'une très grande importance, ces derniers avaient décidé de remettre la chose à plus tard, lorsque les fêtes de nouvel an seraient terminées. Mais Wugui perdit la tête. Il s'était donné tant de mal pour changer son statut de paysan en celui d'ouvrier salarié [54] et pour devenir adjoint à la sécurité ! Aussitôt que l'affaire serait découverte, et en admettant qu'il ait la chance de ne pas être condamné, il pourrait dire adieu à tout cela ! Il tourna et retourna dans sa tête les données du problème et ne trouva qu'une solution : demander à Wengui de l'aider. À ce dernier, il affirma qu'il n'y avait rien là de très grave ; que, s'il reconnaissait les faits, il ne resterait enfermé que quelques jours ; que ce serait lui, Wugui, qui se chargerait d'indemniser le blessé ; et encore que, Wengui étant un paysan, il n'avait pas à craindre de sanction visant à son statut d'autant qu'il n'y avait aucune honte à avoir de s'être mêlé à une bagarre. En revanche, si c'était lui, Wugui, qui était accusé du méfait, il perdrait absolument tout. Pour finir, Wugui lui rappela qu'il lui avait sauvé la vie, autrefois, lorsqu'il s'était trouvé en danger. C'est alors que Wengui accepta. Avant de se livrer aux autorités, Wengui raconta toute la vérité à sa femme, tout en lui demandant de n'en parler à personne, pas même à Caifeng.

Caifeng se mit dans une colère bleue. Elle confia ses enfants à Xiulan et prit le bus pour le chef-lieu. Là, elle se rendit à la fabrique de machines agricoles pour y trouver son mari. Fort étonné de la voir, ce dernier lui demanda la raison de cette visite et s'il n'était rien arrivé de fâcheux à la maison.

« Ne me dis pas que tu n'es pas au courant ! lâcha-t-elle, indignée.

— Caifeng, qu'est-ce que tu as ?

— C'est exactement ce que je suis venue te demander !

— Mais enfin, qu'y a-t-il ?

— Ne fais pas l'innocent ! Tu sais que Grand-Frère a été arrêté, oui ou non ?

— J'en ai entendu parler. Je cherche justement à contacter mes copains pour qu'ils s'occupent de lui. Et puis,

54. Les actifs de l'époque maoïste étaient divisés en deux groupes distincts : les paysans, qui n'avaient pas ou très peu de revenus monétaires et ne recevaient que des « récompenses » en nature en fonction de la production, et les salariés des entreprises d'État ou des collectivités qui, disposant d'argent, avaient donc un avantage considérable sur les autres.

tu sais, ce n'est finalement pas si grave que ça ; ce n'est qu'une jambe cassée, une simple question d'indemnité et tout sera réglé !

— Mais qui lui a cassé la jambe, à cet homme, en réalité ? »

La question laissa Wugui pantois. Il ne sut que répondre par une autre question en la dévisageant, éberlué :

« Quoi ? Qu'est-ce que tu viens de dire ?

Je t'ai demandé si, en définitive, c'était Grand-Frère ou bien si c'était toi qui avais cassé la jambe de cet homme » l'interrogea-t-elle en le regardant droit dans les yeux.

Légèrement inquiet, Wugui lui demanda : « Que veux-tu dire ? Qui est allé te raconter ça ?

— Peu importe qui me l'a dit ; maintenant, je sais. Ce que j'aimerais, maintenant, c'est entendre la vérité de ta bouche ! »

Wugui baissa la tête, examina la situation sous tous les angles puis, d'une petite voix, finit par avouer :

« En fait, c'est moi qui ai frappé cet homme. Tu sais, ce gars est un ennemi de Zhao Yongtian, mon vieux copain de l'armée, celui qui m'a aidé autrefois… »

Il marqua une pause, visiblement mal à l'aise, puis continua :

« C'est lui qui m'a demandé de lui rendre ce service : je ne pouvais pas refuser !

— Que tu acceptes de perpétrer un crime au nom de l'amitié, ce n'est pas mon affaire ; mais chacun doit accepter d'assumer la responsabilité de ses actes. Il est hors de question que tu déverses le contenu de ton pot de chambre sur la tête de Grand-Frère !

— Je l'ai fait pour nous, pour notre famille ! J'en ai tellement bavé pour que l'on puisse manger "le grain acheté au magasin" ! Tu le sais aussi bien que moi ! Et puis, je suis en train de faire des pieds et des mains pour vous obtenir un *hukou* afin que vous puissiez habiter en ville, les enfants et toi ! Si on découvre que c'est moi le responsable, il ne sera plus question de tout ça ! Il faut me comprendre, Caifeng !

— Rien ne peut excuser le manque de franchise ! Si nous faisons endosser tes fautes par Grand-Frère, mon bol de riz aura toujours un goût amer, même s'il s'agit de "grain acheté au magasin" et, même dans une maison de la ville, plus jamais je ne dormirai en paix ! Tu n'as pas mauvaise conscience d'agir ainsi envers ton propre cousin germain ?

— Mais Grand-Frère a déjà été arrêté : que veux-tu que je fasse maintenant ?

— C'est très simple : tu vas te livrer aux autorités et tu fais libérer Grand-Frère !

— Mais...

— Mais quoi ? Si tu ne veux pas y aller, c'est moi qui y vais ! décida-t-elle en tournant les talons.

— Caifeng, calme-toi ! Laisse-moi au moins le temps de réfléchir !

— Réfléchir à quoi ? Un homme se doit de se comporter en homme, dignement ! Quelles que soient les circonstances, on doit toujours pouvoir se regarder en face ! » Caifeng adoucit alors le ton :

« Je comprends que l'inquiétude t'ait fait perdre la raison. En réalité, je suis persuadée que tu ne peux pas vraiment accepter l'idée de faire payer Grand-Frère à ta place ! »

Ces paroles le décidèrent à capituler :

« C'est bon, j'y vais ! À vrai dire, du moment que toi, Caifeng, tu me comprends, peu m'importe d'aller moisir en prison !

— Enfin un discours digne de l'homme qui est mon mari ! » dit Caifeng, un éclat de lumière dans le regard.

Après que Wugui se fut constitué prisonnier, Wengui persista à se désigner comme le coupable de l'agression. Les policiers chargés de l'enquête durent écouter les deux versions des faits avant de désigner Wugui comme étant l'auteur des coups infligés à la victime. Le tribunal, tout en reconnaissant Wugui coupable de coups et blessures volontaires mais compte tenu du fait qu'il reconnaissait les faits et qu'il s'était livré de lui-même à la police, ne le condamna qu'à un an de prison avec sursis. Il fut néanmoins rayé de la liste des ouvriers de la fabrique de matériel agricole et exclu du Parti.

De retour au village, Wugui devint taciturne et il n'adressa plus jamais la parole à Wengui. Peu après, il quitta le village et se fit embaucher ailleurs. La vie de Caifeng redevint un long fleuve tranquille, exempt de monstrueuses tempêtes mais tout autant privé des rides romantiques à la surface de ses eaux. Hélas, ce calme fut de courte durée et Caifeng dut bientôt affronter une nouvelle épreuve que le destin lui avait réservée.

C'était encore pendant les fêtes d'un nouvel an. Un ancien camarade que Wugui avait connu à l'armée vint leur présenter ses vœux en apportant de nombreux cadeaux. Lorsque Wugui le lui présenta sous le nom de Zhao Yongtian, Caifeng ressentit une légère contrariété, mais ne lui en prépara pas moins avec soin un repas de bienvenue qu'elle dressa sur la table du *kang* de la pièce principale. Assis chacun d'un côté de la table, les deux amis s'invitaient tour à tour à vider leur coupe et très vite tous deux devinrent tout rouges sous l'effet de l'alcool. Caifeng vint leur porter un autre plat et c'est alors que Zhao Yongtian, visiblement éméché, leva son verre en disant :

« Belle-Sœur ! Tu me dois une tournée ! »

Tenant à bien remplir son rôle de maîtresse de maison en dépit de son aversion pour celui qui avait été à l'origine des déboires de son mari, Caifeng demanda en souriant :

« Y a-t-il une raison spéciale ?

— Et comment ! Ton mariage avec Wugui, c'est en grande partie à moi que tu le dois ! Si, à l'époque, je n'avais pas…

— Yongtian, tu as trop bu, arrête de dire n'importe quoi ! » interrompit Wugui.

Intriguée, Caifeng s'entêta : « Yongtian, que s'est-il passé à l'époque ? Dis-moi tout ! »

Les yeux rivés sur Wugui, Yongtian balbutia : « En fait… il ne s'est rien passé. C'est que… je…

— Tu, quoi ? Dis ce que tu as à dire ! » lui intima Caifeng qui perdait patience.

« En fait… Je voulais seulement te raconter des blagues pour que tu m'offres à boire, Belle-Sœur ! C'est bon, j'ai un gage ! » Et sur ce, il s'empressa de se vider dans le gosier le contenu de sa coupe.

Devant leurs mines de conspirateurs, Caifeng estima inutile de leur poser d'autres questions ; elle fit un geste d'impatience et quitta la pièce. Mais le soir encore, les paroles de Zhao Yongtian continuaient à intriguer Caifeng. Ces phrases inachevées devaient cacher un grand secret et, qui plus est, un secret lié à son propre mariage. Mais lequel ? Mentalement, elle remonta peu à peu le passé : elle revit le banquet de ses noces, son voyage en train pour Pékin, l'explosion accidentelle sur le chantier du barrage, l'agression dans le petit bois le soir de la projection. Soudain, un éclair surgit dans son esprit : ce à quoi Yongtian faisait allusion, ne serait-ce pas justement l'agression du petit bois ? Elle essaya de se souvenir de la scène : la voix de Yongtian lui apparut soudain comme très semblable à celle de cette crapule qui lui avait sauté dessus ! Ce fut comme un coup de massue : tout n'aurait donc été qu'une mise en scène manigancée par Wugui ?

Lorsque les enfants furent endormis, Caifeng fit signe à Wugui de la suivre dans la pièce d'à côté. Il devait déjà se douter de ce qu'elle lui voulait, mais il s'efforçait de garder son calme et de lui sourire :

« Qu'as-tu de si secret à me dire que tu doives m'entraîner jusqu'ici ?

— Qu'a donc voulu dire Yongtian cet après-midi ? lui demanda-t-elle, l'air grave.

— Quand donc ? Je ne me souviens pas.

— Ne fais pas semblant de ne pas comprendre ! Pourquoi a-t-il dit que c'était à lui que nous devions de nous être mariés ?

— Ah ! Parce qu'il avait trop bu !

— Tu essaies encore de me mentir ! Je préfère t'avertir : j'ai reconnu sa voix. C'est lui qui nous a agressés, Wengui et moi, dans le petit bois. J'ai raison, n'est-ce pas ?

— Euh…

— Réponds ! Oui ou non ?

— …

— Tu es devenu muet ? Shi Wugui, je ne t'aurais jamais cru capable d'une telle chose, ni de m'avoir menti pendant toutes ces années ! »

Elle n'avait pas haussé le ton, mais sa voix tremblait :

« Dis-moi, pourquoi as-tu fait une chose pareille ? »

Accroupi par terre, l'air abattu, la mine défaite, Wugui répondit :

« Tu me demandes pourquoi ? Mais parce que je t'aimais ! Je suis tombé amoureux de toi dès notre première rencontre ! Je n'en dormais plus ; dès que je fermais les yeux, c'était ton image qui me hantait. Le jour, quand je t'apercevais en compagnie de Wengui, on aurait dit qu'un chat m'arrachait le cœur de ses griffes. J'avais l'impression de devenir fou ! Un jour, je suis allé boire un coup en ville avec Zhao Yongtian ; je lui ai raconté mes malheurs et il m'a suggéré cette idée. Au début, moi aussi j'ai trouvé ça tout à fait déplacé ; mais je t'aimais trop ! J'aurais fait n'importe quoi pour arriver jusqu'à toi. Je t'aime d'un amour sincère, Caifeng. N'ai-je pas toujours été bon pour toi pendant toutes ces années de mariage ? Alors pardonne-moi, je t'en prie ; cette histoire appartient désormais au passé ! »

Caifeng pleurait en silence. Des larmes coulaient sans bruit le long de ses joues. En proie à la colère aussi bien qu'aux regrets, elle ne savait quelle décision prendre. Elle songea au divorce, mais elle n'en connaissait que trop bien les inconvénients pour une femme ! Les gens la montreraient du doigt. Ils la traiteraient de femme légère. Pourrait-elle le supporter ? Et puis, il y avait ses trois enfants. Comment pourrait-elle avoir le courage de détruire cette famille qu'elle avait construite de sa propre chair ? S'abaisser soi-même à ses propres yeux, passe encore, songea-t-elle ; mais il lui était impossible de porter atteinte à la réputation de ses enfants, de sa famille, dont chacun des membres donnait un sens à sa vie.

La vie offre une infinité de choix possibles : cependant chacun ne peut en faire qu'un seul et ne peut choisir qu'une seule voie. Caifeng sentait bien qu'elle était désormais trop épuisée et qu'elle n'aurait pas la force de recommencer sa vie. Elle ne pouvait, bon gré, mal gré, que se résigner à ingurgiter en silence le fruit amer de son destin…

Le *erhu* s'arrêta de jouer, son air mélancolique s'évanouit dans le noir profond de l'immensité du ciel nocturne. Caifeng sortit de son rêve éveillé qui l'avait entraînée dans les souvenirs du passé et sentit un grand vide dans son cœur. Lentement, elle se remit debout et rentra dans sa chambre.

## 34
## La cachette de la pierre Œil-de-Dragon

Une fois la nuit venue, le petit village de montagne retrouva sa tranquillité après l'agitation bruyante de la journée, comme si rien ne s'y était passé. Hong Jun et Shi Chenglong étaient allongés côte à côte sur le *kang*. Se rappelant que Chenglong était allé s'occuper de l'histoire du colis égaré, Hong Jun lui demanda tout bas :

« Tu as réussi à savoir quelque chose à propos de ce paquet de ton père ?

— Oui, mais il ne s'agissait pas d'un paquet : c'était une lettre recommandée. Ensuite, j'ai donné un coup de fil à ce camarade de Pékin. Il est allé la retirer et je lui ai demandé de l'ouvrir et de me la lire. Apparemment, mon père avait déjà l'esprit assez confus car il ne dit que des choses plutôt absurdes.

— Que dit-il ?

— Qu'il n'a pas été capable de grand-chose dans sa vie et qu'il ne me laisse qu'un pot à grillons ; il dit qu'il n'est pas très joli mais qu'il l'a fait de ses propres mains et que je ne dois m'en séparer pour rien au monde ; il écrit encore que cette boîte est à la cave et il termine en me faisant quelques autres recommandations.

— As-tu réfléchi à ce que cela pouvait vouloir dire ?

— Je crois qu'il se savait condamné et que c'est pour cela qu'il tient ces propos tristes et sentimentaux.

— Peut-être a-t-il cherché à t'indiquer l'endroit où il avait caché la pierre Œil-de-Dragon ! »

À ces mots, Chenglong fit un bond et s'assit sur son séant :

« Vous avez raison ! Mon père était quelqu'un de tellement méfiant qu'il tournait toujours autour du pot et ne disait rien clairement. Si son intention était de me dire où se trouvait la pierre, il est certain qu'il ne l'a pas fait en termes explicites. Pourquoi n'y avais-je pas pensé ? Ce sont tous les événements de ces derniers jours qui m'ont bouleversé ; j'ai le cerveau complètement engourdi ! Allons-y voir tout de suite ! » dit Chenglong en s'apprêtant à descendre du *kang*.

Hong Jun le retint par le bras : « Je crains qu'en pleine nuit ce ne soit vraiment pas le moment de descendre dans la cave et, de plus, je pense que la pierre se trouve beaucoup plus en sécurité dans sa cachette ! »

À la réflexion, Hong Jun avait raison, se dit Chenglong en se recouchant. Un moment plus tard, il demanda encore : « Je sais bien que je ne devrais pas vous demander cela mais j'aimerais bien savoir ce qui doit se passer cette nuit.

— Moi-même, je ne fais que présumer que quelque chose va se produire, mais je ne sais absolument pas quoi. Le moment venu, nous verrons bien. »

Shi Chenglong ne posa plus de question et tous deux restèrent allongés en silence à méditer dans le noir, chacun de son côté et chacun pensant à ce qui le souciait personnellement. Dans le silence total de la pièce, le tic-tac du petit réveille-matin résonnait bruyamment.

Il était environ vingt-deux heures lorsque Hong Jun, tout doucement, se mit en position assise et avertit Chenglong : « Je vais aller me cacher dans ma voiture, devant l'entrée. Toi, tu restes à l'intérieur. Si quelqu'un sort dans la cour, tu ne t'en occupes pas. Si quelqu'un arrive de l'extérieur et entre dans la cour, alors, tu sors : toi d'un côté, moi de l'autre, nous mènerons une attaque en étau. »

Shi Chenglong acquiesça et s'inquiéta de savoir s'il devait prendre son fusil.

« Je ne pense pas que ce soit nécessaire. Si quelqu'un vient, il te faudra absolument garder ton sang-froid et ne pas faire n'importe quoi. Tu ne sortiras que lorsque je serai en position pour bloquer la sortie », lui recommanda Hong Jun.

Sans avoir vraiment bien saisi les intentions de l'avocat, Chenglong lui fit signe qu'il avait compris ses instructions.

Sans bruit, Hong Jun ouvrit la porte de la maison et sortit. Il resta un moment sur le seuil à écouter s'il y avait du bruit dans les pièces adjacentes. Quoiqu'il ne perçoive pas le moindre signe de vie par le trou noir des fenêtres des chambres, il savait que, derrière, des yeux observaient ses faits et gestes. Il alla jusqu'au portillon sur la pointe des pieds et ne sortit de la cour qu'après avoir bien regardé au-dehors. Il alla jusqu'à sa voiture garée le long du mur de la cour, ouvrit délicatement la portière et la referma de même après s'être glissé sur le siège arrière.

Un croissant de lune venait d'apparaître à l'est, qui vint répandre une douce lueur sur le haut des arbres, sur les toits des chaumières et sur l'étroit chemin de terre. Il régnait un silence total, comme si toute forme de vie était entrée en léthargie quand, soudain, un petit bruit venant de l'intérieur de la cour parvint aux oreilles de Hong Jun. Une tête apparut au portillon, qui regarda d'un côté puis de l'autre ; puis quelqu'un sortit. Dans la lueur du clair de lune, Hong Jun put voir qu'il s'agissait de Chenghu.

Après s'être arrêté un moment devant le portillon, ce dernier prit la direction de l'ouest. En passant le long de la voiture, il jeta un coup d'œil à l'intérieur mais les vitres teintées l'empêchèrent de voir l'avocat qui s'était dissimulé derrière les sièges avant. Arrivé au croisement côté ouest, Chenghu regarda à droite puis à gauche, sembla hésiter un instant avant de se décider à faire demi-tour et à aller vers l'est. Sa silhouette se fondit bientôt dans la nuit et les alentours furent replongés dans un silence abyssal.

Mille pensées assaillaient Hong Jun tandis qu'il attendait, assis sur le siège arrière de sa voiture. L'homme, pensait-il, est capable de se fourvoyer de manière absurde de mille et une façons : c'est ce que l'on pourrait appeler « les domaines des errements humains ». Dans une certaine mesure, on pourrait comparer ces domaines de la vie humaine aux terrains marécageux que l'on trouve dans la nature. Celui dont le comportement se dérègle peut encore se libérer s'il décide, le plus vite possible, de faire marche arrière ; mais s'il est possédé, comme sous l'effet d'un charme, au point de perdre toute capacité de jugement, il ne peut que s'enfoncer encore et toujours jusqu'à un point de non-retour. Les domaines dans lesquels l'homme est capable de tous les excès sont légion : celui des richesses, celui du pouvoir ou bien des honneurs ou encore des plaisirs de la chair et autres objets de concupiscence. De plus, ces choses-là exercent sur l'homme une attraction et une fascination extraordinaires, auxquelles il lui est bien difficile de résister et qu'il est bien incapable de reconnaître comme telles. Certains cherchent par tous les moyens à se tenir à l'écart de ces terrains dangereux et d'autres y foncent, tête baissée, répétant ainsi, l'une après l'autre, la série des tragédies qui jalonnent la vie de l'homme ! En réalité, la vie n'offre pas à l'homme une infinité de solutions nouvelles, mais il appartient à chacun, selon sa nature, de répéter à sa façon l'histoire de ceux des générations qui l'ont précédé. Hong Jun réfléchissait très sérieusement à ce problème et pensait bien aller plus loin dans sa réflexion pour en tirer une conclusion mais d'étranges points lumineux lui apparurent dans le rétroviseur qui l'obligèrent à en rester là. Il tourna la tête et, au bout du chemin, côté ouest, il vit des flammes d'un bleu sombre qui voltigeaient tout doucement dans l'air. Elles faisaient aussi de brusques sauts vers le haut, vers le bas, à droite, à gauche, comme soutenues et guidées par une force mystérieuse. Hong Jun ne put se retenir d'aspirer une bonne bouffée d'air frais. Certes, il ne croyait pas aux fantômes. Il savait bien qu'une main d'homme était derrière tout cela. Cela dit, la vue de ces feux follets dansants lui faisait froid dans le dos.

Les « feux follets » s'approchaient sans cesse davantage et Hong Jun put finalement distinguer une silhouette humaine, il vit en outre très clairement que les flammes bleues étaient émises par les orbites, les narines et la bouche de l'individu. Cette tête aux cheveux longs retombant sur les épaules était à coup sûr celle du « monstre » qu'ils avaient vu la nuit où ils étaient sortis précipitamment de la grotte Wanglong. Il fut tout à fait rassuré lorsqu'il put voir le corps de la personne en question. Celle-ci longea la voiture, arriva au portillon, s'arrêta pour s'assurer qu'il n'y avait personne et pénétra dans la cour à pas de loup.

Après le départ de Hong Jun, Shi Chenglong ne s'était pas recouché ; il était resté assis au bord du *kang* à regarder par la fenêtre. Lorsqu'il avait vu Chenghu se glisser au-dehors, il avait tout d'abord eu envie de le suivre mais, se souvenant des recommandations de l'avocat, il n'avait pas bougé. Il avait trouvé le temps très long. Soudain, le portillon de la cour avait fait du bruit et un monstre échevelé avec des flammes jaillissant des yeux était entré. La peur l'avait fait immédiatement se jeter à plat ventre sur le *kang* ; mais aussitôt il s'était ressaisi et avait relevé la tête car, d'une part, les instructions que Hong Jun lui avait données lui revinrent à l'esprit et, d'autre part, il se dit que Song Jia aurait pu le surprendre. Il avait alors vu le monstre, au centre de la cour, une torche électrique en main, tenant dans l'autre main un objet de forme carrée, se pencher comme s'il était à la recherche de quelque chose. Chenglong avait empoigné un oreiller, ouvert la porte et fait irruption dans la cour en criant :

« Qu'est-ce que tu fais là ? »

Dès qu'il avait entendu du bruit, l'intrus avait tenté de fuir mais l'intervention de Hong Jun qui bloquait la sortie l'avait obligé à faire demi-tour. Song Jia et les autres habitants de la maison sortirent alors précipitamment et éclairèrent de leurs lampes de poche ce monstre portant perruque et habillé de gris. Le monstre poussa un grand cri avec l'intention d'en venir aux mains, mais la voix tranquille de Hong Jun apaisa ses ardeurs guerrières :

« Monsieur Tang ! Directeur Tang ! Maintenant, fini de jouer !

— Vous… »

Frappé de stupeur, le monstre relâcha aussitôt sa prise et la lampe qu'il tenait dans sa main droite alla se fracasser au sol.

Hong Jun sourit :

« Nous vous avons fait peur, monsieur Tang ? Vous ne semblez pourtant pas manquer de courage ! Je me suis souvent demandé comment vous avez pu ne pas avoir peur quand vous êtes allé tout seul dans la grotte Wanglong. Et puis, au fait, je voulais vous demander : c'est bien avec du phosphore que vous vous êtes enduit le visage ? Ce produit a un point de combustion très faible, c'est dangereux. Évidemment, pour agir ainsi, c'est que vous êtes à la recherche de la pierre Œil-de-Dragon ; en cela, je pourrais vous aider. »

C'est alors qu'un rire sardonique fusa de l'entrée de la cour où apparut la silhouette de Sun Changsheng, revolver en main :

« Et vous pensez que ça va se passer aussi bien que ça ! Vous allez l'aider ! Mais c'est moi qui ne vous permettrai pas d'arriver à vos fins ! Inutile de croire que vous allez pouvoir faire ça dans mon dos ; à moi, on ne peut rien me cacher ! Il y a longtemps que j'ai bien vu que vous étiez venu pour cette pierre ; je n'ai pas arrêté de vous tenir à l'œil. Je vous avertis : cette pierre est un trésor national ; peu importe qui l'a trouvée, elle doit revenir à l'État. Si vous en faites commerce pour votre propre compte, c'est une violation de la loi, un crime ! Allez, rendez-moi cette pierre tout de suite ! Admettons qu'ainsi vous serez quittes, vous vous serez rachetés en rendant un fier service à la Nation ! Vous avez entendu ? »

Au même instant, on entendit un bruit de pas précipités qui s'approchaient. Shi Wengui et Shi Chenghu entrèrent en trombe avec, à la main, chacun un gourdin. Hors d'haleine, Shi Wengui hurla :

« Personne ne doit espérer nous voler la pierre ! Elle nous appartient, à nous, les Shi ! »

Sun Changsheng fronça les sourcils : « Qu'est-ce que tu racontes là, Shi Wengui ? dit-il Comment peux-tu affirmer que cette pierre vous appartient, puisqu'elle elle est propriété de l'État ?

— Je ne suis pas d'accord ! C'est Shi Wugui qui l'a trouvée et ça lui a coûté la vie, il est normal qu'elle revienne à sa famille ! C'est l'antique coutume ! rétorqua Wengui.

— Qu'est-ce que tu viens me parler d'antique coutume ? Ça n'a rien à voir ! Il faut faire ce que dit la loi !

— Qu'est-ce que tu viens me parler de la loi ? La loi, c'est ce que tu dis, toi ? Si tu avais ce genre de pouvoir, il y a longtemps que tu ne serais plus dans ce bled ! »

Voyant que les deux hommes s'étaient engagés dans une altercation inextricable, Hong Jun intervint rapidement : « Ne vous disputez pas : écoutez d'abord ce que j'ai à vous dire. Je vous assure qu'après m'avoir entendu, plus personne n'aura envie de cette pierre Œil-de-Dragon ! »

La dispute cessa et tous braquèrent leurs regards sur Hong Jun qui expliqua : « Ce que Shi Wugui a trouvé n'est pas du tout une pierre Œil-de-Dragon mais du *Gu liushi* !

— Qu'est-ce que c'est le "*Gu liushi*" [55] ? Une tumeur que le dragon avait sur les os ? » demanda Wengui.

Cela fit rire l'avocat qui lui répondit : « Cela n'a rien à voir avec le dragon. Le *Gu liushi*, c'est du cobalt 60, une sorte de substance radioactive. Vous connaissez la bombe atomique ? Eh bien, c'est à peu près le même genre de chose que ce qu'il y a dans une bombe atomique. C'est extrêmement dangereux. Si on le touche, au mieux on devient aveugle, au pire, on y laisse la vie. Avez-vous compris ? »

Tous en chœur, ils poussèrent un cri d'effroi.

« Inutile d'avoir peur ! leur dit Hong Jun. Le cobalt 60 n'est pas très puissant et, de toute façon, là où il est, vous ne risquez pratiquement rien. Venez donc tous avec moi dans la chambre de Chenglong. Il n'y a que monsieur Tang qui soit à même de régler le problème. »

Incrédule, Sun Changsheng regarda Hong Jun et lui demanda : « Ce que vous racontez, c'est bien vrai ? Je vous préviens, si vous essayez de jouer au plus fin avec moi, vous allez vous en mordre les doigts !

— Vous n'avez qu'à voir l'instrument que monsieur Tang tient à la main. C'est un détecteur de matière radioactive » lui dit simplement Hong Jun.

À demi convaincu, Sun Changsheng suivit tout le groupe qui se dirigeait vers la chambre de Chenglong.

---

55. Jeu de mots : à la même prononciation phonétique correspondent plusieurs caractères chinois aux sens et à la graphie très différents, d'où les multiples interprétations possibles d'un seul et même mot, surtout lorsqu'il s'agit d'un terme rarement employé. Ici, « Gu » veut dire « os » mais aussi « cobalt » et « liushi », « soixante» ou « pierre de tumeur maligne », « shi » signifiant «dix » ou encore « pierre » !

« Directeur Tang, dit Hong Jun à l'individu dont le visage brillait encore d'une lumière bleue, sous la petite resserre, il y a une cave et, dans cette cave, il y a un pot à grillons en argile. Ce que vous cherchez se trouve dans ce pot à grillons. »

Et tous entrèrent dans la chambre de Chenglong.

## 35
## Déductions

Tous étaient maintenant dans la chambre de Chenglong. Ils continuèrent cependant à observer, par la fenêtre, l'homme qui se trouvait dans la cour jusqu'à ce qu'il disparaisse dans la petite resserre. Leurs regards se portèrent alors sur Hong Jun, tels des étudiants attendant l'explication du maître sur un point capital de la leçon. Lisant dans leurs yeux l'espoir qu'ils mettaient en lui, Hong Jun sourit. Enfin, il prit la parole :

« Vous êtes sans doute impatients de tout savoir sur cette histoire. Maintenant que je n'ai plus besoin de garder secrètes certaines informations, je suis tout à fait d'accord pour vous dire tout ce que je sais, d'autant plus que ces révélations pourraient largement aider à dissiper certains des malentendus qui existent entre vous. Cependant, ce que je vais vous dire est, en majeure partie, le fruit de mes déductions personnelles, dont certaines se sont vues confirmées par les faits mais dont d'autres ont encore besoin d'être étayées par des preuves solides. Pour plus de clarté, je commencerai donc par le début de l'histoire.

« Lorsque j'ai accepté l'affaire dont Chenglong était venu me charger, j'ai d'abord analysé les différentes causes possibles de la mort de son père. Premièrement, la punition du Dragon-Roi pour s'être emparé de la pierre Œil-de-Dragon : il est évident que je ne crois pas du tout à ce genre de discours invérifiable. Une légende n'est qu'une légende, et elle ne peut servir à étayer un raisonnement déductif rigoureux. Deuxièmement, la mort par empoisonnement : après enquête auprès des personnes qui avaient été chargées de l'affaire, j'ai estimé n'avoir aucune raison de mettre en doute les conclusions du médecin légiste du bureau de la Sécurité publique. Bien que ne pouvant pas totalement exclure cette hypothèse à ce moment-là de mon enquête, je la considérai comme fort peu probable. Troisièmement, une maladie mortelle : c'était la solution la plus vraisemblable, mais qui impliquait une autre question : de quelle maladie s'agissait-il ? Avait-elle un rapport avec la pierre Œil-de-Dragon ? Pour le savoir, il me fallait consulter un spécialiste.

« Après m'être renseigné sur les circonstances qui avaient entraîné la mort du malade, je suis allé à Pékin consulter un professeur de médecine. Au début, j'avais envisagé la possibilité d'une maladie rare qui sévit dans certaines régions seulement, du type *keshan* par exemple ; mais ce professeur m'a dit qu'à son avis, et d'après les symptômes que je lui avais décrits, il pensait plutôt à une gastro-entérite causée par une irradiation. Il m'a expliqué que ce genre de maladie commençait par des étourdissements, des nausées et de la fièvre, raison pour laquelle on pouvait très facilement faire l'erreur de la prendre pour un rhume ; suivait une période de rétablissement apparent mais, deux ou trois semaines plus tard, la fièvre finissait par revenir, accompagnée de vomissements, de diarrhée et autres… et, très vite, le patient décédait. Comme cette maladie ne touche que les personnes qui ont été soumises à une irradiation, les médecins sont facilement amenés à établir un diagnostic erroné si le patient lui-même ignore y avoir été soumis. Ils concluent alors plus volontiers à une intoxication alimentaire, à une dysenterie, à une crise cardiaque, voire même à l'érysipèle ou au sida. D'après ce professeur, la cécité de Shi Gangsheng était due également à une irradiation à distance. Je lui ai montré l'article paru dans la revue *Yan Nan*. Il l'a trouvé à la fois grotesque et lamentable car cette tragédie engendrée par l'ignorance y était rapportée par quelqu'un de plus ignorant encore. Je lui ai demandé quel pouvait être l'objet à l'origine de l'irradiation, et s'il pouvait s'agir d'un minerai naturel radioactif. Il m'a répondu qu'il était médecin et qu'il s'y connaissait fort peu en matière de substances radioactives ; il m'a conseillé de m'adresser à un spécialiste en la matière.

« Sur le moment, je ne voyais pas où trouver ce genre de personne et, comme je ne voulais pas faire traîner l'enquête en longueur, je suis revenu ici ; ce matin, je me suis rendu sur le chantier où Wugui avait ramassé cette pierre dans l'espoir d'y trouver une piste quant à cette source radioactive. Là, j'ai découvert que le site avait auparavant été occupé par un centre de recherches en agronomie dont je me suis mis immédiatement en quête. Il est évident que je ne leur ai pas dévoilé la véritable raison de ma visite car j'aurais ainsi perdu toute chance d'obtenir quelque renseignement que ce soit. J'ai eu de la chance car la jeune personne fort aimable qui m'a reçu m'a non seulement appris que le centre avait effectivement fait usage de substances radioactives pour ses recherches, mais elle m'a également permis de faire une autre découverte des plus intéressantes.

« Elle m'a expliqué que le centre avait mis en œuvre des techniques d'irradiation pour l'amélioration des plantes céréalières et pour des expériences sur les insectes, qu'elle n'en connaissait pas les détails exacts mais qu'en revanche, je pouvais m'adresser à monsieur Tang, le directeur adjoint du centre chargé de ce secteur. Toutefois, monsieur Tang n'était pas là actuellement ; il était parti en vacances. Ce dénommé Tang, directeur adjoint du centre, suscita mon intérêt car une énigme que je n'arrivais pas à résoudre m'étais revenue à l'esprit.

« Comme vous le savez tous, la première fois que nous sommes venus dans la région, nous avons rencontré un certain Tang. Bien sûr, j'avais remarqué qu'il s'intéressait de très près à la pierre Œil-de-Dragon, mais l'idée ne m'était pas venue que cela puisse avoir un quelconque rapport avec la mort de Shi Wugui. Ensuite, nous lui avons rendu visite à Tianjin. J'ai, pour ma part, trouvé son comportement très étrange au point de penser qu'il ne s'agissait pas de la même personne que celle que nous avions vue ici ! Je suis sûr que Song Jia et Chenglong ont eu exactement la même impression que moi. Plus tard, je me suis demandé si l'homme de Tianjin et l'autre n'étaient pas effectivement deux individus différents. Mais, comme je ne voyais pas de lien précis entre ce problème et notre affaire, je ne m'en suis pas inquiété davantage.

« C'est lorsque j'ai entendu la jeune femme du centre de recherches nommer le directeur adjoint que j'y ai pensé à nouveau ; aussi lui ai-je demandé le prénom de monsieur Tang. Elle m'a répondu qu'il s'appelait Tang Jiangong. « Quelle coïncidence, lui ai-je dit ; j'ai un ami à la Société pour la promotion des voyages culturels de la ville de Tianjin qui se nomme Tang Jianye et qui a, paraît-il, un frère jumeau : ne serait-ce pas justement lui ? »

« Elle m'a dit qu'il serait très facile de le savoir et m'a conduit devant une photo sous verre qui se trouvait dans le couloir et sur laquelle on pouvait voir les dirigeants du centre de recherches, dont le directeur Tang, en compagnie de visiteurs étrangers, afin que je puisse voir s'il ressemblait à mon ami. J'ai immédiatement reconnu l'homme que nous avions rencontré ici ! J'ai pu ainsi reconstruire presque entièrement toute l'affaire. »

Hong Jun fit une pause mais, voyant que son auditoire était suspendu à ses lèvres, il poursuivit : « J'ai pensé que la pierre ramassée par Shi Wugui sur le chantier était en réalité une source radioactive, quelque chose que le centre de recherche utilisait pour ses expériences ; comment cet objet s'était retrouvé là et comment il avait atterri entre les mains de Shi Wugui, ça, je l'ignore encore. Tang Jiangong est peut-être la seule personne susceptible de répondre à ces questions. Je suppose qu'ayant lu l'article dans l'hebdomadaire *Yan Nan* il a aussitôt compris que la prétendue “pierre Œil-de-Dragon” était en réalité ce matériau radioactif que le centre avait autrefois utilisé. Certaines raisons faisaient qu'il ne désirait pas annoncer publiquement leur intention de le récupérer ; aussi s'est-il fait passer pour un touriste. Peut-être n'a-t-il pas voulu non plus laisser de trace de son passage dans la région, alors il a pris l'identité de son frère jumeau, Tang Jianye. De cette façon, quand bien même certains auraient eu des soupçons, ils auraient eu beaucoup de mal à remonter jusqu'à lui et découvrir ce qui s'était vraiment passé.

« Toutefois, Tang Jiangong a commis une erreur : il a cru que Shi Wugui avait caché sa trouvaille dans la grotte Wanglong. Pour empêcher que d'autres personnes viennent y fouiner ou pour ne pas être dérangé dans ses recherches, il s'est enduit le visage d'une couche de phosphore pour faire croire à la présence d'un monstre. Sa ruse a effectivement été très efficace.

« Mais où était donc cachée la pierre Œil-de-Dragon ? C'était là l'autre question qui ne cessait de me tracasser depuis le début. Il ne faisait aucun doute que Shi Wugui avait voulu la laisser à son fils aîné, et qu'il ne faisait entièrement confiance à aucun des autres membres de sa famille. En conséquence de quoi il devait l'avoir cachée dans un endroit que seuls son fils et lui connaissaient. Vous vous souvenez certainement tous des paroles décousues qu'il a prononcées avant de mourir. Au début, j'avais, moi aussi, pensé à la grotte Wanglong, là où il emmenait Chenglong attraper des grillons. Puis cette conclusion m'est apparue trop hâtive : la pierre Œil-de-Dragon était, aux yeux de Shi Wugui, un trésor d'une valeur inestimable ; comment aurait-il pu la cacher au fond d'une grotte dans laquelle n'importe qui pouvait entrer ? Il avait certainement voulu la garder près de lui et l'avait donc dissimulée quelque part dans sa maison. La pierre devait se trouver dans l'enceinte de cette cour ; mais comme il s'agit en réalité de matière radioactive et qu'aucune autre personne de la famille n'a été irradiée depuis la mort de Shi Wugui, elle devait être cachée dans un endroit bien isolé et où les gens de la famille ne se rendaient pas souvent. À l'intérieur de cette cour, la cave est, de toute évidence, le lieu qui répondait le mieux à ces conditions.

« Je savais par ailleurs que Shi Wugui avait fabriqué un pot à grillons en argile pour son fils. Aux yeux de tous, c'était un objet inutile et même pas très beau, mais pour Chenglong il symbolisait le souvenir de l'amour d'un père. Si j'avais été à la place de Shi Wugui, c'est là-dedans que j'aurais caché ma pierre. Vous avez tous en tête les ultimes paroles du mourant :

“Le grillon dans le pot...” J’ai plutôt tendance à croire que ce qu’il a dit devait être : « dans le pot à grillons... » mais les gens ont compris de travers du fait des difficultés qu’il éprouvait à articuler. Ce n’était là qu’une supposition mais la lettre qu’il avait envoyée à son fils est venue confirmer que j’avais raison : la pierre Œil-de-Dragon se trouvait bien à la cave, dans le pot à grillons. »

Le discours de Hong Jun plongea tout le monde dans une profonde réflexion. Brusquement, une question de Shi Chenglong vint rompre le silence :

« Maître Hong, comment saviez-vous que Tang Jian... euh... Jiangong allait venir justement ce soir ?

— La conclusion à laquelle j’étais arrivé, Tang Jiangong pouvait y être parvenu également, répondit Hong Jun après avoir réfléchi un instant. Sans compter qu’après deux jours de recherches infructueuses dans la grotte, il a dû songer à changer d’objectif et à s’orienter vers cette cour. Quant à la raison pour laquelle il serait venu ce soir...

— Le voilà ! » s’écria Yinhua, interrompant l’explication de Hong Jun, et tous les regards se portèrent immédiatement vers la fenêtre : Tang Jiangong venait de ressortir de la petite resserre. Tous hésitèrent un peu avant de se bousculer pour quitter la pièce et courir au-dehors.

Tang Jiangong, une torche dans une main et des pinces à longues poignées repliables dans l’autre, apparut dans le clair de lune mais il n’avait rien au bout de sa pince. Tous, alignés devant le pas de la porte, restaient à une distance respectable.

« Directeur Tang, vous avez trouvé ? » demanda Hong Jun.

Tang Jiangong commença par poser au sol les pinces qu’il tenait en main pour ouvrir la fermeture éclair de sa combinaison et dégager sa tête. Enfin il répondit : « J’ai trouvé. Dans le pot à grillons. J’ai testé à plusieurs reprises le taux de radioactivité ; il est encore très élevé, de l’ordre de dix curies. J’ai bien réfléchi et je crois qu’il ne faut pas faire n’importe quoi. À l’heure actuelle je ne dispose ni d’écran de plomb, ni de récipient adapté au transport. En admettant que j’arrive à prendre l’objet avec mes pinces, où le mettrai-je ? Nous ne sommes pas en rase campagne et si quelqu'un d'autre était contaminé, ce serait trop grave ! Par conséquent, je l'ai laissé là où il était.

— Que comptez-vous faire, dans ce cas ? demanda Shi Chenglong.

— Je vais retourner au centre pour me procurer un véhicule spécial et des instruments appropriés pour pouvoir le récupérer.

— Je ne suis pas d'accord ! Et si ce truc explosait quand vous serez parti ? » protesta Shi Wengui.

Avec un petit sourire las, Tang Jiangong expliqua :

« C'est une source radioactive que nous utilisions pour irradier des graines, ce n'est pas un explosif !

— Mais c'est quand même dangereux, n'est-ce pas ? demanda encore Shi Wengui.

— Je l'ai testé. Si personne ne va y toucher, il ne représente absolument aucun danger. Je vous le garantis, vous pouvez être tranquilles ! » assura Tang Jiangong.

Shi Chenglong, méfiant, émit quelques réserves :

« Vous nous le garantissez ? Mais qui êtes-vous pour nous donner de telles garanties ? Après toutes vos manœuvres clandestines, qui peut vous faire confiance ? »

Tang Jiangong, refusant de jouer le mauvais rôle, éleva la voix : « Qu'est-ce que j'ai fait de mal ? Dites-moi ce qu'on me reproche ! Si j'ai agi ainsi, c'est que j'avais mes raisons. Au centre, nous avions égaré une de nos sources radioactives et nous ne l'avions jamais retrouvée. Lorsque j'ai lu cet article dans l'hebdomadaire *Yan Nan*, j'ai eu des soupçons : cette pierre que l'ouvrier du chantier avait trouvée devait justement être ce matériau radioactif qui nous manquait. C'était un paquet étanche dans une enveloppe d'acier inoxydable d'un très bel aspect qui pouvait faire penser à quelque chose de précieux. Ce que j'ai fait, je l'ai fait en connaissance de cause et en toute responsabilité. Je vous laisse juge : pouvais-je aller le crier sur les toits ? Pouvais-je dire au premier venu ? : "Nous avons perdu un objet radioactif quelque part, c'est peut-être bien ce que Shi Wugui a ramassé, je viens jeter un coup d'œil." Tout le village aurait été sens dessus-dessous ! Je peux vous assurer que, si je suis venu incognito, c'était pour éviter que l'affaire engendre l'affolement et le chaos parmi vous. Maintenant que nous avons retrouvé l'objet en question, je rentre me procurer le véhicule spécial qui nous permettra de procéder à son enlèvement ! De toute façon, il m'est impossible de l'emporter tout de suite !

— Maître Hong, demanda Shi Chenglong en se tournant vers l'avocat, dites-nous ce que nous devons faire.

— À partir de maintenant, répondit Hong Jun, la mission que vous m'aviez confiée est terminée. La cause de la mort de votre père est élucidée et la prétendue pierre Œil-de-Dragon retrouvée. Quant aux suites à donner à cette affaire, c'est-à-dire à une éventuelle demande de dommages et intérêts, c'est à vous tous d'en décider. Tout ce que je peux faire; c'est vous donner mon opinion personnelle sur certains points. Premièrement, en ce qui concerne le danger que représente cet objet radioactif. Vous devriez vous conformer aux instructions du directeur Tang quant à la façon de procéder, et ni vous ni aucune autre personne du village ne devra pénétrer dans la cave avant que l'objet soit enlevé, quel que soit le moment où ils viendront le retirer. Deuxièmement, de nombreuses personnes ont été témoins des événements de ces derniers jours et de ceux de cette nuit – jusqu'au camarade Sun du bureau de la Sécurité publique ; en cas de litige ultérieur, il ne sera pas bien difficile d'apporter des preuves de ce qui s'est réellement passé. Troisièmement, en tant que dirigeant du centre de recherches, Tang Jiangong ne peut pas s'évanouir dans la nature ; en admettant qu'il s'en aille quelques jours, il devra bien finir par réapparaître. En tout état de cause, il ne peut pas laisser cet objet à l'abandon. Il s'agit là, bien entendu, d'une opinion personnelle que je vous livre à titre de référence. Libre à vous de vous y conformer pour décider de la conduite à tenir. Par ailleurs, comme je vous l'ai déjà annoncé, Song Jia et moi rentrons demain à Pékin où d'autres affaires m'attendent. »

Les membres de la famille Shi y allèrent chacun de ses commentaires : « Il ne faut pas laisser filer ce Tang ! » disaient certains ; « Qu'est-ce que ça peut faire qu'il s'en aille ? » disaient d'autres ; « Le moine peut bien s'enfuir, le temple reste ! » ; « S'il disparaît, nous porterons l'affaire devant le tribunal ! » dit encore quelqu'un.

Pour clore le débat, Shi Wengui s'adressa à Tang Jiangong en ces termes :

« Vous pouvez partir, mais dites-vous bien que nous, les gens des montagnes, on ne se laisse pas avoir facilement. Si vous vous avisez de nous jouer un sale tour, nous vous le ferons payer ! »

Tang Jiangong montra qu'il acceptait le défi puis, s'adressant à Hong Jun, il ajouta :

« Maître Hong, j'ai fort bien compris ce que vous vouliez dire, et je dois vous en remercier ! J'aurais cependant encore une toute petite faveur à vous demander, mais je ne sais si vous serez disposé à me l'accorder.

— Vous voulez profiter de ma voiture encore une fois ?

— Exactement ! Et le plus tôt sera le mieux. Je pourrai ainsi prendre toutes les dispositions nécessaires et revenir dès demain. Je suis confus de devoir vous obliger à conduire de nuit.

— Aucune importance » déclara Hong Jun qui accepta sans la moindre hésitation.

# 36
# La vérité

Après le départ de Hong Jun, Sun Changsheng quitta lui aussi la cour de la maison des Shi, où seuls demeurèrent les membres de la famille. Aucun d'eux n'avait encore bougé. Jin Caifeng les réveilla de leur hébétude :

« Pourquoi restez-vous tous plantés là comme une bande d'idiots ? Retournez donc vous coucher ! Maintenant, nous savons que vous vous êtes disputé un prétendu trésor, mais en réalité un objet maléfique, pour lequel vous êtes allés jusqu'à organiser un enlèvement. Quelle honte ! Hélas ! » soupira-t-elle en jetant sciemment un regard en coin à Shi Wengui.

Ses trois enfants regagnèrent alors leurs chambres respectives tandis qu'elle se dirigeait vers la sienne. D'une petite voix, Wengui l'appela :

« Belle-sœur ! Belle-Sœur !

— Qu'y a-t-il ? lui demanda-t-elle en se retournant.

— J'aimerais te parler.

— Qu'as-tu d'autre à me dire ? Que, dans la vie, un homme ne doit penser qu'à l'argent, que rien d'autre ne doit compter ! Supposons que tu deviennes très riche, admettons que tu possèdes dix mille colliers de sapèques, qu'est-ce que cela t'apporterait de plus ? Est-ce que c'est cela, être un homme ?

— Caifeng, écoute-moi…

— Que je t'écoute me dire quoi ? Comment tu as kidnappé mademoiselle Song ? Comment tu es venu, armé d'un gourdin, pour voler la pierre Œil-de-Dragon ?

— Caifeng, je…

— Tais-toi ! Ne dis plus rien ! Va-t'en, retourne chez toi, va te coucher, tout seul sur ton *kang*, touche du doigt ce que tu as vraiment dans le cœur et réfléchis-y bien ! » Puis, se souvenant soudain des paroles que lui avait criées son père plus de vingt ans auparavant, elle lui hurla dans un moment de vive émotion :

« Va-t'en ! Et ne t'avise plus jamais de franchir le seuil de cette maison ! »

Abasourdi, Wengui la regarda puis il frappa le sol du pied dans un accès de rage et tourna les talons.

Caifeng s'agrippa au chambranle de la porte et, ses forces l'abandonnant, elle se laissa glisser au sol ; sa tête vint s'appuyer sur ses genoux et des larmes jaillirent de ses yeux. S'avisant soudain d'une présence, elle releva la tête : Chenglong, Chenghu et Yinhua étaient tous les trois autour d'elle. Elle essuya ses larmes et doucement leur dit :

« Pourquoi n'êtes-vous pas encore au lit ? Si vous voulez me parler, remettons ça à demain !

— Mère, lui dit Chenglong, tout est terminé maintenant, il est inutile que tu te fâches !

— Mère, ajouta Chenghu, tu ne dois pas en vouloir à l'oncle, il n'y est pour rien. Tout est de ma faute ! L'oncle ne savait absolument rien de l'enlèvement de mademoiselle Song ; c'est Jinhua et moi qui l'avons organisé !

— Que dis-tu ? s'exclama Caifeng qui se releva d'un seul élan et le regarda avec de grands yeux ronds.

— Je sais… j'ai… très mal agi ! bredouilla Chenghu. Je te demande pardon… à toi et aussi… à mon grand frère, pardon ! Je suis indigne de vous ! »

Caifeng lui demanda confirmation de ce qu'il venait de lui apprendre : « Ton oncle n'était vraiment pas au courant de votre intention de kidnapper mademoiselle Song ?

— Non, il n'en savait rien ! Jinhua craignait qu'il ne soit pas d'accord, aussi ne lui en a-t-elle rien dit. Ensuite, Chenglong et les autres sont arrivés avant que j'aie eu le temps de l'avertir

— C'est vrai ? » marmonna Caifeng comme si elle se posait à elle-même la question.

Chenghu continua : « En réalité, l'oncle ne voulait pas non plus s'approprier la pierre Œil-de-Dragon. Tout à l'heure, quand je suis allé le chercher, il m'a même dit :

"Quand nous aurons cette pierre, il faudra la restituer à ta mère ; ni toi ni Chenglong ne devez la garder pour vous !" Mère, si l'oncle voulait s'emparer de cette pierre, c'était uniquement pour toi ! »

L'étonnement cloua Caifeng sur place. Un peu plus tard, sans un mot, elle rentra dans sa chambre et ferma la porte derrière elle.

Après avoir quitté la cour de la maison de Caifeng, Shi Wengui marcha droit devant lui, sans but. Il sentait un poids énorme peser sur sa poitrine et l'oppresser. Alors qu'il avait voulu aider Caifeng et la protéger, elle l'avait pris pour un homme méprisable et avide de richesses. Il eut vraiment l'impression que sa vie tout entière n'avait été qu'une suite d'humiliations.

Cette fois-là, après ce qui s'était passé dans la forêt, il avait voulu revoir Caifeng mais il n'avait plus osé affronter le regard de ses yeux lumineux ; il avait eu envie de s'expliquer mais il n'avait pu se résoudre à accepter son pardon magnanime. Il avait eu le sentiment qu'il ne la méritait pas, qu'il ne serait à jamais à ses yeux qu'un coupable indigne d'une quelconque rédemption ! Toutes ces raisons ont fait qu'au moment où elle a proposé la séparation, il a pensé qu'il n'avait pas le choix et que, à la limite, ce serait un soulagement.

Depuis plus de vingt ans, la douleur et les regrets n'avaient cessé de le torturer. Il aimait Caifeng, d'un amour vrai et profond, d'un amour que ni le mariage de la jeune fille ni le sien n'avaient pu altérer. Certes, il n'était pas question pour lui de le montrer au grand jour mais, lorsqu'il était seul, il pouvait jouir en secret de ce sentiment enfoui au plus profond de son cœur. Depuis le décès de sa femme, il lui arrivait souvent de jouer et de rejouer l'air de « Deux sources au clair de lune » en utilisant ce procédé qui lui permettait d'assourdir le bruit de son *erhu*, et de repenser aux moments exquis qu'il avait passé avec Caifeng, allant même jusqu'à se bercer d'illusions en imaginant qu'un jour, peut-être, elle et lui seraient réunis. Il travaillait beaucoup et se démenait, usant de son intelligence, de sa sagesse et de son habileté, pour gagner de l'argent coûte que coûte, et tout cela dans le seul but de prouver à Caifeng qu'il était quelqu'un de capable.

Le décès de Wugui lui apporta un nouveau regain d'espoir. Le ciel ne l'avait pas abandonné. Après les funérailles il n'avait eu de cesse de chercher à se ménager un entretien en privé avec Caifeng. Un soir, il l'avait vue se diriger seule vers l'école et il l'avait suivie. Lorsqu'elle était ressortie de sa classe avec le livre qu'elle était venue chercher, il s'était porté à sa rencontre: « Bonsoir, Belle-Sœur », lui avait-il dit.

En voyant quelqu'un sortir de l'ombre, elle avait sursauté ; puis, voyant qu'il s'agissait de Wengui, elle s'était étonnée: « Ah ! C'est toi, Grand-Frère ! Je voulais corriger mes cahiers après dîner quand je me suis aperçue que j'avais oublié un livre dans ma classe. Ces derniers temps, je perds la mémoire, hélas ! Que viens-tu faire par ici ?

— Comme je n'avais rien de précis à faire après souper, je suis venu donner un coup d'œil à l'entrepôt et, par hasard, je t'ai aperçue. Si tu veux mon avis, maintenant que Wugui n'est plus et que tu en as fini avec tout ça, il faut que tu reprennes le dessus et que tu regardes vers l'avenir, tu ne crois pas ? »

Elle le regarda comme si elle avait voulu lui répondre mais, en fin de compte, elle ne put que pousser un profond soupir en laissant tomber son regard vers le sol.

Il fit quelques pas vers elle et, avec une profonde émotion dans la voix, lui avoua:

« En vérité, moi aussi il a fallu que je fasse beaucoup d'efforts pour avoir le courage de continuer à vivre, toutes ces années passées ! Bien des fois, il m'est arrivé de penser que la vie n'avait vraiment aucun intérêt. Quand on est jeune, on croit en l'avenir et puis, à force, on s'en rapproche et finalement, qu'est-ce qu'il y a au bout ?

— Tu as réussi à gagner pas mal d'argent ! Ça ne te suffit pas ? » lâcha Caifeng sans trop penser à ce qu'elle disait.

Très affecté, il lui répondit :

« C'est ainsi que tu me vois ? Crois-tu, par hasard, que j'aie entièrement consacré ma vie à l'argent ? Tu as raison, j'en ai gagné pas mal ces dernières années ; mais sais-tu au moins pourquoi je me suis donné tout ce mal ? Je voulais que tu te rendes compte que moi, Wengui, je n'étais pas un bon à rien ! Bien que ça se soit passé il y a maintenant plus de vingt ans, dès que je repense à cette histoire, je suis terriblement vexé. Je suis mort de honte ! Ce n'était pas digne d'un homme ; de quoi j'ai eu l'air ? » Et il se frappa violemment la poitrine avec le poing.

Caifeng voulut le convaincre d'arrêter :

« Qu'est-ce que tu fais ? C'était il y a si longtemps ! À quoi ça sert d'en reparler ?

— Mais je ne peux pas oublier ! Jamais de ma vie je ne me le pardonnerai ! J'y penserai jusqu'au jour de ma mort ! »

Caifeng soupira à nouveau, puis d'une voix douce elle se décida à parler :

« Je crois qu'il faut que je te mette au courant de quelque chose.

— De quoi ? »

Elle allait lui répondre lorsqu'elle entendit quelqu'un passer dans la rue en chantonnant.

« Ne restons pas ici, dit-elle. Il ne serait pas convenable que l'on nous voie ensemble. »

Ils firent le tour du bâtiment.

À l'est, la lune s'était maintenant levée, au-dessus des grands arbres, répandant au sol une lumière argentée. Wengui demanda à nouveau :

« Que voulais-tu me dire ? »

Caifeng leva les yeux au ciel et regarda la lune avant de commencer lentement à parler :

« C'est quelque chose que j'ai sur le cœur depuis longtemps. Je n'avais jamais eu l'intention d'en parler. Mais j'étouffe de garder cela pour moi, je ne peux plus me taire. Il m'est impossible d'emporter ce secret dans ma tombe ! Tu as le droit de savoir.

— Me diras-tu enfin ce que c'est ?
— Cela concerne l'affaire à laquelle tu viens de faire allusion.
— Et alors ? Qu'est-ce que c'est ? »
— Ce que c'est ? C'est que cette histoire avait été montée de toutes pièces par Wugui !
— Par Wugui ? Que veux-tu dire par là ?
— Ça veut dire que c'était un sale tour que Wugui et son copain de l'armée nous avaient concocté pour que Wugui puisse venir jouer le rôle du héros salvateur !
— Quoi ? » Wengui la dévisagea, abasourdi. Il lui fallut un bon moment pour réagir :
« Comment… comment l'as-tu su ?
— L'année où Zhao Yongtian est venu à la maison, il avait bu et ça lui a échappé. Wugui n'a pas pu faire autrement que de m'avouer la vérité. Tu connais Zhao Yongtian ? Celui qui nous a assaillis dans le petit bois à l'époque, c'était lui !
— Depuis quand es-tu au courant ?
— Ça doit faire dix ans.
— Et pourquoi ne m'en as-tu rien dit avant ?
— Pourquoi serais-je allée te le raconter ? Ça s'était passé il y a déjà longtemps ! À quoi cela aurait-il servi que je t'en parle ? Est-ce que je pouvais risquer de provoquer un duel à mort entre toi et Wugui ? J'avais compris que ça n'aurait fait que te rendre encore plus malheureux. Sans compter qu'il y avait en jeu le sort de deux familles, avec des enfants qui plus est ! Que pouvais-je faire d'autre que d'avaler ce fruit amer et en vouloir à mon destin pour avoir été si cruel ? Que pouvais-je faire… »
Elle s'arrêta, comme si quelque chose obstruait sa gorge et l'empêchait de continuer.
Wengui resta sans voix sous le coup d'une vive émotion, en totale communion avec les sentiments de Caifeng :
« Je te comprends, avoua-t-il avec sincérité. C'est pour protéger nos deux familles, les enfants et moi, que tu as gardé ce secret pour toi et que tu n'en as jamais parlé, à personne. Tu as vraiment un cœur d'or ! Cependant… toutes ces années, combien tu as dû souffrir ! Tu t'es fait trop de mal ! »

Les paroles de Wengui firent soudain remonter à la surface les peines et les injustices d'années de souffrances refoulées et elle ne put retenir un flot de larmes d'amertume, comme si toutes les vannes des écluses du grand fleuve qu'était son cœur meurtri s'étaient ouvertes en même temps, inondant ses yeux et noyant son visage.

Les pleurs de Caifeng étaient pour Wengui autant de couteaux qui s'enfonçaient dans sa poitrine. Il était persuadé que tout cela avait été de sa faute, tant sa conduite passée avait été honteuse et lâche ! Aujourd'hui, il ne lui fallait plus faire preuve d'autant de lâcheté, il ne lui fallait plus être à nouveau hésitant. Cette pensée le décida sur-le-champ à prendre Caifeng dans ses bras.

Elle n'opposa aucune résistance et s'abandonna même sur son épaule, laissant libre cours aux torrents de larmes qu'elle n'avait pas versés pendant toutes ces années et qui, tout en lavant un visage désormais plus très jeune, semblaient nettoyer le fin fond de son âme de tous les chagrins et de tous les tourments.

Les douces paroles de consolation de Wengui atténuèrent ses pleurs qui, bientôt, prirent la forme de sanglots intermittents pour finir en une respiration encore un peu irrégulière. Doucement, elle écarta les bras de Wengui et recula de quelques pas en s'essuyant le visage avec le pan du devant de sa robe.

« Caifeng, lui dit Wengui d'une voix douce, tout cela, c'est du passé ; il ne faut pas être triste et t'abîmer la santé à force de pleurer ! Si tu pouvais m'accorder ton pardon et me donner encore une chance ! Je suis sûr de pouvoir faire quelque chose pour racheter mes erreurs passées. Tu me crois, Caifeng ? »

Elle ne lui répondit pas mais murmura, comme pour elle-même :

« Je dois rentrer ! Demain, Chenglong retourne à Pékin ! »

Et elle se dirigea vers le devant du bâtiment.

Wengui la suivit tout en cherchant ce qu'il aurait bien pu ajouter...

Sans même savoir comment, il se retrouva devant l'école. La nuit était noire, il n'y avait personne et tout était silencieux. Pensif, il resta planté là un moment avant de reprendre, sans grande envie, le chemin qui le ramenait chez lui.

# 37
# Fâcheuse méprise

Le lendemain matin, Caifeng, qui n'avait pas fermé l'œil de la nuit, se leva de très bonne heure. Après avoir donné à manger aux poules et aux chèvres, elle alla au puits tirer de l'eau en faisant, à dessein, un détour pour passer près de l'école dans l'espoir de tomber par hasard sur Wengui ; mais cet espoir fut déçu. Après le petit déjeuner, elle se rendit à l'école en avance car elle connaissait l'habitude qu'avait Wengui de venir travailler très tôt à son usine qui se trouvait non loin de l'école ; mais, lorsque les enfants furent tous là et qu'arriva l'heure d'entrer en classe, elle ne l'avait toujours pas aperçu.

Après avoir fait, l'esprit un peu ailleurs, les deux premières leçons de la matinée, elle entendit l'agitation qui gagnait le village et vit des gens, les uns après les autres, courir vers le côté ouest du bourg. Tout essoufflé, Chenghu vint lui annoncer que Tang Jiangong et ses hommes étaient arrivés. Elle donna du travail à ses élèves en leur recommandant de rester tranquillement en classe et accompagna Chenghu jusqu'à la maison.

Aux deux extrémités du petit chemin qui passait devant chez elle, s'étaient déjà rassemblés de nombreux villageois qui, peut-être déjà au courant du danger potentiel, observaient de loin en commentant à voix basse les événements. Caifeng et Chenghu se frayèrent un chemin parmi la foule pour rejoindre Chenglong et Yinhua. Devant la maison, un véhicule hermétiquement fermé attendait, gardé par un homme revêtu d'une combinaison du type de celles que portent les militaires du corps de défense contre les armes chimiques.

« Ça fait un bon moment qu'ils sont dans la cave ! » dit tout bas Chenglong à sa mère.

Tout le monde trouvait le temps long et certains, dans l'assistance, perdaient patience quand, soudain, on entendit des voix, comme si quelqu'un donnait des ordres brefs d'un ton sec. L'homme qui se trouvait près du véhicule ouvrit le hayon arrière et deux autres individus revêtus du même type de combinaison arrivèrent, portant un caisson métallique de forme sphérique qui, malgré ses dimensions tout à fait raisonnables, semblait peser très lourd. Avec mille précautions, ils le chargèrent à l'intérieur du véhicule et retournèrent chercher l'écran de plomb – quelque chose comme un grand bouclier carré, qu'ils mirent également à bord du camion. Enfin, Tang Jiangong, qui avait ôté la cagoule de protection de sa combinaison, sortit lui aussi de la cour – une paire de longues pinces à la main. Remarquant que les badauds agglutinés aux deux extrémités du chemin s'étaient tous instinctivement reculés au moment où il s'était approché de Caifeng, il s'arrêta et lança d'une voix forte :

« Nous avons enlevé cette chose, il n'y a plus de danger ! Quant à savoir comment régler le reste de l'affaire, nous en reparlerons plus tard. »

Lorsque le véhicule s'éloigna lentement avec Tang Jiangong et son équipe à bord, l'assistance poussa un soupir de soulagement et tous se remirent à commenter l'événement. Quelqu'un dit :

« C'était donc une mini-bombe nucléaire que Shi Wugui avait ramenée chez lui ! Heureusement qu'elle n'a pas explosé, tout le village y serait passé ! » Un autre ajouta : « On dit que ce joujou vaut une fortune ! Peut-être bien plusieurs dizaines de mille ! »

Caifeng, qui n'avait pas le cœur à écouter ces discussions oiseuses et encore moins à y prendre part, rentra chez elle avec ses trois enfants. Elle remit soigneusement en place la planche qui fermait l'entrée de la cave à l'intérieur de la resserre, y ajouta même le poids de deux grosses pierres et dit à Chenglong et aux deux autres : « Pour l'instant, il ne faut plus se servir de cette cave ; plus tard, on avisera. Retournez au travail. Chenghu, si tu vois ton oncle, demande-lui de venir ce soir : nous devons discuter des suites à donner à cette affaire. » Sur ce, elle s'empressa de retourner à l'école.

Toute la journée, elle avait gardé l'espoir de voir Wengui surgir à tout moment, mais ce dernier semblait avoir disparu du monde des vivants, ce qui l'inquiéta énormément. Elle était encore sous le coup de l'émotion que lui avait causée Wengui en lui avouant ses sentiments pour elle et le remords d'avoir mal interprété ses bonnes intentions la rongeait. Après la classe, elle rentra chez elle où, tout en préparant le repas, elle ne cessa de regarder au-dehors. Elle n'aurait su dire ce qu'elle espérait au juste mais elle ne pouvait empêcher son regard de se porter constamment du côté de la porte d'entrée.

Ce fut Chenghu qui arriva. Impatiente de savoir, Caifeng lui demanda :

« As-tu parlé à ton oncle ?

— Comment j'aurais pu ? Je ne l'ai même pas vu !

— Il n'est pas venu travailler aujourd'hui ?

— Non. J'ai demandé à Jinhua ; elle m'a dit qu'il était parti au petit matin sans préciser ce qu'il allait faire ni où il allait mais qu'il avait organisé tout le travail à la fabrique avant son départ.

— Où a-t-il bien pu aller ? » murmura Caifeng comme pour elle-même, avant de se replonger dans la préparation du dîner.

Lorsqu'ils eurent fini de manger, elle envoya Chenghu voir si Wengui était rentré. Chenghu ne tarda pas à revenir en annonçant que l'oncle n'était toujours pas là.

« Jinhua s'inquiète, elle aussi. Elle dit qu'il l'a toujours prévenue lorsqu'il lui est arrivé de passer la nuit en dehors de chez eux mais que, ce matin, quand elle lui a demandé où il allait, il a juste marmonné un "Euh !", sans rien préciser d'autre. Depuis, personne ne l'a plus vu. »

Caifeng, en proie à une inquiétude grandissante, se garda bien de dire quoi que ce soit devant ses enfants mais ne put réprimer un soupir. Chenghu, comprenant son désarroi, essaya de la convaincre de ne pas se faire de souci :

« Il ne peut rien arriver à l'oncle, assura-t-il.

— Ce n'est pas que je me fasse du souci pour lui, affirma-t-elle, prenant soin de ne pas avouer ce qu'elle pensait vraiment. Je voulais simplement lui parler des indemnités que nous pourrions réclamer pour ton père car, tout compte fait, c'est à lui d'en décider.

— Ne t'inquiète pas pour ça, dit Chenghu. Dès demain, j'irai trouver Tang pour voir ce qu'il nous propose. Ensuite, nous en discuterons. »

Chenglong proposa aussi:

— J'accompagnerai mon frère. S'il y a une décision à prendre, nous en parlerons tous les deux. Sois tranquille ! »

Caifeng ne put qu'accepter, mais ce n'était pas vraiment là ce qui la préoccupait pour l'heure.

Le lendemain matin, lorsque les garçons eurent quitté la maison, elle envoya Yinhua aux nouvelles ; celle-ci lui apprit que l'oncle n'était toujours pas rentré chez lui. Toute la matinée, une seule question occupa son esprit: où donc était-il allé ? Elle se demandait s'il avait pu lui arriver quelque chose. L'idée l'effleura qu'il aurait pu se rendre à la grotte, idée qui aurait pu sembler absurde à d'autres mais qu'elle estimait tout à fait plausible, elle qui pouvait, mieux que quiconque, deviner l'état d'esprit dans lequel il devait se trouver !

Après le repas de midi, elle partit au plus vite et prit le chemin de la montagne. Chemin faisant, elle imaginait quelles seraient la surprise et la joie de Wengui lorsqu'il la verrait surgir devant lui à l'improviste. Elle alla jusqu'à percevoir les accents mélodieux d'un *erhu*... Pourtant, arrivée au lac, déjà en nage, tout ce qu'elle entendit, ce fut l'inlassable bruit du courant et, lorsqu'elle atteignit la grotte, tout essoufflée, seuls les gigantesques blocs de pierre dépourvus de vie l'attendaient.

Elle resta un moment à l'entrée de la grotte, immobile et déçue, avant de se décider à aller voir à l'intérieur. Depuis la grande salle peuplée de rochers aux formes bizarres elle risqua un œil dans la petite grotte obscure, sans oser y pénétrer. Mais elle ne pouvait se résoudre à faire demi-tour sans avoir rien tenté, aussi lança-t-elle un appel depuis l'entrée: « Wengui ! »

Sa voix, brisant le profond silence de la grotte, résonna en un écho retentissant dont l'intensité la surprit au point de la faire flageoler sur ses jambes; elle finit par s'asseoir à même le sol jusqu'à ce que cesse ce bruit terrifiant. Alors seulement elle se releva, et encore toute tremblante, quitta la grotte. Arrivée sur le petit tertre devant l'entrée et sous l'emprise d'une peur rétrospective au souvenir de cet écho angoissant, elle fut submergée par un pressentiment de malheur.

De retour au village des Shi, elle se rendit directement chez Wengui, pour constater qu'il n'était toujours pas rentré. Elle ne savait vraiment plus que faire. Il lui fallait le retrouver à tout prix car elle craignait maintenant qu'il soit en danger et, ne pouvant expliquer à quiconque les raisons de son inquiétude, il lui était impossible de demander à quelqu'un d'autre de partir à sa recherche. Comme elle regrettait! Elle regrettait de s'être méprise sur les intentions de Wengui, de lui avoir fait des reproches sans lui avoir donné l'occasion de s'expliquer, elle regrettait de lui avoir jeté des mots aussi durs! Mais maintenant, n'était-il pas déjà trop tard pour avoir des regrets? L'âme inquiète, elle rentra chez elle.

En arrivant, elle vit Chenglong et Chenghu assis dans la cour et leur trouva un drôle d'air. Elle eut un coup au cœur et leur demanda aussitôt:

« Qu'avez-vous donc? Qu'est-ce qu'il y a encore? »

Chenglong se leva:

« Mère, dit-il, fou de rage, nous nous sommes fait rouler par ce sacré Tang!

— Pourquoi? Il ne veut plus reconnaître sa responsabilité dans l'affaire?

— Il a filé!

— Comment cela? Où est-il allé?

— À l'étranger!

— À l'étranger? Mais il était encore au village hier ! Comment aurait-il pu gagner l'étranger comme ça, d'un jour à l'autre?

— On dit qu'il est parti assister à un colloque international à Vienne.

— Un individu comme lui, à un colloque international ? Quelle honte pour notre pays !

— Ce sont les gens du centre qui nous l'ont dit, mais allez savoir si c'est la vérité !

— Mais il doit bien y avoir d'autres responsables dans ce centre ! Avez-vous cherché à voir quelqu'un d'autre ?

— Bien sûr que oui ! Chenghu et moi, nous avons demandé aux uns et aux autres, mais ils se sont tous renvoyé la balle, prétendant n'être au courant de rien et nous assurant qu'il fallait absolument attendre le retour de Tang pour espérer une quelconque solution à notre problème.

— Et quand doit-il rentrer ?

— Le colloque doit, paraît-il, durer une semaine, mais qui sait s'il rentrera ?

— Et que pourrions-nous faire s'il ne rentrait pas ? Tang s'est enfui, l'oncle est introuvable : pourquoi est-ce que tout nous tombe dessus en même temps ? »

Lisant le désarroi dans les yeux rougis de sa mère, Chenglong changea de ton : « Mère, calme-toi ; ce Tang ne s'en tirera pas comme ça, nous avons des témoins et peu nous importe le temps que ça prendra ! Quant à l'oncle, il ne lui est certainement rien arrivé : Chenghu va tout de suite aller aux nouvelles. En revanche, pour ce qui est de cette histoire d'indemnisation, je crois que nous aurons encore besoin des services de maître Hong.

— Maître Hong est tellement occupé, où trouverait-il du temps à consacrer à ces broutilles ?

— Maître Hong traite toutes ses affaires avec sérieux, et il sait assumer ses responsabilités. Je suis persuadé qu'il s'occupera de nous. Alors, rassure-toi, Mère. Dès demain matin, je pars pour Pékin. »

# 38
# Confession

Vienne, la capitale de l'Autriche, est parmi les plus belles villes du monde. Elle est située sur les rives du Danube et ses environs sont couverts de forêts. On peut vraiment dire d'elle qu'elle est face au courant, adossée à la montagne et ceinte du vert des arbres, selon l'expression consacrée. Vienne est célèbre pour l'histoire séculaire de sa culture musicale. C'est dans cette ville qu'ont vécu et composé Beethoven, Mozart, Schubert, les Strauss père et fils et autres musiciens de renom; la centaine de musées et les édifices classiques de toute sorte que l'on peut trouver partout dans cette ville attestent clairement des fondements historiques de sa culture. Vienne est, par ailleurs, l'une des trois grandes villes internationales sièges de l'Organisation des Nations unies avec New York et Genève. Le Centre international de Vienne, que les gens d'ici appellent la « Cité de l'ONU », se situe tout près du grand pont qui enjambe le Danube; là se trouvent le siège de ses différentes institutions, dont la sous-commission à l'énergie atomique, ainsi que la plupart des assemblées internationales.

Tang Jiangong était à Vienne depuis cinq jours déjà. La veille, il avait fait un exposé que les spécialistes de tous les autres pays avaient beaucoup apprécié. C'était un rapport sur la situation actuelle et sur les perspectives d'avenir de l'emploi des isotopes radioactifs dans l'agriculture et l'élevage en Chine; il avait également parlé des lacunes en matière de connaissances de la matière radioactive ainsi que des dangers de manipulation relatifs à ces mêmes substances. Il avait notamment souligné que la plupart des gens avaient sur les matériaux radioactifs deux idées fausses : la première étant de ne pas croire au danger réel qu'ils représentent. Certains personnels des laboratoires pharmaceutiques, par exemple, ne les considérant pas comme néfastes, tiennent absolument à regarder de leurs propres yeux et à entrer en contact personnellement avec les sources radioactives, ce qui entraîne sur eux des lésions irrémédiables. La seconde étant d'en avoir une peur absolue et de penser que le moindre rayonnement radioactif peut être nuisible pour l'homme. En réalité, l'environnement dans lequel nous vivons n'est pas exempt de matière radioactive – comme celle contenue en quantité non négligeable dans certains produits en verre par exemple, dans certains produits maraîchers et même dans l'air que nous respirons et dont nous ne pouvons nous passer, ne serait-ce qu'un instant. Cependant, non seulement ces radiations à faible dose ne sont absolument pas préjudiciables à la santé de l'homme, mais elles peuvent au contraire lui être très bénéfiques. Tang Jiangong spécifia en outre qu'il existait actuellement un très grave problème de sécurité en ce qui concerne la gestion privée de la matière radioactive : certains engins fumigènes d'alarme, par exemple, en contiennent et, lorsqu'ils sont mis au rebut, personne ne s'inquiète de la récupérer – d'où une suite de pollutions nucléaires. Il avait ensuite illustré son propos d'un exemple tiré de la réalité : dans les années 70, un certain organisme de recherches agronomiques utilisait des techniques de radiations pour améliorer la qualité de différentes variétés de semences ; par la suite, ces techniques avaient été abandonnées. Quelques mois après l'arrêt des expériences, les responsables de cet organisme avaient entrepris de récupérer les sources radioactives et, certainement à cause d'une négligence de la part du personnel, seules six sur un total de sept furent enlevées du site ; plusieurs années après, un ouvrier des travaux publics ramassa la dernière, croyant avoir trouvé une pierre précieuse, et c'est ainsi qu'un homme perdit la vie, et un autre, la vue.

Tous les participants au congrès, qui avaient pu sentir avec quelle émotion Tang Jiangong avait évoqué ce cas, apprécièrent le niveau de conscience professionnelle dont il faisait preuve et l'amphithéâtre tout entier retentit d'un tonnerre d'applaudissements enthousiastes.

Lorsque le séminaire fut terminé, leurs hôtes, accueillants au possible, leur firent visiter Vienne. Ce matin-là, ils allèrent voir le somptueux palais impérial de l'ex-Empire d'Autriche: le Palais d'été de Vienne ainsi que le château de Laxenburg et son parc qui, dans l'esprit des jeunes Chinois, est surtout connu pour avoir été la résidence de l'impératrice Sissi. À midi, il gravirent les deux cent cinquante-deux mètres de la tour du Danube et s'assirent à une grande table du restaurant tournant d'où ils purent dominer la ville et ses différents monuments ainsi que le beau Danube, qui désormais n'a plus sa légendaire couleur bleue. Ils commencèrent l'après-midi par une visite au cimetière des grands musiciens ; après quoi ils allèrent voir la cathédrale la plus majestueuse d'Autriche: la Stephansdom, la cathédrale Saint-Étienne.

On dit que, tout comme l'Autriche est au centre de l'Europe, la cathédrale Saint-Étienne est le cœur de Vienne. La construction de cette cathédrale s'étant étalée sur plusieurs siècles, du douzième au dix-huitième, elle unit le style gothique au style baroque qui fit ensuite fureur en Italie. Le corps principal de la cathédrale se compose d'une immense nef et d'un clocher qui s'élève jusqu'aux nuages. Le vaste parvis est entouré de constructions modernes. Parmi celles-ci, un immeuble, entièrement fait de verre et d'acier et dont les murs reflètent, tels d'immenses miroirs, les flèches de la cathédrale, est devenu un des hauts lieux touristiques de Vienne.

Tang Jiangong pénétra dans la cathédrale à la suite du groupe. Malgré l'affluence des visiteurs, l'intérieur n'avait pas l'aspect animé et bruyant d'un site touristique. Dès que les gens pénétraient dans la solennité de ce sanctuaire, tous ressentaient le besoin impérieux de ralentir le pas et d'interrompre leurs conversations, comme instantanément plongés dans une profonde méditation. Tang Jiangong ne croyait absolument pas en Dieu et pourtant, placé au sein de cette atmosphère silencieuse et mystérieuse, debout face à l'autel, des airs de musique sacrée emplissant ses oreilles, il ressentit une pulsion soudaine, une envie spontanée de se détacher de ce monde et de s'élever vers le ciel. Il comprenait vaguement pourquoi l'homme avait besoin d'un Dieu : la vie humaine n'étant qu'un abîme de souffrances, il n'y a que lui qui puisse nous aider et nous délivrer. Il ne put s'empêcher de s'interroger : « Que dois-je faire ? »

Dans les travées latérales de la cathédrale, il remarqua des sorte de petites maisons de bois avec une chaise à l'intérieur, des fenêtres de chaque côté et des coussins à l'extérieur des fenêtres. Tang Jiangong demanda au guide à quoi elles servaient et ce dernier lui répondit que c'était là que les fidèles se confessaient à Dieu le Père – réponse qui créa en lui une certaine réaction émotive : il aurait bien voulu se confesser, là, maintenant ; il aurait voulu avouer à quelqu'un qu'il avait été négligent lorsqu'il s'était agi, à l'époque, de recueillir les sources radioactives, qu'il n'aurait pas dû continuer à couvrir des actes criminels après avoir appris qu'une personne en avait ramassé une, et qu'il s'était mal comporté en se déguisant en monstre afin de les retrouver…

Il ne comprenait toujours pas pourquoi, à ce moment-là, il s'était enfoncé toujours plus avant sur la voie du mal. Était-ce un excès de confiance en soi ? Avait-il été ensorcelé ? Il était évident que sa confession ne lui avait pas été inspirée par le souci d'autrui, par la prise de conscience du mal qu'il avait pu faire autour de lui, mais qu'elle était l'expression de ses regrets envers lui-même, pour avoir gâché son propre bonheur et son avenir. Si seulement la confession pouvait suffire à le tirer de cette situation difficile, il se confesserait volontiers des milliers de fois ! Mais il est sûr que, dans la vie, on est loin de tout pouvoir résoudre par une confession. Une seule erreur peut vous valoir des regrets éternels sans que vous ne puissiez rien y faire. Bien que la pierre Œil-de-Dragon ait été récupérée et mise hors d'état de nuire et bien qu'il ait pu enfin réaliser le rêve de sa vie en venant à Vienne, il était pleinement conscient qu'à son retour en Chine des ennuis l'attendaient : un procès, la prison… Il alla jusqu'à évoquer la mort.

Le concept de vie ne peut se concevoir sans celui de mort mais rien ne pourra jamais nous empêcher de craindre la mort et d'être très attachés à la vie. Lui qui était à la fleur de l'âge et au sommet de sa carrière, comment pouvait-il, de gaîté de cœur, s'en aller dans l'autre monde ?! Tout le parcours de sa vie lui revint instantanément en mémoire :

Il était né à Tianjin, dans une famille d'ouvriers. Il n'avait pas été un élève brillant ; il lui avait fallu huit années pour venir à bout du cycle du primaire. Cependant, il y avait quelques domaines dans lesquels il excellait. Il savait fabriquer de bons et beaux lance-pierres, les meilleurs de tous et, que ce soit pour jouer aux billes ou au *paiyanghua*[56], il était sans conteste le plus habile parmi tous les garçons de son âge. Par ailleurs, il adorait les contes et, tout jeune déjà, il traînait ses guêtres dans les boutiques de conteurs, en auditeur clandestin, cela va de soi. Bien qu'il fût incapable de se souvenir du moindre mot contenu dans ses livres de classe, il avait retenu presque tous les noms des cent huit personnages de *Au bord de l'eau* et était capable de citer les surnoms des dix-huit premiers courageux brigands, de Li Yuanba à Qin Qiong, et de décrire en détail les armes de chacun – ce qui lui avait valu une certaine notoriété parmi ses camarades.

Lorsqu'avait commencé la Grande Révolution culturelle, il était devenu en l'espace d'une nuit le chef des Gardes rouges en vertu de ses bonnes origines sociales et du prestige dont il jouissait auprès des masses. Pour obtenir le soutien de ses troupes, il utilisa ses talents de conteur pour déclamer le contenu du *Recueil de citations du président Mao*. Durant cette

56. Il s'agit d'un jeu qui se pratiquait entre les jeunes enfants de la période maoïste en Chine et qui consistait à récupérer des paquets de cigarettes vides pour en plier le carton et en faire des sortes de petits triangles que l'on devait faire sauter en tapant des deux mains sur le sol de chaque côté. L'air ainsi soulevé devait réussir à faire tourner le triangle de carton. Ceux qui y parvenaient le gardaient, le but du jeu étant de récupérer le plus possible de ces objets de convoitise !

période il avait joui du même prestige que si lui-même avait été l'un de ces « Souverains incontestés des montagnes ».

Lorsque le président Mao lança le mot d'ordre du retour à la campagne, Tang Jiangong s'inscrivit dans le premier contingent qui partait pour le Heilongjiang afin de permettre à son frère jumeau de rester en ville. À la ferme, grâce à sa verve et à son éloquence, grâce aussi à la manière dont il savait se mettre en valeur, il avait très vite obtenu la confiance des paysans pauvres et moyens-pauvres, et il devint en outre chef d'équipe d'un groupe de jeunes instruits parmi lesquels il était connu sous le sobriquet de « Tang à la langue bien pendue » !

En 1973, il eut l'honneur d'être sélectionné par les paysans pauvres et moyens-pauvres pour devenir étudiant ouvrier-paysan-soldat. À l'issue des examens, il ne fut admis par aucune université. Seul un institut de technologie l'accepta mais, en ce temps-là, le simple fait d'avoir été sélectionné pour passer les examens suffisait à prouver que vous étiez *le* Phénix de votre génération. Durant ses études, il participa avec zèle et enthousiasme à toutes les activités politiques, ce qui lui valut d'être admis au Parti sans délai et de devenir un des représentants officiels de son école. Une fois son diplôme en poche, il fut affecté à l'institut d'agronomie où il travaillait actuellement.

Il ne faisait aucun doute qu'il ne serait jamais devenu un éminent scientifique, soit parce qu'il lui manquait des dons en la matière ou bien encore la patience nécessaire. Toutefois, il savait comment se présenter sous son meilleur jour et utiliser au mieux ses points forts ; c'est ainsi qu'après quelques années de perfectionnement assidu et d'efforts au travail, non seulement il fut nommé au grade de technicien supérieur, mais encore il se hissa au poste envié de directeur adjoint du centre. Ainsi il put, en tant que maître des lieux, et le plus souvent avec leur accord, signer de son nom qui gagnait chaque jour en renommée, les résultats d'expériences scientifiques obtenus par ses « collaborateurs » ! Et voilà qu'au moment même où il rêvait d'une renommée internationale, une négligence qui remontait à des années venaient soudain faire qu'il se retrouvait face à un abîme sans fond !

C'était au début des années 80; le centre avait abandonné les techniques de radiations pour l'amélioration des semences et il avait fallu récupérer les sources radioactives qui avaient été utilisées pendant des années, ce fameux cobalt 60. Cette tâche fut précisément confiée à Tang Jiangong. Le matériau en question avait été stocké dans un puits de béton profond de plusieurs mètres, spécialement destiné à cet usage. Le travail de récupération fut rendu quelque peu difficile par la présence de pierraille dans le fond du puits ; par ailleurs, Tang Jiangong qui, à ce moment-là, était fou amoureux, n'avait pas la tête à ce qu'il faisait. Il ne se souvenait pas non plus très bien si les pièces à récupérer étaient au nombre de six ou de sept, mais il fut trop paresseux pour aller consulter les archives ; aussi, lorsqu'il en eut trouvé six, il chercha encore un peu puis, ne trouvant rien d'autre, communiqua dans son rapport que « toutes les unités avaient été récupérées ». Après quoi il s'empressa de quitter son bureau pour aller retrouver sa petite amie.

Quelques années après, il fut surpris de lire, par hasard, dans un rapport d'expériences scientifiques d'archive, qu'il y avait eu sept sources radioactives. Le puits avait depuis longtemps été rebouché et sur le site qui, depuis, avait été transformé en entrepôt, il était désormais impossible de retrouver le septième engin. Tang Jiangong se tranquillisa en se disant que la terre avait repris en son sein cet objet indésirable. Avec le temps, cette histoire s'effaça de sa mémoire.

Mais l'article de la revue *Yan Nan* fit aussitôt ressurgir ce souvenir qui sommeillait en lui depuis des années. D'après le contenu du reportage, il arriva immédiatement à la conclusion que l'objet ramassé par cet ouvrier était précisément la source radioactive qu'il n'avait pas récupérée autrefois. Il comprit qu'il se trouvait dans une situation périlleuse: dès qu'on aurait retrouvé cette supposée pierre Œil-de-Dragon, on ne tarderait pas à découvrir sa véritable nature et à remonter jusqu'à son origine. Dès lors, il ne pourrait plus se dérober. Il y avait déjà eu un mort et quelqu'un était devenu aveugle, sans compter que, vraisemblablement, d'autres personnes pouvaient encore perdre la vie lorsqu'elles trouveraient la « pierre » ! Pour lui, il craignait bien que ce ne soit pas seulement la perte de son rang et de sa réputation ! Il trouvait le sort bien cruel de ne même pas laisser passer cette seule et si infime négligence dont il s'était rendu coupable autrefois !

Deux solutions se présentaient à lui : la première était d'en référer immédiatement à ses supérieurs et d'organiser les recherches avec des spécialistes ; l'autre était de s'en aller seul en quête de cette pierre Œil-de-Dragon et de l'enfouir ensuite dans un lieu sûr. Certes, la première solution offrait l'avantage de garantir la découverte du cobalt 60 dans les délais les plus brefs et d'éviter des pertes ultérieures ; mais il lui faudrait alors assumer la responsabilité des dégâts d'ores et déjà occasionnés : en conséquence de quoi, il y perdrait au minimum son poste de responsabilité, son « bonnet de mandarin ». La deuxième solution, qui présentait un degré de difficulté nettement plus grand et aussi quelque danger, pouvait également occasionner des pertes supplémentaires mais elle le soustrayait définitivement à sa responsabilité dans cette affaire. Il savait bien qu'il suffisait de faire disparaître la pierre Œil-de-Dragon pour qu'il devienne très difficile d'élucider les raisons du décès de la victime, et tout à fait impossible d'établir un quelconque rapport avec lui.

Après avoir longuement pesé le pour et le contre, il choisit résolument la seconde solution. Afin de préserver ses acquis et assurer son avenir, il décida de jouer le tout pour le tout. Il fit une analyse complète de toutes les éventualités et mit au point un plan d'action bien réfléchi ; après quoi il prépara le matériel nécessaire. Une fois, il avait lu dans un livre l'histoire d'un chercheur de trésor qui s'était enduit de phosphore pour ressembler à un monstre afin d'effrayer les gens : aussi décida-t-il d'utiliser la recette. Il se rendit aussi personnellement à Tianjin pour solliciter l'aide de son frère. Bien entendu, il ne lui révéla pas tous les détails mais lui dit simplement qu'il avait besoin d'emprunter son identité pour résoudre une question épineuse et lui demanda de reconnaître qu'il s'était bien rendu à la grotte Wanglong si quelqu'un venait à lui poser la question. Étant frères jumeaux, leur affection réciproque allait bien au-delà du simple amour fraternel, raison pour laquelle son frère accéda sans hésiter à sa demande et fit de son mieux pour l'aider. Considérant qu'il avait affaire à des paysans de montagne ignorants, Tang Jiangong ne doutait pas de triompher ; ça ne lui coûterait tout au plus qu'une belle somme d'argent. C'était sans compter qu'à mi-parcours, il devrait se mesurer à un homme plein de ressources : maître Hong…

Les confessionnaux que Tang Jiangong avait devant les yeux se transformèrent l'un après l'autre en autant de cellules de prison avec des barreaux aux fenêtres ; un frisson le parcourut. Il savait qu'une page brillante de sa vie était tournée et que ce qui l'attendait, c'était la prison et la promiscuité des petits voyous et des voleurs de tout poil, une vie d'humiliations et d'angoisses !

Une idée vint soudain lui traverser l'esprit ; il songea à l'exil. C'était peut-être vraiment là le moyen de se sortir de cette situation difficile, d'autant plus qu'il avait justement une occasion, un vrai cadeau du ciel : il se trouvait déjà en terre étrangère. De plus, un Américain qui participait au séminaire s'intéressait de près aux résultats de ses expériences. Le lendemain, ils devaient aller ensemble visiter la petite ville de Baden, une station thermale proche de Vienne. Ils plaça tous ses espoirs dans cette journée du lendemain…

Tang Jiangong sortit de la cathédrale Saint-Étienne en proie à des sentiments d'une extrême complexité. Devant le portail, il vit un mendiant assis par terre. Spontanément, il fouilla dans sa poche et en sortit deux pièces de monnaie qu'il déposa tout doucement dans la sébile du pauvre homme.

# 39
# Le chemin de l'exil

Le lendemain matin, Tang Jiangong se rendit à Baden en minibus en compagnie de quelques collègues, dont celui qui venait des États-Unis, le professeur Friedman. C'était un homme de petite taille dont le crâne commençait à se dégarnir tandis que, sur ses tempes, les cheveux restaient bien fournis, tout comme ses sourcils. Lorsqu'il vous adressait la parole, il y avait toujours comme une pointe d'humour dans son regard souriant. Friedman parlait chinois beaucoup mieux que Tang Jiangong ne parlait anglais : aussi s'entretinrent-ils en chinois ce qui, par ailleurs, avait l'avantage d'assurer une confidentialité absolue à leurs propos.

En sortant de la ville, le minibus emprunta une autoroute bien large et bien plate en direction du sud. L'autoroute longeait, sur la gauche, une forêt d'un vert profond et, sur la droite, des pâturages d'un vert tendre. Çà et là seulement, s'y ajoutaient le rouge et le jaune de quelques fermes au toit incliné et le blanc et le noir des vaches regroupées en troupeaux. Tout paraissait si beau et si propre que l'ensemble donnait une impression de bonheur paisible.

Après s'être extasié sur la beauté du paysage, Tang Jiangong fit en sorte d'aborder un autre sujet de conversation : « Professeur Friedman, puisque vous êtes déjà allé en Chine, vous connaissez certainement les conditions de travail et de vie des chercheurs chinois. Comparées à celles que vous connaissez ici ou aux États-Unis, c'est la nuit et jour ! Je veux dire que la différence est plus qu'immense !

— C'est exact, je l'ai entendu dire et c'est pour cela que j'ai beaucoup d'admiration pour les scientifiques chinois. Malgré des conditions de travail plus que médiocres, vous obtenez des résultats remarquables. Je suis admiratif, sincèrement admiratif ! répondit Friedman dans un chinois qui manquait d'aisance.

— En ce qui me concerne, les conditions de vie, qu'elles soient un peu meilleures ou un peu moins bonnes, importent peu. Ce sont les conditions de travail qui comptent le plus car ce sont elles qui influent directement sur le résultat de mes recherches. Si je pouvais bénéficier des conditions que vous avez aux États-Unis, je serais capable d'obtenir des résultats bien meilleurs encore.

— Je ne saurais être d'accord avec vous sur ce point. À mon avis, les conditions de vie sont tout aussi importantes. Pourquoi est-ce que nous travaillons ? C'est pour améliorer la façon dont nous vivons. Si nous n'avons pas de bonnes conditions de vie, nous ne pouvons pas être heureux et, si nous ne sommes pas heureux, nous ne travaillons pas avec enthousiasme : donc, nous ne pouvons pas avoir de bons résultats. Mon point de vue, vous le concédez ?

— Euh... Je concède ! Je concède ! » Tang Jiangong se trouvait quelque peu ridicule en reprenant l'expression que Friedman venait d'employer, mais il n'avait pas envie, à ce moment-là, d'expliquer à l'Américain le sens exact de ce terme en chinois.

« Professeur Friedman, continua-t-il, il y a deux jours, après mon intervention, vous m'avez dit être très intéressé par mon travail. Vous m'avez également fait part de votre désir de coopérer avec moi. Pourriez-vous me préciser concrètement votre pensée ? Me faire part de vos... projets ?

— Mais bien sûr. Je suis en train d'expérimenter les effets de différents types de radiations sur les organismes vivants et sur le corps humain. J'accepte votre point de vue : à faible dose, les irradiations ne sont pas nocives pour l'être humain et peuvent même avoir des effets bénéfiques. J'envisage une série d'expériences afin de déterminer des chiffres précis, c'est-à-dire...

à quelles doses les radiations sont bénéfiques et à quelles doses elles deviennent dangereuses. Il faut établir des chiffres extrêmement précis. Il faut, bien entendu, prendre en compte la nature du rayonnement et son intensité. Les résultats de ces études auront, à mon avis, une portée considérable.

— Absolument intéressant ! Je veux dire, très important. Si vos expériences aboutissent, elles peuvent avoir une profonde influence et une portée à long terme en ce qui concerne le développement des techniques d'irradiation utilisées dans le civil. Je participerais très volontiers à votre programme de recherches, je pourrais vous servir d'assistant.

— Vous me faites trop d'honneur, monsieur Tang ! Nous pourrions plutôt collaborer. Je pense que l'université dont je dépends serait tout à fait d'accord pour coopérer avec votre centre de recherches.

— Avec mon centre de recherches ? Je ne pense pas que ce soit une bonne idée. Notre centre se consacre exclusivement aux recherches agronomiques et ne s'intéresse pas aux techniques d'irradiation ; il n'est par ailleurs pas équipé pour procéder à de telles études. C'est moi, personnellement, qui suis passionné par ce projet. Il vaudrait mieux que je vienne travailler avec vous aux États-Unis, en qualité d'assistant.

— Vous viendriez aux États-Unis ? À ma connaissance, vous occupez une position de premier plan en Chine. Vous comptez y renoncer ?

— Je suis convaincu que la recherche scientifique est au service de l'humanité tout entière et qu'elle ne doit pas avoir de frontières. Personnellement, il se peut que je perde quelques avantages mais je ferais volontiers ce sacrifice au nom de la science ! J'ajouterais que ce serait un immense honneur pour moi de travailler sous la direction du professeur Friedman ! »

Mais la conversation dut en rester là car, à cet instant, les collègues autrichiens qui les accompagnaient se retournèrent vers eux pour leur annoncer qu'ils étaient bientôt arrivés et pour leur faire une brève présentation de la petite ville de Baden.

Arrivé en ville, le minibus se gara sur un parking, les passagers en descendirent et empruntèrent une rue étroite mais à l'aspect fort soigné pour se diriger vers le centre sous la conduite de leur guide. Toutes les constructions, quoique peu élevées, avaient chacune son originalité architecturale, la majorité datant des dix-septième et dix-huitième siècles ; quant aux réverbères qui bordaient les rues, ils avaient conservé leur style moyenâgeux. De chaque côté, de petites boutiques exposaient leurs marchandises dans de très jolies vitrines. Comme le professeur Friedman était un fervent adepte du shopping, Tang Jiangong dut remettre à plus tard la suite de leur entretien.

Sur la place centrale de Baden, une grande et magnifique sculpture en marbre représentant un groupe de personnages avait été érigée à la mémoire des victimes de l'épidémie de l'année 1833. Du côté est, trônait un bâtiment de deux étages au toit pointu qui servait de résidence à l'empereur lorsqu'il venait prendre les eaux à Baden et c'est de la terrasse du premier étage que l'empereur et l'impératrice recevaient l'hommage de leur peuple. De l'autre côté de la place se trouvait l'hôtel de ville, une construction de deux étages au même toit pointu. Quelques personnes, plus très jeunes pour la plupart, buvaient leur café, assises aux agréables terrasses disposées tout autour de la place sous des parasols.

Tang Jiangong, debout près de la statue, méditait devant ces personnages aux expressions douloureuses, assailli de mille incertitudes. Il se disait que la vie humaine n'était qu'une suite d'événements imprévus et qu'un malheur pouvait surprendre chacun à tout moment. Parmi ceux que la mort avait entraînés dans cette épidémie, certains devaient être comblés et heureux, au faîte de la gloire, lorsqu'ils furent envoyés au Paradis de l'Ouest. Cette pensée lui donna le frisson.

À la tombée du jour, leurs hôtes les invitèrent obligeamment dans une taverne de style classique. L'intérieur était sombre et, tout autour, le long des murs, alternaient les tables de bois entourées de chaises et les gros tonneaux de chêne. Mais la plupart des clients étaient attablés à l'extérieur, dans une cour à ciel ouvert, assis à de longues tables de bois disposées sur plusieurs rangées. De grands verres en forme de chopes à la main, ils buvaient le vin nouveau provenant des propres vignes de la maison – du rouge ou du blanc. Beaucoup d'entre eux étaient des adultes d'âge mûr ; certains étaient seuls, d'autres trinquaient à deux ou en groupes de quatre ou cinq. Ce qu'ils mangeaient ne demandait pas de préparation bien compliquée : c'était de la charcuterie, du boudin noir et quelques légumes.

Tang Jiangong observait les autres clients tout en buvant ce vin au goût acide. Il remarqua, assis à l'une des longues tables, un vieux couple, des gens qui devaient avoir plus de soixante-dix ans. Chacun d'eux avait devant soi un grand verre de vin rouge. Ils ne prêtaient aucune attention à ceux qui les entouraient mais ne se parlaient pas non plus, se contentant de se regarder l'un l'autre en silence et de lever leur verre d'un même geste pour boire ensemble une gorgée de temps en temps. Pour eux deux, la vie semblait n'avoir de sens qu'à travers l'existence de l'autre et, après tant d'années de vie commune, même le langage était devenu superflu. Pour Tang Jiangong, le spectacle de ce vieux couple avait un goût amer, un peu comme si l'acidité du vin qu'il buvait contaminait ses sentiments. L'image de sa femme et celle de son fils se présentèrent devant ses yeux ; il soupira longuement.

La veille de son départ pour l'étranger et après avoir longuement hésité, il avait fini par avouer à sa femme qu'il se trouvait dans une situation très délicate. Elle ne s'était pas plainte et ne lui avait fait aucun reproche, se contentant de lui dire d'une voix posée : « Quoi qu'il arrive, je suis ta femme ! » Cela l'avait tellement touché qu'il se serait cru revenu au temps de leurs premiers émois amoureux. Maintenant, face à ce vieux couple, ces compagnons pour la vie aux visages marqués par les rides, c'était un sentiment de nostalgie qui envahissait son cœur.

La nuit était tombée. Aux murs, les lanternes s'étaient allumées derrière leurs parois de verre et de grosses bougies rouges éclairaient les tables. Parmi les buveurs de vin, dont certains étaient déjà un peu éméchés, l'ambiance s'échauffait progressivement. Aux grandes tables, on riait et on parlait fort ; certains se mirent à chanter des airs populaires et bientôt d'autres, toujours plus nombreux, les imitèrent. Les chansons succédaient aux chansons, un peu comme dans un concours de chant. Pour finir, même le vieux couple taciturne se mit à l'unisson.

Il était plus de vingt-deux heures lorsque Tang Jiangong et ses collègues quittèrent à regret la taverne. Tout en se dirigeant vers le parking, ils pouvaient encore entendre les chants et les rires qui continuaient à animer le lieu. Dans le bus, Tang Jiangong reprit sa place à côté de Friedman afin de pouvoir reprendre avec lui la conversation interrompue. Ils commencèrent par échanger leurs impressions réciproques sur la petite ville de Baden, puis Tang Jiangong passa au registre professionnel: « Professeur Friedman, commença-t-il, j'aurais vraiment très envie de faire partie de votre équipe de recherche ; accepteriez-vous de me prendre comme assistant ? »

Friedman se tourna vers lui et le regarda dans le noir; il ne répondit pas directement à sa question mais lui en posa une à son tour: « Vous pensez sérieusement à venir travailler aux États-Unis ?

— Assurément, ma décision est prise !

— En ce qui me concerne, vous êtes le bienvenu ; seulement il ne m'appartient pas de prendre ce genre de mesure. Une fois de retour aux États-Unis, j'en parlerai à qui de droit. Je pense pouvoir vous envoyer une lettre d'invitation, mais je ne puis rien vous garantir en ce qui concerne l'aspect financier de la chose. Je veux dire qu'il ne me sera certainement pas facile de résoudre le problème de vos frais de séjour aux États-Unis.

— L'argent n'est pas ce qui me préoccupe.

— Je sais que les Chinois rechignent à aborder le problème de l'argent. Mais, une fois arrivé aux États-Unis, il vous en faudra pour vivre, vous devrez donc en avoir !

— Je trouverai bien une solution. Le problème le plus important pour l'heure est de savoir quand je peux partir pour les États-Unis, et comment y aller. Je crois que c'est maintenant la meilleure occasion et le moment le plus approprié !

— Maintenant ? Vous voulez plaisanter ? Vous êtes actuellement en Autriche !

— Je le sais très bien, et c'est justement pour cette raison que je dis que l'occasion est rêvée. Rendez-vous compte, j'ai une position très importante au centre : si je rentre en Chine, ils ne voudront absolument plus me laisser repartir !

— Mais alors... vous deviendriez un exilé, traître à son pays ?

— Au nom de la science et pour la cause de mon travail de recherche, je me moque bien de tout ce dont on m'accusera ! »

Friedman réfléchit un bon moment avant de répondre : « Monsieur Tang, je comprends ce que vous ressentez, mais je n'approuve pas ce que vous voulez faire. D'ici, vous ne pouvez pas obtenir votre visa pour les États-Unis. Je n'ai pas le pouvoir de vous venir en aide, je n'en ai absolument pas le pouvoir ! Je ne vous dis que la stricte vérité. Si vous souhaitez venir aux États-Unis, il vous faut retourner en Chine et attendre mon invitation. C'est la seule et unique solution. »

Tang Jiangong ne trouva plus d'arguments à lui opposer.

Cette nuit-là, le matelas pourtant souple et moelleux de son lit d'hôtel lui sembla être hérissé de pointes qui l'obligeaient à se tourner et à se retourner sans cesse. Longtemps, il ne put trouver le sommeil.

## 40
## Disparu comme par enchantement

Shi Wengui rentra au village. Il avait passé ces derniers jours au chef-lieu. D'une part, il avait quelques affaires commerciales à régler ; d'autre part, il souhaitait libérer son esprit des tourments qui l'accablaient. Caifeng s'était méprise sur ses intentions mais il ne savait comment s'y prendre pour dissiper ce malentendu. Elle ne voudrait absolument rien entendre, si bien que toute explication qu'il aurait pu lui donner n'aurait servi à rien. Il ne pouvait que laisser le temps faire son œuvre et apporter les preuves de sa bonne foi ! Il avait bien déjà attendu plus de vingt ans, pourquoi ne pas patienter encore que quelques jours se lèvent, que quelques jours finissent… ? Tôt ou tard, elle finirait bien par comprendre ce qu'il avait vraiment dans le cœur.

Lorsqu'il arriva chez lui, Jinhua était en train de préparer à dîner.

« Père, te voilà enfin ! s'exclama-t-elle, toute joyeuse. Mais où étais-tu passé ? Pourquoi ne m'avoir rien dit ? Tu nous as fait une de ces peurs ! lui reprocha-t-elle aussi.

— Oh ! Je suis allé au district régler quelques affaires. Je suis quand même assez grand pour ne pas me perdre, de quoi as-tu eu peur ? plaisanta-t-il.

— Je n'étais pas la seule à me faire du souci : même Deuxième Tante était inquiète !

— Elle ? » Wengui, qui était déjà à la porte de sa chambre, s'arrêta soudain en entendant ce que sa fille venait de dire, se retourna vers elle et lui demanda : « Et pourquoi donc ?

— Le jour où tu es parti, par deux fois, elle a envoyé Chenghu te chercher en disant qu'elle avait besoin de te voir pour te parler. Ces deux derniers jours, c'est elle-même qui est venue, deux fois, demander si tu étais rentré et voir si j'avais besoin qu'on envoie quelqu'un à ta recherche. J'ai bien vu qu'elle était terriblement inquiète et qu'elle craignait qu'il te soit arrivé quelque chose !

— Deuxième Tante est venue jusque chez nous en personne ? demanda Wengui qui n'en croyait pas ses oreilles.

— Bien sûr ! Et même deux fois ! Quand je lui ai appris que tu n'étais pas de retour, elle était inquiète au point de ne plus tenir en place !

— Bien ! Parfait ! commenta Wengui qui semblait penser à autre chose.

— Qu'est-ce que tu racontes ? Quand je te signale que tout le monde était mort de peur, toi tu dis que c'est parfait !

— Oh ! Je voulais dire… que, maintenant que je suis rentré, tout est parfait. » Et, sur ce, il entra dans sa chambre.

Après dîner, Wengui mit une chemise propre et sortit. D'un pas tranquille, il pénétra dans la cour de chez Caifeng où il vit Yinhua, assise devant la maison, occupée à faire la lessive.

« Bonsoir, Yinhua ! » lui lança-t-il d'un ton joyeux.

En le voyant, elle se releva prestement et s'exclama :

« Mon oncle ! Depuis quand es-tu rentré ?

— Je suis revenu cet après-midi, je viens à peine de finir de dîner. Jinhua m'a dit que ta mère voulait me voir. Elle est là ?

— Oui, elle est à la maison ! répondit-elle en se précipitant aussitôt à l'intérieur pour appeler sa mère :

— Mère, l'oncle est là ! »

En fait, Caifeng avait aperçu Wengui dès qu'il avait passé le portillon. Sa première réaction avait été de se précipiter à sa rencontre, mais elle avait changé d'avis et était restée assise au bord du *kang*. Lorsqu'il avait disparu, elle n'avait eu de cesse de courir à sa recherche ; maintenant qu'il était là, elle hésitait à nouveau à se retrouver face à face avec lui. Elle ne savait comment l'aborder, surtout en présence de sa fille. Elle se leva et alla jusqu'à la porte d'entrée, souleva le rideau et d'un ton qui se voulait serein lui dit : « Te voilà, Grand-Frère. Entre donc ! »

Devant ce visage impassible, il faillit perdre tout espoir. Il entra et prit place sur une chaise face à Caifeng qui s'assit sur le bord du *kang*. Comme si de rien n'était, elle lui demanda :

« Où es-tu allé ces derniers jours ?

— Au district, régler certaines affaires. Des affaires concernant l'usine.

— Tu as pu tout régler ?

— Oui, j'ai terminé, tout est en ordre. »

Sans rien ajouter, Caifeng prit, au bout du *kang*, un pantalon qu'elle n'avait pas fini de raccommoder et se mit tranquillement à coudre. Wengui jeta un coup d'œil à droite et à gauche et lui demanda :

« Et tes fils ? Pourquoi est-ce que je ne les ai pas vus ? »

Sans même lever les yeux de son ouvrage, Caifeng lui expliqua :

« Chenglong est retourné à Pékin. Quant à Chenghu, il est sorti juste après dîner. Les jeunes, ça ne supporte pas de rester à la maison !

— C'est bien vrai ! confirma Wengui qui attendit un peu avant de demander : Jinhua m'a dit que tu voulais me voir. Pour quelle raison ?

— C'est à propos de cette affaire de matériau radioactif. Le dénommé Tang et ses hommes l'ont retiré et ils l'ont emporté. Maintenant, je voudrais savoir quoi faire. J'avais pensé discuter avec toi des suites à donner à cette affaire, mais je n'aurais jamais imaginé que tu sois parti comme ça, sans rien me dire ! »

Elle avait baissé la voix pour dire ces derniers mots.

« Mais c'était bien toi qui m'avais dit de disparaître ! J'ai cru que tu ne souhaitais pas que je m'en occupe. De toute façon, moi non plus je n'avais aucune envie de m'embêter avec ces problèmes. Ça n'a rien de très amusant.

— J'ai dit ça dans un moment de colère !

— Moi, par contre… »

À peine Wengui avait-il commencé sa phrase que Yinhua cria depuis la cour : « Mère, je sors faire un tour ! »

Caifeng lui signifia son accord tout en lui recommandant: « Surtout, ne rentre pas trop tard ! »

Après le départ de Yinhua, la maison parut tout à coup complètement silencieuse.

« J'ai su que mon absence de ces derniers jours t'avait inquiétée », reprit Wengui en regardant Caifeng.

Celle-ci leva les yeux vers lui mais ne dit rien et continua à recoudre le pantalon. Wengui rapprocha sa chaise et, en toute sincérité, lui demanda:

« Es-tu toujours fâchée contre moi ? Je sais bien que toute explication est inutile maintenant ; cependant je voudrais te dire que je n'étais vraiment pas au courant de cette histoire d'enlèvement organisée par Jinhua et sa cousine. Je ne voulais pas non plus m'approprier la prétendue pierre Œil-de-Dragon ! À vrai dire, j'aimerais pouvoir extraire mon cœur de ma poitrine pour te faire voir ce qu'il y a à l'intérieur… »

Caifeng leva à nouveau les yeux vers lui et, avec un petit sourire, lui suggéra:

« Eh bien, fais-le donc ! »

Un peu surpris, Wengui mit une seconde à comprendre et s'exclama, tout heureux:

« Alors, tu n'es plus fâchée ? Tu me crois ?

— Qui t'a dit que je te croyais ?

— Mais alors…

— C'est Chenghu qui m'a tout raconté !

— On dirait que le Seigneur du Ciel a vraiment les yeux partout !

— C'est toi qui as su émouvoir le Seigneur du Ciel ! lui répondit Caifeng qui, sincèrement, s'excusa: Je n'aurais pas dû te parler comme je l'ai fait ce soir-là. Tu as subi suffisamment d'injustices comme cela dans ta vie, et voilà que moi aussi je t'ai accusé injustement. Lorsque Chenghu m'a tout expliqué, je m'en suis voulu à mort ! »

Ce souvenir lui fit à nouveau monter les larmes aux yeux.

Wengui sourit: « Voyez-moi ça ! C'est moi qui ai été accusé injustement et je n'en suis même pas affecté ! Alors, qu'est-ce que tu as à être aussi triste ?

— C'est moi qui n'ai pas été charitable ! Je t'ai dit toutes ces bêtises sans même chercher à savoir. Ces jours derniers, j'avais le cœur tout chaviré, je craignais qu'il ne te soit arrivé je ne sais quoi. Je t'avouerai même qu'avant-hier, je suis montée toute seule jusqu'à la grotte Wanglong pour t'y chercher. Je craignais que, meurtri par ces accusations injustes, tu sois allé te cacher là-bas.

— C'est vrai ?! »

Cette révélation l'émut au plus profond de son être et lui fit éprouver quelques regrets : s'il s'était trouvé dans la grotte, il aurait pu s'y passer une scène des plus émouvantes... Il rapprocha encore sa chaise et vint se mettre juste en face de Caifeng. Il lui prit la main et lui dit :

« C'était donc la deuxième fois que tu venais à mon secours à la grotte ! Comment puis-je te remercier ?

— Me remercier de quoi ? Tu n'y étais même pas ! Cela dit, c'était la toute première fois que je pénétrais toute seule à l'intérieur de la grotte, et bien que ce fût en plein jour, j'ai vraiment eu une peur bleue !

— Je n'aurai jamais assez de toute ma vie pour te remercier de ce témoignage d'affection que tu as eu envers moi.

— C'est tout à fait ce que je voulais te dire, moi aussi...

— Cependant, je n'ai rien à te donner pour te remercier. Je pourrais jouer encore une fois pour toi l'air de "Deux sources au clair de lune". Mais je suppose que tu as jeté ton *erhu* depuis longtemps ?

— Je ne l'ai pas jeté du tout. Cependant... j'en ai brisé la hampe.

— Aucune importance, je vais t'en faire une autre tout de suite. La caisse n'est pas abîmée ?

— Je vais te montrer » dit Caifeng en reposant sur le *kang* le pantalon qu'elle venait de finir de raccommoder. Elle se leva, s'approcha du coffre qui se trouvait à une des extrémités du *kang* et en souleva le couvercle tout en rappelant à Wengui : « C'est le coffre que tu m'as fait pour mon mariage. Il n'est plus tout neuf, mais il est encore bien solide.

— Comme le temps passe ! Sous peu, je te fabriquerai tout un mobilier, d'un modèle tout nouveau.

— Mais je n'ai pas l'habitude de m'en servir. Plutôt... » Bizarrement, elle s'interrompit tout à coup: à sa place habituelle, au fond du coffre, ses doigts n'avaient pas senti le contact de l'objet rigide qu'elle cherchait. Un moment frappée de stupeur, elle se mit à mettre le contenu du coffre sens dessus dessous sans rien trouver d'autre que la housse de toile rouge qui enveloppait l'instrument, mais le *erhu* avait disparu, comme par enchantement !

En voyant le visage de Caifeng se décomposer, Wengui lui demanda : « Que se passe-t-il ? Tu ne le trouves plus ? Tu as peut-être oublié où tu l'as rangé ?

— Non, fit-elle en remuant la tête, le regard vide : Il y a quelques jours, je l'ai même fait voir à Chenglong ; après quoi je l'ai remis là-dedans. Aucune erreur possible !

— Comment se fait-il alors qu'il n'y soit plus ?

— Ça ne peut être que Chenglong qui l'a pris. Ce garçon était très attaché à son père », soupira-t-elle doucement.

Wengui restait là, sans dire un mot ; puis il prit des mains de Caifeng la housse du *erhu* parfaitement pliée : « Je n'aurais jamais cru que tu aurais conservé cette housse jusqu'à ce jour, et aussi bien rangée qui plus est ! Je n'ai même plus la mienne.

— Qu'est-ce que je peux en faire, de cette housse, puisque je n'ai plus le *erhu* ?

— Pourquoi t'en fais-tu comme ça ? Si tu es d'accord, je t'en fabriquerai un nouveau. Et je te garantis qu'il sera plus solide que le premier !

— Mais ce ne sera pas pareil ! regretta Caifeng, un petit sourire à la fois triste et amer au coin des lèvres. Il y a des choses qui sont irremplaçables : une fois perdues, elles le sont à jamais ! »

Wengui réagit avec fougue en comprenant ce qu'elle avait voulu dire : « Je n'y crois pas ! Il suffit de vouloir vraiment les retrouver, et ces choses-là peuvent nous revenir ! En admettant que nous n'ayons plus ce que nous avions avant, nous pouvons toujours nous comporter comme autrefois et ça peut même être encore mieux qu'avant ! Crois-moi, Caifeng ! »

Elle ne lui répondit pas car elle ne savait pas comment elle devait réagir. À cet instant, on entendit des pas. Caifeng prit vivement la housse des mains de Wengui et la remit dans le coffre avant d'aller se rasseoir. Wengui déplaça sa chaise et alla s'installer contre le mur nord.

« Mère ! appela Chenghu en ouvrant la porte. Puis, apercevant Wengui, il dit, un peu gêné : L'oncle est là. Je croyais que c'était mon frère qui était revenu ! »

Très tranquillement, Caifeng expliqua : « J'étais en train de discuter avec ton oncle de ce que nous devions faire pour cette histoire. Il est d'avis que nous attendions le retour de ton frère pour savoir ce que maître Hong en pense avant de prendre une décision.

— Quoi qu'il en soit, on ne peut pas les laisser s'en tirer à si bon compte ! déclara Chenghu.

— C'est évident, approuva Caifeng qui, s'adressant à Wengui, ajouta : Grand-Frère, pour l'instant, attendons ! »

Wengui, qui avait compris le sous-entendu, estima qu'il valait mieux prendre congé et rentrer chez lui.

# 41
# Difficile dilemme

Finalement, au terme d'une réflexion longuement mûrie, Wengui s'était décidé : il allait demander officiellement à Caifeng de l'épouser. Un après-midi, il se rasa de près, mit un pantalon neuf, une chemise neuve, une paire de chaussures de toile neuves et se rendit à l'usine. Tout en vaquant à quelques occupations sans grande importance, il ne quittait pas des yeux la porte de cette salle de classe de l'école qui se trouvait tout à côté.

Il trouva le temps terriblement long et eut beaucoup de mal à patienter jusqu'à l'heure de la sortie. Sac au dos, les enfants se dispersèrent en courant et il dut encore attendre un moment avant de voir Caifeng quitter sa classe avec ses manuels dans les mains. Il se précipita à sa rencontre.

Elle allait fermer la porte à clé lorsqu'elle entendit quelqu'un, derrière elle, l'appeler. Elle se retourna et, surprise de voir Wengui habillé de neuf de la tête aux pieds, lui demanda :

« Où vas-tu donc aussi chic et fringant, Wengui ? »

Un peu mal à l'aise, il sourit :

« Nulle part précisément. À propos, je voulais te dire quelque chose.

— Quoi donc ?

— Allons à l'intérieur, veux-tu ? »

Caifeng rouvrit la porte et rentra dans sa classe suivie de Wengui qui referma la porte derrière lui. Elle monta sur l'estrade et alla poser ses livres sur son bureau puis se retourna et regarda Wengui dont l'expression lui laissait présager de ses intentions, mais elle lui posa une fois de plus la question : « De quoi s'agit-il ? »

Il la regarda dans le blanc des yeux et d'un ton solennel lui déclara :

« Caifeng, tu me plais beaucoup ! Vivons donc ensemble tous les deux ! »

Caifeng n'était plus une jeune fille ; toutefois, en entendant ces mots simples que Wengui lui disait du fond du cœur, un profond sentiment de bonheur la submergea. Comme toute femme, elle désirait être aimée d'un homme – et surtout d'un homme qui l'aimait de façon aussi persévérante et aussi généreuse. Elle baissa les yeux et sa voix se fit douce pour demander :

« Pourquoi es-tu si impatient ?

— J'ai déjà attendu plus de vingt ans, Caifeng ! répondit-il. Jusqu'à maintenant, j'avais attendu sans savoir à quoi cela me mènerait mais aujourd'hui l'espoir est là, un espoir bien réel. Je ne veux absolument pas laisser de nouveau passer l'occasion ! Bien entendu, je ne te demande pas de venir habiter chez moi tout de suite, mais j'aimerais t'entendre dire que tu acceptes de m'épouser. Nous attendrons que tes affaires de famille soient réglées pour faire les démarches officielles. Ensuite, nous choisirons un jour faste ; je veux te faire entrer chez moi dans un palanquin à huit porteurs ! Caifeng, veux-tu bien m'épouser ? »

Elle leva vers lui des yeux brillants de larmes et, par deux fois, ses lèvres remuèrent sans qu'aucun mot ne sorte de sa bouche. Quelque peu alarmé par cette attitude, Wengui demanda :

« Tu ne veux pas ? C'est ça ? »

Elle fit immédiatement signe que ce n'était pas ça.

Wengui lui prit les mains et, tout agité, conclut : « C'est donc que tu es d'accord ! Tu acceptes de m'épouser ! »

Ses lèvres remuèrent à nouveau en tremblant et, à grand-peine, elle prononça :

« Non ! Non !

— Mais enfin, que veux-tu dire ? Caifeng, je ne te demande qu'une réponse, une réponse claire ! Si tu ne veux pas de moi, je ne chercherai certainement pas à te forcer ! » essaya-t-il de l'amadouer tout en serrant ses mains encore plus fort entre les siennes.

Petit à petit, elle retrouva son calme et se mit enfin à parler :

« Je n'ai pas besoin de parler, tu connais mes sentiments. Seulement, nous ne sommes plus jeunes, nous devons penser aux enfants. Les miens t'ont toujours appelé "Oncle" ; accepteraient-ils que, de but en blanc, tu deviennes leur "Père" ? Et puis il y a Jinhua ; il est peu probable qu'elle soit enchantée de m'appeler "Mère" ! Si, en nous mariant, nous rendons les enfants malheureux, nous ne pourrons plus vivre en paix, nous non plus, ne crois-tu pas ?

— Nous ne pouvons pas non plus ne penser qu'aux enfants ! Tu as déjà tellement souffert dans ta vie et si souvent à cause de moi. Si je ne peux même pas t'offrir quelques années de bonheur, j'aurai vécu en vain.

— Je ne suis pas de cet avis. Si je te disais que tu me rends déjà très heureuse comme ça ? Vingt ans ont passé, je suis désormais une vieille femme, et malgré tout tu penses encore à moi et tu es toujours aussi prévenant et bon avec moi. Combien de femmes au monde connaissent un tel bonheur ? »

Le souffle coupé par cet aveu, Wengui prit aussitôt Caifeng dans ses bras et dit : « Tu n'es pas une vieille femme, Caifeng, pas le moins du monde ! À mes yeux, tu es toujours aussi jeune et aussi belle qu'autrefois. C'est ce que je pense vraiment, parce que je t'aime. Et, non seulement je t'aime, mais je te suis aussi infiniment reconnaissant. Tu m'as pardonné mes erreurs passées et cela, c'était mon vœu le plus cher, ce que j'ai toujours souhaité et espéré. Tu le savais ? »

Tout doucement, elle se dégagea de son étreinte :

« Non ! Ne fais pas comme ça ! »

Surpris de sa réaction, Wengui resta un moment sans rien dire. Enfin, il se décida : « Il est hors de question que je te mette dans une situation embarrassante, Caifeng, hors de question que je te force à agir contre ta volonté. J'espère cependant que tu vas bien réfléchir et j'attends ta réponse. »

Lorsqu'il fut parti, Caifeng resta encore un peu dans la salle de classe puis elle sortit, referma la porte à clé et rentra chez elle. En arrivant, elle eut la joie de constater que Chenglong était de retour ;

« Depuis quand es-tu là ? lui demanda-t-elle, ravie.

— Mère ! dit-il en guise de salut, je viens à peine de passer le portillon.

— Alors ? Est-ce que tu as vu maître Hong ?

— Oui, je l'ai vu.

— Et qu'a-t-il dit ?

— Il nous a rédigé un document. C'est très, très bien fait, parfaitement documenté et fort bien argumenté. Ce matin, je me suis également rendu au centre de recherches agronomiques. Tang n'était toujours pas rentré, mais j'ai fait une photocopie du document pour la remettre au directeur. Bien qu'il m'ait encore dit qu'il nous fallait attendre le retour de Tang, il a été beaucoup plus aimable que la dernière fois. Sans doute a-t-il compris qu'avec ce qu'a écrit maître Hong, ils n'ont aucune chance devant un tribunal ! Donc, sois tranquille, Mère ! Tout à l'heure, après manger, j'irai trouver l'oncle Guangsheng. D'après maître Hong, son témoignage est capital, et lui aussi a droit a sa part d'indemnités » expliqua Chenglong à sa mère tout en l'accompagnant à l'intérieur.

« Tu ne devrais pas déjà être en vacances ? » reprit Chenglong en voyant sa mère poser sa pile de manuels scolaires sur la table basse du *kang*.

« Les cours ont été interrompus pendant une dizaine de jours pour la moisson, il a fallu rattraper. Aujourd'hui, c'était le dernier jour. Et toi, c'est fini à l'université ?

— Il n'y a plus de cours, mais beaucoup de mes camarades sont restés pour s'occuper de ce qu'ils avaient à faire personnellement. Mère, à Pékin, je suis de nouveau allé chez Grand-Père et Grand-Mère.

— Comment vont-ils ? demanda Caifeng, soucieuse de la santé de ses parents.

— Ils vont bien. Grand-Père m'a donné une lettre pour vous.

— Comment ? Il m'a écrit une lettre ? À moi ? » Caifeng n'en croyait pas ses oreilles.

« C'est pourtant vrai ! Elle est dans ma sacoche.

— Donne-la-moi vite ! »

Brûlant d'impatience, elle suivit son fils jusque dans sa chambre. Il sortit une enveloppe de son cartable et la tendit à sa mère qui la décacheta. D'une main tremblante elle en sortit une mince feuille de papier qu'elle déplia et se mit à parcourir des yeux sans attendre :

*Petite Feng, ma fille,*

*Il y a si longtemps que je ne t'ai pas écrit ! Je ne sais par où commencer. Au cours de toutes ces années j'ai eu sans cesse envie de t'écrire et je n'ai cessé d'espérer une lettre de toi. Mais hélas, nous sommes tous les deux trop fiers, toi autant que moi ; ce n'est pas pour rien que tu es ma fille ! Aujourd'hui, Chenglong nous a beaucoup parlé de toi et, pour la première fois, j'ai su ce que tu as enduré autrefois, les chagrins et les peines du temps de ta jeunesse. Alors que tu devais faire face à l'adversité, non seulement je n'ai pas su t'aider mais je t'ai maudite, ajoutant ainsi à tes souffrances. Aucun mot n'est assez fort pour exprimer les remords qui me rongent lorsque j'y repense. Je n'ai pas été un bon père ! Je t'en prie, pardonne-moi, Petite Feng ! Je ne suis plus maintenant qu'un vieillard auquel les années sont désormais comptées et mon seul et unique désir est de revoir ma petite fille encore une fois. Reviens, Caifeng, reviens à la maison !*

*Ton père qui pense à toi,*

*le 25 juillet 1995.*

Les yeux de Caifeng s'embuèrent tandis que le bonheur accrochait à ses lèvres un sourire de soulagement. Elle lut et relut cette lettre comme si elle avait voulu en graver chacun des caractères dans sa mémoire.

Chenglong n'avait pas quitté sa mère des yeux. Il attendit qu'elle ait enfin replié la lettre pour dire : « Mère, allez donc les voir ! Grand-Mère vous attend, elle aussi ! Si l'état de santé de Grand-Père n'avait pas nécessité sa présence auprès de lui, elle serait venue avec moi pour vous persuader d'y aller ! Quand nous aurons réglé cette histoire concernant notre père, partons donc ensemble pour Pékin et emmenons aussi Chenghu et Yinhua. Les grands-parents seront fous de joie !

— Non ! décida Caifeng comme si elle avait parlé toute seule. Je vais me préparer tout de suite, et j'irai dès demain !

— Demain ? C'est trop précipité !

— Je ne peux pas les faire attendre encore, ils ont déjà attendu si longtemps ! » dit-elle en allant vers sa chambre. Chenglong vint l'y rejoindre, tenant à la main un étui à violon tout neuf.

Surprise, Caifeng s'étonna : « Que fais-tu avec ça ?

— Je veux t'en faire cadeau ! répondit Chenglong.

— Qu'est-ce que tu es allé m'acheter là ? Il y a des siècles que je ne joue plus du *erhu* !

— Moi, j'aimerais bien à nouveau t'entendre en jouer. Ouvre un peu, pour voir. »

Chenglong posa l'étui sur le *kang* et, sur le ton d'une vedette de la télévision, ajouta :

« J'espère que cela vous plaira ! »

Caifeng pensa que Chenglong avait dû prendre son *erhu*, celui qui avait si mystérieusement disparu, et que, maintenant, il lui en avait acheté un neuf pour le remplacer. Elle était un peu triste mais, ne voulant à aucun prix le décevoir, elle s'approcha et ouvrit l'étui. Ce qu'elle vit la laissa sans voix : c'était son vieux *erhu*, là, dans cette housse. La hampe avait été réparée et un anneau de métal doré tout brillant marquait l'endroit où elle avait été brisée. Elle prit l'instrument, le caressa doucement et de nouveau eut les larmes aux yeux. Elle sécha ses pleurs et se retourna pour dire quelque chose mais s'aperçut que Chenglong avait subrepticement quitté la pièce.

Le lendemain matin, elle envoya son fils cadet chercher Wengui. Ce dernier arriva sur-le-champ. En voyant toutes sortes de paquets étalés sur le *kang*, il interrogea Caifeng du regard avant de lui demander :

« Alors ? Tu veux t'en aller à Pékin ? »

Calmement, elle lui confirma ses craintes d'un signe de la tête.

« Pourquoi donc ? C'est pour me fuir ?

— Où es-tu allé chercher ça ? s'étonna-t-elle en lui souriant. Hier, Chenglong m'a apporté une lettre de mon père qui me demande d'y aller. Elle est là, tu peux la lire. »

Wengui pris la lettre et la parcourut très vite. Puis il resta là un bon moment, à fixer du regard la feuille de papier avant de regarder à nouveau Caifeng.

« Quand comptes-tu revenir ? lui demanda-t-il après avoir péniblement ravalé sa salive.

— Je ne sais pas vraiment, dit Caifeng tout bas en fixant le sol comme si elle s'excusait. Vraiment, je n'en sais rien. Mes parents sont âgés et ils ne sont pas en bonne santé. S'ils ont besoin que je m'occupe d'eux, je devrai rester. Tu sais comment ça s'est passé autrefois, je n'ai pas besoin de t'expliquer. En réalité, je suis vraiment navrée. Wengui, j'espère que tu peux comprendre ? »

Péniblement, il se résigna à lui faire un signe d'approbation.

« Je vais emmener Chenglong et Yinhua avec moi. Chenghu restera à la maison et j'aurai besoin de toi pour t'occuper des affaires de famille, ajouta Caifeng.

— Pour ça, aucun problème. Tu peux partir tranquille ! Puis, après réflexion, Wengui précisa : Je t'attendrai, le temps qu'il faudra. »

Extrêmement émue, Caifeng laissa échapper un « Grand-Frère Wengui ! », mais sa voix se brisa. Toute parole devenait désormais inutile.

On entendit alors au-dehors un bruit de moto. Tout excitée et incapable de retenir sa joie, Yinhua appela depuis la cour :

« Mère, Deuxième Frère vient d'arriver pour nous conduire ! »

Wengui aida Caifeng à porter son sac. Chenglong sortit de sa chambre et les rejoignit. Tous trois grimpèrent dans le triporteur et firent un signe d'adieu à Wengui. Avec Chenghu aux commandes, l'engin pétaradant partit en direction de la sortie du village dans un nuage de poussière, laissant derrière lui la silhouette solitaire de Wengui, immobile devant chez eux.

## 42
## Le Sherlock Holmes chinois

Depuis plusieurs jours, Hong Jun, très occupé par sa plaidoirie en faveur de Lu Boping dans une affaire de corruption, n'avait pas eu le loisir de penser au dénouement du litige concernant la pierre Œil-de-Dragon. Un après-midi, alors qu'il rentrait du tribunal, il aperçut le mur de son cabinet recouvert d'un grand drapeau de soie rouge. L'angle supérieur droit portait l'inscription : « En hommage à maître Hong » ; au beau milieu, écrit en gros caractères, on pouvait lire : « Le Sherlock Holmes chinois » et, dans l'angle de gauche, en bas, en petits caractères : « Les habitants du village des Shi », ainsi que la date.

Song Jia, qui sortait de son bureau, lui dit en riant : « Maître, cet étendard ne produit-il pas un effet publicitaire indéniable ? »

Hong Jun, fronçant les sourcils, s'enquit de sa provenance. « Qui donc m'envoie ça ?

— C'est évidemment Shi Chenglong !

— Ils en ont déjà fini ? Comment s'est terminée toute cette histoire ?

— Il manque encore les dernières conclusions pour que l'affaire soit entièrement réglée, mais les deux parties sont arrivées à un accord de base en ce qui concerne les indemnités de compensation. Tang Jiangong a été appréhendé et présenté au parquet. À vrai dire, la contrepartie financière du préjudice est la principale préoccupation de ces gens des montagnes ; quant au châtiment que l'on devrait infliger à Tang Jiangong, c'est le cadet de leurs soucis. Shi Chenglong et les siens vous remercient d'une chose en particulier : c'est grâce à vous que la confiance est revenue entre les membres de leur famille. À dire vrai, je trouve que l'issue de cette affaire est très émouvante, mais qu'elle manque de piquant ; ce n'était pas aussi compliqué que je me l'étais imaginé au début !

— Est-ce que par hasard, s'il y avait eu crime, tu aurais trouvé cela plus à ton goût ?

— Ce n'est pas ce que je voulais dire. C'est seulement que nous avons enquêté, à droite, à gauche, que nous avons fini par tirer les choses au clair, et qu'en réalité il n'y avait rien.

— Dans la vie, c'est comme ça la plupart du temps : au début, il n'y a rien du tout mais ce sont les gens qui croient qu'il s'est passé quelque chose et qui font qu'en définitive il se passe vraiment quelque chose. Il faut s'estimer heureux si on arrive à prouver qu'en fin de compte il n'y avait pas matière à enquête !

— Ce que vous dites là est plutôt hermétique ! Au fait, j'aimerais vous demander encore quelque chose ; je n'ai toujours pas trouvé l'occasion de vous poser la question.

— Quelle question ?

— Exactement la même que celle que Chenglong vous avait posée à l'époque : comment aviez-vous deviné que Tang Jiangong serait venu précisément cette nuit-là dans la cour de la maison des Shi ?

— Deviné ? Il ne s'agissait en aucun cas d'une devinette, mais d'un raisonnement déductif !

— D'accord, d'accord ! Vous voulez toujours être le meilleur ! Donc, Sir Sherlock Holmes, auriez-vous l'amabilité de m'expliquer comment vous l'aviez déduit ? rectifia Song Jia d'un ton moqueur.

— C'est-à-dire que, en fait, ce fut extrêmement simple. En premier lieu, Tang Jiangong, n'ayant pas trouvé la pierre Œil-de-Dragon dans la grotte, allait tout naturellement venir la chercher dans la cour des Shi ; ensuite, ce jour-là étant le mardi, il allait forcément s'y présenter la nuit même » expliqua Hong Jun sur le même ton.

« Qu'est-ce que cela a à voir avec un jour précis de la semaine ? Vos déductions, non contentes de se baser sur les sentiments, partent aussi des données de l'almanach ?

— Qu'y a-t-il de si étonnant ? La déduction suppose une vaste gamme de connaissances, de l'astronomie à la géographie, des us et coutumes aux mœurs locales, sans compter une parfaite connaissance de soi. Crois-tu que ce soit aussi facile de jouer à Sherlock Holmes ? Je te signale qu'il faut également s'y connaître en droit, en psychologie, en sociologie, en criminalistique, en médecine légale, en psychiatrie judiciaire, en techniques des preuves matérielles... À propos, sais-tu le pourquoi de cette "musique du dragon" ?

— La "musique du dragon" ? Ah ! Oui ! Si vous ne m'en aviez pas reparlé, j'aurais complètement oublié. Je m'étais toujours demandé comment il se faisait que nous ayons entendu ça. Vous avez trouvé la réponse ?

— C'est un géologue qui me l'a appris tout à fait par hasard. Ils avaient procédé à des études dans ces montagnes. En raison de l'absence de végétation sur ces sommets, l'érosion éolienne avait abouti, avec le temps, à la formation de nombreux rochers, colonnes et grottes aux formes étranges et à l'aspect insolite. Quand le vent souffle avec une certaine intensité et sous un angle déterminé, il produit ce son musical aux accents merveilleux. En fait, cette montagne a la forme d'un gigantesque instrument de musique naturel !

— La nature fait vraiment des prodiges !

— Tu vois ! Le Sherlock Holmes que je suis ne fait pas du tout le fanfaron ! conclut Hong Jun avec superbe en bombant le torse.

— N'allez pas attraper un tour de reins en voulant faire la roue ! Vous ne m'avez cependant toujours pas dit le rapport qu'il y avait entre le fait que ce soit un mardi et la présence de Tang Jiangong dans la demeure des Shi.

— Il y a évidemment un rapport ! C'était bien ce mardi-là au matin que je me suis rendu au centre de recherches agronomiques, n'est-ce pas ? J'avais demandé à la jeune femme qui m'a reçu quand le directeur Tang devait être de retour. Elle m'a alors répondu qu'il serait là le lendemain car il devait prendre l'avion le jeudi matin pour aller assister à un congrès international à Vienne. En vertu de cette information, j'en ai déduit que Tang Jiangong viendrait forcément dans la nuit du mardi chez les Shi pour essayer d'y découvrir la "pierre Œil-de-Dragon". Cette explication vous paraît-elle suffisamment conforme au bon sens, mademoiselle Song ?

— Heu... » commença Song Jia qui ne pouvait rien trouver à redire, mais qui, immédiatement, émit une critique : « Cela revient à dire que vous saviez d'ores et déjà que Tang Jiangong allait s'en aller à l'étranger. Pourquoi alors n'en avoir rien dit aux membres de la famille Shi ?

— Si j'avais parlé de cette histoire de voyage à l'étranger du surlendemain, croyez-vous que les Shi l'auraient laissé repartir ce soir-là ? Et, dans ce cas, je crois bien qu'il eût été très difficile de maîtriser la suite des événements ! Par ailleurs... » Là, Hong Jun marqua un temps d'arrêt, comme s'il réfléchissait à la façon dont il allait exprimer les choses ; après quoi, il reprit : « La vie offre à l'homme mille et une occasions de mal se comporter. Certains le font sciemment, certains y sont poussés, d'autres s'égarent dès qu'ils n'y prennent pas garde. À mon avis, quelle que soit la façon dont on se fourvoie, seule une prise de conscience individuelle peut vous permettre de retourner sur le droit chemin. C'est pourquoi je m'impose de toujours laisser à chacun une chance de décider de s'en sortir seul. »

Song Jia ne souffla mot. Elle observait l'expression de Hong Jun quand, soudain, elle tourna les talons et alla dans son bureau chercher une lettre qu'elle tendit à l'avocat en disant : « C'est Shi Chenglong qui me l'a envoyée ! »

Lentement, Hong Jun sortit de l'enveloppe une lettre très proprement pliée. Il déploya la feuille de papier qui ne comportait que quelques lignes d'écriture :

*Chère mademoiselle Song,*

*Je vous remercie du fond du cœur pour votre aide dans cette affaire de la pierre Œil-de-Dragon. Comme j'ai déjà eu l'occasion de vous le dire par le passé, le plaisir qui m'a été donné de faire votre connaissance fut la plus grande chance de ma vie ! Maintenant est venue l'heure de rassembler tout mon courage pour solliciter de votre part que vous quittiez vos fonctions actuelles pour devenir directeur général adjoint de la Société pour le développement culturel Chenglong que je compte fonder.*

*En vous, à jamais, j'espère,*
*Shi Chenglong*
*28-8-1995*

Après l'avoir lue, Hong Jun replia la feuille dans ses plis initiaux, la remit dans l'enveloppe et la tendit à Song Jia en disant :

« Garde-la en souvenir. Ce serait dommage de la déchirer.

— Comment savez-vous que je ne vais pas accepter ce poste de directeur général adjoint ? » s'étonna Song Jia en levant les sourcils.

Hong Jun ne lui donna pas la réponse, mais dans ses yeux on pouvait voir danser un petit sourire malicieux.

Avec un grand soupir, Song Jia conclut par ces mots :

« J'espère franchement avoir l'occasion de me faire kidnapper une fois encore ! »

# Postface

Au moment de mettre un point final à cet ouvrage, je me sens saisi d'un profond désarroi. Pour être franc, mon idée avait été, au départ, de faire de ce roman, un roman d'essai. À la différence des deux premiers livres de la série des « Maître Hong », *L'Énigme de la pierre Œil-de-Dragon* ne met pas en avant les déductions policières de l'avocat. Je considère le roman de déduction comme un genre littéraire à part entière et, comme tel, il ne peut ni ne doit constituer un modèle figé, strictement limité aux enquêtes criminelles. La déduction peut, dans ce genre de roman, constituer l'essentiel de l'histoire, mais elle peut aussi occuper une fonction secondaire, voire un rôle de fil d'Ariane. La structure du roman de déduction permet d'explorer, au moyen d'une enquête policière, les différents aspects, riches et hauts en couleur, de la vie humaine et, grâce au processus de déduction, de décortiquer les mystères de la nature humaine et les lois qui régissent la vie de l'homme. C'est en cela qu'il est un genre vivant et d'une très grande portée sociale. C'est en partant de ces considérations, que j'ai choisi le titre de « Romans de déduction sur les aspects de la vie humaine » pour ce cycle de romans, et cela en dépit du caractère quelque peu discutable de cette appellation. Mais il ne s'agit aucunement en l'occurrence d'une recherche d'ordre scientifique.

He Jiahong, juin 1996
Pékin, Pavillon du Fou éveillé [57]

57. Il s'agit du nom que porte l'habitation de l'auteur à Pékin : *chi xing zhai*, autrement dit : « la demeure du Sage (L'éveillé = le Bouddha) un peu fou ».

# Table des matières

Achevé d'imprimer en janvier 2006
sur les presses du Groupe Horizon, 13420 Gémenos
pour le compte des éditions de l'Aube
Le Moulin du Château, F-84240 La Tour d'Aigues

Numéro d'édition : 1058
Dépôt légal : janvier 2006
N° d'impression : 0512-069

*Imprimé en France*